Wolfgang Wettstein

Der Fluch

TVZ

Wolfgang Wettstein

DER FLUCH

Kriminalroman

T V Z
Theologischer Verlag Zürich

Der Theologische Verlag Zürich wird vom Bundesamt für Kultur für die Jahre 2021–2024 unterstützt.

Bibliografische Informationen der Deutschen Nationalbibliothek
Die Deutsche Nationalbibliothek verzeichnet diese Publikation in der Deutschen Nationalbibliografie; detaillierte bibliografische Daten sind im Internet über http://dnb.dnb.de abrufbar.

Umschlaggestaltung
Mario Moths, Marl
unter Verwendung einer Fotografie von Ursula Markus
© Ursula Markus, Zürich

Druck
CPI books GmbH, Leck

ISBN 978-3-290-18445-2 (Print)
ISBN 978-3-290-18446-9 (E-Book: PDF)

© 2022 Theologischer Verlag Zürich
www.tvz-verlag.ch
Alle Rechte vorbehalten

Für die Liebe meines Lebens
Carmen

Ist denn wohl unser Begriff von Gott etwas weiter
als personifizierte Unbegreiflichkeit?

Georg Christoph Lichtenberg,
Sudelbücher

*

Wer Wind sät,
wird Sturm ernten
Hosea 8,7

Unverhofft, aber nicht unerhofft, verstarb

Prof. Dr. theol. Fritz Uhland
3. September 1958 – 30. April 2019

Professor Fritz Uhland war seit 2007 Professor für Altes Testament an der Theologischen Fakultät Zürich.

Mit ihm verliert die akademische Welt einen streitbaren Denker und unbequemen Kritiker, der mit seiner ungehobelten Meinung vielerorts aneckte.

Die Theologische Fakultät in Zürich gedenkt seiner in kurzer Stille.

Universität Zürich, 30. April 2019

Die Trauerfeier findet im engsten Familienkreis statt.
Blumenspenden sind nicht erwünscht.

Er zuckte zusammen, als er die Todesanzeige las. Das Blut pochte in seinen Ohren, eine Ader an der Schläfe schien fast zu platzen. Mit zittrigen Händen legte er die Neue Zürcher Zeitung auf den Esszimmertisch. «Wer zum Teufel hat mir diesen makabren Streich gespielt», presste Fritz Uhland zornig hervor. Er ballte seine rechte Faust so stark zusammen, dass die Fingerknöchel knackten. «Na warte, Bürschchen, wenn ich dich erwische, wirst du das bitter bereuen!» Er riss die Seite mit den Todesanzeigen aus der NZZ, faltete sie in der Mitte und las seine eigene Todesanzeige noch einmal. *Wer Wind sät, wird Sturm ernten.* Was soll der Vers aus der Gerichtsrede des Propheten Hosea, der mit einer Hure verheiratet war? Wollte ihm da jemand drohen? *Unverhofft, aber nicht unerhofft, verstarb Professor Uhland.* Nicht unerhofft, also erhofft! Irgendjemand wünschte ihm den Tod. Wer konnte das sein? Ein Kollege? Uhland schüttelte den Kopf. Kaum. Auch wenn er immer wieder kleine Scharmützel mit dem einen oder anderen ausgefochten hatte. Er las weiter. *Die Theologische Fakultät gedenkt seiner in kurzer Stille.* «In kurzer Stille», murmelte Uhland und lachte trocken auf. Eher ein Student. Ja, es musste ein Student gewesen sein. Immer wieder beklagten sich welche bei ihm, wenn sie bei einer Klausur durchgefallen waren. Er scheute sich auch nicht, eine schludrig geschriebene Seminararbeit mit einer ungenügenden Note zu bewerten. Das gab manchmal Streit, sogar Tränen waren schon geflossen. Aber dadurch liess er sich nicht erweichen. Er war streng, ja, aber er hasste Nachlässigkeiten. Ein Student fiel ihm ein, dem er eine solche Tat durchaus zutraute. Er hatte ihn dabei erwischt, wie er während einer Klausur einen Spickzettel auf dem Handy benutzte. Als er ihn deswegen zur Rede stellte, log er frech. Das Handy habe er nur aus der Tasche genommen, weil ihm seine Freundin per SMS alles Gute zur Prüfung gewünscht hatte. Ha! Wie hiess der noch? Ja, Taubner. Gregor Taubner. Wegen seines Betrugs wäre der Bengel fast von der Uni geflogen. Der könnte es gewesen sein. Ja, Uhland war sich fast sicher, dass er es war. Er überlegte, wie er ihn überführen konnte. Als Erstes würde er diese Unverschämtheit noch heute dem Dekan melden. Vielleicht erstattete er auch eine Strafanzeige. Der Kerl sollte nicht ungeschoren davonkommen. Wer sich mit ihm anlegte, würde das büssen müssen.

Seine gute Laune war verflogen. Dabei hatte der Morgen so gut begonnen. Er war spät aufgewacht, die Frühlingssonne hatte warm durch das geöffnete Schlafzimmerfenster geschienen. Auf dem nahen Rigiblick zwitscherten die Vögel. Es duftete nach Osterglocken. An der Uni hatte er heute keine Verpflichtungen. So konnte er sich seinem Buch widmen, an dem er seit zwei Jahren arbeitete. Den Titel hatte er bereits mit dem Verlag vereinbart: ‹Die wunderliche Karriere eines kleinen Wettergottes. Die Geschichte Jahwes zum einzig wahren Gott›. Noch im Morgenmantel ging er auf den Balkon und machte ein paar Turnübungen, um dem Alter zu trotzen. Mens sana in corpore sano. In der Küche brühte er sich eine Kanne Filterkaffee, toastete zwei Scheiben Weissbrot und kochte ein Frühstücksei. Während die Eieruhr tickte, betrachtete er im Wohnzimmer wie jeden Morgen eines seiner Gemälde. Heute hatte er sich eine postkartengrosse Pastellkreidezeichnung von Max Liebermann angeschaut, «Figuren am Strand». Darauf waren Menschen zu sehen, die an einem Sandstrand flanierten. Sie waren mit kräftigen Strichen in rot, blau und gelb gemalt, eine Dame in Weiss mit Sonnenschirm, ein Mann mit Strohhut, ein Kind mit rosaroten Waden, flirrendes Sommerlicht, das keine Schatten warf, im Hintergrund das Meer. Jedes Mal, wenn Uhland die Zeichnung sah, wurde ihm leicht ums Herz. Die Unbeschwertheit eines Sommers. Als die Eieruhr klingelte, wandte er sich vom Bild ab. Morgen würde er die Flusslandschaft von Peter Brueghel betrachten.

An jeder Wand im Wohnzimmer, im Flur und im Esszimmer hingen dicht an dicht Bilder und Zeichnungen berühmter Künstler.

Er ging am Cembalo vorbei, auf dem er jeden Abend Stücke von Bach spielte. Darauf stand eine Marmorskulptur mit einer kauernden Frauengestalt von Auguste Rodin. Sie war zart und gebrechlich. Uhland liebte dieses Werk. Sein Vater war ein begnadeter Kunsthändler gewesen, der ihm nach seinem Tod ein beträchtliches Erbe an hochkarätigen Gemälden hinterlassen hatte: Aquarelle von Franz Marc, Otto Dix und Paul Klee, Farblithografien von Emil Nolde, Holzschnitte von Edvard Munch und Ernst Ludwig Kirchner. Sogar ein Ölgemälde von Claude Monet und ein Porträt von Auguste Renoir nannte er sein Eigen. Insgesamt zweiundsiebzig Kunstwerke hatte er aufgehängt. Weitere Hunderte Gemälde lagerten gut verpackt auf dem Dachboden. Sie hatten einen Wert von vielen Millionen Franken. Dennoch hatte er es nie für nötig befunden, eine Sicherheitsanlage zu installieren. Einbrecher könnten jederzeit die Gemälde von den Wänden nehmen und ungestört aus seiner Wohnung spazieren. Doch er hielt es für einen Frevel, Kunstwerke in Banktresore einzuschliessen oder an Sicherheitsanlagen festzuketten. Dazu waren sie nicht geschaffen. Er genoss es, die Gemälde in aller Ruhe betrachten zu können, ihr finanzieller Wert war ihm gleichgültig. Er befürchtete auch nicht, dass ihm jemand seine Schätze entwenden könnte. Seit seine Frau vor neun Jahren gestorben war, hatte er nur selten Besuch. Niemand ahnte, dass es sich bei den Kunstwerken um Originale handelte.

    Beim Frühstück las er wie immer zuerst den Auslandteil der NZZ. Dann schenkte er dem Feuilleton seine Aufmerksamkeit. Jeden Dienstag schlug er die Seite mit den Todesanzeigen auf und studierte sie sorgfältig. Neben sich hatte er einen Ordner liegen, in dem er das Datum jeder Todesanzeige notierte, das Alter des Verstorbenen und wie viele Trauernde aufgeführt waren. Besonders interessierte ihn, welche Gedenksprüche die Hinterbliebenen ausgesucht hatten: einen Bibelvers, ein Gedicht oder einen profanen Poesiealbumspruch? Die Texte schnitt er aus und klebte sie in seinen Ordner. Das tat er schon seit Jahren. Er wollte wissen, wie sich der Untergang der christlichen Kultur in den Todesanzeigen niederschlug. Heute war die Ausbeute nicht ganz so trostlos. Eine Traueranzeige für den ehemaligen Rektor des Rämibühl-Gymnasiums war mit einem Gedicht von Joseph von Eichendorff überschrieben. «Und meine Seele spannte weit ihre Flügel aus, flog durch die stillen Lande, als flöge sie nach Haus.» Über der Anzeige für eine jung verstorbene Frau stand ein Bibelvers des Propheten Jesaja: «Fürchte dich nicht, denn ich habe dich erlöst. Ich habe dich bei deinem Namen gerufen. Du bist mein». Das gab es immer seltener. Kaum jemand wählte heute noch ein Zitat aus der Bibel. In seinen Ordner klebte er auch zwei Poesiealbumssprüche: «Aus unserem Leben bist du gegangen, in unseren Gedanken lebst du weiter.» Und: «Menschen, die wir lieben, bleiben für immer, denn sie hinterlassen Spuren in unserem Herzen.» Er fand solche Sprüche fürchterlich banal. Und verlogen. Denn schon nach kurzer Zeit waren die Toten vergessen. Niemand interessierte sich mehr für sie.

Als er die Zeitungsseite mit den Todesanzeigen umgeblättert hatte, war er auf der Rückseite auf seine eigene Todesanzeige gestoßen. Er war aufgewühlt. Wer hatte ihm das angetan? Den Gedanken an seinen bevorstehenden Tod ertrug er ohnehin nur schwer. Seit er im letzten Jahr seinen sechzigsten Geburtstag begangen hatte – zum Feiern war ihm nicht zumute gewesen –, wähnte er sich auf einer Rutschbahn. Am Ende stand der geöffnete Sarg, auf den er unaufhaltsam zuschlitterte. Er hatte nur noch wenige Jahre vor sich, dann war es vorbei. An eine Auferstehung der Toten glaubte er nicht. Mit dem Tod war Schluss. Welch eine Vergeudung von Wissen und Erfahrung, dachte Uhland bekümmert. Wenigstens lebte irgendetwas von ihm in seinem Sohn weiter, der wie er eine akademische Laufbahn eingeschlagen hatte. Doch den Höhepunkt von Florians wissenschaftlicher Arbeit würde er nicht mehr erleben. Und in tausend Jahren wäre ohnehin nichts mehr von ihm übrig. Missmutig knüllte er die Seite mit den Todesanzeigen zusammen. In diesem Moment klingelte die Haustür. Nanu, wer mochte das wohl sein? Uhland erhob sich von seinem Stuhl, ging ins Entrée und blickte auf den Monitor der Überwachungskamera. Er runzelte die Stirn. Einen Moment zögerte er, dann drückte er den Türöffner.

***

Dreizehn Tage zuvor

Mit seinem braunen Gummistiefel stiess Lothar Otterbach den Spaten in den Lehmboden, wuchtete ein schweres Stück heraus und warf die triefend nasse Erde daneben auf einen Haufen. Er wollte in seinem Schrebergarten einen Feigenbaum pflanzen. Dazu musste er ein tiefes Loch ausheben. Er atmete schwer. Die Schufterei ging ihm ganz schön in die Knochen. Gestern Abend hatte er den Baum in der Gärtnerei Hauenstein in Rafz geholt und mit seinem Lieferwagen nach Wipkingen gekarrt. Die Wurzeln waren noch in einer Plastikfolie verpackt. Er war zeitig aufgestanden, um bis Mittag mit der Arbeit fertig zu sein. Dann würde seine Frau vorbeikommen und eine selbst gebackene Zwiebelwähe mitbringen. Diese Stunde mit ihr wollte er nicht missen. Ein paar Worte mit seiner Frau plaudern, Wähe essen und dazu sauren Most trinken – es gab nichts Besseres. Otterbach hielt kurz inne und wischte sich mit dem Hemdsärmel über das verschwitzte Gesicht. Es war Gründonnerstag, Ende April, doch die Morgensonne brannte bereits kräftig herab. Nur ein paar Fotowölkchen hingen am Himmel. Insekten summten, Stockenten quakten, es roch nach Torf und Tulpen.

Von irgendwoher wehte der Duft von Clematis in seine Nase. Er blinzelte. Die Limmat, die vor der Schrebergartenanlage floss, glitzerte im Sonnenlicht. Er beobachtete zwei Schwäne, die so dicht über den Fluss flogen, dass ihre Flügel dabei auf das Wasser klatschten. Von weit her war eine S-Bahn zu hören, die über eine Eisenbrücke ratterte. Auf dem Kloster-Fahr-Weg, der vor seinem Schrebergarten an der Limmat entlangführte, waren bisher nur wenige Spaziergänger zu sehen.

Erneut trieb Otterbach den Spaten in den Boden. Das Loch war noch nicht tief genug. Plötzlich stiess er mit seinem Spaten auf einen Widerstand. Er probierte es eine Handbreit daneben. Doch auch hier kam er nicht weiter. Irgendetwas lag hier vergraben. Ein Stein war es nicht, der hätte sich härter angefühlt. Otterbach legte den Spaten beiseite. Sein Rücken schmerzte. Doch wegen solcher Gebresten konnte er sich in seinem Alter nicht beklagen. Siebzig Jahre hatte er auf dem Buckel. Er zog seine Arbeitshandschuhe aus und steckte sie in die Tasche seiner grünen Latzhose. Dann begab er sich zum Schrebergartenhäuschen aus dunkel gebeiztem Holz, das er vor Jahren errichtet hatte. Der grosse Fensterladen zur Flussseite hin und die Holztür waren honiggelb lackiert. Seine Frau fand, dass es hübsch aussehen würde. Von der Brüstung der Veranda nahm er eine Thermoskanne, schraubte den Verschluss ab und goss sich gesüssten Milchkaffee in einen Plastikbecher. Er nahm einen kräftigen Schluck. Nächste Woche würde er in seinen Beeten Tomaten, Kopfsalat, Kohl und Randen setzen, dazu allerlei Kräuter wie Rosmarin, Basilikum und Petersilie. Er freute sich schon jetzt auf die Ernte. In einem Beet zum Nachbarn hin stand ein Meer von Tulpen. Eine Pergola vor der Veranda war umrankt von den Reben eines Weinstocks. Im Sommer würden seine Blätter angenehmen Schatten spenden. Seine Frau lag dort gerne auf einer Campingliege und las ein Buch.

Nach einer Weile der Ruhe, in der er die Sonnenstrahlen auf seinem Gesicht genossen hatte, ging er zum Geräteschuppen und holte eine Schaufel. Ächzend stieg er wieder in die Grube, in der das Wasser stand. Vorsichtig schaufelte er ein wenig feuchte Erde beiseite. Nach ein paar Minuten stiess er auf eine schwarze Plastikfolie. Er bückte sich, griff die verdreckte Plane mit beiden Händen und versuchte sie aus der Erde zu zerren. Vergebens. Er nahm die Schaufel und trug die Erde in der Grube vorsichtig ab. Die Fläche der Plastikfolie, die er freilegte, wurde immer grösser. Da merkte Otterbach, dass er dabei war, einen grossen Abfallsack auszugraben, der mit irgendwelchem Unrat gefüllt war. Der süssliche Geruch von Moder stieg in seine Nase. «Wer hat hier seinen Müll vergraben?», murmelte er verärgert. Das musste vor vielen Jahren gewesen sein, denn er war zu dem Schrebergarten bereits vor über vierzig Jahren gekommen. Sein Vorgänger war damals unerwartet verstorben. Die Gärten an der Limmat waren sehr begehrt. Jahre zuvor hatte er sich beworben und war auf der Warteliste ganz nach oben gerutscht. Der Vereinsvorstand hatte ihn endlich dazu auserkoren, den Garten zu übernehmen. Er war zu jener Zeit frisch verheiratet. Vielleicht hatte das den Ausschlag gegeben. Seit dann war es niemandem möglich gewesen, etwas in seinem Boden zu vergraben, ohne dass er es bemerkt hätte. Otterbach überlegte. Der Abfallsack war viel grösser als die Grube, die er ausgehoben hatte. Fünfzig Zentimeter hatte er freigelegt. Der Rest verschwand auf der anderen Seite der Grubenwand in der Erde. Mist, dachte er. Es dauert mindestens eine Stunde, das alles auszugraben. Er krempelte die Ärmel seines schwarz-rot karierten Flanellhemds zurück, spuckte in die Hände und zog seine Arbeitshandschuhe wieder an. Los geht's, dachte er grimmig. Dann stach er mit dem Spaten in den Lehmboden, den Holzstiel fest im Griff. Je tiefer er grub, umso feuchter wurde die Erde. Wozu machte sich jemand die Mühe, hier seinen Unrat zu vergraben?, fragte er sich. Noch dazu so tief im Boden. Hoffentlich hat hier niemand Giftmüll entsorgt. Er musste auf der Hut sein.

«Guten Morgen, Lothar, schon so früh auf den Beinen?»

Otterbach blickte auf. Es war der Nachbar. Er lehnte am Zaun mit einer Pfeife im Mund. In der Schrebergartensiedlung duzte man sich.

«Ja, ich pflanze einen Feigenbaum, ein Geburtstagsgeschenk meiner Frau», antwortete Otterbach und zeigte über seine Schulter nach hinten, wo der Baum stand. «Dabei bin ich auf einen Abfallsack gestossen, den hier jemand vergraben hat.»

«Oje, das ist ärgerlich», sagte der Nachbar und stiess einen Rauchkringel aus. «Es ist furchtbar dumm, so etwas zu tun. Soll ich dir helfen oder schaffst du das alleine?»

«Vielen Dank, aber das krieg ich hin. Ich brauche nicht mehr lange.»

«Sei vorsichtig, vielleicht hat hier jemand etwas entsorgt, das gefährlich ist.»

«Ja, ich passe auf.»

Der Nachbar verabschiedete sich mit einem Nicken und zog sich in seinen Garten zurück. Otterbach setzte den Spaten wieder an. Nach einer halben Stunde hatte er die Lehmschicht bis zum schwarzen Abfallsack abgetragen. Vorsichtig entfernte er die nasse Erde rund um den Sack. Es stank widerlich nach fauligem Wasser, nach Kloake. Resigniert stellte er fest, dass immer noch ein Teil des Plastiksacks im Erdboden steckte. Dabei hatte er ihn schon in einer Länge von einem Meter dreissig freigelegt. Otterbach seufzte. Er bückte sich und strich mit der Hand über den Abfallsack. Der fühlte sich fest an. Er enthielt keinen losen Unrat, sondern einen festen Gegenstand. Was konnte das wohl sein? Kurzentschlossen streifte er den rechten Handschuh ab, griff in die Tasche seiner Latzhose und holte ein Schweizer Sackmesser hervor. Am Ende des schwarzen Sacks stach er hinein. Er steckte seine Hand durch das Loch und fühlte dicken, feuchten Stoff, vielleicht war es ein Teppich. Otterbach wandte seinen Kopf ab, der Gestank war unerträglich. Er setzte das Taschenmesser erneut an und vergrösserte das Loch. Mit beiden Händen riss er die Plastikfolie mit einem Ruck auseinander. Plötzlich fuhr ihm der Schreck wie noch nie zuvor in die Glieder. Ein bleiches Gesicht starrte ihm entgegen, die trüben Augen waren geöffnet, die schütteren Haare klebten am Schädel. Entsetzt sprang Otterbach zurück und wäre beinahe über den Grubenrand gestürzt. «Oh mein Gott, eine Leiche», entfuhr es ihm. «In meinem Garten liegt eine Leiche!» Mit einem Satz stieg er aus der Grube, eilte den Beeten entlang zur Veranda, wo er auf der Brüstung sein Handy abgelegt hatte. Das Herz schlug ihm bis zum Hals. Vor Aufregung wäre ihm fast das Smartphone aus der Hand gefallen. Mit zittrigen Fingern wählte er 117, die Notfallnummer der Stadtpolizei.

***

«Kennen Sie die Geschichte vom Schiff des Theseus?», fragte Sara Hadorn.

«Nein, noch nie davon gehört», antwortete Sokrates interessiert. «Erzählen Sie, ich mag Geschichten.»

Sokrates sass auf einem Rattansessel in der «Pusteblume». Ihm gegenüber hatte Sara Platz genommen. Ihre schlanken Beine waren übereinandergeschlagen. Sie trug eine kaffeebraune Leinenhose, dazu eine moosgrüne Bluse mit winzigen roten Tulpen. Langsam rührte sie einen Löffel in ihrer Espressotasse, schleckte ihn ab und trank einen Schluck. Auf ihre vollen Lippen hatte sie einen weinroten Lippenstift aufgetragen.

Die nussbraunen Locken rahmten ihr ebenmässiges Gesicht und fielen ihr weich über die schmalen Schultern. Ihre grünen Augen blitzten schelmisch im warmen Licht der Reispapierlampe, als sie zu erzählen begann.

«Theseus ist ein Held der griechischen Mythologie. Von ihm wird gesagt, dass er eine Galeere mit dreissig Rudern besass. Regelmässig brachte er sein Schiff auf eine Werft und liess die Planken, die morsch geworden waren, durch neue ersetzen. So geschah es, dass im Laufe der Zeit alle Teile der Galeere ausgetauscht wurden. Eines Tages war nichts mehr davon original. Als Theseus darüber nachdachte, fragte er sich: Ist das eigentlich noch mein Schiff?» Sara schaute Sokrates spitzbübisch an. «Nun, was denken Sie? Alle Teile der Galeere wurden ersetzt. Ist es dennoch das Schiff des Theseus oder ist es ein anderes?»

Sokrates lächelte. «Sie haben mich erwischt, Sara. Ein interessantes Gedankenexperiment. Woher kennen Sie diese Geschichte?»

«Ein Professor hat sie vor langer Zeit einmal erzählt, als ich seine Philosophievorlesung besucht habe. Ich fand sie so spannend, dass ich sie nicht mehr vergesse.»

«Das ist sie in der Tat, sehr interessant.» Sokrates beugte sich nach vorne, nahm von einem Porzellanschälchen, das auf einem Glastisch mit Korbgeflecht stand, einen Butterkeks und biss hinein. «Wann verliert etwas seine Identität? Wie viel kann man wegnehmen, bevor jemand etwas anderes wird? Eine schwierige Frage, Sara. Lassen Sie mich darüber nachdenken.»

«Solange Sie mögen, Sokrates», antwortete Sara fröhlich. Sie wickelte eine Locke um ihren Zeigefinger. «Darf ich Ihnen noch einen Espresso bringen?»

«Gerne. Ich fürchte, ich brauche eine Weile für eine Antwort.»

Sara erhob sich, stellte die leeren Espressotassen auf ein Tablett und begab sich zu einer Kaffeekolbenmaschine, die auf einer geschwungenen Kommode aus Wurzelholz stand. Sokrates blickte sich um. Vor einem Jahr hatte er zum ersten Mal die «Pusteblume» betreten und Sara kennengelernt. Jede Woche arrangierte sie ihre Pflanzen neu. Auf einem langen Tisch aus geschliffenem Beton standen weisse Porzellanvasen in allen Grössen und Formen, in denen Blumengebinde zu sehen waren. Auf beiden Seiten des Tischs befanden sich bauchige Amphoren mit gelb blühenden Forsythien. In Tontöpfen, die entlang einer hellgrau gestrichenen Wand aufgestellt waren, standen Rosskastanienzweige im Wasser. Spots an der Decke beleuchteten die Pflanzen und Blumenarrangements.

Sokrates sog die Luft tief ein. Es roch betörend nach Frühling. Ihm gegenüber hing ein grosser Spiegel mit Goldrahmen an einer honigfarbenen Wand. Er sah sich darin zusammengekauert sitzen. Wie eine Kröte, fand er. Das blau-weiss gestreifte Hemd spannte um seinen Bauch. Der Buckel drückte durch die mausgraue Jacke, die an den Ellenbogen schon etwas abgewetzt war. Er richtete sich auf, um weniger bucklig auszusehen. Er hörte, wie der Espresso ratternd in die Porzellantasse tropfte, roch das Aroma von frisch gemahlenem Kaffee, das sich mit dem Blütenduft mischte und spürte die kühle Luft des Blumenladens in seinem Gesicht. Er fühlte sich gut. An seiner Figur musste er allerdings noch arbeiten, nahm er sich vor. Heute hatte er einen freien Tag eingegeben. Er war zwar auf Brandtour, musste also ausrücken, sobald irgendwo in der Stadt eine Leiche gefunden wurde, aber mit ein wenig Glück passierte das nicht.

Sokrates fing an zu zählen. Wenn Sara bis siebenundzwanzig einen Blick auf mich wirft, wird es heute ein guter Tag, ohne eine Leiche, dachte er. Sara war gerade dabei, Milch in einen weissen Porzellankrug mit aufgemalten Blümchen zu giessen, als sie plötzlich zu ihm aufblickte und ihn anlächelte. In diesem

Moment war er bei siebzehn angelangt, ein gutes Omen! Sokrates lächelte zurück. Sara kam mit einem Tablett zu ihm und tischte Espresso und ein schmales Glas mit Mineralwasser auf.

«Voilà», sagte sie und setzte sich wieder zu ihm. «Haben Sie eine Antwort gefunden? Ist das neue Schiff immer noch das Schiff des Theseus?» Auf ihren Wangen bildeten sich Grübchen, wie immer, wenn sie sich freute.

«Sie haben mir ein Paradoxon vorgesetzt», antwortete Sokrates und nippte am Espresso. «Mich erinnert Ihre Geschichte an ein impressionistisches Gemälde. Einige Meter vom Bild entfernt sieht man zum Beispiel eine Balletttänzerin von Degas. Tritt man aber ein paar Schritte nach vorne, zerfällt das Bild in einzelne Farbtupfer. Die Tänzerin verschwindet.»

Sara hörte ihm gebannt zu. Sokrates freute sich, dass eine so schöne Frau Zeit mit ihm verbrachte. Er spürte, dass sie ihn mochte.

«So ist es vielleicht auch mit einem Menschen. Er besteht nur aus einzelnen Farbtupfern. Es gibt kein festes Ich. Seine Identität setzt sich aus unzähligen winzigen Teilchen zusammen, aus Sinneswahrnehmungen, Erinnerungen, Gefühlen und Gedanken, die sich im Laufe des Lebens ständig ändern. Nein, mehr noch: Von Sekunde zu Sekunde kommt etwas Neues hinzu, Altes verschwindet. Trotzdem bleibt es der gleiche Mensch.»

«Das Schiff des Theseus bleibt also sein Schiff, denken Sie, auch wenn sämtliche Planken ausgewechselt wurden?» fragte Sara und berührte mit den Fingern ihren Hals.

Sokrates zog belustigt eine Augenbraue nach oben. «Ja, das ist meine Meinung. Vorläufig wenigstens. Bis zum erwiesenen Irrtum.» Er nahm einen Schluck Mineralwasser. «Beim Menschen erneuern sich ja auch ständig die Zellen. Im Laufe seines Lebens wird er mehrfach komplett ersetzt. Ist der Mensch deshalb ein anderer geworden? So ist es auch mit dem Schiff des Theseus.»

«Die Geschichte vom Schiff des Theseus ist aber noch nicht zu Ende», sagte Sara vergnügt. Sokrates spürte, wie aufgeregt sie war. «Wollen Sie die Pointe hören?»

«Unbedingt, Sara, ich bin gespannt.»

«Der Schiffbauer auf der Werft, der die alten Planken auswechseln musste, fand es schade, sie einfach fortzuwerfen», fuhr Sara fort. «So beschloss er, die Planken auf einem anderen Dock wieder genau gleich zusammenzusetzen. Jedes Schiffsteil erhielt exakt die gleiche Position. Nun gab es also zwei Schiffe: Das Schiff des Theseus, das aus lauter neuen Planken bestand, und das Schiff des Schiffbauers, das aus den Originalteilen vom alten Schiff des Theseus gebaut wurde.» Sara neigte sich nach vorne. Ihre Augen funkelten. «Sokrates, welches der beiden ist nun das Schiff des Theseus?»

Sokrates lachte laut. «Sara, es ist äusserst anregend, sich mit Ihnen zu unterhalten. Sie haben mich schon wieder drangekriegt. Da muss ich passen. Haben Sie eine Antwort?»

«Nein, ich kann mich nicht entscheiden, welche der vier möglichen Antworten die richtige ist. Entweder ist das Schiff mit den Originalteilen das Schiff des Theseus oder das Schiff mit den neuen Planken. Oder beide Schiffe sind Theseus' Schiffe oder keines davon. Soviel ich weiss, gibt es keine Antwort auf diese Frage. Sie wird von Philosophen immer noch diskutiert.»

«Na, dann schlage ich vor, abzuwarten, was die herausfinden», erwiderte Sokrates. «So müssen wir uns nicht weiter den Kopf darüber zerbrechen.»

Sara lachte. Ihre weissen Zähne standen in einer Reihe. «Eine gute Idee. Hören wir mit dem Philosophieren auf. Haben Sie heute einen anstrengenden Tag vor sich?»

Sokrates wollte antworten, als sein Smartphone zu surren anfing. Er griff in seine Jackentasche und sah auf dem Display die Nummer der Einsatzzentrale. Oh nein, dachte er, hoffentlich nicht! Er nahm das Gespräch entgegen und hörte kurz zu. «In einer halben Stunde bin ich dort», sagte er nur und legte auf.

Sara schaute ihn fragend an.

«Ein AGT in Wipkingen, ich muss leider los.»

«AGT?»

«Oh, Entschuldigung. AGT, ein aussergewöhnlicher Todesfall. Wenn ein Mensch stirbt und die Todesursache unklar ist, wird ein Rechtsmediziner gerufen, der die Leiche untersuchen muss.» Er suchte auf dem Smartphone nach einem gespeicherten Kontakt. «Ich muss meinen Assistenten informieren», sagte er zu Sara. «Einen Moment bitte.» Es klingelte nur einmal, da nahm Niklaus Mooser ab. «Guten Morgen, Nik. Ein AGT in Wipkingen», sagte Sokrates. «Wir haben noch ein wenig Zeit. Die Spurensicherung hat eben erst begonnen. Lass uns zusammen hinfahren. Wir treffen uns im Institut.» Er erhob sich vom Rattansessel, griff nach seiner signalroten Arzttasche mit Leuchtstreifen, die Utensilien enthielt, wie sie ein Rechtsmediziner für eine Leichenschau brauchte, und verabschiedete sich von Sara. «Haben Sie über Ostern geöffnet?», fragte er zum Schluss.

«Ja, an Karsamstag. An Ostern wollen sich die Menschen mit Blumen beschenken. Ein guter Tag für mich.»

«Das freut mich sehr», sagte Sokrates. «Wenn Sie mögen, besuche ich Sie heute Abend wieder, sofern es die Arbeit zulässt.»

Sara lächelte, ihre grünen Augen glänzten eine Spur dunkler. Sie gab ihm die Hand, die sich angenehm kühl anfühlte. «Ich erwarte Sie, Sokrates.» Ihm schien es, als wollte sie seine Hand für einen Moment nicht loslassen.

***

Hageres Gesicht, buschige Augenbrauen, schmale Nase, faltiger Hals, feuchte graue Haare, die am Kopf klebten. Am auffälligsten jedoch war die hohe Stirn, auf der ein kleines Einschussloch zu sehen war. Kriminalpolizist Theo Glauser musterte die Leiche. Mit der fahlen Gesichtsfarbe wirkte der Tote wie eine Porzellanpuppe. Er erkannte den dunklen Kragen eines Wollmantels. Der Rest der Leiche steckte in einem schwarzen Plastiksack. Glauser schätzte den Toten auf Anfang sechzig. Er vermutete, dass der Mann vor ein oder zwei Tagen erschossen worden war. Die Leiche wies noch keine Verwesungsmerkmale auf.

Glauser war als erster Ermittler am Tatort eingetroffen. Seine Leute, der Staatsanwalt und die Männer vom Forensischen Institut waren unterwegs. Der Rechtsmediziner würde später dazustossen. Die beiden Stadtpolizisten, die vom Schrebergartenbesitzer gerufen worden waren, hatte er angewiesen, die wenigen Menschen, die sich in der frühen Morgenstunde in den Gärten aufhielten, nach Hause zu schicken und die gesamte Siedlung mit einem Polizeiabsperrband abzuriegeln. Er wollte keine Gaffer. Mit Lothar Otterbach hatte er sich kurz unterhalten und ihn gebeten, auf der Veranda seines Schrebergartenhäuschens zu warten, bis er befragt werden konnte. Der Mann schien gefasst, er würde sicherlich Hinweise geben können.

Nach ein paar Minuten tauchten mehrere Kriminaltechniker auf, die ihren weissen Mercedeskastenwagen an der Breitensteinstrassse geparkt hatten und über eine kleine Gasse zur Schrebergartensiedlung gekommen waren. Sie transportierten grosse Aluminiumkoffer, graue Boxen aus Plastik und zusammenklappbare rote Kunststoffkisten, worin sie die sichergestellten Asservate verstauen konnten. Sie trugen weisse Schutzanzüge aus Vliespapier mit Kapuzen, Latexhandschuhe und hellblaue Überschuhe. Die Gesichtsmasken hatten sie noch nicht aufgesetzt. Philip Kramer, der Leiter der Kriminaltechniker, trat auf Glauser zu und begrüsste ihn.

«Sollen wir ein Sichtschutzzelt über der Grube aufschlagen?», fragte er mit Blick auf die Leiche.

«Nein, ich denke, das wird nicht nötig sein», antwortete Glauser. «Die Schrebergartenanlage ist weiträumig abgesperrt. Von aussen hat niemand Einblick in den Garten.»

Auf dem Kloster-Fahr-Weg kam vom Wipkingerplatz her der Staatsanwalt auf sie zu, der ein mürrisches Gesicht aufgesetzt hatte. Die Arbeit bei der STA I für Gewaltdelikte schien ihn immer mehr anzuwidern. Trotz der milden Frühlingstemperatur trug er eine Daunenjacke, fiel Glauser auf.

«Wie gehen wir vor?», fragte der Staatsanwalt ohne Begrüssung, als er Glauser und Kramer erreicht hatte.

«Zuerst machen wir vom gesamten Schrebergarten Fotos und einen 3-D-Scan», antwortete Glauser. «Meine Leute werden den Besitzer des Schrebergartens und die Nachbarn befragen, ob sie etwas Verdächtiges gesehen haben.» Er wandte sich an Kramer. «Philip, wie willst du die Spurensicherung organisieren?»

«Wir suchen den gesamten Schrebergarten nach Spuren ab. Wo ist die Tatwaffe? Gibt es Fussabdrücke? Den Erdhaufen, den der Schrebergartenbesitzer ausgehoben hat, sichern wir und schaffen ihn ins Institut. Vielleicht enthält er Hinweise, die zum Täter führen.» Er blickte in die Grube, wo der Tote lag. «Dann graben wir die Leiche aus, ohne den Abfallsack zu zerstören. Darauf könnten sich Fingerabdrücke des Täters befinden.»

«Machen wir die Legalinspektion vor Ort?», fragte der Staatsanwalt.

«Ja, sobald der Rechtsmediziner da ist, soll er damit beginnen. Er entscheidet dann, ob er die Leichenschau hier beendet oder ob er sie im IRM weiterführen will», gab Glauser zur Antwort.

Polizeifotografin Lara Odermatt, die mittlerweile eingetroffen war, band ihre roten schulterlangen Locken mit einem Haargummi zu einem Pferdeschwanz. Sie setzte die Kapuze des Overalls auf und stülpte sich Handschuhe über. Aus einer Fotokiste holte sie eine Digitalkamera mit Weitwinkelobjektiv und schoss vom Schrebergarten Übersichtsfotos aus mehreren Perspektiven. Sie legte sechs handballgrosse weisse Kugeln aus Kunststoff um die Leiche. Dann stellte sie einen 3-D-Laserscanner auf ein Stativ, der sich automatisch langsam um die eigene Achse drehte und den Schrebergarten mit der halb ausgegrabenen Leiche in der Grube abtastete. Mit diesen Daten würde sie später am Computer ein 3-D-Bild erstellen. Damit konnten sich die Ermittler virtuell durch den Garten bewegen, um die Leiche herum laufen, die Perspektive ändern und markierte Spuren in Grossaufnahme ansehen. Lara bewegte sich graziös, jede ihrer Bewegungen schien ihr bewusst. Glauser sah ihr gerne bei der Arbeit zu. Er kannte sie bereits von mehreren Einsätzen her. Sie bewegt sich wie eine Tänzerin, dachte er. Leicht, schwebend, ohne jede Anstrengung. Ihren Kopf hält sie aufrecht, sie hat schräggeschnittene, grüne Augen, eine schmale Nase und aufgeworfene Lippen. Eine aufregende Frau. Wie alt war sie wohl?, fragte er sich. Vielleicht Anfang vierzig. Er merkte, wie Lara ihre Schultern ein wenig zurückdrückte, als sie an ihm vorbeiging, so dass ihre kleinen Brüste durch den Overall hervortraten. Sie warf einen kurzen Blick auf ihn. Glauser senkte seinen Kopf. Er fühlte sich ertappt, weil er ihr nachgeschaut hatte.

«Guten Morgen, Chef», hörte er hinter sich. Glauser drehte sich um. Es war Franz Ulmer, ein drahtiger Mann mit schwarzen Knopfaugen, kantigem Schädel und kurzgeschnittenen silbergrauen Haaren. «Welch ein herrlicher Frühlingstag. Seht, der Lenz ist da. Licht! Leben! Leiche!», sagte er theatralisch.

Neben ihm fing Emma Vonlanthen an zu kichern, eine junge Polizistin mit blondem Pagenschnitt und geröteten Wangen. Glauser spürte ihre Aufregung, obwohl sie bereits seit zwei Jahren bei der Kripo arbeitete. Sie war schon bei mehreren Mordfällen im Einsatz gewesen und hatte dabei ihr Talent gezeigt.

«Wer ist das Opfer?», fragte Ulmer, nachdem er den Staatsanwalt und Kramer mit einem Nicken begrüsst hatte.

«Das wissen wir noch nicht», antwortete Glauser. «Gefunden hat ihn der Besitzer des Schrebergartens. Er sitzt da hinten auf seiner Veranda. Findet heraus, ob er irgendetwas Verdächtiges in den letzten Tagen bemerkt hat.»

«Könnte er der Täter sein?», wollte Emma wissen.

«Dazu gibt es keinerlei Hinweise», erwiderte Glauser. «Vorläufig wenigstens.»

«Na, dann steigern wir mal das Bruttoinlandprodukt und machen uns an die Arbeit», sagte Ulmer und zwinkerte Emma zu.

«Geht auf dem Gartenweg», mahnte Kramer. «Wir haben noch keine Spuren gesichert.»

Ulmer und Emma nickten. Gemeinsam steuerten sie auf die Veranda zu. Leise ertönte die Melodie «In der Halle des Bergkönigs» von Edvard Grieg. Glauser klaubte aus seiner Jackentasche ein Smartphone hervor und nahm ab. «Lukas, erkundige dich nach einem Mann namens Lothar Otterbach. Ich möchte wissen, wer er ist. Und finde heraus, wie der Vereinspräsident von der Schrebergartensiedlung in Wipkingen heisst.» Er hörte kurz zu. «Nein, momentan kommen wir alleine zurecht», sagte Glauser und legte auf.

Der Staatsanwalt schaute auf seine Armbanduhr. «Im Büro ersticke ich in Arbeit», wandte er sich an Glauser. «Brauchst du mich noch bei der Spurensicherung?»

«Nein. Wenn irgendetwas Ungewöhnliches passieren sollte, rufe ich dich an», antwortete Glauser.

Der Staatsanwalt warf einen Blick auf die Leiche und schnitt dazu eine Grimasse, als ob er Lebertran getrunken hätte. «An der Sachbearbeiterkonferenz bin ich selbstverständlich wieder anwesend», sagte er. «Um welche Uhrzeit?»

«Siebzehn Uhr. Wenn wir sie verschieben müssen, melde ich mich.»

«Gut», sagte der Staatsanwalt und entfernte sich mit schnellen Schritten.

Lara packte den 3-D-Scanner in den Transportkoffer. Die Kriminaltechniker stülpten sich Gesichtsmasken über Mund und Nase. Jeden Schritt setzten sie vorsichtig, um nicht versehentlich Spuren zu verwischen. Zuerst suchten sie die Umgebung des Schrebergartens ab. Nichts. Keine Zigarettenstummel, kein Fetzen Papier, nichts Verdächtiges. Der Garten war sehr gepflegt. Langsam arbeiteten sich die Spezialisten an die Grube mit der Leiche heran. Um die Bodensenke herum bemerkte Kramer mehrere Schuhspuren. Er kniete sich daneben und sah sie genau an. Sie stammten vermutlich vom Besitzer des Schrebergartens.

«Theo, wir sollten einen Stiefel von ...» Kramer unterbrach sich. «Wem gehört der Garten?»

«Lothar Otterbach», antwortete Glauser.

«Wir müssen das Profil seiner Stiefel mit den Schuheindruckspuren hier vergleichen.»

Glauser sah Ulmer und Emma auf der Veranda stehen und sich Notizen machen. Ihnen gegenüber sass Otterbach, sein Gesicht war im Schatten der Veranda nur als Silhouette zu erkennen. Glauser rief ihnen zu, einen Stiefel zu bringen. Kramer inspizierte den Boden rund um die Grube weiter. Er entdeckte eine einzige Schuhspur, die sich von den anderen unterschied. Weitere fand er nicht. Er richtete sich auf. «Paul, rühre bitte einen Gipsbrei an», wies er einen Kriminaltechniker an. Lara Odermatt trat heran, platzierte einen rechtwinklig angelegten Meterstab neben die Schuhspur und schoss mehrere Fotos. Dann steckte sie ein Blitzgerät auf ihren Fotoapparat. Sie hielt ihn sehr tief seitwärts über die Spur, so dass der Blitz schräg einfiel und einen Schlagschatten vom Schuhprofil warf.

Emma kam von der Veranda und drückte Kramer einen braunen Gummistiefel in die Hand. Der Kriminaltechniker musterte das Profil der Sohle. «Wie zu erwarten war. Die Schuheindruckspuren stammen von Otterbach», sagte er. Er zeigte mit der Hand auf den Boden. «Doch diese Spur hier hat jemand anderes hinterlassen.»

Kramer kniete sich hin und entfernte vorsichtig mit Daumen und Zeigefinger zwei Steinchen und ein kleines Blatt aus der Schuhspur. Mit einem Schwamm tupfte er die Feuchtigkeit darin auf. Ein Kriminaltechniker reichte ihm eine Schüssel mit dünnflüssigem, sämigem Gipsbrei. Langsam goss Kramer den Gips über ein Holzbrettchen in den Schuhabdruck. Zum Schluss drückte er eine beschriftete Spurenkarte in den weichen Gips.

«Konntet ihr bei Otterbach schon etwas in Erfahrung bringen?», fragte Glauser.

Emma schüttelte den Kopf. «Er kam heute Morgen früh in den Garten, um einen Baum zu setzen. Er hat nichts Auffälliges gesehen. Alles sei wie immer gewesen. Die Senke, in der er die Grube aushob, war mit Gras überwachsen. Niemand konnte dort vor kurzem ein Grab geschaufelt haben, ohne dass er es gemerkt hätte.»

«Das ist aber passiert. Der Tote muss in den letzten Tagen vergraben worden sein», erwiderte Glauser. «Sieh dir sein Gesicht an. Wie gestern beerdigt.»

«Vielleicht hat der Täter die Grasnarbe vorsichtig in einem Stück abgetragen und nachher wieder drübergelegt», überlegte Emma. «Das wächst schnell wieder an.»

Glauser rieb sich mit seiner grossen Hand über das Kinn. «Möglich. Allerdings musste der Täter auch Lehm abtransportiert haben, der übrig geblieben war, als er das Grab wieder zuschaufelte. Es lag ja eine Leiche im Boden, die Platz benötigte und Erdreich verdrängte. Es hätte sonst einen kleinen Hügel gegeben. Das muss Spuren hinterlassen haben.»

Ulmer trat hinzu. «Otterbach konnte uns nichts sagen, was uns weiterhilft. Ich habe seine Personalien notiert und ihm meine Visitenkarte gegeben, falls ihm noch etwas einfällt.»

«Gut. Wir brauchen sämtliche Adressen der Schrebergartenbesitzer», sagte Glauser zu Emma und Ulmer. «Kontaktiert sie. Fragt sie, ob sie irgendetwas Seltsames bemerkt haben.»

«Wann treffen wir uns?», fragte Ulmer.

«Sachbearbeiterkonferenz, siebzehn Uhr.»

Die beiden Polizisten grüssten kurz und entfernten sich.

«Die Spurensicherung im Schrebergarten ist bald abgeschlossen», sagte Kramer. «Nun müssen wir die Leiche ausgraben. Wann kommt der Rechtsmediziner?»

«Sokrates ist unterwegs», antwortete Glauser. «Er wird bald hier sein.»

Kramer ging vor der Grube in die Hocke und betrachtete die Schusswunde auf der Stirn der Leiche. Er bemerkte das Waffengesicht, die Stanzmarke, die entsteht, wenn sich die Haut beim Einschuss vorwölbt und gegen die Mündung presst. Glauser trat neben ihn. Um das Einschussloch waren starke Schmauchrückstände zu sehen, die Haut war sternförmig aufgerissen. «Der Mann wurde mit einer aufgesetzten Waffe erschossen», sagte Kramer. «Ein absoluter Nahschuss. Das zeigt die andreaskreuzförmige Einschussplatzwunde.» Eine Hinrichtung, dachte Glauser.

***

Sokrates schloss die Glastür der «Pusteblume» hinter sich und ging dem Neumarkt entlang Richtung Seilergraben. Kurz davor bog er nach rechts ab, stieg ein paar Stufen hoch, die zum Obergericht führten, zu einem L-förmigen Bau, der an das Konventsgebäude des ehemaligen Barfüsserklosters angebaut worden war. Es roch nach trockenem Kopfsteinpflaster. Sein Buckel zwackte ein wenig, doch der Schmerz war erträglich. Er erreichte den Hirschengraben. Rechts tauchte das Kunsthaus auf. Zügig ging er weiter und steuerte auf das Schauspielhaus zu, das in Leuchttafeln für das Stück «Der Prozess von Schamgorod» des jüdischen Schriftstellers Elie Wiesel warb. Sokrates kannte das Drama. Er hatte es als junger Student in Göttingen mit ein paar Kommilitonen im Deutschen Theater gesehen. Ein gewaltiges Stück, das ihn stark beschäftigt hatte. Vor dem Pfauen wartete er auf das Tram Nummer 9. Er blickte auf seine Jaeger-LeCoultre. Acht Uhr vierzig. Vom Bellevue rumpelte das Tram herauf und hielt quietschend vor ihm an. Er stieg ein. Wie immer setzte er sich auf einen Platz auf der linken Seite des Wagens. Seine Arzttasche stellte er auf den Nachbarsitz. Es roch seltsam nach Kiefernadeln, wie von einem Duftbaum aus Pappe, der am Rückspiegel eines Autos hing. Das Tram ruckelte los. Drei Teenagerinnen ein paar Reihen vor ihm unterhielten sich kichernd. Sonst waren nur wenige Passagiere zu sehen. Eine Mutter mit Kinderwagen, die auf ihrem Smartphone eine SMS schrieb, ein alter Mann mit Hut und zerfurchtem Gesicht, zwei Buben, die miteinander Schere, Stein, Papier spielten. An diesem Gründonnerstag war nicht viel los, dachte Sokrates, so wie er es sich das auch gewünscht hatte. Er nahm seine Brille ab, hauchte auf die Gläser und putzte sie mit einem Stofftuch, das er immer eingesteckt hatte.

Das Tram kletterte bergauf. Sokrates schaute aus dem Fenster. Er dachte an Sara, an ihre Stimme, ihre Klugheit, die Art, wie sie ihn ansah. Plötzlich hatte er eine Idee. Er würde sie ins Theater einladen, in Elie Wiesels Stück. Wiesel war Auschwitz-Überlebender, wusste er, der Vater, Mutter und eine Schwester im KZ verloren hatte. Sein Theaterstück handelt davon, warum Gott solche Gräueltaten nicht verhindert. Es spielt in einer heruntergekommenen Kneipe in einem russischen Dorf, irgendwann vor drei- oder vierhundert Jahren. Sokrates erinnerte sich noch gut daran. Ein paar Komödianten betreten ein Wirtshaus und wollen ein lustiges Spiel zum Besten geben. Kurz zuvor jedoch hatten Kosaken und Tartaren im Dorf ein Pogrom verübt. Die Männer ermordeten eine jüdische Hochzeitsgesellschaft, folterten den Bräutigam zu Tode und vergewaltigten stundenlang die Braut, die dadurch dem Wahnsinn verfiel. Ihr Vater, Wirt der Schenke, überlebte das Pogrom. Der Wirt willigt ein, verlangt aber von den Komödianten, ein Schiedsgericht zu spielen, in dem Gott in Abwesenheit angeklagt wird, weil er dem Morden ungerührt zugesehen hatte. Der Wirt spielt den Ankläger. Weil niemand Gott verteidigen will, übernimmt ein Gast in der Kneipe diese Rolle. Er muss die Anklage verwerfen, warum ein gütiger und allmächtiger Gott solche Grausamkeiten nicht verhindert. Sokrates hatte das Theaterstück tief bewegt. Es würde sicherlich auch Sara gefallen. Anschliessend könnten sie sich im Kunsthausrestaurant darüber unterhalten. Mit einem Mal quälten ihn Zweifel. Sollte er es wirklich wagen, sie einzuladen? Wird sie seine Einladung annehmen oder ihn zurückweisen? Eine Absage von Sara würde ihn hart treffen. Das Tram stoppte an der Haltestelle Rigiblick. Die beiden Buben sprangen sich gegenseitig schubsend aus dem Fahrzeug. Noch drei Stationen und Sokrates erreichte die Universität Irchel. Plötzlich fiel ihm ein, dass er gestern Geburtstag gehabt hatte. Er hatte nicht eine Sekunde daran gedacht, was ihn keineswegs bekümmerte. Er stieg eine flache Treppe aus Pflastersteinen nach oben in den

Irchelpark. Ein Schotterweg, der sich durch einen Laubwald schlängelte, führte zu einem grossen Fachwerkhaus, das die Wirtschaft Neubühl beherbergte. Die Sonne stach vom Himmel. Schweiss perlte auf seiner Stirn. Er spürte, wie das Hemd unter den Achseln feucht wurde. Am liebsten hätte Sokrates in der Wirtschaft etwas getrunken. Doch er musste weiter. Alsbald erreichte er die Gebäude der Universität. Vor dem Museum für Anthropologie bog ein schmaler Weg links ab, der ihn zum Institut für Rechtsmedizin brachte. Auf dem Parkplatz sah er den Citroën von Nik stehen. Am Empfang begrüsste er die Sekretärin und begab sich eine Etage tiefer, wo sich sein Assistent befand.

Niklaus Mooser sass an einem langen schmalen Tisch, der an einer Wand festgeschraubt war. Darauf standen in einer Reihe ein Dutzend Monitore. Der Raum wurde von Oberlichtern erhellt. Konzentriert betrachtete er auf einem Monitor das virtuelle Bild einer Leiche. Sokrates trat auf ihn zu und reichte ihm die Hand. «Wir müssen los», sagte er.

Nik blickte auf. «Nur eine Minute», antwortete er. «Ich fahre noch den Computer runter.» Nach ein paar Klicks mit der Maustaste erhob er sich. «Mein Wagen steht vor der Türe, die Materialkiste habe ich eingeladen. Du kannst mir unterwegs erzählen, um was es geht.»

Gemeinsam stiegen sie die Treppe nach oben und begaben sich nach draussen. Nik sah ernster aus als noch vor einem halben Jahr, seine Bewegungen waren nicht mehr so schlaksig, auch die Zahnlücke grinste nicht mehr so frech wie einst. Trotz der abstehenden Ohren, die immer rot leuchteten, und der Sommersprossen um die Nasenflügel war sein Lausbubengesicht verschwunden.

Auf dem Rücksitz des Citroëns sah Sokrates einen Kindersitz, auf dem Plüschtiere lagen. Seine Arzttasche stellte er vor sich zwischen die Füsse. Nik startete den Motor und rollte langsam um einen Kreisel herum auf die Winterthurerstrasse. Sokrates öffnete auf seinem Smartphone Google Maps und tippte die Koordinaten des Tatorts ein, die ihm die Einsatzzentrale geschickt hatte. 9 Minuten, 3,3 Kilometer, zeigte das Programm an. «Wir müssen zum Wipkingerplatz», sagte Sokrates. «Von dort weise ich dir den Weg.»

Nik schaltete in den zweiten Gang. Auf dem Weg zum Milchbuck berichtete Sokrates seinem Assistenten von der Leiche mit dem Einschussloch auf der Stirn, die in einem Schrebergarten vergraben worden war. Nik steuerte seinen Wagen Richtung Bucheggplatz. Auf den Strassen war wenig los. Der Motor summte.

«Wie geht es deiner Tochter?», fragte Sokrates nach einer Weile.

Niks Ohren röteten sich, die Sommersprossen um die Nase herum schienen zu tanzen. «Nora geht es prächtig. Sie ist putzmunter», erzählte er stolz. «Am Wochenende hat sie zum ersten Mal Papa gesagt.» Er grinste. «Naja, sie sagte Babababa.»

Sokrates lachte. Sie erreichten den Bucheggplatz. Nik bog in die Rosengartenstrasse ein. Der Name klingt furchtbar zynisch, dachte Sokrates, mit einem Rosengarten hatte diese hässliche Verkehrsachse nichts gemein. Sie war die meistbefahrene Strasse Zürichs. Täglich donnerten fünfzigtausend Lastwagen und Personenfahrzeuge durch das Quartier, hatte er in der Zeitung gelesen. Sie war wie eine klaffende Wunde, die Wipkingen in zwei Teile zerschnitt. Es stank nach Autoabgasen. Die Luft hing bleiern über dem Asphalt. Die Fassaden der Häuser entlang der Strasse waren vom Russ der Lastwagen grau geworden.

«Wir erreichen gleich den Wipkingerplatz», sagte Nik. «Wie geht es weiter?»

Sokrates öffnete Google Maps. «Biege rechts in die Breitensteinstrasse ab», wies er ihn an. «Von dort sind es noch fünfhundert Meter bis zur Hausnummer 61.» Nach einer halben Minute zeigte Sokrates nach links. «Siehst du diese Einfahrt? Da müssen wir rein.» Nik lenkte den Citroën in die Einfahrt. Nach wenigen Metern erblickten sie den weissen Kastenwagen des Forensischen Instituts, der oberhalb der Schrebergartensiedlung parkte. Vor den geöffneten Hecktüren stand ein Kriminaltechniker, der eine rote Kiste verstaute. Er drehte sich um und hob zur Begrüssung seine Hand. Nik stellte seinen Wagen daneben. Sokrates stieg aus, zog sein Jackett aus und legte es auf den Beifahrersitz. Seine Arzttasche liess er im Auto liegen. Wenn er sie brauchte, würde er sie holen.

«Wir sind soeben mit der Arbeit fertig geworden. Sie werden erwartet», sagte der Kriminaltechniker, den Sokrates noch nie zuvor gesehen hatte.

«Wissen wir schon mehr über das Opfer?», fragte Sokrates.

«Nein, bisher noch nicht. Aber sobald wir die Leiche ausgegraben haben, werden wir sicherlich erfahren, wer es ist.»

Sokrates nickte. «Hoffentlich trägt das Opfer Papiere bei sich.»

Nik nahm die Materialkiste aus dem Kofferraum. Er holte zwei Schutzanzüge heraus und übergab Sokrates einen. Sokrates stieg in den weissen Overall, stülpte sich Latexhandschuhe über und zog Überschuhe an. Nik tat es ihm gleich. Als sie umgezogen waren, hob der Kriminaltechniker das Polizeiabsperrband, das am Eingang der Schrebergartensiedlung gespannt war. «Gehen Sie den Kiesweg entlang, am Ende rechts abbiegen. In einer Minute sind Sie dort», sagte er. Sokrates und Nik duckten sich und schlüpften hindurch.

***

Drei Kinder umklammern einen zentnerschweren Pressluftbohrer. Grauer Staub bedeckt ihre Gesichter, die Augen sind blutunterlaufen. Der Lärm im Granitsteinbruch ist ohrenbetäubend. Die dünnen Körper werden von der Maschine durchgerüttelt.

Maria Noll sass vor ihrem Monitor in der «Schweiz aktuell»-Nachrichtenredaktion und schaute sich die Videoclips an, die ihr ein Arbeitsrechtsexperte vom katholischen Hilfswerk Misereor gemailt hatte. Der Mann gab sich in Indien als Granithändler aus. So verschaffte er sich Zugang zu den Steinbrüchen und machte dabei heimlich Filmaufnahmen. Maria hatte ihn gestern in Freiburg im Breisgau interviewt. Auf seinem Laptop waren die Videos gespeichert, die er gedreht hatte. Beim Interview zeigte er immer wieder auf diese Aufnahmen und kommentierte sie. Leo Oberholzer hatte die Bilder mit seiner Kamera eingefangen. Dutzende kleine Kinder, kaum zehn Jahre alt, schlagen im Steinbruch unter unmenschlichen Bedingungen Granit. Die ausgemergelten Körper sind von der sengenden Hitze schweissnass. Der Staub klebt an ihren Leibern.

«Die Kinder wurden von ihren Eltern als Sklaven verkauft, weil sie verschuldet waren», erklärte der Arbeitsrechtsexperte Maria. «Nun sind sie Leibeigene des Steinbruchbesitzers. Vierzehn Stunden schuften sie täglich. Die schweren Presslufthämmer dröhnen so laut, dass viele schwerhörig sind.» Die Kinder werden höchstens dreissig Jahre alt, der Steinstaub in ihren Lungen tötet sie, erfuhr Maria. Es ist furchtbar, was Menschen einander antun, dachte sie, selbst kleine Kinder werden gequält. Sie drückte die Stopptaste und öffnete ein anderes Programm, mit dem sie die Videoclips anschauen konnte, die Leo vor drei Tagen gedreht hatte. Sie waren ins Berner Oberland gefahren, weil sie herausgefunden hatte, dass dort ein Steinhändler jährlich tausend Tonnen Granit aus Indien bezog. Viele seiner

Rohblöcke stammten aus Steinbrüchen, in denen Kindersklaven arbeiteten. Damit machte er am meisten Profit. Denn der Granit von dort war billig. Als sie bei ihm aufgetaucht waren, hatte er sie angebrüllt und mit Steinen beworfen. Während sie davonrannten, hielt Leo die Kamera nach hinten gerichtet und liess sie laufen. Maria lächelte. Die Bilder waren spektakulär.

Sie stand auf, riss die Fenster auf, weil es im Büro säuerlich nach verbrauchter Luft roch. Frühlingsduft füllte den Raum. Sie dachte an Leo, an seine verwuschelten, weizenblonden Haare, seinen wiegenden Gang und an seinen knackigen Arsch. Seine Hände waren ein einziges Versprechen. Leo war ihr Liebhaber. Eigentlich war er mehr als das, aber ‹Freund› klang ihr zu muffig. Er war mit vierunddreissig Jahren fast auf den Tag fünf Jahre älter als sie. Gestern hatte sie bei ihm übernachtet. Sie spielten eine Szene aus «Effi Briest» von Theodor Fontane. Maria mimte die Effi. Leo gab den Major von Crampas. Während Leo «sie mit heissen Küssen überdeckte», las sie ihm aus dem Roman vor, bis ihr war, «als wandle sie eine Ohnmacht an.» Obwohl sie sich bis in die frühen Morgenstunden verlustiert hatten, war sie nach wenigen Stunden Schlaf ausgeruht aufgewacht.

Zufrieden legte sie ihre Füsse auf den Schreibtisch und löffelte ein Himbeerjoghurt, das sie aus dem Personalrestaurant im zweiten Stock geholt hatte. Genüsslich umspielte sie den Löffel mit ihrer Zunge. Die Computeruhr zeigte kurz vor halb zehn. Sie hielt sich allein im Grossraumbüro auf. Ihre Kollegen würden erst in einer Stunde zur Redaktionssitzung eintrudeln. Maria mochte die Ruhe, bevor der hektische Nachrichtenalltag begann.

Ihr Handy spielte den Soundtrack des Films «Spotlight». Sie klaubte ihr Smartphone aus der engen Jeans und drückte den Telefonbutton. «Maria Noll, Schweiz aktuell», sagte sie und hörte kurz zu. «Guten Morgen, Herr Wenger, welch eine Überraschung, Sie zu hören.» Der Polizeisprecher der Kripo schon so früh am Morgen?, dachte sie stirnrunzelnd und wischte sich eine Locke ihrer kastanienbraunen Haare aus dem Gesicht.

«Frau Noll, in einem Schrebergarten in Wipkingen wurde vor einer Stunde eine Leiche ausgegraben», hörte sie Wenger am anderen Ende der Verbindung. «Der Mann weist eine Schussverletzung am Kopf auf. Ein Tötungsdelikt. Vielleicht interessiert Sie das.»

Maria nahm hastig ihre Füsse vom Tisch und angelte sich einen Kugelschreiber. Dabei stiess sie den Joghurtbecher um, der zu Boden fiel. «Mist», grummelte sie leise und rollte ihre graublauen Augen. «Mordgeschichten interessieren mich immer, Herr Wenger», rief sie. Sofort brach bei ihr das Jagdfieber aus.

«Die Medienmitteilung geht in einer Stunde raus. Ich informiere Sie bereits jetzt darüber, weil Sie uns schon mehrmals bei Kapitalverbrechen mit Ihren Recherchen geholfen haben. Sehen Sie das als Revanche.»

Ich habe nur meinen Job gemacht, dachte Maria.

«Wer ist der Tote?», wollte sie wissen.

«Wissen wir nicht», gab der Polizeisprecher zur Antwort.

«Also auch keine Verdächtigen?»

«Nein, wir stehen am Anfang.»

«Ist die Spurensicherung abgeschlossen?»

«Die Kollegen vom Forensischen Institut sind noch dran.»

«Wissen Sie, ob mein Vater heute Brandtour hat?»

«Ja, Sokrates, äh, Max Noll, ist im Einsatz.»

«Kann ich Sie vor Ort zum Mordfall interviewen?»

Der Polizeisprecher willigte ein. In einer halben Stunde sei er dort.

«Das Gelände ist weiträumig abgeriegelt, den Tatort können Sie nicht filmen», fügte er hinzu. «Es ist aber möglich, das

Interview vor einem Polizeiabsperrband zu führen. Daneben lasse ich ein Polizeiauto abstellen, damit Sie ein gutes Bild bekommen.»

Er gab Maria die genaue Adresse bekannt und hängte auf.

«Mord in einer Schrebergartenidylle», murmelte sie. Auf diese Geschichte hatte sie Lust. Die andere Geschichte konnte noch einen Tag warten, die lief ihr nicht davon. Sie würde das Schicksal der Kinder in den Steinbrüchen Indiens auf so drastische Weise schildern, nahm sie sich vor, dass es sich Produzenten von Grabsteinen, Küchenabdeckungen und Gartenwegen zwei Mal überlegen würden, Granit von dort zu kaufen, nur weil er billiger war. Nach ihrem Bericht würden alle begreifen, dass das Blut von Kinderhänden daran klebte. Sie schüttelte den Kopf. Sei nicht naiv, dachte sie. Sie wusste, solche Geschichten bewirkten nicht viel. Hauptsache billig, egal wie produziert.

Maria wischte den Himbeerjoghurt mit einer Papierserviette vom Linoleumboden auf, als Selina Hodler ins Büro kam. Sie grüsste und setzte sich gegenüber an den Schreibtisch. Ihre grosse Lederhandtasche warf sie mit Schwung auf den danebenstehenden Sessel. «Wie war dein Dreh gestern in Freiburg?»

Maria blickte auf. Selina machte bei «Schweiz aktuell» eine zweijährige Ausbildung zur Fernsehjournalistin. Zuvor hatte sie an der Zürcher Hochschule für angewandte Wissenschaften in Winterthur Kommunikation studiert. Sie war clever, neugierig und lernte schnell. «Lief gut, der Mann von Misereor hat spannend erzählt», antwortete Maria. «Er gab mir eindrückliches Bildmaterial über die Kindersklaven mit.»

Selina fuhr ihren PC hoch. Maria schmiss die Papierserviette in den Papierkorb und nahm auf ihrem Bürostuhl Platz.

«Vorhin hat mich die Kripo angerufen. Ein Mord in Wipkingen», sagte sie. «So wie ich unseren Chef kenne, will der die Geschichte. Möchtest du mich beim Dreh begleiten?» Der Redaktionsleiter hatte ihr vor einem halben Jahr den Auftrag gegeben, Selina bei der Arbeit zu betreuen, damit sie das Filmhandwerk erlernt. Maria war davon anfänglich gar nicht begeistert gewesen, sie arbeitete gerne allein. Doch mittlerweile machte es ihr sogar Spass, eine Jungjournalistin auszubilden.

«Oh nein, das geht leider nicht», antwortete Selina. «Ein Mord, so spannend! Ich wäre sehr gerne mitgekommen. Aber heute Nachmittag muss ich zum Videogrundkurs.»

Maria blickte sie aufmunternd an. «Auf Kriminalgeschichten wirst du in deinem Leben noch oft genug treffen», sagte sie. Sie packte ihre olivgrüne Jacke und stand auf. Die SBB-Wanduhr zeigte kurz nach zehn Uhr, als Maria die Tür zum gläsernen Kabäuschen aufdrückte, in dem der Redaktionsleiter Oskar Lehmann sein Büro eingerichtet hatte. Ihr Chef, Anfang sechzig, hager, fahles Gesicht, sah abgekämpft aus. Die Haut spannte um die Backenknochen, die struppigen Haare standen ihm wie immer wirr vom Kopf, der dürre Hals war von einem schwarzen Rollkragenpullover bedeckt. Neben ihm sass Produzent Eugen Voss an einem runden Tisch und riss aus einem Stapel Lokalzeitungen einzelne Artikel heraus.

«Chefs, in Wipkingen wurde eine Leiche in einem Schrebergarten ausgegraben, habe ich soeben erfahren. Mit einem Kopfschuss», sagte sie. «Interessiert?»

Lehmann schien belustigt. «So wie ich dich kenne, wird bei dir aus einem harmlosen Mord eine grauenhafte Serientätergeschichte.» Er wandte sich an Voss und fuchtelte dabei mit seinen dünnen Fingern gefährlich nahe am Gesicht des Produzenten herum. «Kannst du Maria entbehren?»

«Das kann niemand!», rief Voss und blickte mit einer theatralischen Geste an die Decke. «Ohne sie sind wir alle verloren! Alle!» Er zeigte mit seiner Hand zur Glastür. «Verschwinde schon, eine kleine Verbrechergeschichte heute Abend tut der Sendung gut.»

Maria machte artig einen Knicks, wäre dabei fast gestolpert und eilte zum Lift. Sie fischte das Handy aus ihrer Jeans. «Na, du Schlafkappe, endlich aus dem Bett gekrochen?» Leos Kopf war noch tief unter dem Kissen eingegraben gewesen, als Maria seine Wohnung verlassen hatte. «Heute drehen wir nicht die Konfrontation mit dem Natursteinverband», sagte sie. «Wir sind auf eine Mordgeschichte angesetzt.»

***

Als Sokrates mit Nik im Schrebergarten ankam, schleppten zwei Kriminaltechniker eine Grabmaterialkiste heran, wie sie die nannten, und holten daraus eine Schaufel und zwei Spaten heraus. Vor der Grube hockte die Polizeifotografin und machte Aufnahmen von der Leiche. Sokrates begrüsste Glauser mit Handzeichen, der sich gerade mit Philip Kramer besprach. Glauser war einen halben Kopf grösser als er, von gross gewachsener Statur, schlank und durchtrainiert. Das Gegenteil von ihm. Es schien ihm aber, als sei Glauser seit dem Tod seiner Frau gealtert. Das Gesicht mit dem markanten Kinn war hagerer als zuvor. Auf der hohen Stirn hatten sich zwei waagrechte Falten gegraben. Die Haare ergrauten an den Schläfen. Trotzdem sah man ihm sein Alter von Mitte fünfzig nicht an. Er bewegte sich mit viel Körperspannung, die Augen blickten wach, sein Mund zeigte Entschlossenheit. Sokrates schaute sich um. Neben einem Beet, in dem Johannisbeersträucher wuchsen, befand sich in einer Senke die Leiche. Sie steckte noch halb im nassen Erdboden. Das Gesicht, das aus dem Abfallsack schaute, war ungewöhnlich weiss, auf dem Kinn klebte ein kleiner Lehmklumpen. Aus dem Einschussloch war kein

Blut ausgetreten, was Sokrates seltsam fand. Vielleicht hatte der Täter die Wunde gereinigt, bevor er die Leiche vergrub. Eingefallene Wangen, graue Lippen, schmale Nase, dünnes kurzes Haar. Irgendetwas stimmte nicht. Sokrates konnte aber nicht sagen, was. Er streckte sich. Sein Buckel knackste. Er roch die Frühlingsluft. Die Limmat plätscherte, zwei Seemöwen zankten sich kreischend, auf der Flussinsel stand ein Graureiher in stoischer Ruhe auf einem Bein. Ein hübscher Schrebergarten, dachte Sokrates. Wenn da nur nicht das Mordopfer wäre.

«Wir graben jetzt die Leiche aus», sagte Kramer. «Das Erdreich rund um den Abfallsack bringen wir ins Forensische Institut. Vielleicht finden wir darin biologische Spuren.» Zwei Kriminaltechniker, die links und rechts vor der Grube standen, stachen mit dem Spaten in den Lehmboden. Ohne etwas zu reden, schaufelten sie die schlammige Erde heraus. Nach einer halben Stunde hatten sie den schwarzen Plastiksack mit der Leiche freigelegt. Der Mann war nicht gross gewachsen, er mass höchstens einen Meter siebzig, schätzte Sokrates.

«Bevor ihr den Toten aus dem Grab nehmt, muss ich noch Fotos machen», sagte Lara Odermatt. Die Kriminaltechniker stiegen heraus, die Polizeifotografin lief langsam um die Leiche herum und machte Aufnahmen. Sokrates zählte, wie oft sie den Auslöser drückte. Vierzehn Mal. Als sie fertig war, kontrollierte sie auf dem Display ihre Arbeit. Zufrieden schürzte sie ihre Lippen und warf einen kurzen Blick auf Glauser.

Sokrates stieg in die Grube. Dabei ging er in die Hocke und stützte sich mit beiden Händen am Grubenrand ab. Die siebzig Zentimeter wollte er nicht hinunterspringen. Er spürte seinen Bauch und ein Ziehen im Buckel. Der nasse Lehmboden war glitschig. Es stank süsslich nach verfaulten Blättern und Humus, aber Verwesungsgeruch konnte er nicht ausmachen. Er roch auch keine Leichenfäule. Seltsam, dachte er. Das weisse Gesicht des Toten, das aussah wie Gips, deckte er mit der Plastikfolie zu. Nik begab sich auf die andere Seite der Leiche.

«Wir müssen zu dritt sein, um das Opfer zu bergen», sagte Sokrates. «Wenn wir die Leiche aus der Grube heben, sollte sie so bleiben, wie wir sie aufgefunden haben, in liegender Position.»

Kramer stieg in die Grube. «Achtet darauf, den Plastiksack möglichst nur dort zu berühren, wo ihr ihn zum Tragen greift.»

Am Grubenrand standen zwei Kriminaltechniker, um die Leiche entgegenzunehmen. Sokrates und Nik führten ihre Hände unter den Abfallsack auf Schulterhöhe des Toten, Kramer ergriff die Plastikfolie bei den Füssen.

«Bei drei heben wir an», sagte Sokrates. «Eins, zwei, drei.»

Gemeinsam hoben sie die Leiche hoch. Sie war steif wie ein Brett und wog nicht schwer. Die Kriminaltechniker brachten sie aus der Grube und legten sie zwischen zwei Beete auf ein Rasenstück. Sokrates stieg aus der Senke. Er schwitzte. Unter dem Overall aus plastifiziertem Vlies war es stickig heiss.

«Willst du die Leichenschau hier vornehmen oder im IRM?», fragte ihn Glauser.

«Die erste Legalinspektion machen wir vor Ort. Im Institut werden wir die Leiche ein zweites Mal begutachten», antwortete Sokrates durch die Gesichtsmaske. «Zuerst müssen wir den Toten aus dem Plastiksack schneiden, bevor wir ihn entkleiden.»

Kramer reichte Sokrates eine Schere. «Sei vorsichtig. Der Abfallsack ist ein wichtiger Spurenträger. Er enthält womöglich Fingerabdrücke des Täters.»

Sokrates nickte. Er ging zum Kopfende, schlug die Plastikfolie auf und legte den Kopf der Leiche frei. Dann kniete er sich neben sie. Vorsichtig schnitt er den schwarzen Abfallsack auf. Er begann auf Brusthöhe und fuhr die Klinge langsam hinunter in Richtung Bauch und Hüfte. Als er bei den Füssen angekommen war, begab er sich wieder zum Kopf der Leiche. «Klappen wir die Plastikfolie auf», sagte er zu Nik.

Nik kniete auf der anderen Seite nieder. Langsam zogen sie die Folie weg. Sie sahen, dass der Tote einen dicken Wollmantel trug. Der Mantel, der vor Feuchtigkeit triefte, war zugeknöpft. Auf den Knien rutschten sie zur Taille, um die Leiche weiter freizulegen. Als Nik von dort die Folie fortzog, stiess er einen kurzen Schrei aus. Er starrte nach unten. Sokrates beugte sich nach vorne. Dann sah er es auch. Aus dem rechten Ärmel des Mantels ragte die Hand der Leiche. Sie war vollständig skelettiert. Nur noch Knochen waren übriggeblieben.

«Wie kann das sein?», rief Nik. «Der Mann ist doch noch gar nicht lange tot! Sein Kopf sieht aus, als ob er erst heute gestorben wäre!»

Sokrates schaute auf. Glauser, die Kriminaltechniker und die Polizeifotografin, die ringsherum standen, hatten ihre Augen weit aufgerissen. Sie konnten es nicht glauben. Ein frisches Gesicht mit einer verwesten Hand. Sokrates spitzte den Mund. «Ein seltenes Phänomen», sagte er. «Manchmal verwesen Leichen nicht. Oder nur Teile davon.» Er nahm seine Gesichtsmaske ab, erhob sich und ging zum Kopf des Toten. Mit dem Zeigefingerknöchel klopfte er gegen eine Wange. Sie klang hohl und hart, wie wenn er gegen einen Gipskopf schlagen würde. Die Haut fühlte sich porös an. «Kollegen, wir haben hier eine Fettwachsleiche!», sagte er vergnügt.

«Eine was? Fettwachsleiche? Was ist denn das?», riefen alle gleichzeitig.

Sokrates richtete sich auf. «Die Verwesung ist ein komplizierter Prozess», begann er.

Auf seiner Brille bemerkte er zwei Flecken vom Schmutzwasser, das bei der Arbeit in der Grube auf die Gläser gespritzt war. Er nahm die Brille ab und putzte sie ausgiebig.

«Der Täter hat die Leiche in dieser Senke vergraben. Der Boden ist lehmig», fuhr er fort. «Der Kloster-Fahr-Weg, der vor dem Schrebergarten vorbeiführt, wirkt wie ein Damm zur Limmat hin. Das Wasser, das vom Käferberg hereindrückt, staut sich hier.» Sokrates bewegte seine Hand von der nahegelegenen Hügelkette zur Senke. «Die Leiche lag lange Zeit im Wasser. Zudem war sie in Plastik gepackt. Es fehlte der Sauerstoff, den es für eine Verwesung braucht.» Er überlegte kurz. «Von aussen verwest der tote Körper, er verrottet wie abgestorbene Pflanzen. Doch ohne Luft stoppt dieser Prozess. Auch Kleider bleiben ohne Sauerstoff erhalten. Von innen her verfault die Leiche. Die Darmbakterien fressen sich durch die Darmwand und vermehren sich. Das erhöht die Temperatur in der Leiche. Die Bakterien werden immer reger, verflüssigen in kurzer Zeit die inneren Organe und verdauen sie. Schliesslich bleibt nichts mehr übrig. Doch wenn es zu kalt ist, weil die Leiche im Wasser liegt, können sich die Darmbakterien nicht vermehren, der Fäulnisprozess bricht ab. Im kalten, lehmnassen Boden ist es kaum möglich, dass eine Leiche vollständig verwest.» Sokrates blickte in entgeisterte Augen.

«Aber warum ist das Gesicht so hart geworden?», fragte Glauser schliesslich.

«Und warum nennt man so etwas Fettwachsleiche?», wollte Kramer wissen.

«Die Lipide, das Fett im Körpergewebe, werden im Wasser in Paraffin umgewandelt, also zu Wachs. Es bildet sich ein Panzer. Ist dieser Prozess einmal abgeschlossen, bleibt die Leiche erhalten. Jahrzehntelang. Bis sie ausgegraben wird. Nur eine Kremation kann diesen Wachspanzer zerstören.»

«Der Prozess unterscheidet sich also von einer Mumifizierung», sagte Glauser.

«Richtig. Bei einer Mumifikation trocknet die Haut der Leiche in warmer Umgebungsluft aus. Sie wird ledrig. Das verhindert eine Verwesung. Der tote Körper wird konserviert. Wie Backobst oder Trockenfisch.» Kramer verzog seinen Mund. «Es gibt auch Kältemumien wie die gefriergetrocknete Gletscherleiche Ötzi», erklärte Sokrates weiter. «Die Verwesungsbakterien mögen es warm.»

Nik musterte das Gesicht der Leiche. «Mit einer Fettwachsleiche hatte ich bisher nur zwei Mal zu tun», sagte er. «Bei beiden war aber nur der Rumpf erhalten, Kopf und Extremitäten waren skelettiert.»

Sokrates blickte seinen Assistenten an. «Das ist in der Tat einzigartig. Ich habe bisher auch noch nie eine Fettwachsleiche gesehen, bei der man sogar die Gesichtszüge erkennen kann.»

Nik berührte mit dem Zeigefinger das Gesicht des Toten. «Auch die Augen sind noch intakt. Lediglich die Linsen haben sich etwas eingetrübt.»

Glauser rieb sich seine Nase. «Wenn ich das richtig verstanden habe, ist es möglich, dass der Täter sein Opfer vor Jahrzehnten verscharrt hat?», fragte er. «Und nicht erst vor wenigen Tagen?»

«Richtig, die Leiche lag viele Jahre im Boden», antwortete Sokrates. «Es dauert lange, bis sich ein Fettwachspanzer bildet und die Extremitäten skelettieren. Es kann gut sein, dass sie vor einem halben Jahrhundert vergraben wurde.»

«Wir haben also die Schuheindruckspur umsonst gesichert», stellte Kramer nüchtern fest.

«Ja, das war sicherlich nicht der Schuh des Täters.»

«Dann eilt es auch nicht mit den Ermittlungen», knurrte Glauser mit Sarkasmus in der Stimme. «Die ersten vierundzwanzig Stunden, in denen unsere Chancen am grössten sind, den Täter zu ergreifen, sind bereits verstrichen.»

Sokrates und Nik deckten die Plastikfolie vollständig auf. Die Leiche trug zum schwarzen Wollmantel eine dunkelbraune Cordhose. Die Füsse steckten in festen Winterstiefeln. Schmutzwasser war durch den Abfallsack gedrungen. An manchen Stellen waren die Kleider lehmverschmiert.

«Zuerst müssen wir den Plastiksack sichern», sagte Kramer. Sokrates und Nik hoben die Leiche mit zwei Kriminaltechnikern etwas an, während Kramer den Abfallsack darunter hervorzog. Er faltete die Plastikfolie sorgfältig zusammen und verstaute sie in einer Asservatenschachtel, die er zuvor beschriftet hatte.

Glauser tippte eine Nummer in sein Smartphone. «Emma, wir brauchen von der Verwaltung der Schrebergartensiedlung die Namen sämtlicher Mieter, die vor Otterbach den Garten genutzt haben», sagte er. «Ich hoffe, sie verfügt über ein Archiv.»

Sokrates ging neben der Leiche in die Hocke, schob seine rechte Hand unter den Hinterkopf und fühlte, ob er eine Austrittswunde spüren konnte. Nichts. «Die Kugel steckt noch im Kopf», sagte er an Glauser gewandt. «Bei der Virtopsy werden wir sie sehen.» Dann betrachtete er das Einschussloch. Aufgesetzte Waffe, Nahschuss. Er stand wieder auf. «Wegen des Fettwachspanzers müssen wir die Kleider aufschneiden, um die Leiche zu entkleiden», sagte er.

«Bevor ihr das tut, muss ich die Schmauchspuren mit dem Waffengesicht auf der Stirn sichern», sagte Kramer. «Sie können uns vielleicht Auskunft geben, mit welchem Waffentyp das Opfer erschossen wurde.» Er holte aus der Materialkiste ein rundes Filterpapier, das mit verdünnter Weinsäure getränkt war, hockte sich vor die Leiche und drückte das Papier eine Minute lang auf das Einschussloch. Mit einem batteriebetriebenen Heissluftföhn trocknete er das Filterpapier und sprühte Natriumrhodizonat darauf. Sofort erschienen kaum sichtbar orange-rote Verfärbungen auf dem Papier, die bei Schmauchspuren typisch sind.

Nachdem Kramer die Spuren gesichert hatte, legte Lara einen rechtwinkligen Massstab neben das Einschussloch auf der Stirn der Leiche und fotografierte die Wunde. Anschliessend nahm Nik eine Schere aus seiner Arzttasche. Er kniete neben dem Toten und öffnete die Knöpfe des feuchten Wollmantels. Sokrates entfernte die Winterstiefel und reichte sie Kramer, der sie in eine braune Tüte legte. Dann zog er der Leiche die Socken aus. Beide Füsse waren skelettiert. Vorsichtig schnitt er mit der Schere die Hosenbeine bis zum Bund auf, schlaufte den Gürtel aus und legte die Beine frei. Das linke Bein war bis zur Mitte des Oberschenkels skelettiert, beim rechten Bein fehlten die Weichteile des Unterschenkels. Der Geruch war erträglich. Kein Verwesungsgestank. Sokrates stand auf, nahm beide Hosenbeine fest in die Hände und zog kräftig daran. Die feuchte Hose übergab er Kramer, der sie zusammenlegte und in eine weitere Tüte steckte. Er würde die Taschen erst im Labor leeren, sagte der Kriminaltechniker, um nicht mögliche Spuren zu vernichten.

Nik schnitt währenddessen die Ärmel bis zum Mantelkragen auf. Das kostete Kraft, weil der dicke Wollstoff mit Wasser vollgesogen war. Am Kragen entdeckte er die Initialen N.M. Er erschrak, weil es seine eigenen waren. «Das Mordopfer trägt einen Mantel mit den Initialen N.M.», sagte er. Glauser notierte sich die Angaben in seinen Notizblock. Danach knöpfte Nik das dunkelblaue Hemd auf und schnitt auch dort beide Ärmel entzwei. Der linke Arm war fast vollständig erhalten, nur die Hand fehlte, der rechte Arm war bis zum Ellenbogen skelettiert. Sokrates zerteilte derweilen die vergraute Feinrippunterhose und zog sie der Leiche aus. Penis und Hoden waren nur noch als verschmolzener Klumpen zu erkennen.

Zwei Leichenbestatter, die Glauser gerufen hatte, erreichten auf dem Kloster-Fahr-Weg den Schrebergarten. Sie schoben einen Sarg vor sich her, der auf einem Scherenwagen aufgebockt war. Der Wagen rollte auf dem Schotterweg mit grobem Kies ohne Mühe auf zwei dicken Gummireifen. Als Sokrates aufblickte und die Bestatter mit dem Sarg herankommen sah, schnürte es ihm plötzlich die Kehle zu. Schweiss trat auf seine Stirn, in den Ohren gellte ein schriller Ton. In seiner Nase lag der Geruch von Sägespänen, er fühlte wieder die Dunkelheit wie eine schwere Decke auf seinem Gesicht. Bist du immer noch nicht darüber hinweg, schimpfte er mit sich selbst. Er wandte seinen Blick ab und zwang sich, langsamer zu atmen. Die Panikattacke flaute allmählich ab. Er konzentrierte sich auf die Arbeit. Nach zwanzig Minuten hatten er und Nik alle Kleider von der Leiche entfernt. Kramer verstaute jedes einzelne Stück in einer separaten Tüte.

«Wenn der Tote Papiere in seinen Taschen trägt, ein Portemonnaie oder andere Hinweise auf seine Identität oder auf den Todeszeitpunkt, dann nimm diese Dinge an die Sachbearbeiterkonferenz mit», ordnete Glauser an. «Damit wir uns ein Bild machen können.» Kramer nickte.

Ein magerer Körper, unnatürlich blass, lag nun vor ihnen auf dem Rasen. Sokrates betrachtete die nackte Leiche. Ein alter Mann von vielleicht sechzig Jahren, kaum älter. Die Rippen drückten durch den Brustkorb. Die Hüftknochen stachen durch die Haut. Wunden oder Narben konnte er keine ausmachen. Der linke Arm und die Taille waren vom Schmutzwasser etwas verdreckt. Zusammen mit Nik drehte er den Toten auf den Bauch. Dabei hielt er den Kopf fest, damit das Gesicht nicht auf den Rasen aufschlug. Der Rücken sah ebenfalls unversehrt aus. Nur das bleiche Gesäss war vom Liegen eingedrückt.

«Bringen wir die Leiche ins IRM», sagte Sokrates. «Mal sehen, was wir dort herausfinden.»

***

Maria summte das Lied «Der einsame Hirte» von James Last, das die einäugige Mörderin in Tarantinos Film «Kill Bill» gepfiffen hatte. Sie erreichte mit Leo den Fischerweg, der an der Limmat entlangführte. Rechts erhob sich die Swiss Mill, eine Getreidemühle von Coop. Der Betonklotz ragte hundertachtzehn Meter in den Himmel und verschandelte das Stadtbild. Hitler und Mussolini hätten sich an diesem Fascho-Bau ergötzt, dachte Maria. Am gegenüberliegenden Ufer lag die Schrebergartensiedlung. Leo hatte seinen weissen Lieferwagen mit der Aufschrift seiner Produktionsfirma «TVart» bei der Bar Sphères geparkt. Von dort waren es nur wenige Schritte bis zum Tatort. Er schulterte seine Kamera mit der rechten Hand, das Stativ hielt er mit der linken. Maria trug ein Mikrofon und einen Sender in einem kleinen Koffer. Als sie auf der Höhe des Schrebergartens angekommen waren, sah sie, dass die Kriminaltechniker dabei waren, die Materialkisten abzutransportieren. «Beeilen wir uns», sagte sie zu Leo. «Mach mir ein paar Bilder vom Schrebergarten mit den Leuten von der Spurensicherung.»

Leo zwinkerte ihr zu. «Euer Wunsch sei mir Befehl.» Er stellte das Stativ auf den Schotterweg und schob die Kamera auf den Schlitten, bis sie einschnappte. Er zoomte ein wenig heran, so dass er im Hintergrund den Schrebergarten und das Häuschen mit dem honiggelben Fenster im Bild hatte, im Vordergrund waren Lichtreflexe vom Fluss und die Uferböschung zu sehen. Dann schwenkte er von dort langsam in den azurblauen Himmel und wieder zurück. Anschliessend machte er Nahaufnahmen von den Kriminaltechnikern bei den Aufräumarbeiten. Rechts vor dem Schrebergarten warteten zwei Leichenbestatter hinter einem Transportgefährt, worauf ein Sarg aufgebockt war. «Das Mordopfer befindet sich offensichtlich noch im Garten», stellte Maria fest. Leo hielt auch dieses Bild fest. Maria erkannte vor dem Schrebergartenhäuschen Theo Glauser, der sich mit einem Kriminaltechniker besprach. Sie stupste Leo an der Schulter. Sofort schwenkte er darauf zu und filmte diese Szene. «Alles im Kasten», sagte er. Glauser hob die Hand zum Gruss, als er Maria auf der anderen Flussseite bemerkte. Maria grüsste zurück. Sie blickte angestrengt hinüber zum Schrebergarten, konnte Max aber nirgendwo sehen. Ihr Vater war offensichtlich schon unterwegs zum IRM. Plötzlich hörte sie ein helles Summen. Sie blickte hinauf. Weit oben am Himmel schwebte eine Drohne über dem Tatort. Jemand machte wohl Filmaufnahmen. Glauser sah ebenfalls hoch und zückte sofort sein Handy. «Ganz schön dreist», sagte Maria zu Leo. «Vielleicht ist es ein Kollege von TeleZüri. Der wird mit der Polizei Ärger bekommen.» Sie schaute sich um, entdeckte aber niemanden, der die Drohne steuerte. Nach einer Minute drehte die Drohne ab und flog davon.

«In wenigen Minuten kommt der Polizeisprecher zum Interview», sagte sie. «Lass uns nach drüben gehen.» Sie gingen den Fischerweg wieder zurück, bogen nach links ab und überquerten auf einer geschwungenen Brücke aus Stahl die Limmat. Auf der gegenüberliegenden Seite fuhr ihnen ein Polizeiauto entgegen mit einem Blaulicht auf dem Dach. Es war Polizeisprecher Dominik Wenger. An der Weggabelung Ampèresteg/Kloster-Fahr-Weg stellte er seinen Wagen ab und stieg aus. Dort war auch das Polizeiabsperrband gespannt, das Spaziergänger davon abhielt, weiterzulaufen. Wenger gab Maria und Leo die Hand. «Hier können wir das Interview machen», sagte er. Maria stimmte zu.

«Zuerst möchte ich eine Einführungsszene drehen, damit wir Sie auf diesen Bildern unseren Zuschauern vorstellen können», sagte Leo.

«Einverstanden, was soll ich tun?», erwiderte Wenger.

«Während ich Sie filme, steigen Sie bitte ins Polizeiauto, wenden den Wagen und fahren die Ampèrestrasse hoch», antwortete Leo. «Wenn Sie die Breitensteinstrasse erreicht haben, fahren Sie bitte wieder zurück, parken das Polizeiauto an der gleichen Stelle, steigen aus und laufen rechts an der Kamera vorbei.»

«Soll ich das Blaulicht anschalten?»

«Gerne, das gibt ein schönes Bild.»

Leo stellte die Kamera auf dem Stativ etwas tiefer und begann zu drehen. «Kamera läuft», rief er Wenger zu, der daraufhin in seinen Wagen stieg und losfuhr. Nach zwei Minuten hatte Leo die Szene abgedreht. Die Schlusseinstellung war der Schriftzug ‹Polizei› mit dem orangenfarbenen Leuchtstreifen auf dem Wagen. Leo steckte Wenger ein Mikrofon an den Jackenkragen und positionierte die Kamera so, dass er das Absperrband und im Hintergrund das Polizeifahrzeug im Bild hatte. Maria stellte sich links von Leo hin.

«Auf Schweizerdeutsch, wie immer, nehme ich an?», fragte Wenger.

Maria nickte.

«Kamera läuft», sagte Leo und blickte gebückt durch den Sucher.

«Herr Wenger, was ist passiert?», fragte Maria.

«Ein Schrebergartenbesitzer hat heute Morgen eine Leiche ausgegraben. Der Tote weist eine Schussverletzung am Kopf auf. Wir haben es deshalb vermutlich mit einem Tötungsdelikt zu tun.»

«Vermutlich?»

«Ein Suizid ist nicht gänzlich ausgeschlossen, aber irgendjemand muss die Leiche vergraben haben.»

«Steht der Schrebergartenbesitzer unter Verdacht?»

«Nein, es gibt keinerlei Hinweise, dass er damit etwas zu tun haben könnte. Es wäre auch seltsam, dass er die Leiche vergräbt, um sie verschwinden zu lassen, sie später wieder hervorholt und dies der Polizei meldet.»

«Was weiss die Kripo über den Toten?»

«Männlich, etwa sechzig Jahre alt. Die Leiche steckte in einem schwarzen Abfallsack. Seine Identität ist uns nicht bekannt. Die Leute vom Forensischen Institut werten nun alle Spuren aus.»

«Kennt die Polizei den ungefähren Todeszeitpunkt?»

«Nein. Die Extremitäten sind zum Teil skelettiert.» Maria merkte, dass Wenger nervös wurde. «Bitte schalten Sie die Kamera aus», sagte er. Leo drückte sofort auf den roten Knopf und richtete sich auf.

«Vor wenigen Minuten habe ich erfahren, dass die Leiche nur zum Teil skelettiert ist, sie aber schon seit Jahren im Boden gelegen haben muss», begann Wenger zögernd.

«Wie kann das sein?», fragte Maria irritiert. «Was ist mit dem Rest des Körpers?»

«Der ist nicht verwest. Es ist eine Fettwachsleiche.»

«Was für eine Leiche?» Maria war perplex.

«Eine Fettwachsleiche. Wenn der Boden zu wenig Sauerstoff enthält oder die Leiche im Wasser liegt, kann sie nicht vollständig verwesen. Der Körper wird zu einem Wachspanzer. Möglicherweise lag die Leiche schon seit Jahrzehnten im Boden. Mehr weiss ich nicht. Ihr Vater kann Ihnen das sicherlich genau erklären.»

«Davon habe ich noch nie gehört», sagte Maria verwundert. «Können wir diese Aussage auf Band haben?»

«Nein, den Zustand einer Leiche zu schildern, liegt in der Kompetenz des Rechtsmediziners», erwiderte Wenger. «Aber Sie können die Information verwenden, dass der Tote eine Fettwachsleiche ist.»

«Kann ich die Kripo als Quelle angeben?»

Der Polizeisprecher bejahte.

«Hast du noch Fragen, oder ist das Interview beendet?», wollte Leo wissen.

«Nein, ich habe alle Antworten, die ich brauche», antwortete Maria. «Du kannst die Kamera abbauen.»

Leo nahm das Ansteckmikrofon von Wengers Jackenkragen, drückte es Maria in die Hand und verabschiedete sich vom Polizeisprecher. Dann schob er die Kamera vom Schlitten, packte das Stativ und machte sich auf in Richtung Parkplatz.

«Interviewen Sie doch Ihren Vater zur Fettwachsleiche», schlug Wenger Maria vor.

«Nein, das geht nicht, das wäre unprofessionell. Mein Vater ist mir zu nahe. Journalisten müssen auf Distanz bleiben, wenn sie nicht unglaubwürdig werden wollen. Aber mir fällt schon etwas ein.»

Wenger reichte ihr die Hand. «Wenn wir mehr zum Mordfall in Erfahrung bringen, informiere ich Sie, sofern das aus ermittlungstaktischen Gründen möglich ist», sagte er und ging zum Polizeiauto.

Maria dachte nach. Ein Experte, der ihr das Phänomen der Fettwachsleichen erklärt, würde dem Bericht guttun. Mit einem Mal kam ihr eine Idee. Totengräber kannten das Problem sicherlich. Wenn sie alte Gräber aufhoben und neu belegten, stiessen sie vielleicht manchmal auf Leichen, die nicht ganz verwest sind. Sie nahm ihr Handy hervor und telefonierte mit dem Friedhof Nordheim. Von der Verwaltung erfuhr sie, dass Totengräber tatsächlich hin und wieder mit diesem Phänomen konfrontiert seien. Sie erhielt den Tipp, mit der Tanner AG darüber zu sprechen. Die Firma sei darauf spezialisiert, Leichen aus Friedhofsböden zu exhumieren. Dabei habe sie immer wieder mit Fettwachsleichen zu tun.

***

«Heute siehst du entzückend gruftig aus, Kompliment», sagte Nik in neckischem Ton zu Anna Zumsteg, als sie die Fettwachsleiche auf einem chromstählernen Hubwagen in den Röntgenraum schoben. Die Assistentin von Sokrates zeigte einen Ansatz von Lächeln um ihre Mundwinkel, was sie nur selten tat. Ihre Lippen waren schwarz geschminkt, ebenso die Augenlider. Auf ihr schmales Gesicht hatte sie weissen Puder aufgetragen. An Nase, Lippen und Ohren hingen Piercings. Ihre pechschwarz gefärbten Haare hatte sie zu zwei Zöpfen gebunden, die wie bei Pippi Langstrumpf links und rechts abstanden. Sie mass kaum einen Meter fünfzig und war spindeldürr. Die sehnigen Arme wiesen rosarote Narben von Messerschnitten auf. Als Jugendliche hatte sie sich manchmal geritzt, wenn sie sich spüren wollte.

Im Röntgenraum wartete Sokrates. Er trug wie Nik einen grünen, ärmellosen Arbeitskittel aus plastifiziertem Vlies, blaue Latexhandschuhe und orangefarbene Überschuhe. «Theo Glauser lässt sich entschuldigen», sagte er. «Wir sollen die Virtopsy ohne ihn durchführen. Zur Legalinspektion schafft er es aber.» Die virtuelle Autopsie, eine Erfindung des IRM, die weltweit kopiert wurde, führte er bei jedem Tötungsdelikt durch. Irgendwann würde sie die Obduktion einer Leiche ersetzen. Sokrates gefiel diese Vorstellung. Die Röntgenaufnahmen würden ihm das Projektil anzeigen, das sich noch im Schädel des Toten befinden musste, weil keine Austrittswunde zu sehen war. Und sie gaben ihm hoffentlich noch weitere Erkenntnisse über den Täter. Dazu brauchte er kein Skalpell, mit dem er den Körper der Leiche öffnete. Moderne Technik erlaubte es ihm, am Mordopfer alle Spuren zu entdecken, die der Täter hinterlassen hatte. Noch war es nicht so weit. Bei Gewaltverbrechen schrieb das Gesetz immer noch vor, dass bei der Obduktion drei Körperhöhlen geöffnet werden mussten: Brusthöhle, Bauchhöhle und Kopfhöhle.

Anna und Nik legten die Fettwachsleiche auf den Schlitten des Computertomografen. Das bereitete ihnen keinerlei Mühe. Der Tote wog wegen der halb skelettierten Arme und Beine keine vierzig Kilogramm. Nik klebte kleine, weisse Markierungspunkte auf den wächsernen Körper der Leiche. Sokrates ging nebenan in den Geräteraum, der mit einer strahlungssicheren Glaswand vom Computertomografen abgetrennt war. Vor ihm standen mehrere Monitore. Er bediente die Knöpfe, mit denen er die Geräte steuerte. Ein Roboterarm, der an einer Schiene an der Decke befestigt war, führte einen Streifenlichtscanner über den Toten. Der Scanner projizierte das Licht auf die Körperoberfläche und schuf so ein exaktes 3-D-Bild der Leiche. Danach wurde der Tote langsam auf dem Schlitten in den Computertomografen geschoben. Die Leiche verschwand in der Röhre, während der Körper Millimeter um Millimeter und Schicht für Schicht geröntgt wurde. Das Ganze dauerte nur wenige Sekunden. Der Computer fügte anschliessend das 3-D-Bild des Streifenlichtscanners mit den zweidimensionalen Röntgenbildern der Leiche zusammen.

Sokrates bemerkte auf seinen Brillengläsern ein paar Schlieren. Er nahm sie ab und putzte sie. Dann betrachtete er auf dem Monitor das 3-D-Bild der Fettwachsleiche. Virtuell bewegte er sich durch den Körper. Die inneren Organe sahen seltsam deformiert aus, die Konturen stellenweise verschwommen, wie wenn einzelne Organe miteinander verbacken wären. Er erreichte den Kopf. Die Einschussplatzwunde auf der Stirn mit der sternförmig aufgerissenen Haut war deutlich zu sehen. Der Schusskanal durch das Gehirn verlief schräg von oben nach unten. Keine Austrittswunde. Das Projektil steckte von innen in der Schädelwand. Nik setzte sich neben ihn. «Die Kugel drang durch den Kopf und hat den Hirnstamm mit dem Kleinhirn zerstört, der Mann war sofort tot», sagte Sokrates zu ihm. Er drehte das Bild der Leiche und stellte sie auf die Füsse. Dann nahm er einen virtuellen Stab, der rot-gelb gestreift war und führte ihn in den Schusskanal. Der Tote sah nun aus, wie wenn ihm ein Speer im Kopf stecken würde.

«Das Opfer misst einen Meter neunundsechzig. Der Schusskanal verläuft von oben nach unten», sagte Sokrates zu Nik. «Der Täter muss also deutlich grösser sein.» Vor dem 3-D-Abbild der Leiche positionierte er einen virtuellen Mann, der eine Pistole mit ausgestrecktem Arm nach vorne gerichtet hielt. In die Pistolenmündung steckte er wiederum einen rot-gelb gestreiften Stab, der die Flugbahn der Kugel anzeigte. «Wir wissen, dass der Täter seinem Opfer die Waffe auf die Stirn drückte. Er stand also keinen Meter von ihm entfernt.» Sokrates zog das virtuelle Bild des Mannes in die Länge und machte ihn dadurch grösser. Dann bewegte er den Arm mit der Pistole, die auf das Opfer gerichtet war, nach unten, bis die beiden rot-gelb gestreiften Stäbe im Kopf der Leiche und in der Pistolenmündung eine Linie bildeten. «Einen Meter zweiundneunzig», stellte Sokrates zufrieden fest. «So gross ist der Täter.»

«Vielleicht hat der Täter seine Hand mit der Pistole nach unten gebeugt, dann könnte er auch etwas kleiner sein», gab Nik zu bedenken.

«Möglich, aber unwahrscheinlich», antwortete Sokrates. «Es ist unbequem, die Pistole anders zu halten, als in einer Linie zum Arm.»

Nik probierte es aus. Er ballte seine Faust, wie wenn er eine imaginäre Pistole in der Hand hielt und beugte sie. «Du hast recht. Warum sollte ein Schütze seine Hand abwinkeln und die Waffe anders tragen als exakt nach vorne gerichtet? Das wäre sinnlos.»

Sokrates richtete sich auf und legte seinen Kopf in den Nacken, bis der Buckel knackste. «Bringen wir die Leiche in den Obduktionsraum. Ich möchte sie reinigen und gründlich untersuchen.»

Sokrates zog rote, schnittfeste Handschuhe über die Latexhandschuhe, als Theo Glauser zusammen mit der Polizeifotografin Lara Odermatt den Raum betrat. «Brachte die Virtopsy irgendwelche Ergebnisse?», fragte Glauser.

«Das Projektil steckt in der Schädelwand», antwortete Sokrates. «Der Täter ist grossgewachsen, ein Meter zweiundneunzig, plus minus zwei Zentimeter. Das zeigt der Einschusskanal.»

Er trat an den schweren Obduktionstisch aus Chromstahl, worauf Nik und Anna die Leiche platziert hatten. Der Obduktionsraum war heruntergekühlt. Neonröhren warfen von der Decke ein kaltes Licht, das sich auf dem blauen Linoleumboden spiegelte. Es roch nach Desinfektionsmitteln und rostigem Eisen, dem typischen Geruch von Blut. Sokrates musterte den Körper der Leiche. Auf dem weisslich-porösen Fettwachspanzer klebten ein paar verfaulte Blätter. Er zupfte sie mit Daumen und Zeigefinger fort. Langsam ging er um den Obduktionstisch herum. Der linke Arm und die Taille waren vom Schmutzwasser verdreckt, das in den Abfallsack und durch die Kleidung gedrungen war. Er begutachtete den skelettierten rechten Fuss, den Unterschenkelknochen und die Knochen der linken Hand, konnte aber nichts Auffälliges entdecken. Jeden Quadratzentimeter des hageren Körpers untersuchte er, die herausgetretenen Rippen, den dünnen Bauch, die spitzen Hüftknochen.

Er stellte keine Narben oder Wunden fest. Penis und Hoden waren halb verwest und zu einer Masse verklumpt. Nik nahm die Brause, die am Fussende des Obduktionstischs angebracht war, benetzte einen gelben Schwamm mit Wasser und gab ihn Sokrates. Vorsichtig wusch Sokrates den Lehm von der Taille und vom linken Unterarm. Plötzlich stutzte er. Er rieb mit dem Schwamm nochmals gründlich über den Unterarm, nahm seine Brille ab und schaute abermals hin. Mit dem Zeigefinger strich er über die wächserne Haut. «Ganz schwach ist eine blaufarbene Zahl zu sehen», sagte er.

Glauser trat heran. «Du hast recht, eine Zahl», erwiderte er, nachdem er den Unterarm genau inspiziert hatte. «Sie ist verschwommen. Kannst du sie entziffern?»

Sokrates hielt eine Lupe, die ihm Nik gereicht hatte, über die Zahl. «Schwer zu erkennen. Die erste Ziffer ist vielleicht eine 1. Nein, das ist ein Buchstabe: A, ja, ein A«, sagte er. «Es folgt eine 7, und eine 2. Dann eine weitere 2 und eine, ja, eine 7.» Er nahm die Lupe weg. «Die Nummer lautet A7227. Sie ist eintätowiert. Was kann das bedeuten?» Mit einem Mal wusste er es. «Das ist eine KZ-Nummer!», rief er. «Der Mann war Häftling in einem Konzentrationslager. In Auschwitz. Höchstwahrscheinlich ist der Tote ein Jude.»

«Das ist ein guter Hinweis, Sokrates», sagte Glauser. «Nach seinen Kleidern zu urteilen, die er trug, und den fehlenden Schläfenlocken scheint er aber kein orthodoxer Jude zu sein.» Er überlegte. «Vielleicht kann jemand aus der jüdischen Gemeinde den Mann identifizieren. Glücklicherweise ist sein Gesicht so gut erhalten.» Er holte sein Smartphone aus der Jackentasche und tippte eine Telefonnummer aus dem Adressbuch an. «Konrad, das Opfer ist Jude, der Auschwitz überlebt hat», sagte er zum Staatsanwalt. «Ist es zulässig, das Gesicht des Toten herumzuzeigen. Oder verstösst das gegen seine Persönlichkeitsrechte?» Er hörte kurz zu. «Okay, vielen Dank», sagte er und legte auf. «Ein Toter sei keine Person mehr, deshalb habe er auch keine Rechte, sagt der Staatsanwalt.» Er wandte sich an Lara Odermatt. «Wir dürfen der jüdischen Gemeinde ein Foto des Toten zeigen. Mach bitte ein Porträtfoto. Kannst du sein Gesicht so fotografieren, dass die trüben Augen nicht ganz so furchterregend aussehen?»

«Wenn du willst, bearbeite ich das Bild mit Photoshop, die Augen sind dann geschlossen», sagte Lara. «Auch die Schusswunde kann ich wegretuschieren.»

«Prima, tu das. Bring ein paar Abzüge zur Sachbearbeiterkonferenz mit. Und schicke das Foto per SMS an Ulmer, Emma und an mich.»

Lara lächelte ihn an, ihre grünen Augen blitzten. Sie nahm eine Spiegelreflexkamera aus ihrer Fotokiste, schraubte ein Objektiv darauf und blies sich eine Locke aus der Stirn. Konzentriert blickte sie durch den Sucher und machte von verschiedenen Blickwinkeln Aufnahmen vom Gesicht der Leiche. Anschliessend fotografierte sie die KZ-Nummer auf dem Arm des Toten.

«Theo, das Opfer muss vor Jahrzehnten ermordet worden sein», sagte Sokrates. «Das Alter des Mannes schätze ich auf etwa sechzig, höchstens fünfundsechzig. Wenn er 1945 in Auschwitz befreit wurde, muss er vor mindestens dreissig Jahren ums Leben gekommen sein. Eher früher.»

«Wenn wir das Foto vom Opfer herumzeigen, sollten wir uns also an ältere Menschen halten», stellte Glauser fest.

«Ja, das rate ich dir.»

«Der Täter muss ebenfalls schon ziemlich alt sein», sagte Nik. «Womöglich lebt er gar nicht mehr.»

«Ja», sagte Glauser grimmig.

Welch ein seltsamer Fall, dachte Sokrates. Eine gut erhaltene Fettwachsleiche; ein Mordopfer, das vor Jahrzehnten erschossen worden war; ein Jude, der Auschwitz überlebt hatte, aber Zürich nicht.

***

Totengräber Gustav Tanner, ein drahtiger kleiner Mann, stand mit seinen Gummistiefeln bis zu den Knöcheln im Schlamm. Er trug eine grüne Watthose, die bis unter die Achseln reichte, schnittfeste Handschuhe, Gummistiefel mit Stahlkappen und einen Helm. Eine Maske mit Kohlefilter hatte er sich über das hagere Gesicht gezogen. Es stank bestialisch nach Moder. Maria stand ein paar Meter von ihm entfernt und hielt sich die Nase zu. Sie fröstelte, obwohl die Frühlingssonne durch die Baumkronen schien. Auf dem nassen Friedhofsboden kroch die Kälte durch ihre lehmverschmierten Turnschuhe. Sie bewegte ihre Zehen. Neben ihr blickte Leo durch den Sucher und filmte die Szene. Maria beneidete ihn um sein festes Schuhwerk. Sie befanden sich auf einem Gräberfeld in Aeugst am Albis. Ein zwei Meter hoher Sichtschutzzaun aus weisser Plane verbarg, was auf dem Friedhof geschah. Ein Bagger hatte den feuchten Lehm bis zu den Särgen abgetragen, die im gestampften Friedhofsboden luftdicht eingeschlossen waren. Das Gräberfeld sollte neu belegt werden. Die Grabesruhe war abgelaufen. Tanner exhumierte Leiche um Leiche. Vierundfünfzig Särge musste er öffnen. Die Erdmasse hatte die meisten von ihnen eingedrückt. Mit einer Schaufel hebelte er den Deckel eines Sarges auf. Holz splitterte. Er kippte den Deckel mit roher Kraft weg. Maria blickte in den Sarg und verzog den Mund. Sie wusste, dass die Leiche vor fünfundzwanzig Jahren beerdigt worden war. Sie hatte Humus erwartet, höchstens ein paar kleine Knochen. Doch der Rumpf war nicht verwest. Sie erschauderte. So etwas hatte sie noch nie zuvor gesehen, eine weisse, flachgedrückte Körpermasse, aus der vermoderte Knochen von Armen und Beinen ragten. Das Leichenhemd sah aus wie neu. «In einem guten Boden dauert die Zersetzung einer Leiche fünf bis sieben Jahre», sagte Tanner durch die Maske. Seine Stimme klang dumpf. «Doch dieser Friedhofsboden hat die Leichen teilweise konserviert. Zu nass. Es fehlte der Sauerstoff.» Er bückte sich, packte die Leiche an den Schultern und wuchtete sie auf die Baggerschaufel. Mit dem Gummihandschuh zeigte er auf die Tote. «Eine Frau. Ihre Schädeldecke ist skelettiert. Aber von den Augenbrauen bis zum Schambein hat sich ein Fettwachspanzer gebildet. Die Leiche ist so flach, weil der Sarg eine konische Form hat.» Tanner formte mit den Händen eine Raute. «Das schwere Erdreich drückte den Sarg zusammen und zerquetschte die Leiche.» Maria nahm die Hand von der Nase und atmete tief durch. Sie zwang sich dazu. Der käsig stechende Gestank war entsetzlich. Ekel stieg in ihr auf, sie stellte sich vor, dass die nasse Erde, worauf sie stand, mit Leichenwasser durchtränkt sei. Ihre Turnschuhe würde sie zu Hause fortwerfen, in den Müllcontainer, luftdicht verpackt in einer Plastiktüte. Tanner ging zum nächsten Sarg. Er wollte gerade mit der Schaufel den Deckel aufbrechen, da meldete sich Leo zu Wort.

«Herr Tanner, bitte warten Sie einen Moment. Ich möchte diese Szene vom Grubenrand aus filmen. Von dort habe ich das ganze Gräberfeld im Blick.»

Der Totengräber nickte und nahm sich die Maske vom Gesicht. Seine Augen waren gerötet. Er rieb sich mit dem Hemdärmel über den Schnauz. «Das Problem mit den Fettwachsleichen kennen viele Friedhöfe», sagte er mit heiserer Stimme zu Maria. «Doch die Gemeinden haben jahrzehntelang geschwiegen. Es war ein Tabuthema, man sprach nicht darüber. Doch allmählich tut sich etwas.»

Leo stieg über eine Rampe aus dem Gräberfeld. Am Grubenrand postierte er das Stativ und schob die Kamera auf den Schlitten. Maria wusste, dass das Funkmikrofon die Aussagen von Tanner auch aus dieser Entfernung aufnahm.

«Die Sanierung eines Friedhofs ist kostspielig», fuhr der Totengräber fort. «Zweitausend Franken pro Grab. Die Gemeinde muss den Lehmboden abtragen, Drainagen legen und das Gräberfeld mit Erde und Holzschnitzel auffüllen, damit genügend Sauerstoff im Boden ist. Aber die Investition lohnt sich. Nach der Sanierung können die Toten wieder anständig verwesen.»

«Kamera läuft», rief Leo vom Grubenrand herab.

Tanner stülpte sich die Maske über den Kopf, packte die Schaufel und nutzte sie wie ein Stemmeisen. Nach einer Minute brach der Sargdeckel krachend auf. Er schob das Holz beiseite. Die Leiche war fast vollständig skelettiert. Nur am Bauch hatte sich ein Fettwachsbrocken gebildet, verdreckt mit Erde. Im Totenschädel blinkte ein Goldzahn im Sonnenlicht. Tanner schaufelte Leichenteile und Knochen auf die Baggerschaufel. Dann nahm er den Schädel vorsichtig in beide Hände und legte ihn dazu. Er kam Maria dabei fast ehrfürchtig vor.

«Was passiert mit den Fettwachsleichen, die Sie ausgraben?», fragte sie.

«Zuerst werden sie in schlichten Holzkisten zwischengelagert», antwortete Tanner. «Später kommen sie in eine Gebeinegruft. Ich bestatte sie nebeneinander ohne Sarg in einem Massengrab.»

«Dort verwesen sie dann?»

«Nein, die Fettwachspanzer der Leichen verwesen nicht mehr. Dazu müsste man sie einäschern. Doch das dürfen wir nicht, weil viele die Erdbestattung aus religiösen Gründen gewählt haben. Das respektieren wir.»

Tanner nahm die Maske vom Kopf. «Kommen Sie mit, ich möchte Ihnen etwas zeigen.» Gemeinsam stiegen sie die Rampe nach oben und verliessen das Gräberfeld durch einen Spalt im Sichtschutzzaun. Leo kam von der anderen Seite dazu. Die Kamera trug er lässig auf der Schulter. Er lächelte Maria an, als wollte er ihr sagen, dass er schöne Bilder für sie gedreht hatte. Maria warf ihm eine Kusshand zu. Auf Leo konnte sie sich hundertprozentig verlassen. Er war ein hervorragender Kameramann, ein Künstler. Und ein fantastischer Liebhaber. Ihr wurde mit einem Male heiss, als sie an die vergangene Nacht dachte. Sie gingen einen halben Schritt hinter Tanner her, der auf einem schmalen Weg aus Pflastersteinen auf eine Friedhofskapelle zusteuerte, die sich hinter dem Gräberfeld befand. Die Uhr auf dem Kapellenturm zeigte zehn vor zwei. «Wir müssen uns beeilen», raunte Maria Leo zu. «Die Zeit läuft uns davon.»

Leo grinste. «Wie immer», sagte er. «Doch am Ende des Tages bringst du einen tollen Bericht über den Sender.»

In der Friedhofskapelle war es kühl. Es roch nach Kalk und Kerzenwachs. Der Raum war schlicht eingerichtet, Kirchenbänke aus Holz, eine Kanzel, auf der Empore eine Orgel. Keine Gemälde. Gustav Tanner ging nach vorne. Auf der vordersten Kirchenbank lag eine braune, abgewetzte Ledermappe. Er streifte seine Gummihandschuhe ab, öffnete die Mappe und holte einen Umschlag mit Fotos hervor. «Setzen Sie sich bitte», sagte er zu Maria und wies mit der Hand neben sich. Leo stellte seine Kamera vor ihm auf. Das Sonnenlicht schien durch die Spitzbogenfenster und erhellte das Kirchenschiff. Maria nahm rechts vom Totengräber Platz. Verwundert stellte sie fest, dass seine Kleider gar nicht unangenehm rochen. Leo bückte sich und fing an zu drehen.

«Die Luzerner Gemeinde Root musste ein Gräberfeld sanieren», begann Tanner. «Der Boden war lehmig, die Grabesruhe vieler Gräber abgelaufen, der Friedhof brauchte Platz für weitere Leichen.» Er übergab Maria den Stapel Fotos. «Der Totengräber holte hundertvierzig unverweste Leichen aus dem Lehmboden. Man konnte sie wiedererkennen, nach dreissig Jahren Grabesruhe.»

Maria starrte auf das erste Foto. Es verschlug ihr die Sprache. «Unglaublich, unfassbar», stotterte sie, nachdem sie sich etwas gefangen hatte. Auf dem Foto war eine Frau zu sehen, die im Sarg lag. Die Augen hatte sie geschlossen. Sie schien zu schlafen. Die Gesichtszüge waren wie von einer Adligen, dünne Nase, schmaler blutleerer Mund, gekrauste Haare. Jede Falte zeichnete sich ab. Sogar die Poren der Gesichtshaut waren sichtbar. Die zierlichen Hände hatte sie vor der Brust gefaltet. Sie trug eine Rose mit schönem Blütenkopf. Das Leichenhemd war wie frisch gebügelt. «Dreissig Jahre im Sarg, nicht zu glauben», sagte Maria. «Sie sieht aus, als ob sie in einer Abdankungskapelle aufgebahrt wäre.» Sie überreichte Leo das Foto und schaute sich das nächste an. Es zeigte einen Mann mit rundem Gesicht, der einen Rosenkranz in seinen Händen hielt. Maria musterte die Fingernägel, die Adern auf dem weissen Handrücken, die Falten an den Knöcheln. Sie schüttelte den Kopf. «Selbst die dünne Haut an den Händen hat sich in Fettwachs umgewandelt», sagte sie an Tanner gerichtet. Der nickte bloss. Ich muss unbedingt herausfinden, in welchem Zustand sich die Fettwachsleiche aus dem Schrebergarten befindet, dachte sie, während sie ein weiteres Foto betrachtete. Darauf war ein glatzköpfiger Mann mit Pausbacken zu sehen. Er lag in einem Sarg, der bis zum Rand mit Wasser gefüllt war. Nur die Nasenspitze ragte heraus.

«Der Leichnam wurde beerdigt und kurz darauf, weil der Boden lehmig war, füllte sich der Sarg mit Wasser», erklärte Tanner. «Der Tote lag wie in einer Badewanne. Der Zersetzungsprozess erlahmte, weil kein Sauerstoff vorhanden war.» Das nächste Foto zeigte den Toten, nachdem er aus dem feuchten Grab geborgen worden war. Die Leiche war vom Scheitel bis zu den Zehenspitzen vollständig erhalten.

Leo nahm die Kamera vom Stativ und setzte sich in der zweiten Bankreihe hinter Maria und Tanner. Von hinten, zwischen den beiden hindurch, filmte er, wie sie gemeinsam die Fotos anschauten. Dann zoomte er heran und machte Nahaufnahmen von den Bildern.

«Sind alle, die eine Erdbestattung wählen, gleichermassen vom Risiko betroffen, eine Fettwachsleiche zu werden?», fragte Maria.

«Nein, Frauenleichen bilden etwa dreimal so häufig einen Fettwachspanzer wie männliche Tote», antwortete Tanner. «Das liegt am Fettgewebe, das bei Frauen besser über den ganzen Körper verteilt ist.»

Maria schluckte leer. Niemals wollte sie als Fettwachsleiche enden, dachte sie. Nur das nicht! Sie würde sich kremieren lassen.

«Auch Fettleibigkeit fördert im nassen Boden die Fettwachsbildung», erklärte Tanner. «Von Verstorbenen, die während des Krieges bestattet wurden, finden wir heute kaum Fettwachsleichen, da sie oft unterernährt waren.»

«Was verhindert sonst noch eine vollständige Verwesung?» Maria war erstaunt, wie präzise der Totengräber Auskunft gab. Er verstand etwas von seinem Fach und konnte sich ausdrücken.

«Schlecht sind Medikamente in den Leichen. Bei Verstorbenen, die vor dem Tod beispielsweise mit Antibiotika behandelt wurden, dauert es viel länger, bis sie verwesen.»

Maria notierte sich seine Aussagen in einen Notizblock, den sie immer in ihrer Jackentasche mit sich führte. Am Schluss des

Interviews wollte sie von Tanner wissen, an welches Erlebnis er sich als Totengräber am besten erinnerte.

«Einmal habe ich ein Kind, das vor zwanzig Jahren beerdigt worden war, aus dem Zinksarg geholt. Es war noch sehr gut erhalten. Das Gesicht wie Porzellan. Im Arm hielt es seine Puppe.»

***

«Hallo, Tina.» Theo Glauser stand eine Weile stumm da. Seinen Kopf hatte er gesenkt. Er wusste nicht, was sagen. Das Herz lag schwer in seiner Brust. Von Ferne hörte er Spatzen aus den Gebüschen zwitschern, zwei Tauben gurrten. Das Sonnenlicht glitzerte durch das Geäst. Es roch nach Hyazinthen. Er stand vor dem Urnengrab seiner Frau. Der schlichte Grabstein bestand aus rohem Granit, das im Maggiatal geschlagen wurde. Der Bildhauer sollte nur den Namen und die Lebensdaten in den Stein meisseln: Tina Glauser, 1971–2018. Seine Frau hatte es so gewollt. Sie fand geschliffene, ja geleckte Grabsteine, wie sie sagte, mit Reliefarbeiten oder irgendwelchem Schnickschnack fürchterlich kitschig.

Er konnte seine Augen nicht von der eingravierten Schrift wenden. Seine Frau wurde nur siebenundvierzig Jahre alt, vier Jahre davon lag sie im Wachkoma, in der REHAB in Basel, nach einem Herzinfarkt. Dann hatten die Ärzte die Maschinen abgestellt. Drei Tage vor ihrem Geburtstag. Er war damit einverstanden gewesen. Er hatte den Ärzten erlaubt, seine Frau zu töten. Oder sie gehen zu lassen, wie sie es nannten. Er war bei ihr gewesen, als sie starb. Er hatte ihre Hand gehalten und gespürt, wie ihre Finger immer kälter wurden. Warum musste Tina solche Qualen erdulden? So viele Schmerzen. Sobald er daran dachte, war es ihm, wie wenn ihm jemand eine Eisenklammer um die Kehle spannte. Er schüttelte den Kopf, um die Erinnerung daran zu verscheuchen.

Er wollte seiner Frau etwas von sich erzählen, was er zu wenig getan hatte, als sie noch am Leben war. Jetzt wollte er alles mit ihr teilen. Er schloss seine Augen. «Am Wochenende habe ich ‹Die blinde Kuh› besucht, du weisst, das Restaurant, in dem es stockdunkel ist und das von Blinden geführt wird», flüsterte er. Seine Hände hatte er vor dem Brustkorb wie zu einem Gebet gefaltet. «Am Empfang mussten wir unsere Smartphones abgeben. Alles, was Licht erzeugen könnte, musste draussen bleiben. Als Polizist im Einsatz durfte ich aber mein Handy mit ins Restaurant nehmen.»

Nach der Leichenschau im Schrebergarten war Glauser mit seinem Dienstwagen zum Friedhof gefahren. Einmal unter der Woche zur Mittagszeit und am Wochenende besuchte er das Grab seiner Frau. «Wir mussten uns alle an den Schultern halten und gingen dann in einer Polonaise durch einen dicken schwarzen Vorhang in die Gaststube», erzählte er weiter. «Eine blinde Bedienung führte uns, sie brachte jeden an seinen Platz. Du kannst dir nicht vorstellen, wie finster es war. Selbst mit aufgerissenen Augen konnte ich meine Hand nicht sehen. Noch nie in meinem Leben war es so dunkel.» Glauser bewegte seine Lippen, weil er mit Tina nicht nur in Gedanken sprechen wollte, sondern wie von Angesicht zu Angesicht. «Von allen Seiten hörte ich, wie die Gäste miteinander plauderten. Die Geräusche schienen von überall her zu kommen. Gläser klirrten, Besteck klapperte, Kleider raschelten. Einmal warf jemand sein Glas um. Im Raum duftete es nach Gewürzen. Das Essen schmeckte wunderbar», sagte er leise. «Ich bestellte als Vorspeise Carpaccio mit Limettenmayonnaise, Spargeln und eine Belper Knolle. Das ist ein Käse, umhüllt mit schwarz gemahlenem Pfeffer, der wie Trüffel über den Spargel gehobelt wird.

Als Hauptspeise gab es Kalbssteak mit Morchelrahmsauce und Polenta. Zum Schluss nahm ich noch ein Tiramisu.» Von der Ferne hörte er das Knattern eines Hubschraubers, der schnell näherkam. Er blickte auf, es war die Rega, die vielleicht einen verletzten Skitourenläufer ins Unispital flog.

«Wie du weisst, habe ich schon oft mit verbundenen Augen gegessen, aber es ist immer noch seltsam, zu riechen und zu schmecken, ohne zu sehen, was man isst. Mit dem Besteck klappte es gut, ich konnte das Fleisch zerschneiden und zum Mund führen. Auch den Wein konnte ich trinken, ohne ihn zu verschütten. In letzter Zeit habe ich die Angst verloren, ein bisschen wenigstens, wie mein Grossvater blind zu werden. Ich glaube, wenn es so weit wäre, könnte ich den Alltag bewältigen.»

Er zupfte etwas Unkraut weg, das neben Stiefmütterchen und Narzissen aus dem nassen Erdreich spross, und richtete sich auf.

«Aus der Blindenbibliothek habe ich dein Lieblingsbuch ausgeliehen. ‹Hundert Jahre Einsamkeit› von Marquez», erzählte Glauser weiter. «Obwohl ich nun schon recht gut die Brailleschrift beherrsche, sogar die Kurzschrift kann ich lesen, tue ich mich schwer mit dem Text. Die Sprache ist gewaltig, aber nicht einfach in Blindenschrift zu lesen.»

Glauser erzählte Tina, was ihn beschäftigte, der Mordfall im Schrebergarten, ein Jude, vor vielen Jahren erschossen, verscharrt ihm Lehmboden. Nun sei er unversehrt auferstanden, wie lebendig, um zu bezeugen, was geschehen war. Er sei froh, sagte er ihr, dass sie hatte kremiert werden wollen. Er hätte die Vorstellung grauenvoll gefunden, nicht zu wissen, ob sie zu Erde zerfallen würde. Oder ob sie vielleicht eines Tages als Fettwachsleiche ... Er konnte den Satz nicht zu Ende denken.

In diesem Moment erschrak er. Er konnte sich nicht mehr an das Gesicht von Tina erinnern. Es durfte nicht sein, dass er auch nur eine Sekunde lang vergass, wie sie ausgesehen hatte! Er drückte seine Augen fest zu. Verzweifelt versuchte er, sich ihr Gesicht vorzustellen. Doch es war verschwunden. Noch nie war er mit einem Schlag so traurig. Er dachte an ihre letzte Reise nach Cornwall, bevor sie krank wurde, an das Foto von ihr, das er auf seinem Handydisplay gespeichert hatte. Da tauchte ihr Gesicht in seinem Geiste wieder auf, wie eine Gestalt im Nebel. Tina war vorausgeeilt und auf einen grünen Hügel gestiegen, im Hintergrund weideten Schafe, eine Steilküste fiel jäh ins Meer. Weit unten spritzte die Gischt über weisse Kalkfelsen, die aus dem Wasser ragten. Er hatte sein Handy gezückt und abgedrückt, als sie sich zu ihm umdrehte. Ihre Wangen waren gerötet, der Wind wehte eine Strähne über ihre Stirn. Sie hielt ihren Kopf geneigt und lächelte ihn von oben herab an. Er erinnerte sich wieder an ihren Geruch, an den Klang ihrer Stimme und wie sich ihre Haut angefühlt hatte.

Er hielt seine Augen geschlossen. Bilder stiegen in seinen Kopf. Eines Abends war er nach Hause gekommen, nach einem harten Tag. Tina sass auf dem Sofa, ihre Beine hatte sie angewinkelt. Sie schaute ihn mit einem Blick an, wie er es von ihr noch nie gesehen hatte. Es war eine Mischung aus Freude, Stolz, Angst, Hoffnung, Zärtlichkeit, er wusste es nicht. In der Hand hielt sie den Ausdruck einer Ultraschalluntersuchung. Das Bild zeigte ihre Gebärmutter mit einem winzigen dunklen Fleck in einer grauen Wolke, so schien es ihm, wie ein schwarzes Loch inmitten von Galaxien. «Wir bekommen ein Kind», sagte sie, als er sich neben sie setzte. Sie griff nach seiner Hand. «Ich bin schwanger.» In ihren Augenwinkeln standen Tränen. Ein halbes Jahr später war Till geboren.

«Es freut dich sicherlich, dass Till den Bachelor in Architektur an der ETH mit summa cum laude geschafft hat. Er ist eifrig dran, eigene Bauten zu entwerfen. Vorgestern hat er mir einen Entwurf für ein Museum gezeigt. Er hat nicht nur Skizzen und 3-D-Zeichnungen angefertigt, sondern ein Architekturmodell aus Balsaholz gebaut. Ich verstehe davon ja nicht so viel, aber es sah meisterhaft aus. Formen, Farben, Proportionen, ganz schlicht und ehrlich. Du hättest seinen Entwurf geliebt. Ich glaube, unser Sohn ist ein Künstler. Das hat er von dir.»

Er schwieg eine Weile. Dann nahm er eine blaue Glasmurmel aus seiner Hosentasche, die ihm Till einst als Kindergartenkind zum Geburtstag geschenkt hatte und die er seither immer mit sich trug. Sie war sein Glücksbringer. Langsam drehte er die glatte Murmel zwischen seinen Fingern. Dann ging er neben dem Grab in die Hocke, schaufelte mit der Hand ein kleines Loch in die trockene Friedhofserde und legte die Murmel hinein. «Du fehlst mir sehr, Tina», sagte er und deckte die Murmel zu. Er wischte sich eine Träne aus dem Augenwinkel.

***

Sokrates und Niklaus Mooser zogen sich Gesichtsmasken mit einem Spritzschutz aus halbrundem Plexiglas an, der mit einem Stirnband befestigt war. Der Spritzschutz war bei der Obduktion einer Fettwachsleiche eigentlich unnötig, wusste Sokrates. Die Leiche war nicht mehr so beschaffen, dass etwas spritzen konnte. Zum ersten Mal hatte er als Assistenzarzt mit solch einer Leiche zu tun gehabt. Die Tote war über dreissig Jahre auf dem Grund des Zürichsees gelegen. Weil das Wasser in dieser Tiefe nur vier Grad kalt war, konnten keine Fäulnisgase entstehen, die Wasserleichen normalerweise wieder an die Oberfläche trieben. Arme und Kopf waren skelettiert. Doch Rumpf und Beine hatten sich in einen Fettwachspanzer verwandelt. Die Tote war mit Perlonstrümpfen bekleidet, die ab den Vierzigerjahren bis in die Sechzigerjahre hergestellt wurden. Untersuchungen am Skelett, an Knochen und Zähnen hatten ergeben, dass die Frau etwa vierzig Jahre alt gewesen sein musste. Die Identität der Toten und die Todesursache konnte sein Chef nicht mehr feststellen.

«Den Körper können wir nicht mit einem Messer öffnen», sagte Sokrates und klopfte mit dem Zeigefingerknöchel gegen die Leiche. «Der Fettwachspanzer ist zu hart.» Nik reichte ihm eine elektrische Säge, die aussah wie ein Stabmixer mit Flexscheibe. Am Kopfende wartete Anna Zumsteg auf ihren Einsatz. Sie waren allein im Raum. Theo Glauser und Lara Odermatt hatten sich nach der Leichenschau verabschiedet. Sollte die Obduktion weitere Erkenntnisse bringen, würde Sokrates sie spätestens an der Sachbearbeiterkonferenz darüber informieren. «Ein T-Schnitt macht keinen Sinn», sagte er zu Nik. «Die Haut lässt sich nicht mehr wegpräparieren.» Er blinzelte ein paar Mal. Das Licht schien grell von den Neonröhren an der Decke. Er rückte seine Brille unter dem Spritzschutz zurecht. Dann schaltete er die elektrische Säge an und beugte sich über die Leiche. Das Sägeblatt kreischte, als er den Fettwachspanzer von der linken Seite der Schulter entlang des Schlüsselbeins bis zur rechten Schulter aufsägte. Dann fuhr er nach unten bis auf die Höhe des Zwerchfells. Dabei durchtrennte er auch die Rippen. Der scharfe Geruch von verbrannten Knochen stieg in seine Nase. Knochenstaub legte sich auf seine Handschuhe. Er sägte einen Schnitt quer über den Oberbauch und auf der linken Seite wieder nach oben bis zum Schlüsselbein. Während er arbeitete, zählte er langsam in Gedanken. Bei vierunddreissig hatte er es geschafft und vom Thorax eine rechteckige Platte herausgesägt. Zusammen mit Nik und Anna hob er den Fettwachspanzer mitsamt Brustbein vorsichtig an und legte ihn auf die skelettierten Füsse.

«Lasst uns nachsehen, ob uns Herz und Lunge noch etwas mitteilen können», sagte er. Er blickte in den geöffneten Brustkorb. Mit einem scharfen Messer durchtrennte er die Aorta und schnitt das Herz samt Herzbeutel heraus. Die Oberfläche des Organs war hart und fühlte sich rau an wie Bimsstein. Er gab das Herz Anna, die es in eine Chromstahlschale legte und wog. Nik schrieb das Gewicht auf ein A4-grosses Obduktionsbeiblatt. Anschliessend öffnete er das Herz mit einem Y-Schnitt auf einem Präparationstisch, der sich am Fussende des Obduktionstischs befand. Das Chirurgenmesser durchschnitt die harte Oberfläche des Organs ohne Mühe. Im Innern war das Herz wie Lehm. «Es ist kaum möglich, irgendetwas zu erkennen», sagte Nik. «Das Herzinnere besteht aus einer einzigen weichen Masse.»

«Das habe ich erwartet», sagte Sokrates, während er beide Lungenflügel entfernte. «Trotzdem werden wir sämtlich Organe genau untersuchen. Wer weiss, vielleicht finden wir irgendwo einen Hinweis.»

Bei den Lungen, die sich ebenfalls wie poröser Stein anfühlten, konnte Nik wie beim Herz nichts Verdächtiges feststellen. Nachdem Sokrates den Thorax ausgeräumt hatte, nahm er wieder die elektrische Säge zur Hand. Er setzte das Sägeblatt an der Unterkante des herausgesägten Fettwachspanzers an und fuhr herunter bis auf die Höhe des Hüftknochens. Dann sägte er quer über den Unterbauch und auf der anderen Seite wieder nach oben. Nik und Anna entfernten das Stück Panzer. Die inneren Organe lagen nun offen vor Sokrates.

Er öffnete den Magen in der Leiche und schöpfte die lehmige Masse mit einer Kelle in eine Schale. Mit einem Löffel zerteilte er den Mageninhalt. Vielleicht fanden sich noch feste Nahrungsmittelbestandteile. Er stiess auf einen kleinen harten Gegenstand. Mit Daumen und Zeigefinger pickte er in der dickflüssigen Masse eine kleine ovale Kugel heraus und wusch sie unter der Brause ab. Er hielt den Gegenstand vor seine Brille. «Na, was haben wir denn da?», sagte er zufrieden. «Einen Orangenkern.»

«Nach so langer Zeit! Es ist, wie wenn du in Ötzis Magen ein Maiskorn gefunden hättest», sagte Nik vom Präparationstisch her.

Sokrates stocherte weiter im Mageninhalt und entdeckte einen zweiten Orangenkern. Weitere Essensreste konnte er im Magen nicht ausmachen.

«Anna, du kannst damit beginnen, den Kopf zu öffnen», sagte Sokrates. «Da es nicht möglich ist, die Kopfschwarte von der Kalotte wegzupräparieren, entferne die Schädeldecke mitsamt der Kopfhaut.» Er gab ihr die elektrische Säge. «Achte darauf, das Sägeblatt an der Stirn oberhalb des Einschusslochs anzusetzen.»

Anna nickte. Sie liess die Säge laufen und fräste einen Kreis in die Schädeldecke. Die Haare des Toten waren so schütter, dass es nicht nötig war, sie vorher zu entfernen. Vorsichtig nahm sie den Schädelknochen vom Kopf, das Grosshirn lag nun frei.

Währenddessen hatte Sokrates Dünn- und Dickdarm, Leber und Milz, Nieren, Harnblase und Enddarm aus der Leiche herauspräpariert. Einzelne Organe waren miteinander verbacken, wie wenn sie geschmolzen wären. Nik wog die Organe und untersuchte sie. Ohne Befund.

Sokrates begab sich auf die Kopfseite des Obduktionstischs. Er schaute sich die offene Schädeldecke an und überlegte. Dann nahm er ein langes Messer vom Bestecktablett. Er schnitt das obere Hirnteil entlang der Sägelinie ab und legte es in eine Chromstahlschale. Anschliessend präparierte er vorsichtig das untere Grosshirnteil zusammen mit Kleinhirn, Hirnstamm und verlängertem Rückenmark heraus. Er hoffte, dass er dabei nicht den Einschusskanal beschädigte. Er blickte in den leeren Schädel. Am hinteren Schädelknochen entdeckte er das Projektil, das sich dort hineingebohrt hatte. «Die Kugel», sagte er. «Vielleicht kann die Kriminaltechnik herausfinden, aus welcher Waffe sie abgefeuert wurde.» Mit einer Zange entfernte er die Kugel, die von der Wucht des Aufpralls am Schädelknochen deformiert war. Er wusch sie gründlich unter der Dusche ab und steckte sie in ein Röhrchen mit Schraubverschluss.

Nach zwei Stunden hatten Sokrates, Nik und Anna die Obduktion beendet.

«Was soll ich mit der Leiche tun und mit den herausgesägten Fettwachsplatten?», fragte Anna. «Die Organe wieder in den Rumpf legen und den Körper zusammennähen wie sonst geht nicht bei solch einer Leiche, die ...» Anna stockte. «... die einfach nicht verwesen will.»

Sokrates war plötzlich müde, sein Buckel schmerzte. «Leg den Toten wieder zurück in den Sarg und decke ihn mit den Platten zu. Er muss nicht gekühlt werden. Bring ihn in den Sargraum, der Bestatter wird sich um ihn kümmern.»

«Was passiert jetzt mit ihm?», wollte Nik wissen.

«Ich weiss es nicht. Vielleicht wird er auf einem jüdischen Friedhof beerdigt. Dort wird er ewig leben, weil der Fettwachspanzer niemals vergeht. Nur eine Kremation würde helfen, aber das ist wohl ausgeschlossen, weil Juden aus religiösen Gründen eine Feuerbestattung ablehnen.»

***

«Der Tote war Jude, aber nach seinem Aussehen zu schliessen, kein orthodoxer. Auf seinem linken Unterarm ist die Nummer A7227 tätowiert», begann Theo Glauser die Sachbearbeiterkonferenz. «Er war ein Häftling in Auschwitz. Nur in diesem Konzentrationslager wurden Gefangene mit einer Häftlingsnummer tätowiert. In den anderen KZs waren die Nummern auf die Häftlingskleider genäht. Tätowierte Nummern mit der A-Serie, also mit dem Buchstaben A vor den Ziffern, gab es in Auschwitz erst ab Mai 1944. Das Opfer kam demnach 1944 nach Polen ins KZ.»

Kriminalpolizisten, Spezialisten vom Forensischen Institut und die Polizeifotografin waren um einen U-förmigen Tisch im Kripogebäude an der Zeughausstrasse versammelt. Der Staatsanwalt hatte sich wegen dringender Geschäfte entschuldigen lassen. Glauser sass am Kopfende. Sokrates hatte auf der Fensterseite Platz genommen. Die Sonne war noch nicht untergegangen, doch die Neonröhren leuchteten bereits. Sie warfen ein fahles Licht auf die Gesichter der Polizisten, die dadurch wie krank erschienen. Die schmalen Fenster waren aufgerissen, aber die Luft roch stickig nach Staub. Die Turmuhr der St.-Jakobs-Kirche schlug ein Mal. Es war siebzehn Uhr fünfzehn.

Glauser nahm einen Schluck Mineralwasser aus einem Plastikbecher. «Es wurden nur Erwachsene tätowiert», fuhr er fort. «Auf den Unterarmen von Kindern war nicht genügend Platz vorhanden für die Häftlingsnummern. Sie bekamen stattdessen die Nummern auf ihre Oberschenkel tätowiert.» Er blickte in die Runde. «Als der Mann nach Auschwitz deportiert wurde, war er also mindestens fünfzehn Jahre alt oder älter. Wir schätzen das Alter des Toten auf etwa sechzig. Er muss also vor 1990 ermordet worden sein.»

«Woher wissen wir, dass er Jude war?», fragte Sokrates. «Die Nazis deportierten auch Zigeuner, also Sinti und Roma, Sozialisten und Geistliche nach Auschwitz.»

«Auch homosexuelle Menschen wurden dort ermordet», traute sich Emma Vonlanthen zu sagen.

«Stimmt. Aber nur Juden wurden mit dem Buchstaben A gekennzeichnet», antwortete Glauser. «Zigeuner bekamen ein Z tätowiert, russische Kriegsgefangene ein R und so weiter. Das

Opfer war ohne Zweifel ein Jude, der vor mehr als dreissig Jahren ermordet wurde.»

«Zudem wissen wir, dass ihn der Täter im Winter, in der kalten Jahreszeit erschossen hat», warf Emma ein. Auf ihrem Hals bemerkte Sokrates rote Flecken. Mit einer fahrigen Handbewegung wischte sie sich eine blonde Haarsträhne aus dem Gesicht. «Und zwar im Freien.» Sie stockte. «Er trug Wollmantel und Winterschuhe, die hat ihm der Täter wohl nicht nach dem Tod angezogen.»

Franz Ulmer, der neben Emma sass, nickte ihr anerkennend zu.

«Absolut richtig erkannt», erwiderte Glauser. «Die kalte Jahreszeit dauert in der Schweiz allerdings ein halbes Jahr, von Oktober bis März. In dieser Zeit ist es nicht ungewöhnlich, einen Wollmantel zu tragen.»

«Der Mann wurde im Dezember oder Januar ermordet», sagte Sokrates.

Glauser schmunzelte. «Woher weisst du das schon wieder?»

«In seinem Magen befanden sich zwei Orangenkerne», antwortete Sokrates. «Ich habe mich erkundigt. In den Siebzigerjahren verkauften die Detailhändler Zitrusfrüchte nur in diesen beiden Monaten.»

«Ausgezeichnet», sagte Glauser. «Wir kommen vorwärts.» Er stockte kurz. «Wie der Mörder heisst, kannst du uns nicht auch gleich verraten?»

Sokrates lächelte. «Noch nicht, aber ich arbeite dran.»

Glauser wandte sich an Philip Kramer. «Konntet ihr Hinweise auf die Identität der Leiche finden?»

Der Kriminaltechniker holte aus einer Kiste eine durchsichtige Plastiktüte hervor, worin eine angegraute Brieftasche aus Leder lag, die wegen der Feuchtigkeit Falten warf. «Leider trug der Tote keine Papiere mit sich», antwortete er. «Wir kennen einzig seine Initialen. N. M.»

«Vielleicht hatte er den Mantel ausgeliehen», wendete Sokrates ein. «Oder secondhand gekauft.»

«Die Initialen sind auch in den Hemdkragen genäht», erwiderte Kramer. «Er müsste also beides, Mantel und Hemd, ausgeliehen haben. Eher unwahrscheinlich.» Er stülpte sich Latexhandschuhe über, holte den Geldbeutel aus der Plastiktüte und öffnete ihn. «Das Opfer kam bereits vor 1978 ums Leben», sagte er und zog mit spitzen Fingern ein paar feuchte Geldscheine heraus. «In seinem Portemonnaie befinden sich sechzig Franken aus der fünften Banknotenserie. Die Nationalbank gab sie 1956 heraus.» Er zeigte einen Zehnfrankenschein herum. Sokrates erkannte auf der Vorderseite Gottfried Keller in braunroter Farbe, auf der Rückseite war eine Nelkenwurz zu sehen. Auf der Zwanzigernote waren General Dufour und eine Silberdistel abgebildet. «Diese Banknotenserie wurde 1976 ersetzt», führte Kramer aus. «Mit den alten Scheinen konnte man zwar noch bis 1980 bezahlen, aber bereits ein Jahr, nachdem die neue Serie auf den Markt gekommen war, waren kaum noch alte Geldscheine im Umlauf, bestätigte mir die Nationalbank.»

«Gibt es auch Münzen im Geldbeutel?», fragte Glauser.

Kramer öffnete das Kleingeldfach. «Ja, ein paar. Auf einer Zwanzigrappenmünze ist das Jahr 1972 eingeprägt, die anderen Münzen sind älter», antwortete Kramer und schüttete das Kleingeld aus dem Portemonnaie in seine Hand.

«Vielen Dank, Philip, das bedeutet, das Opfer wurde zwischen 1972 und 1978 ermordet. Können wir den Todeszeitpunkt stärker eingrenzen?», fragte Glauser. Er zerknüllte den Plastikbecher nach dem letzten Schluck Wasser. «Was habt ihr beim Opfer sonst noch gefunden?»

«In seiner Hosentasche trug er eine Taschenuhr von Omega aus dem Jahr 1925. Ich habe den Handaufzug betätigt. Sie funktioniert noch tadellos. Nach bald fünfzig Jahren in einem Grab. So eine Uhr behält man ein Leben lang. Vielleicht hat sie ihm sein Vater geschenkt. Sie gibt uns keinen Hinweis auf den Todeszeitpunkt», antwortete Kramer.

«Aus welchem Material besteht die Uhr?», wollte Sokrates wissen.

«Aus Gelbgold. Sie hat einen gewissen Wert. Der Mann scheint wohlhabend gewesen zu sein. Seine Kleidung lässt ebenfalls darauf schliessen. Gutes Tuch.»

«Sechzig Franken im Geldbeutel sind aber nicht viel für einen gutbetuchten Mann», warf Ulmer ein.

«In meinem Portemonnaie trage ich auch nicht mehr mit mir herum», erwiderte Emma.

«Als Polizistin bist du aber nicht sonderlich reich, oder täusche ich mich», grinste Ulmer.

Emma boxte ihm mit dem Ellenbogen in den Arm.

«Sechzig Franken waren damals doppelt so viel wert», sagte Kramer. «Der Mann kann also durchaus vermögend gewesen sein.» Er blätterte in seinen Unterlagen.

«In seiner Brieftasche befand sich eine Bahnfahrkarte aus Karton», machte er weiter. «Leider ist das Papier so aufgeweicht, dass die Schrift nicht mehr entzifferbar ist. Das Datum ist verschwunden. Aber Fahrkarten aus braunem Karton gab es nur in den Siebziger Jahren. In den Sechzigern hatten die Fahrkarten einen roten Balken in der Mitte, und in den Achtzigern war der untere Teil des Kartons grün und der obere Teil hellbeige gefärbt.»

«Ein weiterer Hinweis, dass das Opfer in den Siebzigern umgebracht wurde», stellte Glauser fest. «Was trug der Mann sonst noch mit sich herum?»

«Ein vergilbtes Foto einer Frau mit Kind, kaum zu erkennen. Zwei Haustürschlüssel von Kaba und Ricola-Hustenbonbons.» Kramer nahm eine verwitterte gelbe Schachtel mit aufgedruckten Kräutern aus der Kiste und hielt sie nach oben. «Diese Bonbons heissen Ricola Kräuterzucker, weil sie Zucker enthalten. Erst seit 1988 stellt die Confiserie Richterich diese Bonbons ohne Zucker her.» Er blickte in die Runde. «Ricola Kräuterzucker gibt es seit 1956. Das Design der Verpackung wurde mehrfach geändert. Ab 1972 wird neben den Kräutern auch das Kräuterbonbon abgebildet.» Er tippte mit der Hand auf die Schachtel. «Die Bonbons gelten als Heilmittel, weil sie gegen Husten und Heiserkeit helfen sollen. Deshalb müssen sie bei der Heilmittelbehörde Swissmedic, früher Interkantonale Kontrollstelle IKS, registriert sein. Bis 1961 standen sie auf der Liste P. Das P war auf der Packung aufgedruckt. Danach wurden die Kräuterbonbons auf der Liste E-P registriert.» Kramer drehte die Packung. «Die Bezeichnung E für die Registrierung in Liste E, wie sie hier auf der Packung zu sehen ist, gibt es erst seit 1974.» Er lächelte. «Ergo: Der Jude muss zwischen 1974 und 1978 erschossen worden sein.»

Ulmer begann zu klatschen. «Das war eine überaus spannende Vorstellung», sagte er und verdrehte theatralisch seine Augen. «Du hast ein Talent für die dramaturgische Darbietung deiner Untersuchungsergebnisse. Die Pointe hättest du uns gerne auch ein paar Minuten früher verraten können.» Und mit gespielter Ironie fuhr Ulmer fort: «Von dir wissen wir nun endlich den exakten Todeszeitpunkt. Zwischen 1974 und 1978. Geht es etwas genauer, nur ein bisschen? Kennst du wenigstens den Wochentag? Noch nie hatte ich mit einem Mordfall zu tun, bei dem das Tötungsdelikt innerhalb von fünf Jahren passiert war. Fünf Jahre!»

Glauser blickte nach unten, weil er grinsen musste.

Sokrates dachte plötzlich an Sara. Sie lauschte immer gespannt, wenn er ihr von einem Kriminalfall erzählte und stellte kluge Fragen. Er liebte die Art, wie sie ihn dabei ansah. Dieser Mord an einem Juden, begangen vor bald fünfzig Jahren, würde sie sicherlich sehr interessieren.

«Was ist mit seiner Kleidung?», hörte er Glauser fragen.

«Seltsamerweise haben Mantel, Hose, Hemd und Unterwäsche keine Etiketten, worauf der Markenname abzulesen wäre. Auch den Hersteller seiner Winterstiefel kennen wir nicht. Wir wissen nicht, wo er seine Kleidung gekauft hat, oder ob es die Hersteller noch gibt, und können deshalb keine Rückschlüsse auf den Todeszeitpunkt machen.»

«Hat jemand abgeklärt, wie viele Juden in den Siebzigern in Zürich als vermisst gemeldet wurden?», fragte Glauser in die Runde.

«Fehlanzeige. Vermisstenanzeigen werden nur dreissig Jahre lang archiviert, dann werden sie vernichtet. Aus dieser Zeit gibt es keine Unterlagen mehr», antwortete Ulmer.

Glauser richtete seinen Blick auf Lara Odermatt. Die Polizeifotografin sass aufrecht, die Schultern hatte sie wie immer leicht nach hinten gedrückt. Ihre roten Locken umrahmten die hohen Wangenknochen. «Lara, du hast vom Gesicht des Toten Fotos angefertigt und sie anschliessend bearbeitet», sagte er. «Gib bitte jedem von uns einen Abzug davon.» Sokrates schien es, als ob Lara leicht erröten würde. Sie griff in eine Mappe, zog einen Stapel mit Fotos heraus und reichte sie links und rechts weiter. Sokrates sah sich den Toten an. Die Augen hielt er jetzt geschlossen. Das Einschussloch auf der Stirn war wegretuschiert. Das Gesicht sah nicht mehr leichenblass aus, sondern hatte eine gesunde Farbe bekommen. Er war immer noch verblüfft, wie gut die Leiche erhalten war.

«Glänzende Arbeit, Lara», lobte Glauser. Er betrachtete das Foto auf seinem Smartphone. «Emma und Franz, geht nach der Sitzung zur Israelitischen Cultusgemeinde an der Lavaterstrasse und zeigt das Foto herum. Vielleicht kann jemand den Toten identifizieren.» Zwei weitere Polizisten wies er an, im Engequartier jüdische Wein- und Lebensmittelgeschäfte und die koschere Metzgerei Kol-Tuv zu besuchen.

Dann nickte er Sokrates zu. «Nun zum Täter. Was wissen wir über ihn?»

«Leider nicht viel. Er misst einen Meter neunzig, vielleicht auch mehr. Das zeigt der Einschusskanal. Das Projektil drang von der Stirn schräg nach unten in das Kleinhirn, was augenblicklich zum Tod des Mannes geführt hat.»

«Vielleicht war es eine Hinrichtung und das Opfer kniete vor dem Täter», gab Glauser zu Bedenken.

«In diesem Fall würde der Einschusskanal wesentlich steiler von oben nach unten verlaufen», antworte Sokrates. Er überlegte. «Vermutlich ist der Täter Rechtshänder.»

«Woher weisst du das?»

«Es war ein absoluter Nahschuss, die Waffe aufgesetzt. Die Schussbahn verläuft von rechts oben nach links unten», antwortete er. «Solch einen Einschusskanal treffen wir meistens bei Rechtshändern an.»

«Was ist mit dem Projektil?»

«Das steckte im Hinterkopf. Ich habe es sichergestellt und Philip Kramer übergeben.»

«Danke, Sokrates. Philip, wann kannst du die Kugel untersuchen?», fragte er mit Blick auf den Kriminaltechniker.

«Sofort nach der Sitzung. Vielleicht haben wir Glück und können zusammen mit dem Waffengesicht auf der Stirn des Opfers den Waffentyp bestimmen.»

Glauser nickte energisch. «Gibt es weitere Überlegungen zum Täterprofil?»

«Der Mord passierte vor etwa fünfundvierzig Jahren», antwortete Ulmer. «Wenn der Täter noch lebt, war er damals höchstens vierzig, maximal fünfzig Jahre alt, eher jünger. Wir suchen in jedem Fall nach einem alten Mann. Oder nach einem toten.»

«Ja, das kann durchaus sein. Hoffentlich erwischen wir ihn lebend, damit er seine Strafe bekommt», sagte Glauser. Er wandte sich an Emma. «Das Opfer kam in den Siebziger Jahren ums Leben. Wem gehörte damals der Schrebergarten?»

Emma strich sich eine blonde Locke hinter das Ohr, ihre Wangen waren vor Aufregung gerötet. Sie räusperte sich. «Die Präsidentin des Familiengartenvereins Zürich-Wipkingen hat glücklicherweise alle Daten in einer Datei gespeichert», sagte sie und starrte dabei in ihre Unterlagen. «Lothar Otterbach übernahm die Parzelle mit der Nummer dreiundvierzig im Sommer 1979. Zuvor hatte ein Ehepaar namens Fabian und Frederike Uhland den Garten besessen.»

«Wie lange?»

«Seit 1954.»

«Das Opfer wurde also ohne Zweifel im Schrebergarten vergraben, als Uhlands die Besitzer waren.»

Emma nickte. «Franz und ich haben zu Fabian Uhland recherchiert.» Sie blätterte mit zittrigen Fingern in ihren Aufzeichnungen. «Uhland besass eine Kunstgalerie am Paradeplatz. Als Kunsthändler war er international erfolgreich.» Sie geriet ins Stocken. «Trotzdem gibt es nur sehr spärliche Informationen über ihn. 1979 kam er auf mysteriöse Weise ums Leben. Die Todesursache bleibt rätselhaft. Mehr haben wir bisher nicht herausgefunden. Der Mann hielt sich im Hintergrund. Er scheute das Licht der Öffentlichkeit. Es gab zwar im Kulturteil der NZZ einige Berichte über seine Galerie, aber keine Fotos oder Details zu seinem Privatleben.»

«Wie heisst der Nachfolger der Galerie?», wollte Glauser wissen.

«Kunstgalerie Pfeiffer, Kornelius Pfeiffer.»

«Ah, die Galerie kenne ich. Meine Frau suchte dort manchmal Kunstwerke aus, wenn sie Geschäftsräume der gehobenen Art einrichten musste. Noch heute Abend werde ich Pfeiffer besuchen. Der Mann ist schon ziemlich alt. Vielleicht kannte er Uhland.» Glauser schaute auf seine Uhr und klappte seinen Notizblock zu. «Kollegen, wir machen Schluss für heute. Alle wissen, was zu tun ist. Die nächste Sachbearbeiterkonferenz findet nach den Osterfeiertagen statt. Wer kann, soll die freien Tage geniessen.»

***

Theo Glauser überquerte den Münsterhof. Linker Hand lag die Fraumünsterkirche mit den berühmten Fenstern von Chagall, rechts tauchten das Haushaltsgeschäft Sibler und das Schuhcafé auf, wo Tina regelmässig Stiefeletten, Pumps und Sandalen gekauft hatte. Immer wieder war er in diesem Schuhladen gestanden, wie verloren in einer Ecke, mit einem Espresso in der Hand. Tina hatte Schuhe anprobiert, Dutzende, so war es ihm jedenfalls vorgekommen. Er fühlte sich dabei wie in einem Loriot-Film, wenn sie ihn nach seiner Meinung fragte.

«Wie findest du die Schuhe?»
«Welche?»
«Die ich anhabe.»
«Besonders hübsch.»
«Oder findest du die mit den hohen Absätzen schöner?»
«Hohe Absätze?»
«Die mit den Schnallen.»
«Nein.»
«Was ‹nein›?»
«Ich finde die nicht schöner als die, die du anhast.
«Du hast gesagt, sie stünden mir so gut.»

«Ja. Sie stehen dir gut.»

«Warum findest du sie dann nicht schöner?»

«Ich finde die, die du anhast, sehr schön, und die anderen stehen dir auch gut.»

Mein Gott, wie sehr er die Zeit mit Tina vermisste. Wie gern würde er mit ihr in jedes Schuhgeschäft gehen und ihr dabei zuschauen, wie sie Schuhe anprobierte. Glauser steuerte auf eine Seitengasse zu, lief bis zur nächsten Abzweigung, bog dort nach links ab und erreichte alsbald den Paradeplatz. Gegenüber den beiden Grossbanken UBS und Credit Suisse lag die Kunstgalerie Kornelius Pfeiffer. Der Name stand in roten Lettern über einer grossen Schaufensterfront. Ein Schild zeigte an, dass die irakische Architektin Zaha Hadid den Innenraum gestaltet hatte. Glauser öffnete die gläserne Eingangstür. Ein kühler Hauch wehte ihm entgegen. Die Galerie sah aus wie das Innere eines Raumschiffs. Der hohe helle Raum war mit weiss glänzenden futuristischen Skulpturen ausgestattet. Die Formen flossen ineinander wie Lava, das erstarrt war. Scheinwerfer und Deckenleuchten spiegelten sich im weissen Fussboden. Glauser durchschritt den Raum. Es war kein Mensch zu sehen. An den weissen Wänden hingen Werke des Dadaisten Kurt Schwitters. Glauser kannte den Künstler, Tina hatte Schwitters Merz-Bilder geliebt.

«Guten Abend, was kann ich für Sie tun?»

Glauser drehte sich um. Auf ihn kam eine grossgewachsene Frau zu, silberfarbener Pagenschnitt, vornehmes Gesicht, dunkelgraues Deuxpièces. Sie roch nach herbem Parfum.

«Kriminalpolizei Zürich», antwortete Glauser. «Entschuldigen Sie bitte die Störung. Kann ich Herrn Pfeiffer sprechen, Kornelius Pfeiffer?»

«Ist etwas passiert?», fragte die Dame nervös. Ihre bernsteinfarbenen Augen flackerten.

«Nein, nein. Nichts, was Herrn Pfeiffer betrifft», beeilte sich Glauser zu sagen. Wir ermitteln in einem Tötungsdelikt, das vor langer Zeit verübt worden ist. Ich habe lediglich Fragen zu dem Mann, der vor Herrn Pfeiffer die Galerie geführt hatte.»

Die Dame atmete beruhigt aus. «Nehmen Sie bitte Platz», sagte sie und wies mit der Hand auf einen ovalen Sitz, der die Form eines ausgewaschenen überdimensionierten Wackersteins hatte. «Einen Moment bitte, ich bin gleich wieder zurück.»

Glauser setzte sich auf den Wackerstein, der erstaunlich bequem war. Er schaute auf seine Armbanduhr. Achtzehn Uhr einundzwanzig. Aus seiner Mappe holte er einen Notizblock. Nach zwei Minuten kam aus einem Nebenzimmer ein kleiner, dünner Mann auf ihn zu. Er hatte Furchen im Gesicht, Haare wie Stahlwolle und Augenringe. Glauser schätzte ihn auf Ende sechzig. Trotz seines Alters bewegte er sich agil. Glauser erhob sich.

«Meine Assistentin hat mich bereits informiert, um was es geht», sagte Pfeiffer und gab Glauser die Hand, die sich kräftig anfühlte. «Wie kann ich Ihnen helfen?»

Beide setzten sich. Pfeiffer schlug ein Bein über das andere. Er trug spiegelblank gewienerte Lederschuhe zum feinen Zwirn. Die schwarzen Augen blickten neugierig.

«Sie haben die Galerie 1979 von Frederike Uhland gekauft, nachdem ihr Mann gestorben war», begann Glauser. «Kannten Sie Fabian Uhland?»

Pfeiffers Pupillen verengten sich. «Wer kannte ihn nicht, den famosen Uhland. In der Branche war er eine grosse Nummer, sehr erfolgreich. Eloquentes Auftreten, gute Nase für Trends, knallhart in den Verhandlungen. Er beherrschte fünf Sprachen. Mein Vater war ebenfalls Kunsthändler und hatte geschäftlich mit ihm zu tun.»

«Haben Sie Uhland persönlich kennengelernt?»

«Als Uhland starb, war ich sechsundvierzig Jahre alt.»
Glauser stutzte. «Dann sind Sie jetzt…» Er rechnete. «Sechsundachtzig …? Das ist … äh, erstaunlich. Ich hätte sie jünger geschätzt.»

Pfeiffer neigte seinen Kopf. Seine schwarzen Knopfaugen blitzten. «Danke für das Kompliment. Viele halten mich für jünger. Die Gene. Dafür kann ich nichts.»

Die Dame mit dem Deuxpièces kam heran und stellte zwei Gläser und zwei Flaschen Perrier auf den Tisch, der aussah wie ein flacher Kieselstein.

Glauser bedankte sich. «Wann sind Sie Uhland begegnet?»

«Zum ersten Mal sah ich ihn an einer Auktion, in Paris oder Mailand, vielleicht auch in München. Ich glaube, das war 1962. Mein Vater hatte mich mitgenommen. Er wollte mir die Kunst des Kunsthandels beibringen.» Pfeiffer lächelte. «Das ist ihm gelungen.»

«Welche Erinnerungen haben Sie an Uhland?» Glauser schenkte sich Mineralwasser ein und trank einen Schluck.

«Er hatte uns damals ausgetrickst. Ja, es war in München. Wie konnte ich das vergessen! Verdrängung, nehme ich an. Die Mondrian-Werke gingen an ihn.»

«Sie waren verärgert?»

«Verärgert? Weit mehr als das. Ich war ausser mir», sagte Pfeiffer mit erhobener Stimme «Ich hätte ihn umbringen können!» Er unterbrach sich abrupt. «Das habe ich natürlich nicht getan. Mein Vater sagte nur: So läuft das Geschäft. Ich habe viel von ihm gelernt.» Nach einer Weile fuhr er fort: «Es war nicht das letzte Mal, dass uns Uhland über den Tisch gezogen hatte. Er agierte äusserst gewieft.»

«Was wissen Sie sonst noch über ihn?», fragte Glauser. «Mich interessiert alles aus seinem Leben – Familie, Freunde und Feinde.» Er schlug sein Notizbuch auf.

«Fabian Uhland kam nach dem Krieg aus München in die Schweiz. Er war Deutscher, liess sich später aber einbürgern», antwortete Pfeiffer. «Er muss wohlhabend gewesen sein, sonst hätte er sich diese Galerie hier an renommierter Lage nicht leisten können.»

«Worauf hatte er sich spezialisiert?»

«Er handelte hauptsächlich mit Kunstwerken des Expressionismus, der konstruktiven Kunst und der Neuen Sachlichkeit. Darunter waren auch Werke, die von den Nazis in deutschen Museen beschlagnahmt worden waren, weil diese Banausen sie als entartet angesehen hatten. Otto Dix, Wassily Kandinsky, Emil Nolde, August Macke, Max Liebermann – lauter grosse Namen.»

Glauser machte sich Notizen. «Was ist mit seiner Familie?»

«Seine Frau Frederike lernte er in der Schweiz kennen. Sie war deutlich jünger als er. Was sie beruflich gemacht hat, weiss ich nicht. Uhland hatte die fünfzig bereits überschritten, als sie schwanger wurde. Sie gebar einen Sohn, Fritz Uhland. Er ist heute Professor der Theologie, hier in Zürich.» Pfeiffer schraubte die Flasche auf und goss Mineralwasser ins Glas. «Die Familie lebte sehr zurückgezogen. Uhland scheute öffentliche Auftritte. Nur an Vernissagen oder Auktionen liess er sich blicken. An gesellschaftlichen Anlässen war er nie zu sehen. Als ihm der Rotary-Club die Ehre erwies, ihm eine Mitgliedschaft anzubieten, hat Uhland abgelehnt. Ein Affront.»

«Lebt Frederike Uhland noch?»

«Nein, sie starb, kurz nachdem ihr Mann überraschend ums Leben gekommen war.»

«Was wissen Sie über seinen Tod?»

«Eines Morgens fand ihn seine Frau tot im Bett, so hörte man. Er wurde nur siebzig Jahre alt, obwohl er vor Gesundheit gestrotzt hatte. Die Rechtsmedizin konnte nicht herausfinden, woran Uhland gestorben war. Ein Herzinfarkt war es jedenfalls nicht. Daraufhin gab es Spekulationen.»

«Welche?»

«Das Gerücht machte die Runde, er sei ermordet worden. Wegen seiner Rücksichtslosigkeit im Handel hatte er sich viele Feinde geschaffen. Aber es gab keinerlei Hinweise auf einen gewaltsamen Tod. Die Polizei hat das abgeklärt.»

«Stehen Sie in Kontakt mit seinem Sohn?»

«Nein. Nach dem Tod seiner Mutter hat Fritz Uhland die Galerie geerbt. Was er mit den Kunstwerken gemacht hat, weiss ich nicht. Er hat sie jedenfalls nicht öffentlich zum Verkauf angeboten. Das hätte ich mitbekommen.» Pfeiffer beugte sich nach vorne. «Meine Assistentin hat mir erzählt, dass Uhland in einen Mord verwickelt war. Können Sie mir mehr darüber sagen?»

Glauser berichtete ihm vom Fund der Leiche, die in den Siebzigerjahren vergraben worden war, als Uhland den Schrebergarten gepachtet hatte.

Pfeiffer hob beide Augenbrauen. «Viele haben vermutet, dass Uhland etliche Leichen im Keller hatte», erwiderte er pfiffig.

«Aber in einem Schrebergarten?»

«Wissen Sie, ob Uhland eine Waffe besass?», fragte Glauser.

Pfeiffer verneinte.

«War Uhland im Krieg?»

«Ich muss Sie schon wieder enttäuschen. Uhland erzählte wenig von sich. Mein Vater und ich hatten nur geschäftlich mit ihm zu tun.»

«Haben Sie vielleicht ein altes Foto, auf dem Uhland abgebildet ist?»

Pfeiffer schaute bekümmert. «Nein, leider kann ich Ihnen nicht helfen.»

«Können Sie mir sagen, wie gross Fabian Uhland in etwa war?», wollte Glauser zum Schluss noch wissen.

«Er war ein stattlicher Mann, hoch aufgeschossen, ein deutscher Recke eben.»
«Grösser als einen Meter achtzig?»
«Viel grösser. Uhland überragte mich um einen Kopf. Er mass mindestens einen Meter neunzig.»

***

Im Spurenlabor des Forensischen Instituts zog sich Philip Kramer Latexhandschuhe über. Er stand vor einem grossen Labortisch, der sich inmitten eines fensterlosen Raums befand. An den Wänden waren Regale angebracht, vollgestopft mit Analysegeräten, Chemikalienflaschen und Instrumenten. An der niedrigen Decke verliefen dicke Lüftungsrohre. Es roch nach Ammoniak. Das Labor sei sein Chemiebaukasten, hatte er einmal gesagt, weil der kleine Raum aussah wie der Experimentierkasten, den er einmal als Kind zu Weihnachten geschenkt bekommen hatte. Auf dem Labortisch hob er den Deckel einer Kartonschachtel und holte den schwarzen Abfallsack hervor. Er faltete den Plastiksack auf, nahm eine Schere und schnitt ihn in zwei Teile. Kramer hoffte, auf dem Plastik Fingerabdrücke sicherstellen zu können. Mit ein wenig Glück befanden sich ausschliesslich Spuren vom Täter darauf, weil die Abfallsäcke aufgerollt und somit vor Verunreinigungen geschützt waren. Kramer öffnete einen Cyanacrylat-Bedampfungsschrank und hängte die beiden Plastikstücke an Klammern an eine Haltestange. Dann träufelte er ein paar Tropfen Cyanacrylat, eine Art Sekundenkleber, in eine Aluminiumschale. Die Schale stellte er in die Türinnenseite des Bedampfungsschranks auf eine kleine Herdplatte. Er füllte einen Behälter mit destilliertem Wasser und schloss die Schranktür. In der Bedampfungskammer stieg die Luftfeuchtigkeit auf achtzig Prozent. Gleichzeitig wurde das Cyanacrylat in der Aluminiumschale erhitzt, bis es verdampfte. Der Dampf reagierte chemisch mit der Feuchtigkeit im Schrank und schlug sich auf dem Abfallsack nieder. Nach einer Dreiviertelstunde öffnete Kramer den Bedampfungsschrank. Er nahm die beiden Plastikteile von den Klemmen. Auf dem Abfallsack waren zahlreiche Spuren zu erkennen. Sie wurden sichtbar, weil sich der Cyanacryldampf mit den Fingerabdrücken, die hauptsächlich aus Schweiss und Talg bestehen, verbunden hatte. Die weisslichen Fingerabdrücke hoben sich gut vom schwarzen Plastik ab. Es war nicht notwendig, sie mit einer lumineszierenden Substanz einzufärben, um sie besser sichtbar zu machen. Kramer legte die Spuren unter ein Stereomikroskop. Er erkannte unzählige Abdrücke von Daumen, Zeigefinger und Handballen. Einige Fingerabdruckspuren waren verwischt, andere nur schwach ausgeprägt, doch er fand auch mehrere intakte Abdrücke. Er scannte sämtliche Spuren auf dem Abfallsack ein und hockte sich vor einen Computer. Mit einem Bildverarbeitungsprogramm hob er die Konturen der Papillarleisten deutlicher hervor. Er verglich alle Fingerabdrücke miteinander, Schleifen, Wirbel und Bögen. Es war eindeutig, die Papillarleisten auf allen Spuren stimmten überein. Den Abfallsack konnte nur der Täter oder jemand, der ihm beim Verbrechen geholfen hat, berührt haben.

Die gesicherten Fingerabdruckspuren schickte Kramer an das automatisierte Fingerabdruck-Identifikations-System AFIS nach Bern. Die Datenbank des Bundes gab es seit 1984. Der Täter hatte den Juden zehn Jahre früher umgebracht. Aber vielleicht wurde später gegen ihn polizeilich ermittelt und seine daktyloskopischen Spuren waren registriert. Mittlerweile hatte AFIS bereits eine Million Finger-, Handballen- und Handkantendatensätze gespeichert. Die Chance für Kriminalpolizisten, bei einem Kapitalverbrechen einen Hit zu landen, wuchs von Jahr zu Jahr.

Kramer zog seine Latexhandschuhe aus, holte aus seiner Ledertasche ein belegtes Brot heraus und wickelte es aus der Serviette. Seit dem Frühstück zu Hause mit seiner Frau hatte er nichts mehr gegessen. Er war hungrig. Kräftig biss er in das Schinkenbrot und seufzte. Er überlegte. Als nächstes würde er sich der Mordwaffe widmen. Das Kaliber des Projektils und die Schusswunde gaben sicherlich Hinweise. Er würde den Waffenspezialisten heranziehen, einen Büchsenmacher, der im Forensischen Institut arbeitete. Nach dem letzten Bissen wischte er sich mit der Serviette die Hände ab und zog neue Latexhandschuhe an. Er griff nach dem Röhrchen, in dem der Rechtsmediziner das Projektil verwahrt hatte und schraubte es auf. Mit einer Schublehre mass er den Durchmesser der Kugel. Obwohl das Geschoss an der Spitze etwas eingedrückt war, konnte er das Kaliber bestimmen. Neun Millimeter. Er stand auf und legte das Projektil auf eine Präzisionswaage. Acht Gramm. Beide Daten zeigten, dass der Täter als Munition vermutlich eine neun Millimeter Parabellum verwendet hat. Kramer setzte sich wieder an den Labortisch. Er drehte die Patrone langsam dicht vor seinen Augen. Auf dem Projektil erkannte er kleine Verfärbungen, die von den Feldzugprofilen des Pistolenlaufs stammten. Er zählte sechs Feldzugeindrücke. Die Nuten im Lauf der Waffe hatten dem Geschoss einen Rechtsdrall gegeben. Mehr konnte er nicht herausfinden. Er war mit seinem Latein am Ende. Er kramte sein Smartphone aus der Jackentasche und wählte eine Nummer. «Paul, der Täter hat als Munition eine neun Millimeter Parabellum benutzt, rechtsdrehend», sagte er dem Waffenexperten. «Schau dir doch bitte das Waffengesicht auf der Stirn des Opfers an. Vielleicht hast du eine Idee, mit welchem Pistolentyp der Mann erschossen wurde.» Er hörte kurz zu und legte auf. Aus seiner Mappe nahm er eine Klarsichthülle heraus, die Nahaufnahmen von der

Einschusswunde enthielt. Lara Odermatt hatte ihm die Fotos gleich nach der Spurensicherung im Schrebergarten geschickt. Er verliess das Labor und fuhr mit dem Lift in das Dachgeschoss. Dort befand sich die Waffensammlung der Kriminalpolizei. Er ging in einen grossen Raum mit hohen Decken, in dem zwei Dutzend alte Lateralschränke aus Holz standen. Marke Eigenbau, einen Meter hoch, einen Meter fünfzig breit. Darin hatte die Kripo Waffen gelagert. Der braungepunktete Teppichboden müffelte. Die tiefstehende Sonne warf ein warmes Licht in das weitläufige Zimmer. Der Waffenexperte Paul Kirchner war bereits eingetroffen. Er sass an einem runden Tisch, der in der Mitte des Raums stand. Kramer nahm neben ihm Platz. Die Fotos legte er auf die Tischplatte. «Interessant, eine runde Mündung, noch dazu mit Korn», sagte Kirchner wie zu sich selbst, als er die Nahaufnahmen der Schusswunde begutachtet hatte. «So einen Abdruck verursachen nur wenige Pistolen. Die meisten Mündungen sind rechteckig oder haben eine andere Form.» Er zeigte mit der Hand auf ein Foto. «Hier siehst du den runden Abdruck auf der Stirn, auch das Korn ist schwach sichtbar.»

Kramer nickte. «Das schränkt die Suche nach dem Waffentyp ein. Hast du eine Idee?»

Kirchner grinste verschmitzt. «Ja, die habe ich. Du hast gesagt, der Mord geschah vor etwa fünfzig Jahren. Ein neun Millimeter Kaliber durchschlägt normalerweise die Schädeldecke und hinterlässt beim Austritt ein zweites Loch. Es sei denn, die Munition ist alt. Dann kann es sein, dass die Sprengkraft eingeschränkt ist. Wir suchen also nach einer älteren Waffe. Hundertprozentig.» Er stand auf, steuerte auf einen Lateralschrank zu und schob die hölzerne Lamellentür zur Seite. Im Schrank waren Regale montiert, die mit zahlreichen senkrecht stehenden Metalldornen versehen waren. Auf jedem

Dorn steckte der Lauf einer Pistole. «Unsere Waffensammlung umfasst mehrere Tausend Schusswaffen. Wenn ich auf Anhieb den richtigen Riecher hatte, hast du verdammtes Glück.» Er griff nach einer Pistole und brachte sie zu Kramer. «Eine P08. Kaliber neun Millimeter, sechs Feldzugprofile im Lauf, Rechtsdrall. Der legendäre Georg Luger hat sie 1908 konstruiert.»

Er holte eine Schublehre und vermass die Mündung. Die Daten notierte er sich. Dann nahm er das Foto mit dem Waffengesicht. Der Massstab, den die Polizeifotografin neben die Schusswunde gelegt hatte, zeigte die exakt gleichen Abmessungen. «Der Täter hat eine P08 benutzt. Hundertprozentig», sagte er und lehnte sich auf seinem Stuhl zurück, die Hände hinter dem Nacken verschränkt.

«Tolle Arbeit, Paul», sagte Kramer und nahm die Pistole in seine Hand. «Morgen werde ich das Projektil im ScanBi einscannen. Vielleicht hat der Täter ein weiteres Mal mit der P08 geschossen. Dann wird Evofinder die Struktur der Patrone in seinem System gespeichert haben. So schnappen wir den Kerl.»

«Vermutlich ist der Mörder ein Deutscher», sagte Kirchner. «Die P08 war die Ordonnanzwaffe der deutschen Wehrmacht im Zweiten Weltkrieg. Sie wurde nur in Deutschland eingesetzt.»

«Hat die Schweizer Armee nicht auch solche Pistolen verwendet?», fragte Kramer.

«Nein, die Parabellum der Schweizer Armee hatte Kaliber 7,65 Millimeter mit vier Feldzugsprofilen.» Er überlegte. Dann richtete er sich abrupt auf. «Die Spur zum Täter führt nach Deutschland. Hundertprozentig.»

***

«Gelobt seist Du, Ewiger, unser Gott, Weltregent, der die Frucht des Weinstocks erschaffen. Gelobt seist Du, Ewiger, unser Gott, Weltregent, der uns aus allen Völkern erwählt, über alle Nationen erhoben, und uns durch seine Gebote geheiligt hat.» Rabbiner Hirschfeld sprach das Kiddusch-Gebet. Er war ein Mann mit breiten Schultern, markantem Schädel und sanftmütigem Gesicht. Seine kräftige Stimme füllte den Raum. Siebzig Jüdinnen und Juden hatten sich im Zentrum der Israelitischen Cultusgemeinde an der Lavaterstrasse versammelt. Gross und Klein, Alte und Junge sassen um einen E-förmigen Tisch und feierten den ersten Abend des Pessachfests. Alle Männer trugen eine Kippa als Kopfbedeckung. Es roch nach Kerzenwachs von den Dutzenden Rechaudkerzen, die Familien vor der Feier an einem grossen Tisch entzündet hatten. Von der Decke leuchteten runde Halbschalenlampen aus Glas.

«Gelobt seist Du, Ewiger, der heiligt Israel und die Festeszeiten!» Hirschfeld nahm einen Kelch mit Wein und leerte ihn in einem Zug. Vor ihm stand ein verzierter Sederteller, auf dem ungesäuerte Brotlaibe, Petersilie, eine Schüssel mit Salzwasser, Sellerie als Bitterkraut, ein gekochtes Ei und ein Knochen mit wenig Fleisch lagen, dazu ein Teig aus Feigen, Datteln und Mandeln, mit etwas Rotwein vermengt und mit Zimt bestreut. Diese symbolischen Speisen erinnerten die Juden an die Befreiung ihres Volkes aus der Sklaverei in Ägypten vor dreieinhalbtausend Jahren.

Der Rabbiner schöpfte mit einem Glas Wasser aus einer Schüssel und goss es sich über den rechten und dann über den linken Handrücken. Dann nahm er ein paar Zweige Petersilie aus einer Schale, tauchte sie in Salzwasser und sprach: «Gelobt seist Du, Ewiger, Weltregent, der die Erdfrüchte erschaffen.»

Alle murmelten mit, was der Rabbiner vorlas, einige auf Hebräisch, die meisten auf Deutsch. Vor jedem lag ein kleines Büchlein aufgeschlagen, die Haggada. Darin standen die Texte auf Hebräisch mit deutscher Übersetzung, die an der

Feier gesprochen wurden. Die versammelte Gemeinde tunkte Petersilie in Salzwasser und ass das Kraut. Anschliessend brach der Rabbiner ein Küchlein vom ungesäuerten Brot, die Mazza, in zwei Hälften. Eine davon versteckten die Kinder irgendwo im Saal, kichernd, aber auch mit grossem Ernst. Ihre Gesichter waren vor Aufregung gerötet. Rabbiner Hirschfeld nahm das Ei und den mageren Fleischknochen aus der Schüssel und sagte: «Seht, welch armseliges Brot unsere Väter im Lande Ägypten genossen haben! – Wen es hungert, der komme und esse, wer es bedarf, der komme und halte Pessach.» Er füllte den Kelch erneut mit Wein. Ein hageres Kind mit bleichem Gesicht, keine sechs Jahre alt, fragte: «Wodurch unterscheidet sich diese Nacht von allen andern Nächten? Jede andere Nacht essen wir beliebig gesäuertes und ungesäuertes Brot, diese Nacht nur ungesäuertes.» Es war ganz aufgeregt, weil es als jüngstes Kind dazu auserkoren war, diese Frage zum Auszug des Volkes Israels aus Ägypten zu stellen. «Gut gemacht, Josua», sagte der Rabbiner. «Und nun Kinder, singt alle miteinander die vier Fragen.» Im Chor stimmte ein Dutzend Kinder in den Gesang ein. Daraufhin antwortete die Gemeinde: «Einst waren wir Sklaven des Pharao in Ägypten, aber der Ewige, unser Gott, führte uns von da heraus mit starker Hand und ausgestrecktem Arme.»

Hirschfeld erzählte die wundersame Geschichte vom Auszug Israels aus Ägypten. Die ungesäuerten Brote, die an Pessach gegessen wurden, verwiesen darauf, dass der Aufbruch in der Nacht sehr eilig erfolgt war. Der Brotteig, den die Israeliten als Proviant mitgenommen hatten, hatte keine Zeit zu säuern. Das Bitterkraut stand für das bittere Leben als Sklavenarbeiter in Ägypten und das Salzwasser für die Tränen, die vergossen worden waren.

Emma Vonlanthen und Franz Ulmer gingen durch das Enge-Quartier. Ihren Dienstwagen hatten sie an der Lavaterstrasse zweihundert Meter hinter dem Zentrum der Israelitischen Cultusgemeinde geparkt. Es war kurz nach neun Uhr. Die ersten Sterne leuchteten am nachtblauen Himmel. Unterwegs begegneten sie zwei Juden mit Schläfenlocken, die in schwarze Mäntel gekleidet waren und hohe Filzhüte trugen. Bei diesen Temperaturen schwitzen sie sicherlich fürchterlich, dachte Emma. «Das sind ultraorthodoxe chassidische Juden», erklärte sie ihrem Kollegen. Sie hatte nach der Sachbearbeiterkonferenz die Aufgabe übernommen, etwas über die jüdischen Gemeinden in Zürich zu recherchieren. «Das Opfer jedoch war, wie wir gesehen haben, ein liberaler Jude. Die Cultusgemeinde zählt zweieinhalbtausend Mitglieder und ist die grösste jüdische Gemeinde in der Schweiz. Hier versammeln sich hauptsächlich liberale Juden, die aber einen orthodoxen Rabbiner zum Vorsteher haben. Die meisten halten nur an den Festtagen die Rituale ein, sonst lebt jeder so, wie es ihm gefällt. Wenn sie keine Kippa tragen, sieht man ihnen nicht an, dass sie Juden sind. Heute feiern sie das Pessachfest. Wir werden viele antreffen.»

Emma hatte bisher noch nie mit Juden zu tun. Sie kannte einige Gebräuche und Feste nur vage. Sie erinnerte sich an den Dokumentarfilm «Matchmaker» einer jüdischen Regisseurin, den sie vor vielen Jahren mit ihrer Freundin im Kino Xenix angeschaut hatte. Der Film porträtierte drei jüdische Familien und zeigte die Vorbereitungen für das Pessachfest. Emma war erstaunt gewesen, was jüdische Familien vor diesem Fest alles an Unannehmlichkeiten auf sich nahmen. Eine Frau schrubbte jedes Jahr das gesamte Haus von oben bis unten, damit nirgendwo ein Krümel gesäuertes Brot zu finden war. Jeder Brosame musste entfernt werden. Dazu schüttete sie kübelweise Wasser über das Parkett.

Emma und Ulmer gingen auf dem Gehsteig einer schmalen Strasse entlang, vorbei an Villen aus der Gründerzeit. Auf der rechten Seite war die Strasse gesäumt von mächtigen Ahornbäumen.

«Hoffentlich identifiziert jemand den Toten auf dem Foto», sagte Ulmer, als sie die gläserne Eingangstür des Gemeindezentrums erreicht hatten. «Wir sollten nur ältere Menschen befragen, die zum Todeszeitpunkt des Opfers vor fünfzig Jahren bereits gelebt haben.»

«Vielleicht aber erkennt ein Junger auf dem Bild seinen toten Gross- oder Urgrossvater, weil er ihn im Familienalbum gesehen hat», gab Emma zu bedenken.

«Stimmt! Du hast recht. Wir zeigen das Foto allen.» Die beiden Polizisten meldeten sich beim Mann vom Sicherheitsdienst, der in einem Kabäuschen vor dem Eingang des Gemeindezentrums sass. Er kontrollierte jeden, der hineinwollte, und überwachte das Zentrum auf den Monitoren der Videokameras.

«Kriminalpolizei Zürich», sagte Emma. «Wir müssen Ihre Feier leider stören und den Gästen ein paar Fragen stellen.»

«Bitte weisen Sie sich aus», sagte der Mann, Mitte dreissig, muskulös, Dreitagebart.

Emma und Ulmer zeigten ihm ihre Dienstausweise durch die Scheibe.

«Einen Moment, bitte.»

Emma wusste, dass die Juden für ihre Sicherheit selbst aufkommen mussten, obwohl der Schutz seiner Bürger die Aufgabe des Staates wäre. Doch die Stadt zahlte keinen Rappen. Dabei hatte eine Untersuchung ergeben, dass die Juden in Zürich gefährdet waren und eine Sicherheitsanlage kein Luxus darstellte. Eindeutig diskriminierend, dachte Emma.

Die Eingangstür öffnete sich automatisch. Ulmer verbeugte sich galant und liess Emma den Vortritt. Sie gelangten in eine Sicherheitsschleuse, die sich sofort öffnete und den Weg in ein grosses Foyer freimachte. Der Sicherheitsmann kam ihnen entgegen. «Wir feiern hier das Sedermahl, für uns Juden ein wichtiger Festtag. Muss Ihr Besuch ausgerechnet heute Abend sein?»

Emma erklärte ihm, dass sie in einem Mord an einem Juden ermittelten. Sie wollten ein Porträtfoto herumzeigen, weil vielleicht jemand das Opfer identifizieren kann.

«Okay. Bitte warten Sie hier, ich muss Rabbiner Hirschfeld informieren», sagte der Sicherheitsmann und steuerte auf eine Tür auf der gegenüberliegenden Seite des Foyers zu. Emma blickte sich um. Eine geschwungene Freitreppe führte von der Eingangshalle in die erste Etage. Bei Tageslicht wurde das Foyer von sechs grossen Fenstern aus Glasbausteinen erhellt, die bis zur Decke reichten. Das nüchterne Gebäude aus den Dreissigerjahren war vor zehn Jahren renoviert worden, wusste Emma.

Die Tür in den Gemeindesaal öffnete sich wieder. «Treten Sie ein», sagte der Sicherheitsmann. «Rabbiner Hirschfeld empfängt Sie.» Emma ging mit ihrem Kollegen auf die Tür zu, da hörte sie den Gemeindevorsteher sprechen. «Liebe Freunde, heute Morgen wurde die Leiche eines Juden gefunden. Vielleicht ein Mitglied unserer Gemeinde. Ermordet. Die Polizei kennt die Identität des Mannes nicht. Sie bittet uns um Hilfe. Was immer in unserer Macht steht, wollen wir tun, und der Polizei zu Diensten sein.»

Als Emma und Ulmer den Saal betraten, richteten sich alle Augen auf sie. Einige blickten misstrauisch, andere neugierig oder abwartend. Der E-förmige Tisch war bis auf den letzten Platz besetzt. Eine Cateringfirma war gerade dabei, die Vorspeise aufzutischen. Auf den Schürzen der Serviceangestellten stand «Schalom AirCatering». Emma sah dampfende Teller mit gefülltem Fisch, garniert mit Karotten, Meerrettich und

Salzgurken. Es roch gut. Ihr knurrte der Magen, sie hatte seit dem Frühstück nur einen halben Müesliriegel gegessen. Rabbiner Hirschfeld kam auf sie zu und gab ihnen die Hand. «Hoffentlich können wir Ihnen weiterhelfen», sagte er. «Was denken Sie, wie lange brauchen Sie hier?»

«Wir stören nicht lange», antwortete Ulmer. «Zwanzig Minuten, maximal eine halbe Stunde.»

Emma holte ihr Smartphone aus der Jackentasche und öffnete auf dem Display das Foto mit dem Mordopfer. Ulmer tat es ihr gleich. Sie ging im Uhrzeigersinn um den Tisch herum, Ulmer in die andere Richtung.

«Kennen Sie diesen Mann?», fragte Emma und hielt einer Frau mit weissen Haaren und Altersflecken im Gesicht ihr Handy hin. Die Frau schüttelte den Kopf. «Nein, tut mir leid, noch nie gesehen», sagte sie mit dünner Stimme. Ihr Mann, der neben ihr sass, beugte sich nach vorne und betrachtete das Foto genau. «Wie ist er denn ums Leben gekommen?», wollte er wissen.

«Er wurde erschossen», antwortete Emma. Sie verriet nicht, dass die Tat schon lange zurücklag.

«Und wo hat man ihn gefunden?», fragte ein Mann mit Halbglatze und kugelrundem Bauch, neben dem zwei Kinder, ohne aufzublicken, den Fisch verspeisten.

«Heute Morgen in einem Schrebergarten.»

«Woher wissen Sie, dass er Jude ist? Ist er beschnitten?»

«Das können wir aus ermittlungstaktischen Gründen momentan nicht sagen.» Emma ging langsam weiter. Sie zeigte ihr Handy jedem Gast an der Tischreihe. «Haben Sie diesen Mann schon einmal gesehen?», fragte sie. «Bitte schauen Sie genau hin.» Die mit dem Rücken zu ihr sassen, drehten sich um. Ein Mann mittleren Alters mit kurzen, dunkelbraunen Haaren und Vollbart wischte sich mit der Serviette über den Mund. Er nahm seine Brille ab und musterte das Bild. «Nein, kenne ich nicht», sagte er schliesslich. Ein Mädchen mit langen schwarzen Haaren, das neben ihm sass, schaute schüchtern auf den Vorspeisenteller. «Den habe ich noch nie gesehen», sagte sie leise und rieb sich die Nase. Emma sah, wie ihr Kollege auf der anderen Seite durch die Tischreihe ging und das Foto den Leuten vor die Augen hielt. Alle schüttelten den Kopf. «Mist», dachte sie. «Niemand kann uns weiterhelfen.» Sie kam zu einem grossgewachsenen Mann, schmales Gesicht, dunkelbraune Augen, kurzgeschnittene schwarze Locken. Emma schätzte sein Alter auf dreissig. Als sie ihm das Foto zeigte, schien es ihr, als würde er kurz zusammenzucken. Seine Pupillen weiteten sich. Ein Nasenflügel zitterte. «Lassen Sie mich das Bild genauer ansehen», sagte er mit belegter Stimme und räusperte sich. Er wirkte nervös.

Sie reichte ihm ihr Handy. «Kennen Sie ihn?»

Er betrachtete das Foto lange. Seinen Mund hatte er zusammengepresst. Die Augen blickten konzentriert. Ihr war, als überlegte er.

«Nein, tut mir leid, völlig unbekannt», sagte er plötzlich und schüttelte dabei den Kopf. Etwas heftig, fand Emma. «Können Sie mir sagen, wie Sie heissen?», fragte sie. Der Mann zögerte. «Warum wollen Sie das wissen? Ich kann Ihnen nicht mehr dazu sagen.»

«Trotzdem. Nennen Sie mir bitte Ihren Namen.»

«Mendel. Noah Mendel.»

«Sie leben in Zürich?»

«Ja.»

«Was tun Sie beruflich?»

«Religionswissenschaft. Ich bin Doktorand an der Theologischen Fakultät.»

Emma reichte ihm ihre Visitenkarte. «Wenn Ihnen noch etwas einfällt, rufen Sie mich bitte an.»

Nachdem Emma alle befragt hatte, ging sie zu Rabbiner Hirschfeld, der am Kopf des Tischs sass. Er erhob sich von seinem Platz, als sie ihm das Foto auf dem Handydisplay zeigte. «Nein», sagte er. Seine braunen Augen blickten traurig. «Leider nein, ich kann Ihnen nicht weiterhelfen. Ich weiss nicht, wie er heisst.» Emma spürte, dass er noch etwas sagen wollte. Sie wartete. «Musste er leiden?», fragte der Rabbiner schliesslich. «Nein, das musste er nicht», beeilte sich Emma zu sagen. «Er war auf der Stelle tot. Er hat nichts mitbekommen. Kein Schmerz.» Rabbiner Hirschfeld nahm ihre Hand und drückte sie. «Danke.»

***

Sokrates schloss den Briefkasten von Frau Zolliker auf und holte die Post heraus. Seine Nachbarin, eine dralle ältere Dame mit kupferrot gefärbtem Haar, die stets turmhohe Hutkreationen in den schillerndsten Farben trug, war vor zwei Wochen in die Ferien verreist. Das tat sie häufig, meistens war sie auf einem luxuriösen Kreuzfahrtschiff unterwegs. Sie war wohlhabend. Ihr verstorbener Mann hatte irgendwo in der Finanzindustrie gearbeitet und ein Vermögen gescheffelt. Das erlaubte seiner Witwe ein komfortables Rentnerinnendasein. Während seine Nachbarin auf Weltreise war, kümmerte sich Sokrates um ihre Post. Er zählte drei Werbesendungen und zwei Rechnungen und legte sie vor ihre Tür. Dann stieg er eine knarrende Holztreppe zwei Stockwerke nach oben ins Dachgeschoss. Er sog den Geruch von Kernseife und Holzpolitur ein. Vor seiner Wohnung hängte er das graue Jackett an den Garderobenhaken. Seine Arzttasche hatte er im IRM gelassen, an den Osterfeiertagen musste er keinen Dienst verrichten. Nach der Sachbearbeiterkonferenz war er nochmals ins Institut gefahren, weil er viel Schreibkram zu erledigen hatte. Als er damit fertig war, dämmerte es bereits. Die Hitze des Tages hatte sich etwas abgekühlt. Der Mond zeigte sich, als er im Irchelpark am Ententeich vorbeilief. Eine sternenklare Nacht brach an. Für einen Besuch bei Sara war es zu spät, was er sehr bedauerte. Er hätte sich gerne noch mit ihr bei einem Glas Prosecco unterhalten.

Er schloss seine Wohnungstür auf und betrat das Esszimmer. Die drei Zimmer seiner Altstadtwohnung waren klein, mit niedrigen Holzdecken und Täfer an den Wänden. Das Mondlicht warf vom Fensterkreuz einen Schatten auf das Riemenparkett. Sokrates schaltete das Licht an. Zuerst öffnete er die Glastür zur winzigen Dachterrasse. Frische Luft strömte in die Wohnung, die nach Kirschblüten roch. In der Küche entkorkte er eine Flasche Rioja. Aus dem Brotkorb nahm er einen halben Laib Bauernbrot, der schon etwas hart geworden war, und schnitt ihn in Würfel. Dann brach er drei Zehen vom Knoblauchzopf heraus, den er in der Küche an einen Holzbalken genagelt hatte, schälte sie und rieb damit inwendig eine kleine Fonduepfanne ein. Aus einer Papiertüte schüttete er zweihundert Gramm Moitié-Moitié hinein, eine Käsemischung halb Vacherin, halb Gruyère, die er vor zwei Wochen im Chäskeller im Niederdorf gekauft hatte, als es noch kühler war. Der Ladenbesitzer hatte ihn gefragt, ob er wirklich nur zweihundert Gramm Fondue wollte, die Menge würde nur für eine Person reichen. «Ja», hatte Sokrates geantwortet. «Mehr ist nicht nötig.» Er goss einen Deziliter Chasselat in den geriebenen Käse, stellte die Fonduepfanne auf das Rechaud und zündete den Brennsprit an. Die bläulichen Flammen züngelten um den Keramikboden. Mit einer Holzkelle rührte er im Käse langsam eine Acht. Nach ein paar Minuten war der Käse geschmolzen. Er vermengte einen Esslöffel Maizena in einem kleinen Glas mit Kirschwasser und gab es in die Pfanne. Zum Schluss würzte er das Fondue mit etwas Muskatnuss aus einer

Mühle. Der Geruch von Käse zog durch die Küche. Sokrates nahm seine Brille ab und drückte mit Daumen und Zeigefinger den Nasenrücken. Er war müde. Er setzte sich an den runden Aluminiumtisch und schenkte sich ein Glas Rioja ein. Seit seine Frau gestorben war, hatte er den grossen Tisch im Esszimmer nicht mehr benutzt. Er hätte sich dort noch einsamer gefühlt. Nach ihrem Tod hatte er drei Monate lang den Tisch für zwei Personen gedeckt. Versehentlich. Seine Hände hatten das getan, was sie dreissig Jahre lang jeden Abend getan hatten, sie konnten seine Frau nicht vergessen. Im Küchenfenster sah er sein Spiegelbild. Er sah abgekämpft aus, die blaugrauen Augen blickten leer, der Buckel schmerzte. Er hob sein Glas, prostete sich zu und trank einen grossen Schluck. Sogleich füllte er das Glas wieder auf. Dann stach er mit einer Gabel in ein Brotstück und tunkte es in das Fondue. Es war ruhig in seiner Wohnung. Von Ferne hörte er ein Tram quietschen, eine Wasserleitung gluckerte, die Turmuhr der nahen Predigerkirche schlug zehn Mal. Während er ass, dachte er an den Mordfall im Schrebergarten. Ein Jude, der in Auschwitz gelitten hatte. Warum er wohl erschossen worden war? Was war das Motiv des Täters? Er drehte die Gabel mit dem Brotstück, der Käse tropfte sämig herunter. Ihm fiel das Theaterstück von Elie Wiesel ein, das ebenfalls von einem Verbrechen an Juden handelte. Nach Ostern würde er Sara ins Theater einladen. Hoffentlich erteilte sie ihm keine Abfuhr. Nachdem er das Fondue gegessen hatte, kratzte er den restlichen Käse herunter, der an der Pfanne angeklebt war. Der rauchige, knusprige Boden schmeckte ihm besonders gut. Während er noch kaute, vibrierte das Smartphone auf dem Küchentisch. Mit der Serviette wischte er sich über den Mund. Das Display zeigte ihm die Nummer seiner Tochter an. Erfreut nahm er ab.

«Guten Abend, Maria. Schön, dass du anrufst. Wie geht es dir und Leo?»

«Mir geht es prima», antwortete Maria. «Und Leo kann sich auch nicht beklagen. Er wird von mir von morgens früh bis spät abends verwöhnt. Und noch dazu von hinten bis vorne und von oben bis unten und von links bis rechts», witzelte sie.

Sokrates lachte. «Wollt ihr über Ostern einmal zu mir zum Abendessen kommen?»

«Gerne, ich spreche mit Leo darüber und gebe dir Bescheid.»

«Aber deswegen hast du mich nicht angerufen. Was ist dein Begehr?», fragte er.

«Heute Abend kam in ‹Schweiz aktuell› ein Bericht von mir über eine Fettwachsleiche, die in einem Schrebergarten ausgegraben wurde. Ein Tötungsdelikt. Ich habe erfahren, dass du an diesem Fall dran bist. Kannst du mir Näheres darüber sagen?»

«Du weisst, dass ich dem Amtsgeheimnis unterliege», antwortete Sokrates. «Aber wir können es so machen wie das letzte Mal. Ich gebe dir Hintergrundinformationen, die du nur publizierst, wenn Theo seine Erlaubnis dazu gibt. Einverstanden?»

«Selbstverständlich, Max. Wie immer behandle ich die Informationen vertraulich. Aber sie bringen mich in meinen Recherchen weiter. Und ich gewinne Vorsprung auf die Lokalmedien.»

«Schiess los. Was willst du wissen?»

«Hat die Kripo mittlerweile herausgefunden, wer das Opfer ist?»

«Nein, er trug keine Papiere mit sich, die ihn identifiziert hätten.»

«Keinerlei Hinweise auf seine Identität?»

Sokrates zögerte kurz. «Doch. Der Tote war Jude.»

«Ein Jude!», sagte Maria überrascht. «Zeigen das seine Kleidung und seine Schläfenlocken?»

«Nein, er war nicht orthodox. Aber sein linker Unterarm ist mit einer KZ-Nummer aus Auschwitz tätowiert.»

«Die Geschichte wird ja immer mysteriöser. Ein Verbrechen an einem Juden, begangen vor vielen Jahren. Kannst du mir die KZ-Nummer verraten?»

«A7227.»

«Schön, dass es mein Vater so gut mit den Zahlen kann», sagte Maria. «Vielleicht kann ich mithilfe der Nummer herausfinden, wer das Opfer war. Wie lange lag die Leiche im Boden?»

«Seit den Siebzigern.»

«So lange!», rief Maria. «Mir hat heute ein Leichenbestatter Bilder von Fettwachsleichen gezeigt, die nach dreissig Jahren noch aussahen, als ob sie erst gestern aufgebahrt worden wären. Jeder einzelne Gesichtszug war zu erkennen. Wie gut ist das Mordopfer erhalten?»

«Beine und Arme sind zum Teil skelettiert. Aber der Kopf ist nicht verwest.»

«Also wiederzuerkennen.»

«Ja.»

«Was weiss die Kripo über den Täter?»

«Nur, dass der Mann, der heute den Schrebergarten besitzt, mit der Tat nichts zu tun haben kann. Aber womöglich der Vorbesitzer.»

«Kennst du seinen Namen?»

Sokrates dachte nach. «Tut mir leid, aber der Name ist mir entfallen. Die Kripo hat den Schrebergartenverein danach gefragt. Das findest du mühelos heraus.»

Maria wollte von ihm wissen, wie die biologischen und chemischen Prozesse ablaufen, wenn eine Leiche zu einer Fettwachsleiche wird. Sokrates erklärte ihr alles ganz genau. Er war stolz auf seine Tochter, weil sie klug nachfragte und ihr jedes Detail wichtig war. Und er fühlte sich geehrt, weil sie ihn fragte. Nach einer halben Stunde verabschiedete sie sich von ihm.

Sokrates blieb am Küchentisch sitzen. Er schaute aus dem Fenster in den dunklen Innenhof, wo die Silhouette eines Kirschbaums zu sehen war, schenkte sich Wein nach und trank, bis die Flasche leer war. Er füllte ein grosses Glas mit Wasser und leerte es in siebzehn Schlucken. Dann erhob er sich und stieg leicht schwankend vom Esszimmer vier Treppenstufen hinunter ins Schlafzimmer. Er zog sein Hemd und die Bundfaltenhose aus und legte sie ordentlich zusammengefaltet über den Thonet-Stuhl, der neben dem Bett stand.

Aus dem weiss lackierten Einbauschrank holte er einen moosgrünen Pyjama heraus und schlüpfte hinein. Im Badezimmer wusch er seine Brille unter lauwarmem Wasser. Sorgfältig tupfte er die Tropfen auf den Gläsern mit einem Papiertaschentuch ab. Er ging zurück ins Schlafzimmer, nahm vom Nachttisch das Buch «Räuber Hotzenplotz», das er gestern zu Ende gelesen hatte, und stellte es zurück ins Bücherregal. Er überlegte, welches Kinderbuch er heute lesen sollte. Die Auswahl war gross. Mehrere Dutzend Klassiker der Kinder- und Jugendliteratur standen im Regal. Sokrates las jeden Abend aus einem Kinderbuch. Wenn er in die Abenteuerwelt von Pumuckl, Pippi Langstrumpf oder der kleinen Hexe eintauchte, vergass er alles um sich herum. Nach einer Minute entschied er sich für «Eine Erzählung für Kinder» von Leo Tolstoi. Er kroch unter die weisse Daunendecke, schüttelte das Kopfkissen auf und begann zu lesen. «Ein Mädchen und ein Knabe fuhren in einer Kalesche von einem Dorf in das andere. Das Mädchen war fünf und der Knabe sechs Jahre alt. Sie waren nicht Geschwister, sondern Vetter und Base.» Die Kinder wurden vom Kindermädchen Niania begleitet. «Als sie durch ein Dorf kamen, brach ein Rad am Wagen, und der Kutscher sagte, sie könnten nicht weiterfahren. Das Rad müsse ausgebessert werden, und er werde es gleich besorgen. ‹Das trifft sich gut›, sagte Niania. ‹Wir sind so lange gefahren, dass die Kinderchen hungrig geworden sind. Ich werde ihnen Brot und Milch geben, die man uns zum Glück mitgegeben hat.› Es war im Herbst, und das Wetter war kalt und regnerisch.» Sokrates las, wie das Kindermädchen mit den Kindern in die erste Bauernhütte eintrat, an der sie vorüberkamen. «Die Hütte war schmutzig und alt, mit breiten Spalten im Fussboden. In einer Ecke hing ein Heiligenbild, ein Tisch mit Bänken stand davor. Ihm gegenüber befand sich ein grosser Ofen.» Die Kinder sahen in der Stube drei Bauernkinder, ein barfüssiges Mädchen mit schmutzigem Hemd, einen fast nackten Knaben und ein einjähriges Mädchen, das auf der Ofenbank lag und vor Hunger «ganz herzzerreissend» weinte. Seine Mutter hatte keine Milch. Das Kindermädchen Niania schnitt das Brot in Stücke und goss Milch in Gläschen. Doch Sonja, das Mädchen, und der Knabe Petja weigerten sich zu essen. Zuerst solle das weinende Kind etwas zu trinken bekommen, forderten sie.

«‹Ihr redet dummes Zeug›, sagte das Kindermädchen. ‹Man kann doch nicht alle Menschen gleichmachen! Das hängt eben von Gott ab, der dem einen mehr gibt als dem andern. Euch, Eurem Vater hat Gott viel gegeben.›

‹Warum hat er ihnen nichts gegeben?›

‹Das geht uns nichts an – wie Gott will›, sagte die Niania.

Sie goss ein wenig Milch in eine Tasse und gab diese der Bauersfrau. Das Kind trank und beruhigte sich.»

Doch «Sonja wollte um keinen Preis etwas essen oder trinken. ‹Wie Gott will ...›, wiederholte sie. ‹Aber warum will er es so? Er ist ein böser Gott, ein hässlicher Gott, ich werde nie wieder zu ihm beten.»› Es darf nicht sein, sagte sie, dass die einen viel haben und die anderen gar nichts. «‹Er ist ein schlimmer Gott!›»

Sokrates las weiter, wie plötzlich ein alter Mann mit runzligem Gesicht und grauem Kopf vom Ofen herab den Kindern sagte, dass Gott nicht böse sei. Es seien die Menschen, die es so eingerichtet hätten, dass die «einen in Überfluss leben und die anderen in Not und Elend vergehen». Gott treffe keine Schuld.

Naja, dachte Sokrates nur, als er Tolstois Geschichte zu Ende gelesen hatte, so einfach kann sich Gott nicht aus der Verantwortung stehlen. Sollte Gott, sofern es ihn gibt, alles erschaffen haben, dann hat er auch die Menschen so gemacht, wie sie sind. Er stellte den Radiowecker auf stumm, umarmte wie jeden Abend das Kopfkissen seiner Frau, roch ihren feinen Duft und knipste die Nachttischlampe aus. Im Dunkeln zog er das Goldkettchen mit dem Kreuz unter dem Pyjamakragen hervor und umschloss es mit seiner Hand. Er zählte bis vierundzwanzig. Dann war er eingeschlafen.

***

Maria schlug die Bettdecke auf und drehte sich auf den Rücken. Sie war nackt. «Lass uns die Brauseszene spielen. Wir haben schon lange nicht mehr aus der ‹Blechtrommel› gelesen», sagte sie. «Du kannst zwischen Himbeer- und Waldmeistergeschmack wählen. Diese zwei Tütchen habe ich noch.»

Leo richtete sich auf und schaute sie an. Ihre kastanienbraunen schulterlangen Locken bildeten einen Kranz auf dem weissen Kissen. Ihre Augen schimmerten blaugrün, die vollen Lippen glänzten feucht. Sein Blick glitt über ihre festen Brüste zum Bauchnabel. Ihr Körper war makellos. Im Mondlicht, das in ihr Schlafzimmer fiel, schien er wie Marmor.

«Nein, heute nicht», sagte er mit rauer Stimme. «Mein Mund ist trocken. Ich habe zu wenig Spucke.»

Maria knuffte ihm in die Rippen. «Schwindler», sagte sie zu ihm und kräuselte ihre Nase.

Leo grinste. «Aber ich hätte Lust, wieder einmal den Don Gianni zu spielen, während du mir aus dem ‹Dekameron› vorliest. Ich schiebe dir gerne meinen Pflanzstock in die Furche, meine Gevatterin.»

Maria gluckste. «Die Geschichte haben wir doch erst am Wochenende interpretiert. Ich habe eine bessere Idee. Wie wär's mit Schnitzlers ‹Reigen›? Du weisst, wie hemmungslos ich die Hure gebe, wenn du es mir als Soldat so richtig besorgst. Du darfst mich hart anfassen. Ich flüstere dir die dreckigsten Sachen ins Ohr.»

Leo lachte. Seine Zähne blitzten. «Wenn du so redest, macht mich das scharf», sagte er. «Aber heute bin ich zu schlapp. Den ganzen Reigen schaffe ich nicht. Soldat, junger Herr, Gatte, Dichter und Graf. Pfft. Alles nacheinander zu spielen, ist zu viel für einen alten Mann wie mich. Zumal ich mich schon gestern mit dir verausgabt habe.»

Maria leckte sich mit der Zunge über die Lippen. «Och, du Armer. So alt! Lass mich das machen. Du weisst doch, ich kenne viele Tricks, wie ich dich aufmuntern kann», sagte sie und blickte dabei provozierend auf seinen Schoss. Leo trug blaue Boxershorts, auf der rosarote Schweinchen aufgedruckt waren.

«Es ist auch eine ganze Weile her, dass wir ‹Madame Bovary› gespielt haben», sagte Leo. «Sex in einer Kutsche, du in Reizwäsche aus dem 19. Jahrhundert, finde ich immer wahnsinnig erregend. Wollen wir uns morgen im Requisitenlager vergnügen? An Karfreitag ist im Fernsehstudio wenig los.»

«Die Kutsche steht dort leider nicht mehr», erwiderte Maria. «Seit dem Zwinglifilm ist sie verschwunden. Niemand weiss, wo sie verblieben ist. Ein grosser Verlust. Vor allem für uns.»

«Oh nein, das ist ja furchtbar», sagte Leo bekümmert. «Wie soll ich denn nun den Kanzlisten Léon mimen? Und du die Emma? Ohne Kutsche?»

Sie einigten sich schliesslich auf «Lady Chatterleys Liebhaber» von D. H. Lawrence. Leo sollte in die Rolle des Wildhüters Mellors schlüpfen, Maria spielte Connie.

Sie beugte sich aus dem Bett zu einem Stapel Bücher, den sie auf dem Parkettboden aufgeschichtet hatte. Sie las die Titel auf den Buchrücken und zog den gewünschten Roman hervor. Leo streichelte mit den Fingerspitzen ihren Bauch, während sich Maria in das Kissen bettete und das Buch auf Seite 206 aufschlug. Sie hatte mehrere Stellen im Roman, die sie besonders erregend fand, mit Post-it-Klebern markiert. Sie blickte Leo an, ihre schwarzen Pupillen waren weit geöffnet. «Er führte sie in ein Dickicht nadliger Bäume, das nur schwer zu durchdringen war, zu einem Platz, der ein wenig frei lag», las sie vor. Ihre Stimme klang samtig. «Tote Zweige stapelten sich dort. Er nahm ein paar trockene und warf sie auf die Erde, breitete seine Joppe und seine Weste darüber, und sie musste sich niederlegen, unter die Äste des Baumes.» Leo drängte seinen Körper an den ihren. Er roch nach Erde, Tabak und Leder. Ein betörender Geruch. Sie spürte seine Erektion an ihrer Hüfte. Mit ihrer freien Hand griff sie nach unten. Er war nackt, seine Boxershorts hatte er ausgezogen. Mit sanftem Druck umfasste sie seinen Penis, der weiter anschwoll. Leos Zunge glitt über ihre Brüste, mit der Nase rieb er an der rechten Brustwarze und umrundete ihren Bauchnabel. Sie seufzte, als er ihre Achselhöhle küsste. Als er daran leckte, kicherte sie. «Lass mich weiterlesen», sagte sie zu ihm, gab ihm einen Kuss und schaute wieder in ihr Buch. «Sie fühlte seinen nackten Leib, als er zu ihr kam. Einen Augenblick war er ruhig in ihr, geschwellt und bebend. Dann, als er begann, sich zu bewegen, wellten neue, seltsame Schauer in ihr auf.»

Leo schob sich nach unten und vergrub seinen Kopf zwischen ihren Schenkeln. Maria stöhnte. Mit der linken Hand griff sie in sein weizenblondes Haar. Sie drückte ihr Becken gegen seine Lippen. Die Buchstaben verschwammen vor ihren Augen. «Wie Glocken war es, die schwangen, immer höher schwangen, empor zum Gipfel. Sie lag da, war sich der wilden kleinen Schreie nicht bewusst, die sie am Schluss ausstiess.»

Maria keuchte heftig. Ihr Unterleib zuckte. Langsam löste sie ihre Finger aus Leos Haar. Sein Kopf tauchte zwischen ihren Schenkeln auf. Er schob sich zu ihr nach oben, stützte sich auf einen Ellenbogen ab und schaute sie an. Ihr Körper dampfte, eine Haarsträhne klebte an ihrer schweissnassen Stirn. Sie schlug die Augen auf. Leo hatte ein spitzbübisches Lächeln auf dem Gesicht. «Na, machst du schon schlapp oder wollen wir noch eine Szene aus ‹Lady Chatterley› interpretieren?»

Marias Iris schimmerte blaugrün, ihre Lippen waren gerötet. Sie streckte ihm die feuchtglänzende Zunge raus. «So schnell krieg ich nicht genug von dir», sagte sie immer noch ausser Atem. Sie hob das Buch, das ihr heruntergefallen war, vom Boden und schlug es erneut auf.

«Er lag neben ihr und betrachtete sie und streichelte mit seinen Fingern ihre Brüste unter dem dünnen Nachthemd. Wenn er so warm war und ausgeruht, sah er jung und hübsch aus.»

Leo nahm ihr das Buch aus der Hand. «Mit blossen Schultern sass sie da und länglichen, golden überhauchten Brüsten», las er weiter. «Er liebte es, ihre Brüste leise schwingen zu lassen, wie Glocken.» Er gab das Buch wieder Maria.

«Er liess das Hemd fallen und stand still und sah ihr entgegen. Die Sonne schoss einen hellen Strahl durchs niedrige Fenster und traf seine Schenkel und seinen schlanken Bauch und den aufgerichteten Phallus, der sich dunkel und heiss aus der kleinen Wolke lebhaften goldroten Haars erhob.»

Maria klappte das Buch zu. «Lass uns endlich ficken», sagte sie mit dunkler Stimme.

Leo beugte sich über sie und küsste sie mit rauen Lippen. Seine Zunge schmeckte nach Rotwein und Oliven. Dann drang er in sie ein. Sie bebte, ihre Hüften stiessen ihm entgegen, ihre Hände krallten sich in seinen Hintern.

***

Dreizehn Tage später

«Die Frage, ob es einen Gott gibt, erinnert mich an ‹Die Fliegende Teekanne›», sagte Sokrates. «Haben Sie einmal von diesem Gedankenexperiment des britischen Philosophen Bertrand Russell gehört?»

«Nein, das kenne ich nicht», antwortete Sara. «Die Fliegende Teekanne. Das klingt nach englischem Humor, nach Monty Python.» Sie kräuselte verschmitzt ihre Lippen.

Sokrates lachte. «Ja, das ist wahr.» Er hatte einmal mit Maria den Monty-Python-Film «Life of Brian» gesehen. Das lag Jahre zurück. Maria war damals noch ein Teenager gewesen, soeben dreizehn geworden. Sie hatte darauf bestanden, dass er sie begleitete, weil sie befürchtete, in ihrem Alter nicht eingelassen zu werden. Er willigte ein. Mit ihrer Art hatte sie ihn um den Finger gewickelt. Auch heute noch konnte er ihr keinen Wunsch abschlagen. So sah er mit ihr zusammen im Kino Le Paris bei Popcorn und Cola «Life of Brian». Ein absurd komischer Film, erinnerte er sich.

Er war bereits kurz nach halb acht Uhr in die «Pusteblume» gekommen. Sara hatte ihren Blumenladen extra für ihn früher geöffnet. Sie war damit beschäftigt gewesen, am Betontisch Flieder zu schneiden und daraus Blumensträusse zu arrangieren, als er auftauchte. Ihre Augen strahlten, als sie ihn sah. Sofort liess sie alles liegen, wischte sich die Hände an einem Tuch ab und liess ihn eintreten. Der Raum roch kühl nach Blumen und Torferde. Nun sass er ihr gegenüber, seine rote Arzttasche hatte er neben dem Rattansessel abgestellt. Vor ihm lag ein anstrengender Tag. Doch jetzt genoss er die Zeit mit ihr. Auf dem Glastisch duftete der Espresso in zwei Porzellantassen. Er warf einen kurzen Blick in den Spiegel an der honiggelben Wand. Er sass aufrecht. Sein Buckel beulte das mausgraue Jackett weniger aus als sonst und liess ihn heute Morgen in Ruhe. Schmerzen empfand er keine, nur ein leichtes Ziehen zwischen den Schulterblättern spürte er, nicht der Rede wert.

Er biss in einen Butterkeks in Herzform, bevor er fortfuhr. «Russell berichtete einmal, ich glaube, das war in den Fünfzigerjahren, dass es eine Teekanne gebe, die im Weltall zwischen Erde und Mars um die Sonne kreist. Sie sei aber so winzig, dass sie selbst mit dem besten Teleskop nicht gefunden werden könne. Niemand hat die Teekanne je gesehen», erzählte er. Sara blickte ihn mit ihren smaragdgrünen Augen an, auf die sie dezent kupferfarbenen Lidschatten aufgetragen hatte. Die vollen Lippen glänzten. Ihre Locken hatte sie locker hochgesteckt. Sara sieht heute Morgen wieder hinreissend aus, dachte er. Ihre schlanken Finger hatte sie über das rechte Knie verschränkt. Die Fingernägel waren korallenrot lackiert. Sie trug eine olivfarbene Leinenhose, ein schwarzes T-Shirt, das ihre Figur betonte, und Sandaletten an den Füssen. Die Zehennägel hatte sie in der gleichen roten Farbe lackiert wie die Fingernägel.

Sokrates musste sich wieder sammeln. «Russell wollte mit dem Gedankenexperiment sagen, dass man jemandem, der behauptet, es existiere eine Teekanne im Universum, nicht glauben müsse. Es sei denn, er kann seine Aussage beweisen. Genauso ist es mit dem Glauben an die Existenz Gottes. Wer das behauptet, muss Beweise vorlegen. Er kann nicht erwarten, dass man ihm glaubt, nur weil es unmöglich ist, das Gegenteil zu belegen.»

Sara nickte zustimmend. Auf Gott kamen sie zu sprechen, weil Sokrates ihr zu Beginn von Tolstois Kindergeschichte von den armen Bauernkindern erzählt hatte.

«Ich denke, es wird niemals möglich sein, Gott zu beweisen», sagte Sara. «Obwohl es einige intelligente Versuche dazu gab. Kennen sie den Gottesbeweis von Anselm von Canterbury?»

Sokrates schüttelte den Kopf. «Nein, wer war das?»

«Anselm war im Mittelalter Erzbischof von Canterbury. Er formulierte den berühmten Satz ‹Fides quaerens intellectum› – Glaube, der das Verstehen sucht. Er wollte zeigen, dass man den Glauben an Gott vernünftig begründen kann. Dazu stellte er einen Gottesbeweis auf.»

Sara nippte an ihrem Espresso. «Zuerst definierte er Gott als das, worüber hinaus nichts Grösseres gedacht werden kann. Gegen diese Definition würde wohl niemand etwas einzuwenden haben. Anselm sagte, diese Vorstellung von Gott könne selbst ein Tor denken. Wenn Gott aber lediglich in seinem Kopf, in seinen Gedanken vorkommt, muss auch der Tor zugeben, dass dann Gott nicht das ist, worüber hinaus nichts Grösseres gedacht werden kann. Denn es ist grösser von Gott gedacht, wenn er nicht nur in Gedanken, sondern auch real existiert. So hat Anselm die Existenz Gottes bewiesen.»

Sokrates rieb sich seine Nase. «Klingt alles sehr einleuchtend, eine clevere Argumentation. Trotzdem wirkt der Beweis auf mich wie ein Taschenspielertrick. Ich weiss nur nicht, wie er mich hinters Licht geführt hat.»

«Ja, ganze Generationen von Philosophen und Theologen haben sich darüber den Kopf zerbrochen. Und tun es heute noch.» Sara blickte ihn herausfordernd an. «Glauben Sie an Gott?»

Sokrates atmete tief aus. «Ich bin Agnostiker. Ich weiss nichts. Gott ist mir nie begegnet. Ich würde gerne an ihn glauben, kann es aber nicht.» Er blickte auf seine verschränkten Hände. «Und Sie, Sara, glauben Sie an die Existenz Gottes?», fragte er.

Sara schmunzelte. «Mich beschäftigt die Frage, die der Universalgelehrte Leibniz bereits vor dreihundertfünfzig Jahren gestellt hat: Warum ist überhaupt etwas und nicht vielmehr nichts? Die Antwort, ein Gott habe all dies erschaffen, klingt für mich zumindest nicht unplausibel. Es ist kein Beweis, aber eine vernünftige Annahme, nicht widersinnig. Ein Axiom.»

«Ihre frühere Arbeit als Mathematik-Professorin merkt man Ihnen an», sagte Sokrates. «Sie argumentieren sehr präzise.»

Liebend gerne würde er Sara am Freitagabend in den Pfauen einladen, ins Theaterstück von Elie Wiesel. «Mögen Sie Theater?», fragte er sie mit einem Male. Die Frage war ihm einfach so herausgerutscht.

Saras grüne Augen blitzten. «Ja, ich gehe gerne ins Schauspielhaus, alle paar Wochen schaue ich mir eine Aufführung an. Und Sie?» Sie hielt ihren Kopf nach links geneigt und schaute ihn auf eine Weise an, die ihn nervös machte.

«Mir gefallen Theaterstücke», antwortete Sokrates, er spürte einen Kloss im Hals. «Nicht alle, aber einige. Sie geben mir neue Impulse. Leider nehme ich die Gelegenheit viel zu selten wahr, dorthin zu gehen, obwohl ich ja nur ein paar Minuten vom Schauspielhaus entfernt wohne.»

Sara lachte. Ihre Stimme klang hell und fröhlich. «Sie sind also mein Nachbar, ganz nah. Bis heute wusste ich nicht, wo Sie Ihr Zuhause haben. Dabei wohnen Sie ja gleich um die Ecke.»

«Ja, beim Rindermarkt, in einer Altstadtwohnung», sagte Sokrates. Er fühlte sich plötzlich verloren. «Die Wohnung ist klein, mit niedrigen Decken, aber sie gefällt mir. Vom Küchenfenster sehe ich einen Kirschbaum, der im Innenhof steht. Auf meiner Dachterrasse baue ich Gemüse, Kräuter und Gewürze an, weil ich gerne koche. Sie ist winzig, mit vier Stufen erreiche ich sie vom Esszimmer aus. Ein dunkelblauer Campingtisch steht inmitten all der Pflanzen, mit zwei Klappstühlen davor. Aber ich brauche nur einen davon.»

Sara sah ihn nachdenklich an. «Noch einen Espresso?»

«Nein, danke. Lieber ein Glas Wasser, wenn das möglich ist», sagte Sokrates. «Manchmal leide ich unter Sodbrennen, wenn ich zu viel Kaffee trinke. Sie wissen schon – das Alter.»

Saras grüne Augen funkelten. «Sie sehen jünger aus.»

«Jünger? Woher wissen Sie, wie alt ich bin?», fragte Sokrates verblüfft.

Sara lächelte. «Ich habe mich erkundigt. Zuverlässige Quellen haben mir alles über Sie verraten.» Sie hob ihre rechte Augenbraue. «Google sei Dank. Auch Wikipedia hat einiges über Sie zusammengetragen.»

Sokrates lachte. «Dann wird es wohl so sein. Aber Sie sehen meinen Buckel, den ich zwar zu verstecken suche, sobald ich Ihnen begegne. Auch den Bauch ziehe ich ein, was Kraft kostet. Doch die grauen Haare täuschen nicht darüber hinweg, dass ich alt geworden bin.»

«Sie haben dichte Locken. Viele jüngere Männer beneiden Sie deswegen», erwiderte Sara. «Glauben Sie mir, Sie sind attraktiv. Sie haben Humor, einen neugierigen Blick, sind hellwach, intelligent und können zuhören. Es macht Spass, sich mit Ihnen zu unterhalten. Zudem haben Sie ein jugendliches Gesicht.»

Sokrates schaute betreten zu Boden, weil ihm eine so schöne Frau Komplimente machte.

«Zum fünfzigsten Geburtstag hat mir meine Tochter das Buch ‹Vom Alter – De senectute› des Turiner Rechtsprofessors Norberto Bobbio geschenkt, worin er von der Last des Älterwerdens schreibt», sagte er. «Zuerst fand ich es frech von ihr.

Typisch Maria, dachte ich, weil ich mit fünfzig Jahren doch noch gar nicht so alt war. Ich habe das Buch gelesen. Bobbio schreibt: Der Abstieg sei unaufhaltsam und, was schlimmer ist, unumkehrbar: du steigst jedes Mal eine kleine Stufe herab, aber sobald du den Fuss auf die tiefere Stufe gesetzt hast, weisst du, dass du nicht mehr auf die höhere zurückkehren wirst. Wie viele es noch sind, weiss ich nicht. Über eines jedoch herrscht kein Zweifel: es werden immer weniger.» Sokrates machte eine kurze Pause. «Ziemlich deprimierend, was Bobbio sagt», schloss er. «Ein Trost jedoch seien unsere Erinnerungen. Je älter wir werden, umso wichtiger sind sie. Erinnerungen sind das, was bleibt, wenn alles weniger wird. Ein junger Mensch hat nur Träume. Das ist nichts. Lauter Schaumblasen. Es zählt das, was er später in seinem Leben verwirklichen konnte. Wenn mir jemand sagt, er habe noch sein ganzes Leben vor sich, klingt das für mich so, als würde er sagen, dass er jetzt in den Krieg ziehen müsse. Du armer Kerl, denke ich dann.» Sokrates lächelte. «Es gibt auch Schönes im Alter. Letzte Woche habe ich einen Schuhlöffel gekauft, einen langen, damit ich mich nicht mehr bücken muss. Er ist aus Metall. In meinem Leben ist es der letzte Schuhlöffel, den ich gekauft habe. Mir gefällt der Gedanke, nie wieder etwas tun zu müssen. Je älter wir werden, desto weniger müssen wir tun.»

Sara schüttelte belustigt ihren Kopf. Sie richtete sich im Rattansessel auf. «Vielleicht ist es gut, wenn wir nicht vergessen, dass wir sterblich sind. Aber Sie als Rechtsmediziner haben es ja jeden Tag mit der Vergänglichkeit des Lebens zu tun. Mir gefällt, was der griechische Geschichtsschreiber Herodot überliefert hat. Er berichtete im 5. Jahrhundert vor Christus über die Bräuche bei ägyptischen Festgelagen. Eine Textpassage habe ich mir gemerkt, weil ich sie als junge Frau erheiternd fand.» Die Lachfältchen um ihre Augen vertieften sich. «Herodot schrieb in seinen Historien: ‹Beim Gastmahl, wie es die Reichen halten, trägt nach der Tafel ein Mann das hölzerne Bild einer Leiche, die in einem Sarg liegt, herum. Es ist aufs beste geformt und bemalt und ein oder zwei Ellen gross. Er hält es jedem Zechgenossen vor und sagt: ‹Den schau an und trink und sei fröhlich. Wenn du tot bist, wirst du, was er ist.›»

Sokrates lachte. «Die Geschichte gefällt mir. Lass uns fröhlich sein, solange wir es noch können.»

Sara sprang von ihrem Rattansessel auf. «Ein Glas Wasser! Hätte ich beinahe vergessen. Wie dumm von mir. Kommt gleich.» Sie eilte fort. Sokrates sah ihr nach, er bemerkte ihre nackten Fesseln in den Sandaletten und den wohlgeformten Hintern, der durch die Leinenhose drückte. Der schmale Rücken zeichnete sich am T-Shirt ab. Er sah ihren zierlichen Hals und die dichten Locken, die im Licht glänzten. Beschämt wandte er seine Augen ab. «Dummkopf», schalt er sich. «Seit wann träumst du?» Er wagte nochmals einen Blick. An der Wurzelholzkommode schenkte Sara aus einer Karaffe Wasser in ein Glas. Dann schaute sie in einen kleinen Schminkspiegel und trug Lippenstift auf. Sie spitzte ihre Lippen zu einem Kussmund und wuschelte sich mit den Fingern durch die Haare. Mit einem Tablett und dem Glas Wasser kam sie zu Sokrates. «Voilà, wie gewünscht», sagte sie. Sie setzte sich und schlug die Beine übereinander.

«Haben Sie heute viel zu tun?», wollte sie wissen.

«Ja, die Kühlfächer sind alle belegt. Über Ostern haben die Bestatter viele Leichen gebracht, aussergewöhnliche Todesfälle, die abgeklärt werden müssen. Heute werde ich wohl zusammen mit meinem Assistenten im Akkord obduzieren. Wenn ich Glück habe, schaffen wir es bis am Abend.»

«Wie ich sehe, haben Sie Brandtour», sagte Sara mit Blick auf die Arzttasche.

«Ja, hoffentlich muss ich nicht ausrücken, sonst wird das nichts mit meinem Plan, noch heute mit allen Obduktionen fertig zu werden.»

«Ich drücke Ihnen die Daumen», erwiderte Sara. «Heute habe ich länger geöffnet. Wenn Sie mögen, schauen Sie vorbei. Ich würde mich freuen, am Abend einen Prosecco mit Ihnen zu trinken.»

Sokrates räusperte sich. «Liebend gerne.»

***

Am linken Unterarm des Toten waren kurze blutige Schnitte zu sehen. Sie verliefen kreuz und quer. Daneben hatte der Täter die Zahlen 2015 in die Haut geritzt. Professor Fritz Uhland, ein stattlicher Mann, grossgewachsen mit drahtiger Figur, lag bäuchlings auf einem Perserteppich. Ein Bein hatte er angewinkelt, der bleiche Unterschenkel blitzte zwischen einer schwarzen Socke und der dunkelgrauen Bundfaltenhose hervor, das andere Bein lag ausgestreckt. Den linken Arm hielt er über dem Kopf. Die Hand berührte das Bein eines massiven Esszimmertischs aus Eichenholz, der auf dem Perserteppich stand. Der Ärmel seines hellblauen Hemds war bis zum Ellenbogen hochgekrempelt. Der rechte Arm war grotesk nach unten verdreht. Theo Glauser stand an der geöffneten Schiebewand aus Glas, die zum Wohnzimmer führte und musterte das Gesicht des Toten. Die schmale Nase mit den länglichen Nasenlöchern ragte schräg nach oben. Den blutleeren, grauen Mund hatte er weit aufgerissen, wie wenn er nach Luft schnappen würde. Die Augen waren gebrochen. Die schlohweissen Haare trug er kurzgeschnitten. Von der aristokratischen Würde, die er wohl zu Lebzeiten ausgestrahlt hatte, war nichts mehr zu sehen. Glauser schätzte Uhland auf Ende fünfzig. Was ihn umgebracht hatte, konnte er nicht sagen. Schuss- oder Stichverletzungen sah er keine, auch sonst fehlten Hinweise auf Gewalteinwirkungen. Sokrates würde die Todesursache sicherlich herausfinden. Glauser atmete tief durch die Nase ein. Verwesungsgeruch stellte er nicht fest. Das Zimmer war gut durchlüftet, jemand hatte alle drei Fenster geöffnet, die einen fantastischen Blick auf die Stadt boten. Am Horizont sah er aufziehende Gewitterwolken. Vom nahen Rigiblick roch er den Wald. Er blickte sich um. Die moderne, grosszügig geschnittene Wohnung war penibel aufgeräumt. Nur auf dem Esszimmertisch, der inmitten des lichtdurchfluteten Raums stand, lagen eine zusammengefaltete Zeitung neben einer Kaffeetasse, ein Porzellanteller, worauf sich ein halbgegessenes Toastbrot befand, und ein Eierbecher mit Eierschalen drum herum. Löffel und Buttermesser lagen ordentlich daneben. Uhland war offensichtlich beim Frühstücken gestört worden. An der Seitenwand war ein Regal angebracht, das bis unter die Decke reichte und vollgestopft war mit Büchern. An den anderen Wänden hingen Dutzende Gemälde und Zeichnungen. Glauser erkannte Werke von Monet, Renoir und Paul Klee, sicherlich Lithografien. Im angrenzenden Wohnzimmer stand ein Cembalo, worauf eine Marmorfigur in Frauengestalt zu sehen war. Der Raum war spärlich möbliert: Sideboard mit Stereoanlage und Lautsprechern, eine flaschengrüne Polstergruppe mit Sofa und zwei Sesseln, eine Stehlampe von Artemide. Auch dort hingen zahlreiche Kunstwerke an den Wänden.

Neben Glauser starrte der Staatsanwalt von der STA I unverwandt auf den Toten und zeigte wie immer ein angewidertes Gesicht.

«Fritz Uhland ist der Sohn von Fabian Uhland, dem Besitzer des Schrebergartens, wo wir vor Ostern ein Mordopfer ausgegraben haben», informierte ihn Glauser.

«Siehst du einen Zusammenhang?», fragte der Staatsanwalt nach einem kurzen Moment, ohne den Blick von der Leiche zu wenden.

«Nein, bisher nicht. Aber an Zufälle glaube ich nicht.»

Lara Odermatt betrat das Esszimmer. Sie schraubte ein Objektiv auf ihre Digitalkamera und machte Übersichtsfotos vom Tatort. Glauser beobachtete sie dabei. Eine rote Locke, die ihr aus der Kapuze des Overalls gerutscht war, kringelte vor ihrer Stirn. Sie blies sie weg. Ohne Erfolg. Sie versuchte es noch einmal. Doch die Locke störte wie eine lästige Mücke. Mit einer unwirschen Handbewegung klemmte sie die widerspenstige Locke unter die Kapuze. Ihre Augen blitzten böse. Ein Lächeln umspielte Glausers Mund.

Während die Polizeifotografin mit dem 3-D-Scanner den Raum aus mehreren Perspektiven abtastete, schleppten Kriminaltechniker Materialkisten vom Lift in das Wohnzimmer. Sie mussten dabei vom Entrée durch das Esszimmer am Toten vorbeigehen. Zuvor hatten sie den Parkettboden entlang der Wand, möglichst weit von der Leiche entfernt, mit einem Klebeband markiert. Sie bewegten sich ausschliesslich auf diesem Trampelpfad, wie sie den Weg nannten, um nicht versehentlich Spuren zu vernichten.

«Wer hat den Toten gefunden?», wollte der Staatsanwalt wissen.

«Der Sohn, Florian Uhland. Er war mit seinem Vater zum Essen verabredet.»

«Wo ist er jetzt?»

«Er wartet im Arbeitszimmer, bis wir ihn befragen können.»

Schweigend begannen die Kriminaltechniker mit der Spurensicherung. Philip Kramer stülpte sich einen Mundschutz über die Overallkapuze und begab sich ins Entrée zur Wohnungstür. Mit einem Zephyrpinsel aus feinsten Glasfasern trug er auf die Klinke und um das Schloss herum rostrotes Caput-Mortuum-Pulver auf, um Fingerabdruckspuren sichtbar zu machen. Er fand einige brauchbare Spuren. Auf jeden Fingerabdruck presste er eine schwarze Gelatinefolie, die er zuvor zugeschnitten hatte, und zog die Spur ab. Die gesicherten Fingerabdrücke verstaute er in einer Asservatenbox. Danach öffnete er die Wohnungstür zum Treppenhaus und untersuchte Schloss, Zarge und Türblatt. Sie wiesen keinerlei Spuren eines Stemmeisens oder Schraubenziehers auf. Niemand hatte sich gewaltsam Zugang in die Wohnung verschafft. Das Schloss war intakt. Er betätigte den Monitor der Überwachungskamera. Sie funktionierte. Er konnte deutlich den Eingangsbereich vor der Haustür sehen.

«Einen Einbrecher können wir ausschliessen», rief Kramer vom Entrée dem Staatsanwalt und Glauser zu. «Fritz Uhland hat seinem Mörder die Türe geöffnet. Vermutlich kannte er ihn und war ahnungslos.» Als er wieder zurück ins Wohnzimmer gehen wollte, stutzte er. Er war im Entrée mit seinen blauen Überschuhen auf kleine Steinchen getreten, die er bisher übersehen hatte. Sie lagen in einer Ecke verstreut am Boden, neben dem offenen Eingang, der ins Esszimmer führte. Er bückte sich und hob ein Steinchen, das wie Granulat aussah, mit Daumen und Zeigefinger auf. Er drehte es zwischen den Fingern. Es fühlte sich porös an. Kramer zog fragend seine Augenbrauen zusammen. «Hier liegen ein paar eckige Steinchen herum, die jemand hingeschüttet hat», sagte er an Glauser und den Staatsanwalt gerichtet. «Keine Ahnung, was das ist, womöglich bestehen sie aus Gips. Im Labor werden wir das feststellen.»

Lara trat heran und fotografierte die Steinchen auf dem Parkettboden. Anschliessend sammelte Kramer sie zusammen und steckte sie in eine braune Papiertüte. Den Boden markierte er mit einer Ziffer.

Die Melodie «In der Halle des Bergkönigs» erklang. Glauser fischte sein Smartphone aus seiner Jackentasche und hörte kurz zu. «Nein, wartet ab. Wir wissen noch nicht, wonach wir suchen sollen», ordnete er an. «Sichert zuerst alle Bilder der Überwachungskameras im Quartier. Und beschafft euch die Videoaufnahmen von der Seilbahn Rigiblick. Irgendwie muss der Täter hierhergekommen sein.»

Glauser wandte sich an den Staatsanwalt. «Meine Leute durchsuchen die Gegend nach Spuren vom Täter erst dann, wenn wir mehr über die Todesursache wissen. Sobald wir in Erfahrung gebracht haben, woran Uhland gestorben ist, leeren wir jeden Abfalleimer und öffnen sämtliche Dolendeckel.» Der Staatsanwalt nickte nur. Glauser sah ihm seinen Missmut an, weil der Fall kompliziert werden würde.

Im Entrée öffnete sich die Lifttür. Emma Vonlanthen und Franz Ulmer stiegen heraus. «Hallo Chef», begrüsste ihn Ulmer mit Blick auf die Leiche. «Wer hatte das furchtbare Pech, auf einen so bösen Menschen zu treffen, der nichts anderes im Schilde führte, als ihm nach dem Leben zu trachten?»

Emma schüttelte schmunzelnd den Kopf. Franz war wie immer zu Scherzen aufgelegt.

«Das Opfer heisst Fritz Uhland, Professor für Theologie an der Universität Zürich», antwortete Glauser.

«Ein Theologe musste dran glauben? Oje!», rief Ulmer und schaute bekümmert zu Emma. «Ohne es zu wollen, hat er das Zeitliche gesegnet und ging dann über den Jordan.»

Emma kicherte und boxte ihm in die Rippen.

Glauser erklärte seinen beiden Kollegen, dass es sich bei Uhland um den Sohn des ehemaligen Schrebergartenbesitzers handelte, der vielleicht am Mord an dem Juden verstrickt war.

«Befragt Florian Uhland. Er hat seinen Vater heute Mittag tot aufgefunden.» Glauser zeigte auf eine Tür, die vom Wohnzimmer abging. «Er hält sich im Arbeitszimmer auf.»

***

Maria überquerte den Predigerplatz und stieg die breite Steintreppe zur Zentralbibliothek hinauf. Die Kirchturmuhr schlug drei Mal. Es war viertel vor zwei. In der Eingangshalle grüsste sie den Pförtner, der links vor dem Lesesaal an einem Stehpult aufpasste, dass nichts wegkam. Sie betrat einen weitläufigen Raum mit unzähligen Tischreihen, auf denen Dutzende Computer standen. Einige Plätze waren besetzt, Studierende starrten in die Monitore und suchten nach Literatur für ihre Arbeiten. Maria ging am limonengelben Informationsschalter vorbei, an dem eine pummelige Studentin gelangweilt an ihren Nägeln kaute, und nahm an einem freien Tisch Platz. Aus ihrem Portemonnaie zückte sie ihre ZB-Zutrittskarte, die immer noch gültig war, obwohl sie bereits vor fünf Jahren ihr Studium beendet hatte, und loggte sich in das System ein. In die Suchmaske des Rechercheportals tippte sie «Galerie Uhland.» Sie wollte möglichst viel über den Besitzer des Schrebergartens herausfinden. Den Namen hatte ihr die Präsidentin vom Familiengartenverein Wipkingen bereitwillig verraten. In der Schweizer Mediendatenbank SMD, die sämtliche Zeitungen im Volltext archivierte, waren keine Artikel über Uhland gespeichert. Die Datenbank gab es erst seit 1994. Lediglich aus einem Bericht über die Galerie Pfeiffer am Paradeplatz, die 2001 ausgeraubt worden war, erfuhr sie, dass die Kunsthandlung zuvor Fabian Uhland besessen hatte. Maria hoffte, in der Zentralbibliothek fündig zu werden. Das System konnte die Bestände von hundertachtzig Bibliotheken in der Schweiz abrufen, darunter auch alte Zeitungsartikel. Zum Stichwort Uhland erhielt sie zwei Treffer: Eine Dokumentensammlung mit Einladungskarten zu Vernissagen und fünf Ausstellungskataloge aus den Siebzigerjahren. Bingo, freute sie sich, immerhin etwas. Vielleicht würde sie darin mehr über Uhland erfahren. Die Dokumente konnte sie in einer Stunde im Raum «Bibliothekare» abholen.

Bis es so weit war, wollte sie sich noch etwas über Auschwitz schlau machen. Auf dem Monitor öffnete sie die Internetseite des Schweizer Fernsehens. Im Archiv hatte sie ein Interview mit drei deutschen Juden gefunden, die Auschwitz überlebt hatten und alle über neunzig Jahre alt waren. Das Politmagazin Rundschau hatte den Film ausgestrahlt, zum Gedenken an die Befreiung der Gefangenen in Auschwitz vor siebzig Jahren. Der Tote im Schrebergarten war ebenfalls Häftling in Auschwitz gewesen. Maria wollte sich ein Bild machen, was in diesem KZ passiert war. Über eine Million Jüdinnen und Juden sind in Auschwitz umgebracht worden, eine Tötungsfabrik. Das wusste sie. Aber sie musste mehr darüber in Erfahrung bringen. Im Videoarchiv fand sie den Bericht. Sie stöpselte sich Kopfhörer in die Ohren und drückte auf den Startknopf.

Nach der Anmoderation kam ein alter Mann zu Wort, Glatze mit grauem Haarkranz, buschige Augenbrauen, Tränensäcke. Eingeblendet war «Auschwitz-Häftling 1942–1945». Er erzählte mit brüchiger Stimme, was er erlebt hatte, furchtbare Geschichten. Ein Erlebnis trieb Maria Tränen in die Augen: «Da kam ein Kamerad in den Stehbunker, für vier Wochen. Der ist dabei erwischt worden, dass er aus der Kohlegrube eine Flasche mit Milchkaffee und ein Stück Kuchen ins Lager gebracht hatte. Vier Wochen Stehbunker. Und der Kapo, der für ihn zuständig war, gab ihm kein Essen. Der Mann ist dort gestorben. Als er von uns aus dem Stehbunker rausgeholt wurde, sahen wir, dass er das Leder seiner Schuhe abgenagt hatte.

Er war völlig abgemagert. Die Schuhe lagen neben ihm, und das Oberleder der Schuhe war weggekaut.» Er stotterte mehrmals, als er «weggekaut» sagte. Das Wort wollte ihm nicht über die Lippen gehen.

Zwischen den Interviewpassagen der drei Auschwitz-Überlebenden wurden Tagebucheinträge des Lagerarztes Dr. Johann Paul Kremer eingeblendet: «6. September 1942. Heute Sonntag ausgezeichnetes Mittagessen: Tomatensuppe, ½ Huhn mit Kartoffeln und Rotkohl (20 g Fett), Süssspeise und herrliches Vanilleeis.»

Eine alte Frau mit zerfurchtem Gesicht, silbergrauen Haaren, die in Auschwitz in der Häftlingskapelle Akkordeon gespielt hatte, berichtete vom SS-Hauptscharführer Otto Moll. Der sei eine Bestie gewesen, sagte sie. «Der hatte immer vier Hunde dabei, Schäferhunde. Ich habe mehrmals gesehen, wenn er irgendeine Frau an einer Ecke hat stehen sehen, die vielleicht nicht mehr so gesund aussah, da gab er den Hunden den Befehl, sie anzugreifen. Und dann sind die Hunde auf sie losgestürzt und haben sie ...», sie stockte, «... zerfleischt.»

Tagebucheintrag von Kremer, 20. September 1942:

«Heute Sonntagnachmittag von 3–6 Uhr Konzert der Häftlingskapelle in herrlichem Sonnenschein angehört: Kapellmeister Dirigent der Warschauer Staatsoper. 80 Musiker, mittags gab's Schweinebraten, abends gebackene Schleie.»

Maria war erschüttert von allem, was sie hörte und las. Wurde der Mann in Zürich umgebracht und im Schrebergarten verscharrt, weil er Jude war? Nach zwanzig Minuten hatte sie den Fernsehbericht gesehen. Sie loggte sich am Computer aus und ging in den Raum «Bibliothekare», um die Ausstellungskataloge und die Einladungskarten abzuholen. Sie durchquerte das Zimmer mit Fischgrätparkettboden, worauf anthrazitfarbene Regale von USM-Haller in mehreren Reihen standen. Dort lagen jeweils die bestellten Bücher bereit. Sie suchte ihre Dokumente, die mit der Nummer 436 beschriftet sein mussten, die Endnummer ihrer ZB-Karte, und den ersten drei Buchstaben ihres Nachnamens, Nol. Doch sie fand nichts. Am Ausgabeschalter fragte sie nach den Bestellungen. Ein dünner Student mit rötlichem Dreitagebart und glattem Haar, das sich an der Stirn bereits lichtete, blickte von seinem Buch auf. Er schielte. Ohne ein Wort zu verlieren, trottete er zu einem Regal hinter seinem Rücken und überreichte ihr fünf Kataloge und die Dokumentensammlung. Maria ging mit dem Stapel wieder zurück in den grossen Saal. Zuerst schnürte sie die hellblaue Mappe mit den Einladungskarten auf. Die Karten warben für Vernissagen in der Galerie Uhland, die zwischen 1972 und 1978 stattgefunden hatten, nichts von Bedeutung. Dann nahm Maria den ersten Ausstellungskatalog und blätterte darin. Die Gestaltung der Seiten war nüchtern gehalten, nicht im Stil der Siebzigerjahre mit seinen psychedelischen Farben und Mustern. Den Katalog hatte Fabian Uhland zu einer Ausstellung von «Der Blaue Reiter» mit Künstlern wie Franz Marc, Wassily Kandinsky und Paul Klee herausgegeben. Das Cover zeigte drei blaue Pferde vor einer roten Hügellandschaft. Auf der Umschlagseite standen unter Impressum nur «Galerie Uhland Zürich» und die Adresse samt Telefonnummer, sonst gab es keine weiteren Angaben. Maria strich sich eine Locke hinter das Ohr und schlug die Seite um. Sie las das Editorial, das Uhland geschrieben hatte. Der Text gab nichts Privates von ihm preis, keine Information, die ihr hätte weiterhelfen können. Auch kein Foto. Und auch in den anderen Katalogen zu Ausstellungen von Otto Dix, Ernst Ludwig Kirchner und Alberto Giacometti war nichts über ihn zu erfahren. Maria war enttäuscht. Sie nahm den letzten Katalog in die Hand. Das Buch sah abgegriffen aus. Auf dem Cover war ein grosses rotes

Quadrat abgedruckt, worauf in schwarzen Buchstaben, wie mit einem Pinsel gemalt, «Art» geschrieben stand. Maria erinnerte die Gestaltung an japanische Kalligrafie. Unter dem Quadrat stand in roter Schrift: Internationale Kunstmesse, Salon International d'Art, International Art Fair, Basel 12.–16.6.1970. Kunsthändler Ernst Beyeler hatte vor fünfzig Jahren die Art Basel ins Leben gerufen. Der Katalog war zur Geburtsstunde der weltgrössten Kunstmesse herausgegeben worden. Maria hatte in «Schweiz aktuell» einmal über die Art Basel berichtet. Hundertzehn Galeristen hatten an der ersten Messe teilgenommen. Ihre Werke waren im Katalog abgebildet. Mit dem Zeigefinger fuhr Maria die Liste der Aussteller ab und entdeckte den Namen Uhland. Der Galerist war gut im Geschäft, dachte sie. Sie blätterte weiter. Auf der Buchinnenseite war das Organisationskomitee mit zwölf Mitgliedern aufgelistet. Uhland gehörte nicht dazu. Doch eine Seite später fand sie seinen Namen. Er hatte das Editorial geschrieben. Maria ballte ihre Hand zu einer Siegesfaust. «Jawoll», jubilierte sie still. Fabian Uhland war der erste Präsident der Art Basel gewesen. Diese Information brachte sie weiter. Über den Präsidenten der Kunstmesse hatte die NZZ am Tag nach der Eröffnung vielleicht etwas geschrieben, dachte sie. Sie sprang auf und stieg eine filigrane Treppe mit Chromstahlgeländer in den zweiten Stock. Die Ausstellungskataloge und die Dokumentenmappe liess sie auf dem Tisch zurück. Oben angekommen, durchquerte sie einen grossen Lesesaal, in dem ein paar Studierende in ihre Lektüre vertieft waren. Sie steuerte an mehreren Regalreihen vorbei zu einer Wand, an der dicht an dicht mannshohe Metallkästen standen. Darin lagerten Tausende Mikrofilme, auf denen sämtliche NZZ-Ausgaben seit 1780 gespeichert waren. Man konnte nicht nach Stichworten suchen, wie bei einer digitalen Datei, sondern nur den gewünschten Artikel lesen, sofern man das Datum kannte. Maria schloss die eierschalenfarbene Schranktür mit der Beschriftung MFB 5, NZZ, 16.4.1964 – 31.8.1978 auf und zog das Schubfach heraus. In den Regalen befanden sich Hunderte gelbe Kartonschächtelchen. Sie suchte die Schachtel, worauf «Neue Zürcher Zeitung, 1.6.–15.6.1970» aufgedruckt war. Damit ging sie in ein Kabäuschen aus Glas, in dem Kopierapparate und Lesegeräte für Mikrofilme standen. Sie öffnete die Schachtel, steckte die Mikrofilmrolle in das Lesegerät und spannte den Film ein. Mit einem Drehknopf konnte sie Seite für Seite auf einem grossen Monitor anschauen. Die Fotos waren schon stark vergilbt. Im Schnelllauf spulte sie vor, stoppte dazwischen immer wieder, bis sie die Zeitung vom 12. Juni 1970 gefunden hatte. Und tatsächlich: Im Feuilleton stand ein Artikel mit dem Titel «Art 70. Erste internationale Kunstmesse in Basel.» Dazu hatte die Zeitung ein Kurzporträt von Fabian Uhland abgedruckt, samt aktuellem Foto in Schwarz-Weiss, das ihn bei der Eröffnungsrede zeigte. Maria betrachtete das Bild. Uhland war ein grossgewachsener Mann, seine aufrechte Haltung militärisch streng. Er sah erhaben aus, ein wenig arrogant, wie er vom Rednerpult auf sein Publikum herabblickte. Die schlohweissen Haare leuchteten vom Blitzlicht des Fotografen, sein glattrasiertes Gesicht strahlte Ruhe aus. Maria wandte ihren Blick ab und las das Zeitungsporträt. Doch der Text enthielt nichts Persönliches über Uhland. Enttäuscht wollte sie den Mikrofilm wieder einrollen, als ihr Blick nochmals auf das Foto von Uhland fiel. Auf dem Revers seiner Anzugjacke entdeckte sie klein und verschwommen eine Anstecknadel. Sie konnte kaum erkennen, was darauf abgebildet war. Mit dem Hebel des Lesegeräts versuchte sie die Schärfe noch besser einzustellen. Sie kniff beide Augen zusammen. Nach einer Weile des Probierens hatte sie herausgefunden, was die Anstecknadel zeigte: ein christliches Kreuz mit einem weissen Kreis in der Mitte des Querbalkens und den Buchstaben DC links und rechts vom Pfahl. Was konnte das bedeuten, fragte sie sich. DC? Vielleicht ist es die Erkennungsmarke einer Bruderschaft oder das Zeichen einer christlichen Verbindung. Das musste sie unbedingt herausfinden.

***

Sokrates ging auf dem Kiesweg vom Institut für Rechtsmedizin am Museum für Anthropologie vorbei in Richtung Irchel-Bar. Von dort führte eine breite Treppe aus Steinquadern hinunter zum ASVZ-Sportcenter, wo Studenten und Uniangestellte trainieren konnten. Das hatte er sich noch nie angetan. Er zählte die Stufen. Einundzwanzig. Sehr gut, dachte er. Den Anruf der Einsatzzentrale hatte er vor zehn Minuten erhalten. Ein Mord am Rigiblick.

Er war dabei gewesen, einen Bericht auf ein Diktafon zu sprechen. Zuvor hatte er zusammen mit Nik einen achtundfünfzig Jahre alten Bauern aus dem Aeugstertal obduziert, der in ein Gülleloch gefallen und jämmerlich darin ersoffen war. Niemand hatte seine Hilfeschreie gehört. Sokrates fand Gülle in Magen und Lunge. Der Bauer hatte noch eine Weile gelebt, vielleicht stundenlang um sein Leben gekämpft, bevor er starb.

Die Leichenschau am Tatort würde er allein vornehmen müssen. Nik hatte mit seiner Tochter einen Termin beim Kinderarzt. Bei der Obduktion am späten Nachmittag wäre er aber wieder im Institut, hatte ihm sein Assistent gesagt. Sokrates nahm seine schwere Arzttasche in die andere Hand. Mit raschen Schritten durchquerte er den Irchelpark. Er lief über einen Holzsteg, der über einen Ententeich führte. Eine Windböe fuhr ihm durchs Haar. Von Ferne zogen dunkle Wolken auf. Es wird wohl bald regnen, dachte er. Den Schirm hatte er im Büro liegen lassen. Auf dem Ententeich schaukelten zwei Stockenten. Frösche quakten im Schilf, das am Ufer wuchs. Der süssliche Geruch von Algen stieg in seine Nase. Er erinnerte sich an das Gedankenexperiment «Das Kind im Teich» des australischen Philosophen Peter Singer. Er überquerte eine Wiese, ging an einem Birkenwäldchen vorbei und erreichte alsbald die Haltestelle Milchbuck.

Stellen Sie sich vor, lautete das Gedankenexperiment, Sie tragen einen teuren Anzug und Schuhe von feinstem Leder. Auf dem Weg zur Arbeit kommen Sie an einem Teich vorbei. Sie hören ein Kind schreien, das am Ertrinken ist. Ohne zu überlegen, springen Sie in den Teich und retten das Kind. Anzug und Schuhe sind ruiniert. Doch Sie sind überzeugt, das Richtige getan zu haben. Das Leben eines Kindes wiegt den Verlust der Kleidung bei weitem auf.

Am Kiosk der Haltestelle kaufte Sokrates Hustenbonbons. Er verspürte ein Kratzen im Hals. Hoffentlich würde er nicht krank werden. Das war ihm schon seit Jahren nicht mehr passiert. Ausser seinem Buckel, der ihm immer wieder Kummer bereitete, fühlte er sich gut, sportlich ganz und gar nicht fit, aber gesund. Das Tram Nummer 9 blieb ruckelnd vor ihm stehen. Er stieg ein und schaute aus dem Fenster.

Stellen Sie sich vor, ging das Gedankenexperiment weiter, Sie kommen anschliessend nach Hause und finden im Briefkasten Post von einer Entwicklungshilfeorganisation, die Sie um eine Spende bittet. Für nur zwanzig Franken könnten Sie das Leben eines hungernden Kindes in Afrika retten. Spenden Sie? Nein? Warum springen Sie dann in den Teich, opfern Ihre teuren Markenkleider, um ein Kind zu retten, aber für das Leben eines Kindes in Afrika spenden Sie nicht einmal zwanzig Franken?

Sokrates blieb das Experiment in Erinnerung, weil es zeigte, wie irrational unsere Entscheidungen oft sind. So nehmen wir für ein Schnäppchen gerne einen Umweg von zwanzig Minuten in Kauf, um in einem Supermarkt Früchte oder Fleisch zu kaufen, die halb so teuer sind als sonst. Wir sparen damit zwanzig Franken. Doch wenn ein Auto statt dreissigtausend Franken in einer anderen Garage zweihundert Franken weniger kostet, wären viele nicht bereit, neunzig Minuten dorthin zu fahren, obwohl sie in dieser Zeit mehr als doppelt so viel sparen würden.

Nach der vierten Station erreichte das Tram die Haltestelle Rigiblick. Sokrates stieg aus, überquerte die Strasse und stieg in die Seilbahn, die mehrere hundert Meter steil nach oben führte. Er setzte sich in Fahrtrichtung mit dem Rücken zum Abgrund, der sich auftun würde, sobald die Seilbahn losfuhr. Er litt furchtbar unter Höhenangst. Immer wenn er von weit oben nach unten blicken musste, geriet er in Panik. Seit seiner Kindheit plagte er sich mit dieser Angst herum. Er wusste nicht, woher sie kam. Aber zu Fuss von der Talstation den steilen Geissenweg auf den Rigiblick zu hecheln, traute er sich auch nicht zu. Allein der Gedanke daran verursachte bei ihm einen Schnappatem. Immer mehr Menschen drängten in die Kabine. Sie setzten sich dicht neben ihn, links und rechts. Sie rochen nach Rasierwasser, Hautcrème und Schweiss. Er fühlte die Enge. Platzangst! Das Display an der Talstation zeigte eine Minute an, bis die Seilbahn losfahren würde. Eine Minute! Um sich abzulenken, nahm Sokrates ein Taschentuch aus seiner Jacke und putzte die Brille.

Menschen verhielten sich beim Einkaufen wie dumme Kapuzineräffchen, die sich im Spiegel nicht einmal selbst erkennen würden, sinnierte Sokrates weiter. Er musste denken! Das haben Experimente von Verhaltensforschern gezeigt. Die Forscher spielten mit den Kapuzineraffen zwei Kaufsituationen durch: Jeder Affe bekam eine Handvoll Münzen. Für den Preis einer Münze erhielten sie eine Weintraube. Doch jedes zweite

Mal offerierte ihnen ein Forscher gratis eine zusätzliche Traube. Die Affen lernten die Aktion «zwei für eins» kennen. Und fielen darauf rein. Denn ein anderer Forscher gab von Anfang an für eine Münze zwei Weintrauben. Jedes zweite Mal nahm er den Affen aber wieder eine Traube weg. Die Forscher gaben den Affen also in beiden Kaufsituationen genau gleich viel, abwechselnd ein oder zwei Trauben für eine Münze. Trotzdem mochten die Tiere das zweite Spiel gar nicht. Wenn sie zwischen beiden Varianten wählen konnten, entschieden sich fünfundsiebzig Prozent der Kapuzineräffchen für die erste Variante mit der zusätzlichen Gratistraube. Menschen verhalten sich wie die Affen. Sie wollen lieber belohnt statt bestraft werden. Sie ziehen Bonussysteme sogar dann vor, wenn sie unter dem Strich weniger dafür bekommen. Das nutzen clevere Marketingleute aus.

Ein Klingeln riss Sokrates aus seinen Gedanken. Die Tür der Kabine schloss sich automatisch. Mit einem Ruck zog die Seilbahn in die Höhe. Sokrates klammerte sich mit beiden Händen am Griff seiner Arzttasche fest, die er auf seine Beine abgestellt hatte. Er schloss die Augen. Die Bahn fuhr steil nach oben, die Rücklehne drückte gegen seinen Buckel. Es schien ewig zu dauern, bis die Seilbahn an der Haltestelle Germaniastrasse stoppte. Mit zittrigen Knien stieg er aus. Er atmete zwei Mal tief durch. Geschafft! Nach der Seilbahnstation zweigte er nach links ab, lief die Quartierstrasse entlang, vorbei an herrschaftlichen Villen und luxuriösen Neubauten, die mit Buchsbaumhecken umzäunt waren. Die zu Kugeln gestutzten Buchsbäume mochte Sokrates nicht. Er fand sie so unnatürlich wie Nacktkatzen. Nach wenigen Minuten erreichte er ein modernes weisses Gebäude. Auf seinem Handy prüfte er nochmals die Adresse. Ja, dort musste es sein.

**

Emma Vonlanthen und Franz Ulmer gingen um die Materialkisten der Kriminaltechniker herum am Cembalo und an der grünen Polstergruppe vorbei und klopften an die Tür. Sofort wurde sie geöffnet. Vor ihnen stand ein grossgewachsener, dünner Mann, Mitte dreissig, der Ulmer um einen halben Kopf überragte. Die Wangen waren eingefallen, die Augen blickten müde, um seine Nase sah er blass aus. Eine braune Locke stand ihm vom Kopf.

«Herr Uhland, es tut uns leid, was Ihrem Vater angetan wurde. Aber wir müssen Ihnen ein paar Fragen stellen», sagte Emma. Uhland nickte. Er wies mit seiner Hand auf einen runden Tisch, an dem zwei Klappstühle standen. «Bitte nehmen Sie Platz», sagte er mit spröder Stimme. Er ging voraus und setzte sich auf einen ledernen Bürosessel, der vor einem mächtigen Pult stand. Er drehte sich auf dem Sessel zu Emma und Ulmer, die ebenfalls Platz genommen hatten. Emma schaute sich um. An jede Wand des Arbeitszimmers waren Bücherregale montiert, die bis oben hin mit Büchern und Ordnern gefüllt waren. Auf dem Pult war ein Laptop aufgeklappt, links und rechts davon stapelten sich Bücher. Das Fenster zeigte zum Rigiblick. An der Wand vor dem Pult hing das Gemälde einer Frau. Emma gefiel die Darstellung. Der nackte Körper der Frau wirkte zerbrechlich, aber ihr Gesicht strahlte Selbstbewusstsein aus. Emma blickte Uhland an. «Bitte erzählen Sie uns, was passiert ist.»

Uhland sass aufrecht auf der Kante des Ledersessels. Er trug dunkelblaue Mac-Jeans, ein weisses T-Shirt von Hugo Boss und Adidas-Turnschuhe. Allesamt deutsche Markenprodukte, bemerkte Emma.

«Kurz vor Mittag war ich mit meinem Vater verabredet», begann Uhland unsicher. «Ich bin mit dem Lift nach oben gefahren – mein Vater hat mir vor Jahren einen Schlüssel zu seiner Wohnung ausgehändigt – da sah ich ihn liegen.»

Emma und Ulmer warteten.

Uhland blickte auf seine Hände. «Sofort bin ich zu ihm gestürzt. Ich wollte die Ambulanz holen. Aber da merkte ich, dass er bereits tot war.»

«Woher wussten sie das?», fragte Emma.

«Die Schnitte an seinem Arm hat er sich ja nicht selbst zugefügt. Ich habe seinen Puls gefühlt und überprüft, ob er atmet. Im Militärdienst wurde ich als Sanitäter eingesetzt, da lernt man solche Dinge.»

«Haben Sie die Fenster im Esszimmer geöffnet?», wollte Emma wissen.

«Nein, sie waren alle weit aufgerissen, als ich kam. Das fand ich seltsam.»

«Ihr Vater interessierte sich sehr für Kunst», sagte Emma und zeigte auf das Gemälde mit der Frau. «In seiner Wohnung hängen Dutzende Bilder.»

«Ja, die Kunstwerke hat er von meinem Grossvater geerbt, einem erfolgreichen Kunsthändler.»

«Sie wollen uns damit sagen», platzte Ulmer heraus, «dass das alles Originale sind?»

Uhland nickte.

«Die Sammlung muss ein Vermögen gekostet haben. Eine Sicherheitsanlage für die Bilder fehlt aber», sagte Emma stirnrunzelnd. «Das verstehe ich nicht.»

«Mein Vater hielt das nicht für nötig. Er war da sehr eigen. Die Gemälde sind nicht einmal versichert. Im Leben sei alles nur Staub und Asche, sagte er. Nichts hat Bestand.»

«Vielleicht fiel er einem Raubmord zum Opfer», erwiderte Emma. «Die wertvollen Bilder sind ein Motiv.»

«Nein, das glaube ich nicht.» Uhland öffnete die Schublade des Pultes und holte eine Geldkassette daraus hervor. Der Schlüssel steckte. «Mein Vater bewahrte darin immer tausend Euro und tausend Franken auf. Für schlechte Zeiten, sagte er.

Das Geld ist immer noch da. Ebenso seine Ausweise.» Er öffnete die Geldkassette und überreichte sie Emma.

«Auch sein Portemonnaie wurde nicht entwendet. Sehen Sie. ID, Kreditkarten, alles da.» Er hielt ein Smartphone hoch. «Sein Handy.»

Ulmer holte Latexhandschuhe aus seinem Kittel, blies hinein und zog sie an. «Geben Sie mir den Geldbeutel, das Handy und auch den Laptop. Die Spurensicherung muss die Daten auswerten. Vielleicht geben sie Hinweise.» Uhland überreichte ihm die Gegenstände. Ulmer erhob sich von seinem Stuhl und verliess das Arbeitszimmer.

«Im Schrebergarten ihres Grossvaters wurde vor zwei Wochen die Leiche eines Juden ausgegraben, der vor etwa fünfzig Jahren erschossen worden war», führte Emma die Befragung fort.

«Ein ermordeter Jude?», fragte Uhland irritiert. Seine Stimme klang gequetscht.

«Ja, das ist kaum ein Zufall», erwiderte Emma. «Haben Sie eine Vermutung, was der Tod Ihres Vaters damit zu tun haben könnte?»

Uhland schüttelte langsam den Kopf. «Nein, keine Ahnung. Ich wusste nicht einmal, dass mein Grossvater einen Schrebergarten besessen hatte. Verdächtigen Sie ihn, den Juden getötet zu haben?»

«Wir stehen am Anfang unserer Ermittlungen und schliessen nichts aus», antwortete Emma. Sie stand auf. «Auch wenn augenscheinlich alles an seinem Platz ist, müssen wir uns dennoch vergewissern, dass nichts entwendet worden ist. Bitte begleiten Sie mich und prüfen Sie sorgfältig, ob noch alle Bilder an ihrem Platz hängen.»

Sie öffnete die Tür zum Wohnzimmer und liess Uhland vortreten. Langsam ging er um das Cembalo herum, an den Materialkisten vorbei und liess seinen Blick über die Gemälde schweifen. Es erklang der schrille Ton eines Staubsaugers. Im angrenzenden Esszimmer war ein Kriminaltechniker damit beschäftigt, den Perserteppich zu saugen, auf dem die Leiche lag. Philip Kramer suchte mit einer Tatortleuchte den Parkettboden um den Teppich herum nach Spuren von Schuhsohlen ab. Vorne an der Schiebetür sah sie Glauser, der die Arbeit der Forensiker beobachtete. Neben ihm stand Lara. Der Staatsanwalt war nirgendwo zu sehen.

Emma schritt mit Uhland an den Wänden vorbei und sah sich die Bilder an. Sie konnte nichts Auffälliges feststellen. «Es fehlt nichts», sagte Uhland nach einer Weile zu ihr. «Wenn jemand ein Bild abgehängt hätte, würde man das sofort sehen.» Er nahm einen Bilderrahmen von der Wand und gab ihn Emma. «Eine Pastellkreidezeichnung von Max Liebermann. Mein Vater hat dieses Bild sehr gemocht.» Auf der postkartengrossen Zeichnung waren fröhliche Menschen in bunten Kleidern zu sehen, die an einem Sandstrand spazieren gingen. Im Hintergrund glitzerte das Meer. Emma sehnte sich plötzlich nach Ferien mit ihrer Freundin.

«Sehen Sie», sagte Uhland und zeigte auf den dunklen Rand, den der Bilderrahmen auf der weissen Wand hinterlassen hatte. «Aus der Wohnung konnte niemand ein Gemälde unbemerkt mitnehmen. Ein abgehängtes Bild hinterlässt Spuren.» Emma nickte und gab ihm die Zeichnung wieder zurück. Als Uhland das Bild an die Wand hängen wollte, stutzte er. Er hielt das Gemälde nahe an seine Augen und betrachtete es genau. Dabei zog er die Stirn in Falten.

«Ist etwas?», fragte Emma.

«Nein, nein, nichts», antwortete Uhland hastig und hängte die Zeichnung an die Wand. «Es ist alles so, wie es sein soll.»

«Ihr Grossvater war ein erfolgreicher Kunsthändler, sagten Sie. Wie ist er das geworden?», wollte Emma wissen.

«Er studierte nie Kunst oder Kunstgeschichte, wenn Sie das meinen. Sein Wissen hat er sich selbst angeeignet. Ursprünglich war er Theologe, wie mein Vater auch. Er hat sogar einen Doktortitel von der Ludwig-Maximilians-Universität in München. Am Anfang handelte er nur hobbymässig mit Kunst. So begann alles.»

Franz Ulmer kam vom Entrée her auf sie zu. «Mein Kollege bringt Sie jetzt auf den Polizeiposten», sagte Emma. «Wir müssen Sie nochmals befragen und ihre Aussagen protokollieren.»

Uhland seufzte. «Wenn es sein muss.» Er drehte sich um, ging ein paar Schritte auf das Esszimmer zu und schaute auf seinen toten Vater. «Was passiert jetzt mit ihm?», fragte er.

«Nach der Spurensicherung bringen wir ihn in das Institut für Rechtsmedizin», antwortete Emma. «Wir müssen herausfinden, woran Ihr Vater gestorben ist. Die Todesursache kennen wir noch nicht.» Sie verschwieg, dass Sokrates den Körper von Uhland aufschneiden würde.

Emma erkundigte sich bei Glauser, wann die Sachbearbeiterkonferenz stattfindet. Halb sieben, erfuhr sie. Dann stieg sie mit Ulmer und Uhland in den Lift.

«Wir sind mit der Spurensicherung bald fertig. Wo bleibt Sokrates?», hörte sie Kramer noch rufen.

«Er kommt jeden Augenblick», antwortete Glauser. «Er wird uns sagen, was Fritz Uhland zugestossen ist. Dann können wir den Tathergang rekonstruieren.»

***

Die Haustür war geöffnet. Sokrates betrat das Treppenhaus, der geräumige Raum war mit weissem Marmorboden ausgelegt. Vor dem Lift stand ein korpulenter Streifenpolizist mit bärbeissigem Gesicht und Bürstenschnitt. «Rechtsmedizin?», fragte er schroff. Sokrates nickte. Daraufhin trat der Polizist zur Seite, öffnete die Lifttür und liess ihn eintreten. In der dritten Etage erreichte Sokrates das Entrée. Von dort ging rechts eine Tür ab in ein geräumiges Wohnzimmer, worin die Kriminaltechniker ihre Materialkisten deponiert hatten. Links davon führte eine Tür ins Esszimmer. Es roch nach Kaffeepulver, frischem Gras und vergilbtem Papier. Leichengeruch nahm er nicht wahr. Sein Blick glitt über die Gemälde und Zeichnungen an den Wänden. Er begab sich ins Wohnzimmer und begrüsste Glauser, der am Rahmen der Schiebetür lehnte. Sokrates schaute sich um. Ein Forensiker pickte mit einer Pinzette Haare und Fusseln vom flaschengrünen Stoffbezug eines Sessels und steckte sie in ein Pergaminsäckchen. Lara Odermatt prüfte auf dem Display ihrer Digitalkameras die Aufnahmen, die sie gemacht hatte. Zwei Kriminaltechniker packten Kisten zusammen und schleppten sie zum Lift. «Die Kollegen konnten keine Einbruchspuren feststellen», sagte Glauser und erklärte ihm, wer das Opfer war. «Der Täter hat nichts gestohlen. Wir haben es also nicht mit einem Raubmord zu tun.» Auf den ersten Blick konnte Sokrates nicht feststellen, woran Uhland gestorben war. Er sah ihn mit verrenktem rechtem Arm auf dem Perserteppich liegen, den Mund weit aufgerissen, die Augen halb geöffnet, die weissen Haare schimmerten im Licht, das durch die Fenster schien. Er musterte die Schnittverletzungen am linken Unterarm und die Zahl 2015, die der Täter in die Haut geritzt hatte. Er zählte dreizehn Schnitte. Neben der Leiche kniete Philip Kramer und sicherte mit einer durchsichtigen Klebefolie Stofffasern auf dem hellblauen Hemd des Opfers. Zone für Zone drückte er das Klebeband auf den Baumwollstoff und verwahrte die gesicherten Spuren in einer Box. «Du kannst loslegen», sagte er an Sokrates gewandt und richtete sich auf. «Soll ich dir bei der Leichenschau helfen?»

«Ja, gerne», antworte Sokrates und öffnete seine Arzttasche. Er nahm einen Overall heraus, schlüpfte in Überschuhe und zog Latexhandschuhe an.

«Um die Leiche herum, auf dem Perserteppich und auf dem Parkettboden, habe ich Luminol versprüht. Negativ. Das Opfer hat keinen Tropfen Blut vergossen», sagte Kramer. «Uhland wurde also weder erschossen noch erstochen. Das hätte Spuren hinterlassen. Die einzigen Blutspuren sind die Schnittwunden an seinem Arm.»

Sokrates ging in die Hocke. «Zuerst entkleiden wir die Leiche», sagte er. Zusammen mit Kramer zog er dem Toten das Hemd und die dunkelgraue Bundfaltenhose aus, entfernte die Feinrippunterhose und die Socken. Er inspizierte die Leichenflecken. Die Haut war an den Schultern, der Taille und an den Schienbeinen rot statt dunkelviolett verfärbt, wie bei einem starken Sonnenbrand.

«Die Totenflecken leuchten ungewöhnlich rot, wie bei einer Kohlenstoffmonoxid-Vergiftung», sagte er.

«Es könnte also sein, dass der Täter Abgase in die Wohnung geleitet hat, ohne dass es Uhland bemerkte», überlegte Glauser.

«Das glaube ich kaum», erwiderte Kramer. «Wir haben keinerlei Hinweise dazu gefunden.»

Sokrates presste seinen Daumen auf einen Totenfleck. «Der Täter hat die Leiche so liegen lassen, wie wir sie vorgefunden haben», sagte er. «Er hat sie nach dem Tod nicht mehr bewegt.»

Er nahm aus seiner Arzttasche einen elektronischen Thermometer mit Digitalanzeige heraus und mass die Raumtemperatur, neunzehn Komma drei Grad. «Normalerweise kann ich mit dem Temperaturnomogramm den Todeszeitpunkt ziemlich genau bestimmen», sagte Sokrates. «Aber die geöffneten Fenster und die Luftzirkulation im Raum haben die Leiche stärker als gewöhnlich ausgekühlt. Das verfälscht das Ergebnis.» Er brachte den Toten in Seitenlage und führte das Thermometer rektal acht Zentimeter in die Leiche ein, einunddreissig Komma fünf Grad. Die Daten notierte er sich auf ein Leichenschauformular.

Dann beugte er den rechten Ellenbogen des Toten und drückte die Knie des angewinkelten Beines durch. Sie liessen sich ohne Mühe bewegen. Er ging in die Hocke und versuchte den geöffneten Mund zu schliessen. Das schaffte er nicht. «Die Leichenstarre setzt gewöhnlich am Kiefer ein, sie ist noch nicht weit fortgeschritten. Erst nach sechs bis acht Stunden ist sie voll ausgeprägt», erklärte er. «Fritz Uhland wurde heute Morgen umgebracht, vor weniger als zwei Stunden.»

Lara trat an ihn heran, leichtfüssig, aufrechter Gang, und dokumentierte die Arbeit von Sokrates mit ihrer Fotokamera. Ihre schräg geschnittenen Augen verbarg sie hinter dem Apparat, wie von einer Maske geschützt, eine rote Locke wippte neben ihrer Schläfe. Glauser sah ihr dabei zu.

Auf den Knien ging Sokrates langsam um die Leiche herum und untersuchte jeden Quadratzentimeter des nackten Körpers. Keine Blutergüsse, keine Wunden, nur eine Narbe am Oberarm, die von einer Pockenimpfung stammte. Der Körper schien seltsam makellos, mit Ausnahme der Schnittverletzungen am linken Unterarm. Sokrates untersuchte die Wunden. «Der Täter hat Uhland die Schnittwunden postmortal zugefügt. Wenn sein Herz noch geschlagen hätte, wäre Blut auf den Teppich getropft», informierte er. «Dazu benutzte er ein sehr scharfes Schneidewerkzeug. Die Schnittkanten sind glatt und nicht ausgefranst, wie das bei einem stumpfen Messer der Fall wäre.» An einer Schnittwunde, bei der Ziffer 1 der Zahl 2015, entdeckte Sokrates Eier von einer Schmeissfliege. Schon wenige Minuten nach dem Tod nehmen die grün schimmernden Schmeissfliegenweibchen eine Leiche wahr und fliegen sie an. Ihre Eierpakete legen sie in Körperöffnungen wie Nase oder Ohren. Besonders gern haben sie Wunden. Die Fenster in Uhlands Wohnung stehen offen, überlegte Sokrates, auf diesem Weg war die Schmeissfliege zur Leiche gelangt.

Lara legte einen rechtwinkligen Massstab neben die Schnittwunden und machte ein Dutzend Aufnahmen aus verschiedenen Perspektiven.

Sokrates untersuchte in der Zwischenzeit Penis und Hoden von Uhland. Er fuhr mit den Fingern durch die Schambehaarung und hob den Hodensack an. Nichts Auffälliges. Dann begab er sich zum Kopf der Leiche und tastete den Schädel ab. Dazu schob er seine Finger unter den Hinterkopf und fühlte nach Wunden. Nichts. Mit stumpfer Gewalt wurde der Mann nicht getötet. Mit einer Pinzette klappte er beide Augenlider hoch. Er leuchtete mit einer Taschenlampe in die Augen. Auf der Iris waren keine roten Pünktchen einer Stauungsblutung zu sehen. «Der Täter hat sein Opfer nicht erwürgt oder stranguliert», sagte er, während er die Lippen der Leiche umstülpte und die Innenseite inspizierte. Die Schleimhäute waren etwas gereizt. Plötzlich stutzte er. Er streifte seine Gesichtsmaske ab, hielt seine Nase nah über den offenen Mund des Toten und roch daran. Schwach nahm er einen sonderbaren Geruch wahr. «Mandeln. Es riecht nach Bittermandeln!», rief er. «Fritz Uhland wurde vermutlich mit Cyanid vergiftet! Das erklärt auch die dunkelroten Leichenflecken und die hellrote Verfärbung der Haut.»

«Mit Blausäure?», fragte Kramer. «Bist du dir sicher?»

«Ja. Riechst du es nicht, den typischen Bittermandelgeruch?»

Kramer kniete sich neben ihn und schnupperte. «Nein, nichts.»

«Das ist nicht ungewöhnlich», erwiderte Sokrates. «Dreissig bis vierzig Prozent aller Menschen können Blausäure wegen ihrer genetischen Veranlagung nicht riechen.»

«Wie hat es der Täter geschafft, ihm Blausäure zu geben?», fragte Glauser. «Uhland muss ja eine Kapsel geschluckt haben.»

«Nicht unbedingt», erwiderte Sokrates. «Blausäure ist leicht flüchtig. Uhland könnte die giftigen Gase eingeatmet haben. Das ist tödlich. Ob ich mit meiner Vermutung richtig liege, wird die Obduktion zeigen.»

«Wenn der Täter das Gift ausgeschüttet hat, wäre er selbst gefährdet gewesen», entgegnete Kramer.

«Nicht, wenn er eine Gasmaske trug», erwiderte Glauser.

«Da wäre er aber aufgefallen.»

«Richtig. Wir müssen herausfinden, wie sich die Tat abgespielt hat. Bist du mit der Leichenschau fertig, Sokrates?»

«Ja, mehr kann ich momentan nicht tun.»

Gemeinsam gingen sie ins Entrée.

«Der Täter klingelt. Er trägt keine Gasmaske, sonst hätte Uhland Verdacht geschöpft», begann Kramer. «Uhland kennt ihn oder hat sonst keinen Grund, misstrauisch zu sein.» Der Kriminaltechniker drückte auf den Monitorknopf der Videokamera. «Er sieht seinen Mörder im Videobild, betätigt den Türöffner. Der Täter steigt in den Lift.»

«Der Lift hat keine Knöpfe. Ohne Schlüssel kommt man nicht in die Wohnung», überlegte Glauser. «Uhland muss ihn heraufgeholt haben. Offensichtlich wusste der Täter, dass es solche Liftanlagen gibt. Nicht selbstverständlich.»

«Im Lift ist keine Videokamera installiert», fuhr Kramer fort. «Er kann dort unbemerkt eine Gasmaske anziehen und einen Behälter aus einer Tasche nehmen.»

«Dazu bleiben ihm nur wenige Sekunden Zeit», sagte Glauser. «Reichen ihm die?»

Kramer stieg in den Lift und fuhr in das Erdgeschoss.

«Siebzehn Sekunden dauert die Fahrt, den Weg von der Eingangstüre bis zum Lift miteingerechnet», sagte er, als er wieder oben ankam. «Das sollte knapp genügen.» Er trat vom Lift in das Entrée. «Uhland schreckt zurück, als er den Täter mit Gasmaske aus dem Lift steigen sieht. Er geht ein paar Schritte rückwärts, erreicht die Tür zum Esszimmer.» Kramer drehte sich um und spielte Uhland, der sich vom Täter wegbewegt. «In diesem Moment schüttet der Täter den Behälter mit der Blausäure auf den Boden.»

«Unwahrscheinlich», erwiderte Sokrates. «Blausäure ist ein Gas, das entsteht, wenn man Zyankali, ein Salz, mit einer schwachen Säure vermischt, zum Beispiel mit einer essigsauren Lösung. Hätte der Täter diese Flüssigkeit auf den Parkettboden gekippt, wären Rückstände zurückgeblieben. Der Boden wäre von der Lösung noch feucht gewesen, zudem hätten wir Spuren von weissem, kristallinem Zyankali vorgefunden.»

«Okay. Was könnte deiner Meinung nach passiert sein?», fragte Glauser.

«Der Täter öffnet bereits im Lift den Behälter mit der Flüssigkeit. Blausäure verdampft bei Raumtemperatur. Der Lift füllt sich mit giftigem Gas. Die Tür öffnet sich, der Täter tritt heraus, zusammen mit einem Giftschwall, und hält Uhland den Behälter mit der ausströmenden Blausäure direkt unter die Nase», antwortete Sokrates. «Uhland atmet das Gas ein. Er versucht zu entkommen. Zu spät. Nach zwei bis drei Atemzügen beginnt er zu hyperventilieren. Er torkelt ins Esszimmer, der Atem setzt aus, er wird bewusstlos, bricht zusammen und stirbt.»

«Der Täter muss nur noch eines tun», sagte Glauser. «Er will eine Nachricht hinterlassen. Er krempelt den Hemdsärmel von Uhland hoch und ritzt die Zahl 2015 in den Unterarm.»

«Warum hat er daneben noch weitere Schnitte hinterlassen?», fragte Kramer.

«Vielleicht musste er zuerst mit dem Messer üben», gab Sokrates zur Antwort. «Es ist gar nicht so einfach, einer Haut präzise Schnitte zuzufügen.»

«Jetzt ist auch klar, warum alle Fenster geöffnet waren», sagte Glauser. «Der Täter riss sie nach der Tat auf, damit die giftigen Dämpfe entweichen konnten.» Sokrates nickte.

***

«Warum gibt es all das Böse in der Welt, die Schmerzen, die Gewalt? Warum verhindert Gott das Leid nicht mit seiner Allmacht und Güte? Diese klassische Theodizee-Frage, die Rechtfertigung Gottes angesichts des Leids in der Welt, wurde bereits vom griechischen Philosophen Epikur im 4. Jahrhundert vor Christus treffend formuliert.» Samuel Hollenstein, Professor für Dogmatik, Mitte fünfzig, Goldrandbrille, braungebrannt und graugelockt, blickte in die Runde. Zwei Dutzend Theologiestudentinnen und -studenten sassen im Hörsaal in der Kirchgasse 9, einem alten Gemäuer, das am Grossmünster angebaut war. Im historischen Gebäude, errichtet aus mächtigen Sandsteinquadern, dreigeschossig mit Rundbogenfenstern, war die Theologische Fakultät untergebracht.

«‹Entweder will Gott die Übel beseitigen und kann es nicht›», zitierte Hollenstein Epikur. «Dann ist Gott schwach, was auf ihn nicht zutrifft. Oder er kann es und will es nicht: Dann ist Gott missgünstig, was ihm fremd ist. Oder er will es nicht und kann es nicht: Dann ist er schwach und missgünstig zugleich, also nicht Gott. Oder er will es und kann es, was allein für Gott ziemt: Woher kommen dann die Übel und warum nimmt er sie nicht hinweg?›»

Die Studierenden starrten in ihre Laptops und machten sich Notizen. Im Vorlesungssaal roch es stickig. Auf den Fensterscheiben hinterliessen Regentropfen krumme Striemen. Die Neonbeleuchtung war angeschaltet. Der Hellraumprojektor warf ein Bild von Epikur an die Wand. Auf der grünen Wandtafel waren mit Kreide die Namen von Philosophen und Theologen angeschrieben, die sich mit dem Theodizee-Problem beschäftigt hatten, dazu die Frage: Warum um Himmels Willen verhindert Gott das Leid nicht?

«Eine Lösung des Theodizee-Problems ist es freilich, die Existenz eines Gottes, dem Allmacht, Allwissenheit und Allgüte zu eigen sind, schlichtweg zu bestreiten», sagte Hollenstein und blickte listig. «Georg Büchner schreibt in Dantons Tod: ‹Warum leide ich? Das ist der Fels des Atheismus.› Nietzsche zitierte gerne den französischen Schriftsteller Stendhal, um dessen Bonmot er ihn beneidet hat: ‹Die einzige Entschuldigung Gottes für all das Leid in dieser Welt ist, dass er nicht existiert.›»

Theo Glauser und Emma Vonlanthen schritten die mittelalterliche Kirchgasse hinunter, die steil abfiel. Sie kamen aus Richtung Kunsthaus. Am Himmel dräuten dunkle Wolken. Es nieselte, das Kopfsteinpflaster glänzte feucht. Glauser schlug den Kragen seines Anoraks nach oben. Sie gingen an einem Antiquariat und an einer Bücherstube vorbei. Nach der Helferei, die im 16. Jahrhundert die Amtsstube des Reformators Huldrych Zwingli gewesen war, erreichten sie die Kirchgasse 9. Im Hintergrund erhoben sich die beiden Kirchtürme des Grossmünsters. Glauser drückte die schwere Holztür auf. Sie stiegen die Steintreppe nach oben in den ersten Stock, wo sich das Sekretariat befand. Es roch nach Javelwasser. Studierende waren keine zu sehen. Glausers Armbanduhr zeigte halb drei, die Vorlesungen hatten bereits begonnen. Eine Putzfrau mit Kopftuch schob ihren Servicewagen aus dem Lift. Im Flur vor dem Sekretariat bot eine Reihe von Fenstern einen schönen Blick auf einen Kreuzgang mit Garten, der im Innern des Gebäudes angelegt war.

Frau Nolde war gerade dabei, Papier in den Kopierautomaten zu füllen, als Glauser und Emma herantraten. Glauser schätzte die Sekretärin auf Ende fünfzig. Sie hatte ein gutmütiges Gesicht mit roten Pausbacken. Ihre grauen Haare waren zu einem Dutt gebunden. Mit ihrer drallen Figur, den fleischigen Armen und runden Hüften, sah sie aus wie die Grossmutter aus einem Märchenbuch. Erschrocken fuhr sie hoch, als sie die beiden Polizisten erblickte. «Was kann ich für Sie tun?», fragte sie und rückte ihre Brille zurecht.

«Kriminalpolizei Zürich. Wir müssen leider eine traurige Nachricht überbringen», begann Glauser. «Wollen Sie sich nicht lieber setzen?»

«Nein, ist schon gut», erwiderte Nolde. Verunsichert wanderten ihre Augen von Glauser zu Emma und wieder zurück. «Was ist passiert?»

Glauser wartete kurz, damit sich Frau Nolde fassen konnte. «Professor Fritz Uhland lebt nicht mehr. Er ist tot.»

«Was? Oh, mein Gott, das ist ja schrecklich!», rief Nolde und hielt sich die Hand vor den Mund. «Warum nur?» Vom angrenzenden Kaffeeraum eilten zwei Frauen herbei.

«Was ist los?», fragten beide gleichzeitig. «Du hast geschrien.»

«Fritz Uhland ist tot!», antwortete Nolde gequält. Ihre Augen wurden feucht. Die roten Wangen verloren an Farbe.

«Jesses», riefen die Frauen bestürzt. «Wie kann das sein? Er war doch so gesund.»

«Herr Uhland wurde heute Morgen ermordet», sagte Glauser. Er sah in fassungslose Gesichter.

«Ermordet? Ein Theologe? Ausgerechnet. Das darf doch nicht sein!»

Frau Nolde stützte sich am Kopiergerät ab. «Wir müssen sofort Professor Hollenstein benachrichtigen», sagte sie schwer atmend an Glauser gerichtet. «Er ist der Dekan. Er weiss, was zu tun ist.»

«Kannte er Fritz Uhland gut?», fragte Glauser.

«Nein, ich glaube nicht. Niemand kannte Professor Uhland näher. Er war sehr verschlossen. Aber als Dekan hat Professor Hollenstein mit ihm ...» Sie unterbrach sich. «... hatte er mit ihm am meisten zu tun. Kommen Sie mit, ich bringe Sie zu ihm.» Frau Nolde hatte sich etwas beruhigt. Resolut stieg sie die Steintreppen nach oben in den zweiten Stock. Glauser und Emma folgten ihr. Vor dem Hörsaal 200 blieb sie stehen. «Einen Moment bitte, ich rufe Professor Hollenstein heraus.» Vorsichtig öffnete sie die Tür einen Spalt breit.

«Warum fiel Gott in Auschwitz dem Bösen nicht in den Arm? Warum hat er nicht einmal sein eigenes Volk gerettet?», hörte Glauser den Professor dozieren. «Wussten Sie, dass auf Hitler achtzehn dokumentierte Mordanschläge verübt oder geplant worden waren? Achtzehn! Sechs Attentate auf Hitler hatte es bereits gegeben, bevor die Konzentrationslager in Auschwitz errichtet worden waren. Warum hat Gott nicht einen Anschlag gelingen lassen? Man gewinnt gar den Eindruck, er habe sie allesamt verhindert. Er wollte offensichtlich, dass Hitler diese Gräueltaten beging. Er hat nichts ...» Er unterbrach sich, als er Frau Nolde erblickte, die ihren Kopf durch den Türspalt steckte.

«Herr Professor Hollenstein, entschuldigen Sie bitte die Störung», sagte sie mit dünner Stimme. «Es ist etwas Furchtbares passiert. Die Polizei ist hier. Sie will mit Ihnen reden.»

«Polizei?», sagte Hollenstein nur. «Einen Moment, ich komme sofort.» Er richtete sich an die Studenten. «Die Anklage gegen Gott ist klar: Er, der Allmächtige, könnte das Leiden der Welt stoppen, tut es aber nicht. Verdikt: Schuldig! Notieren Sie sich Argumente, die Gott von dieser Anschuldigung entlasten, verteidigen Sie ihn, und diskutieren Sie Ihre Ergebnisse mit Ihrem Nachbarn.» Dann nahm er sein auberginefarbenes Jackett von der Stuhllehne und verliess den Hörsaal. Im Flur schüttelte er Emma und Glauser die Hand. «Was ist passiert?», fragte er. Seine schmale Nase zuckte. «Professor Uhland ist tot», brach es aus Frau Nolde heraus. Ihr standen Tränen in den Augen. «Jemand hat ihn umgebracht.»

«Was? Das darf doch nicht … das kann nicht wahr sein …», stammelte er. Er schüttelte den Kopf. «Fritz, tot. Unfassbar.» Glauser schien es, als hätte sein Gesicht an Farbe verloren. Hollenstein atmete hörbar aus und schaute dann Glauser und Emma fest in die Augen. «Kommen Sie mit in mein Büro, ich muss Ihnen etwas zeigen.»

***

Aus den Lautsprechern tönte «Heavy Cross» von Gossip, als Maria die Café-Bar Nordbrücke am Röschibachplatz betrat. «It's a cruel cruel world to face on your own, a heavy cross, to carry along.» Sie setzte sich auf ein Sofa mit hopfengrünem Polster und gedrechselten Füssen und klappte ihren Laptop auf einem Biedermeiertischchen auf. «The lights are on, but everyone's gone.» Einen kleinen Rollkoffer platzierte sie neben sich. Sie hatte ihn nach ihrer Recherche über Uhland gepackt. An der Theke bestellte sie einen doppelten Espresso. «And it's cruel.» Es bediente sie ein junger Mann, vermutlich Student, gross gewachsen, dichte schwarze Locken, schmales Gesicht, dunkelbraune Augen und sinnlicher Mund. Als er sich zu ihr hinunterbückte und den Espresso mit einem Glas Wasser und einem

Keks auf das Tischchen stellte, bemerkte sie seine Hände, breite Handteller, vielleicht etwas zu weich, nicht allzu lange Finger, gepflegte Nägel. Sein Hintern drückte durch die Jeans. Er trug Sneakers von On und ein schwarzes Retroshirt. Den würde ich nicht von der Bettkante stossen, dachte sie. Aber sie war nun mit Leo zusammen. Und mit ihm macht es bis jetzt grossen Spass. Also komm bloss nicht auf dumme Gedanken, ermahnte sie sich. Sie riss eines der Papiersäckchen auf und schüttete Zucker in den Espresso. Ihre Uhr zeigte kurz nach halb drei. Leo würde gleich auftauchen. Von ihrem Sofa aus hatte sie das gesamte Café im Blick. Der Raum war mit mannshohem Täfer versehen, Decke und Wände hatte jemand kaffeebraun gestrichen und mit Lack versiegelt. Durch die Fenster an der Theke sah sie auf den Bahnhof Wipkingen. Auf einem grau-blauen Linoleumboden standen schlichte Holztische mit Beinen aus Gusseisen. Vasen in allen Formen und Farben mit frischen Blumen schmückten das Café. In den Ecken befanden sich gemütliche Sitzgruppen mit Möbeln aus der Brockenstube. Von der Decke hingen Lampen im Design der Fünfzigerjahre. Gelungener Shabby Chic, dachte Maria. Sie hatte die Bar erst vor Kurzem entdeckt und war seither ein paar Mal hier gewesen. Die Hälfte der Tischchen war besetzt. Zwei junge Frauen sassen nebeneinander an einem Laptop und diskutierten ein Projekt. Etwas mit Grafik, schnappte Maria auf. Vor ihnen auf dem Tisch lag ein neongelber Fahrradhelm. Ihnen gegenüber trank ein grauer Mann mit Schnauz und Hornbrille ein Weizenbier. Neben sich hatte er eine Papiertüte gestellt. Eine junge Mutter mit grünen Haaren und einer Tätowierung auf dem rechten Arm, die wie ein Bluterguss aussah, war in das Tagesanzeiger-Magazin vom letzten Wochenende vertieft. Mit einer Hand schaukelte sie den Kinderwagen.

Das Smartphone auf dem Tisch leuchtete kurz auf. Maria öffnete ihr Mailprogramm. Das Reisebüro hatte ihr die Flugtickets und die Reservation für die Hotelübernachtung geschickt. Ein Mietauto stand ebenfalls bereit. Zufrieden nippte Maria an ihrem Espresso.

Sie wollte gerade Recherchen zu Auschwitz anstellen, als sich die Glastür öffnete und Leo ins Café eintrat. Er kam ihr entgegen, mit einem breiten Lächeln auf dem Gesicht.

«Hallo, Leo, du alter Halunke. Schön, dich zu sehen. Wie gefiel es dir in der Camargue?», fragte Maria. «Du siehst unanständig braun gebrannt aus, ein Affront für alle Werktätigen wie mich, die im Büro ihr graues Dasein fristen. Sogar deine Haare hat die Sonne von weizenblond auf platinblond aufgehellt.»

Leo warf ihr eine Kusshand zu. «Das waren drei herrliche Tage», antwortete er. Er bückte sich zu ihr herunter und küsste sie mit rauen Lippen, Maria spürte die Spitze seiner Zunge, dann setzte er sich ihr gegenüber in einen zerschlissenen Ohrensessel. «Wunderschöne Landschaft, gutes Essen, tolles Licht. Dort sollte man als Künstler leben.» Er bestellte beim Mann an der Theke ein Mineralwasser mit Zitrone. «Auch meine Eltern waren ganz okay, sie haben dieses Mal nicht ständig versucht, mir mein Leben schlecht zu reden. Nur einmal haben sie mir wieder unterschwellig vorgeworfen, für das Schicksal meines Bruders verantwortlich zu sein. Da bin ich sauer geworden.» Maria sah, wie sein Mund zuckte. Leos Eltern hatten sich nach der Pensionierung in Saintes-Maries-de-la-Mer in Südfrankreich niedergelassen. Sie wusste, dass er eine Zeit lang den Kontakt zu ihnen abgebrochen hatte, weil es immer wieder zu Streit gekommen war. Sie gaben ihm die Schuld daran, dass sein jüngerer Bruder bei einem Gleitschirmflug vor drei Jahren abgestürzt war und seither im Rollstuhl sass. Leo hatte mit Gleitschirmfliegen begonnen und seinen Bruder dafür begeistert. Seine Eltern trugen ihm das nach. Seit einem Jahr können sie wenigstens wieder miteinander reden, ohne dass sich Leo ständig Vorwürfe anhören musste.

«Wohin soll die Reise gehen, schöne Frau?», fragte Leo. «Was ist heute unser Tagwerk?»

«In knapp zwei Stunden fliegen wir nach Krakau», antwortete Maria und blickte ihn keck an. «Pack zu Hause deine Siebensachen, wir müssen bald los.»

«Nicht nötig», erwiderte Leo. «In meinem Wagen befindet sich immer eine Reisetasche mit dem Nötigsten – Reisepass, ein paar frische Klamotten und tausend Euro. Ich kann jederzeit aufbrechen. Was machen wir in Polen?»

«Stell dir vor», sagte Maria. «Mein Chef gibt mir drei Tage frei, damit ich zum Mordopfer im Schrebergarten recherchieren kann. Lehmann ist ein alter Hase im Nachrichtengeschäft. Er riecht es, wenn hinter einer Geschichte noch mehr steckt. Er will, dass ich das Opfer identifiziere. Die Kripo weiss immer noch nicht, wie der Mann heisst.»

«Warum reisen wir dann nach Krakau?»

«Das Opfer war Jude, das weisst du noch gar nicht. Auf seinem Unterarm ist eine Nummer tätowiert. Mein Vater hat sie mir verraten: A7227. Eine KZ-Nummer. Der Mann war Häftling in Auschwitz. Wir gehen dorthin, weil ich mir im Archiv vom Auschwitzmuseum die Akten ansehen darf. So finde ich hoffentlich heraus, wie das Opfer heisst.»

«In Auschwitz war ich bisher noch nie. Das muss ein grauenhafter Ort sein.» Maria spürte, dass er noch etwas sagen wollte. «Bisher habe ich dir noch gar nicht verraten, dass mein Vater Jude ist», sagte Leo schliesslich.

«Wirklich? Aber du bist doch gar nicht beschnitten!», platzte es aus Maria heraus. Die beiden Frauen am Laptop drehten sich nach ihnen um. Maria beugte sich zu Leo. «Das hätte ich gemerkt», flüsterte sie.

Leo lachte. «Nein, ich bin kein Jude. Mein Vater ist Jude, aber meine Mutter nicht. Nur Nachkommen von jüdischen Müttern werden Juden. Ich bin nicht beschnitten. Und ich bin froh darüber», raunte er ihr zu. «Ich glaube, Onanieren macht mit Vorhaut mehr Spass als ohne.»

Maria fächerte sich mit einer Hand gespielt Luft ins Gesicht. «Du machst mich erröten», sagte sie. Dann wurde sie wieder ernst. «Ist dein Vater ein frommer Jude, mit Löckchen und so?»

«Nein, ganz und gar nicht. Er glaubt nicht an Gott», antwortete Leo. «Seine Eltern, also meine Grosseltern, waren in jungen Jahren beide sehr gläubig, gingen an jedem Sabbat in die Synagoge und hielten alle Gebote. Doch nach Auschwitz haben sie sich von Gott abgewandt. In der Schweiz waren sie in Sicherheit. Aber sie konnten nicht verstehen, warum Gott sein eigenes Volk im Stich gelassen hatte. Sechs Millionen ermordete Juden! Darunter viele Kinder und Babys. Vergast in einer Todesfabrik.»

«Ja, das ist …» Maria unterbrach sich. «Hat dir dein Vater von den jüdischen Bräuchen erzählt?»

«Als wir Kinder waren, schleppte er mich und meinen Bruder immer wieder in die Synagoge. Er wollte, dass wir die jüdische Kultur kennenlernen, weil sie zu uns gehört. Aber das ist lange her.»

«Fühlst du dich mit den Juden verbunden?»

«Naja, ein wenig. Weil mein Vater Jude ist. Ich kenne ihre wichtigsten Festtage und Rituale. Und sie machen mir Eindruck, weil sie seit Jahrhunderten verfolgt werden und es dennoch schaffen, als Volk zu überleben, zweitausend Jahre in der Diaspora, ohne eigenes Land, ständig bedrängt, immer wieder Pogromen ausgesetzt, zu Hunderttausenden ermordet. Die sind nicht unterzukriegen, das bewundere ich.»

Maria hörte interessiert zu. Sie wollte unbedingt mehr über das Judentum erfahren. Wegen Leos Kindheit, aber auch, weil sie eine Geschichte über einen ermordeten Juden recherchierte, der Auschwitz überlebt hatte.

«Du hast von Festtagen gesprochen?», fragte Maria.

«Die wichtigsten sind das Neujahrsfest Rosch Haschana im September, der Versöhnungstag Jom Kippur und das Pessachfest zur Osterzeit zum Gedenken an den Auszug der Israeliten aus der Sklaverei in Ägypten. Als Kind habe ich mich dabei oft ziemlich gelangweilt.» Leo trank einen Schluck Mineralwasser, die Zitronenschnitze lutschte er aus und legte sie auf den Pappuntersetzer. «Aber es gab auch Bräuche, die ich toll fand. Besonders gefallen hat mir das Laubhüttenfest, da versammelte sich die ganze Familie in einer selbstgebauten Hütte auf einem Innenhof und feierte die halbe Nacht. Lustig für uns Kinder war auch Purim. Das wird immer an der Fasnacht gefeiert. Wir durften dann Masken tragen. Und es gab immer viele Süssigkeiten zu naschen.»

«Purim?», fragte Maria.

«An Purim wird daran erinnert, dass die Königin Ester, die Frau des persischen Königs Xerex, das jüdische Volk vor der Vernichtung bewahrt hat. Das geschah im 5. Jahrhundert vor Christus. Der Grosswesir Haman, der höchste Beamte im Königreich, beschloss damals, das gesamte jüdische Volk im Grossreich Persien an einem einzigen Tag auszurotten. Per Losentscheid legte er den Tag fest, an dem das Morden hätte stattfinden sollen. Lose heissen auf Persisch Purim, daher der Name. Ester hörte vom bevorstehenden Völkermord und bat ihren Mann, das zu verhindern.» Leo sah Maria listig an. «Du weisst, was Frauen alles tun können, wenn sie wirklich etwas wollen», sagte er. «Ester gelang es, ihren Mann zu überzeugen. König Xerex setzte sich für das Volk Israel ein. Einer Frau ist es also zu verdanken, dass die Israeliten nicht ausgelöscht worden sind. Als Kind fand ich die Geschichte unglaublich spannend. Jedes Mal, wenn die Geschichte an Purim vorgelesen wurde und der Name Haman fiel, durften wir Kinder wild schreien, laut rasseln und Faxen machen.»

Maria lachte. Sie konnte sich gut vorstellen, wie sich Leo mit seinem Lausbubengesicht und den verstrubbelten blonden Haaren aufgeführt hatte.

«Die Regeln in der jüdischen Gemeinde sind sehr streng», fuhr Leo fort. «Wenn ich gläubiger Jude wäre, müsste ich sage und schreibe sechshundertdreizehn Vorschriften einhalten, dreihundertfünfundsechzig Verbote, so viel wie das Jahr Tage hat, und zweihundertachtundvierzig Gebote, aus so vielen Gliedern besteht der menschliche Körper. Das würde ich nie schaffen.»

«Ui, ich auch nicht», sagte Maria. «Ich bin viel zu freiheitsliebend. Du weisst, wie ich mich gegen jegliche Bevormundung auflehne.»

Ihr Handy auf dem Tisch summte kurz. «Eine SMS von der Kripo», informierte sie Leo. Sie öffnete die Nachricht. «Heute Mittag wurde die Leiche von Fritz Uhland, Professor für Theologie an der Universität Zürich, in seiner Wohnung auf dem Rigiblick tot aufgefunden», las sie. «Er wurde Opfer eines Gewaltverbrechens, vermutlich Giftmord.»

Maria stutzte. Uhland? So hiess doch auch der Galerist. Den Namen Uhland gab es selten, sie hatte ihn nie zuvor gehört. Sie las weiter und erfuhr, dass der Tote der Sohn des Schrebergartenbesitzers war. «Die Medienmitteilung geht in einer Stunde raus. Gruss Kriposprecher DW.»

«Ein Uniprofessor wurde ermordet», sagte sie atemlos zu Leo. Sie erzählte ihm alles, was sie wusste. «Zu dumm nur, dass wir heute nach Auschwitz fliegen. Ich kann mich leider nicht zweiteilen.» Sie überlegte. «Vor zwei Wochen wurde die Leiche eines Juden ausgegraben. Vielleicht hat ihn der Besitzer des Schrebergartens auf dem Gewissen. Eine Woche später stirbt sein Sohn. Vergiftet. Der Schlüssel zur Lösung des Falles liegt beim Juden. Wer war er? Und warum musste er sterben?»

Leo grinste. «Typisch Maria. Warum wundert es mich nicht, dass ausgerechnet du wieder an einen solch verzwickten Fall gerätst.»

Maria wurde mit einem Male nervös. Ihr Jagdfieber war ausgebrochen. «Komm, lass uns gehen», sagte sie. «Beeilen wir uns.»

Leo bezahlte an der Theke. Maria öffnete die Glastür der Nordbrücke und trat nach draussen. Bleierne Regenwolken hingen unschlüssig am Himmel, ohne feste Konturen. Es fing an zu nieseln. Das Wetter hat heute wieder einmal keinen Charakter, wie so oft in Zürich, dachte sie. Der Himmel war ohne Kraft, es tröpfelte wie bei einem alten Mann mit Prostatabeschwerden. Sie schlug ihren Jackenkragen nach oben. Mit Leo ging sie die Dammstrasse hinunter, wo er seinen Lieferwagen geparkt hatte. Den Rollkoffer zog sie hinter sich her.

«Die Kamera stecke ich in eine Transporthülle und nehme sie als Handgepäck mit», sagte Leo. «Das Stativ gebe ich als Gepäck auf. Mikrofone und Batterien kommen in meine Reisetasche. Lampen können wir nicht auch noch mitschleppen. Als Lichtquelle haben wir deshalb nur die auf der Kamera. Das sollte genügen. Einverstanden?»

«Ja, prima. Wir machen das so.»

«Flugtickets hast du organisiert?»

Maria nickte. «Zum Glück habe ich nicht vergessen, dass in deinem Pass Leopold steht, und nicht Leo, sonst hätten wir Ärger bekommen.»

«Hotelzimmer?»

«Im Venetian House Aparthotel inmitten der hübschen Altstadt», antwortete sie und zwinkerte ihm zu. «Ein Doppelzimmer mit französischem Bett.»

***

Professor Hollenstein ging den Flur entlang, an den Fenstern vorbei, die zum Kreuzgang zeigten und öffnete am Ende eine Tür, die in eine Bibliothek führte. «Folgen Sie mir bitte», sagte er und steuerte zwischen zwei Bücherregalen hindurch. Das Büro von Hollenstein war klein wie eine Mönchszelle und ebenso karg eingerichtet: ein schlichtes Regal an der Wand, ein wuchtiger Bürotisch mit Sessel davor, an der Seite ein kleiner Tisch mit zwei Stühlen. Die Farbe an der Wand war an manchen Stellen abgeblättert. Vom schmalen Fenster fiel spärlich Licht ins Zimmer. Hollenstein wies Glauser und Emma an, sich zu setzen. Er nahm auf dem Sessel Platz. «Sehen Sie sich das an», sagte er und reichte Glauser die aufgeschlagene NZZ. Glauser hielt die Zeitung schräg, so dass Emma mitlesen konnte. Die Seite enthielt eine Todesanzeige:

Wer Wind sät,
wird Sturm ernten
Hosea 8,7

Unverhofft, aber nicht unerhofft, verstarb

Prof. Dr. theol. Fritz Uhland
3. September 1958 – 30. April 2019

Glauser blickte Hollenstein kurz an und las den ganzen Text der Traueranzeige. Dabei schüttelte er immer wieder den Kopf. Emma schaute perplex.

«Da hat sich einer einen bösen Scherz erlaubt, dachte ich, als ich heute Morgen die Todesanzeige in der NZZ entdeckte», sagte Hollenstein und nestelte nervös an seiner Krawatte. «Niemals hätte ich damit gerechnet, dass der Mörder seine Tat in der Zeitung ankündigt.»

Glauser rieb sich das Kinn. «Seltsam, dass die Zeitungsredaktion nicht eingegriffen hat. Es ist doch offensichtlich, dass Herr Uhland mit dem Text verhöhnt wird.»

«Zudem hätte es auffallen müssen», sagte Emma, «dass die Anzeige am Tag seines Todes erscheint. Sie wurde tags zuvor aufgegeben. Da muss jemand hellseherische Fähigkeiten gehabt haben.»

«Ja, oder es war der Täter», entgegnete Glauser. «Können Sie uns die Zeitung überlassen?», fragte er Hollenstein. Der Professor nickte.

Glauser nahm aus seiner Anoraktasche sein Smartphone hervor und wählte eine Nummer. «Franz, du wirst es kaum glauben. Aber jemand hat heute für Uhland eine Todesanzeige in die NZZ gesetzt. Erkundige dich bei der Redaktion, wer dazu den Auftrag gegeben hat», sagte er knapp und legte auf. Dann holte er aus seiner Ledermappe Notizblock und Kugelschreiber.

«Herr Hollenstein, hatte Professor Uhland Feinde, die zu solch einer Tat fähig wären?», fragte er.

«Fritz lebte sehr zurückgezogen, er hatte, soviel ich weiss, wenig Kontakt mit Kollegen ausserhalb des Unibetriebs», sagte Hollenstein. Er wirkte erschöpft.

«War er bei seinen Kollegen und Studenten beliebt?»

Hollenstein rutschte auf seinem Sessel herum. «Wissen Sie, ich will nicht schlecht über einen Toten sprechen.» Glauser wartete. «Fritz war kein einfacher Mensch», sagte er. Seine Goldrandbrille zitterte auf der Nase. «Er konnte abweisend, manchmal sogar herablassend sein. Viele mochten ihn deswegen nicht. Aber Todfeinde?» Er schüttelte den Kopf. «Da fällt mir niemand ein.»

«Und Sie, wie standen Sie zu ihm?

«Mit Fritz hatte ich keinerlei Probleme. Er war pünktlich, zuverlässig und arbeitete exakt. Wie einer auftritt, ob von oben herab oder auf Augenhöhe, ist mir egal. Ich nehme die Menschen, wie sie sind. Mir gegenüber verhielt er sich korrekt.»

«Gab es irgendwelche Beschwerden über ihn?»

«Nein. Doch! Einmal.» Hollenstein rieb seine Hände, die Fingerspitzen berührten dabei die Nase. «Vor vielleicht drei Monaten beklagte sich ein Student, dass sich Fritz abfällig über Juden geäussert habe. In einer Vorlesung habe er das Alte Testament, das die Geschichte der Juden erzählt, lächerlich gemacht. Es sei nicht das erste Mal gewesen. All diese Heldengeschichten, Mose, Josua, König David seien erfunden, um ein schwaches Volk heroisch darzustellen. Der Student reichte offiziell eine Beschwerde ein.»

«War Fritz Uhland ein Antisemit?»

«Nein, gewiss nicht. Aber der Vorwurf wurde ihm manchmal gemacht, weil er als Professor für Altes Testament die Geschichten in der Bibel kritisch hinterfragt hatte. Das war sein Job. Heute wissen wir, dass der Auszug des Volkes Israels aus der Sklaverei in Ägypten, Mose und das Schilfmeerwunder, die Eroberung Kanaans durch Josua, der Fall Jerichos und viele andere Geschichten so nie passiert sind. Das sind Mythen, Legenden eines kleinen Volkes, das sich gegen die übermächtigen Weltmächte Babylon, Assyrien und Ägypten behaupten musste.»

«Also alles erfunden, lediglich Sagengeschichten?» Glauser erinnerte sich an die Zeit, als er im Kloster Einsiedeln das

Gymnasium besucht hatte. Im Internat hatte er diese biblischen Geschichten gehört und geglaubt, sie seien wahr, wenigstens in den groben Zügen.

«Nein. Die Autoren der Bibel haben nie beabsichtigt, nur das aufzuschreiben, was sich historisch tatsächlich zugetragen hatte», antwortete Hollenstein. «Es gibt nicht nur die historische Wahrheit. Wir im aufgeklärten Westen sehen die Welt einzig durch eine wissenschaftliche Brille. Und sind überzeugt, damit die ganze Wahrheit zu erkennen. Doch diese Brille filtert vieles an Wahrem heraus. In der Bibel werden Geschichten erzählt, die wahr sind, auch wenn sie historisch gesehen nie in dieser Weise stattgefunden haben. Aber alle Erzählungen haben einen historischen Kern.»

«Wie heisst der Student, der Fritz Uhland angezeigt hat?», fragte Emma.

Hollenstein nannte den Namen. Glauser schlug seinen Notizblock auf und machte sich Notizen. Die kleine Mönchszelle verdunkelte sich. Regentropfen klatschten gegen die Fensterscheibe. Hollenstein beugte sich nach vorne und schaltete die Schreibtischlampe an.

«Können Sie uns Namen von Personen nennen, mit denen er näher zu tun hatte?», fragte Glauser.

«Sein Sohn Florian. Der doktoriert in Geschichte, hier in Zürich. Fritz war stolz auf ihn. Er hat immer wieder von ihm erzählt, obwohl er sonst nie Privates von sich preisgab.»

«Kennen Sie sonst jemand aus der Familie?»

«Nein. Seine Frau ist vor ein paar Jahren gestorben. Manchmal fährt er mit dem Zug nach München. Er trifft sich mit Studienkollegen von früher. Vielleicht wohnen auch Verwandte dort. Ich weiss es nicht.»

Glauser reichte ihm eine Visitenkarte. «Bitte rufen Sie mich an, wenn Ihnen etwas einfällt, das uns weiterhelfen kann. Ich bin Tag und Nacht erreichbar.» Hollenstein betrachtete sie und steckte sie ein.

«Der Täter hat beim Opfer eine Zahl hinterlassen», machte Emma weiter. «Sagen Ihnen die Ziffern 2015 etwas?»

«Eine Jahreszahl?»

«Das wissen wir nicht.»

Hollenstein überlegte. «Nein, tut mir leid, keine Ahnung, was die Zahl bedeuten soll.»

«Fritz Uhland interessierte sich für Kunst. Er hat eine beträchtliche Sammlung hinterlassen. Wissen Sie etwas darüber?»

«Eine Kunstsammlung?», fragte Hollenstein verwundert. «Originale?»

«Ja.»

«Nein, das wusste ich nicht», sagte Hollenstein langsam. «Seltsam, wie wenig man einen Menschen kennt, selbst wenn man mit ihm jahrelang zu tun hatte.» Er starrte auf seine Hände. «Können Sie mir sagen, wie Fritz ums Leben gekommen ist?»

«Er wurde vermutlich vergiftet», antwortete Glauser. «Wahrscheinlich mit Blausäure.» Er bemerkte wie Hollenstein zusammenzuckte. «Blausäure», wiederholte der Professor. «Vor fünfundzwanzig Jahren wurde hier an der Theologischen Fakultät die Professorin für Altes Testament mit Zyankali ermordet. Das Gift befand sich in einem Mandelhörnchen. Die Tat geschah an einer Geburtstagsfeier für einen Kollegen. Im Hörsaal 200, wo Sie mich herausgeholt haben. Ich arbeitete damals an meiner Doktorarbeit und war bei der Feier zugegen.» Glauser konnte sich dunkel an dieses Verbrechen erinnern. Er hatte in diesem Jahr bei der Kantonspolizei angefangen. Vielleicht ist es kein Zufall, dass Uhland auf die gleiche Weise ermordet wurde, überlegte er. Womöglich führt die Spur in die Vergangenheit.

«Wenige Tage vor diesem Mord wurde der Professor für Neues Testament umgebracht», sagte Hollenstein mit monotoner Stimme. «Man fand seine Leiche im Keller, mit eingeschlagenem Schädel, eingeklemmt in einer Compactus-Anlage.»

«Was für eine Anlage?»

«Compactus, eine Vorrichtung mit verschiebbaren Bücherregalen. Der Täter hat zwei Regale mit voller Wucht zusammengerollt, als sich der Professor dazwischen befand.»

«Ja, ich entsinne mich», sagte Glauser. «Soviel ich weiss, wurde der Täter nie gefasst. Der Fall blieb ungelöst.»

«Ja, Ihr Vorgänger war deswegen sehr frustriert. Er hat den Dienst quittiert, hier an der Fakultät Theologie studiert und sogar mit einer Promotion abgeschlossen. Es tut mir leid, dass ich Ihnen nicht mit weiteren Informationen dienen kann. Mir ist es schleierhaft, wer solch einen Hass auf Fritz gehabt haben könnte. Man bringt doch nicht einfach jemanden um», sagte Hollenstein. Er schaute auf seine Armbanduhr. «Wenn Sie keine weiteren Fragen an mich haben, wollen Sie mich bitte entschuldigen. Ich muss in die Vorlesung zurück.»

Nachdem sich Glauser und Emma verabschiedet hatten, stiegen sie die Steintreppen nach unten. Sie gingen die Kirchgasse hoch bis zum Kunsthaus. Vor dem Wartehäuschen mit geschwungenem Jugendstildach blieben sie stehen. Glauser musste mit dem Tram Nummer 9 zum Institut für Rechtsmedizin fahren, wo Sokrates die Leiche von Uhland obduzierte. Die Virtopsy hatte er verpasst. Emma wartete auf den 31er-Bus, der sie zur Kripozentrale bringen würde.

«Soll ich den beiden Mordfällen vor fünfundzwanzig Jahren nachgehen?», fragte Emma, als der Bus heranrollte. «Vielleicht gibt es einen Zusammenhang.»

«Ja, das ist ganz und gar nicht ausgeschlossen», antwortete Glauser. «Wir sehen uns an der Sachbearbeiterkonferenz.»

***

Lara Odermatt stieg auf eine Bockleiter aus Aluminium, die ihr Niklaus Mooser hingestellt hatte, und fotografierte die Leiche von oben. Konzentriert blickte sie durch den Sucher und drückte immer wieder ab. Fritz Uhland lag ausgestreckt auf dem chromstählernen Obduktionstisch. Die grellen Neonlichter liessen seinen sehnigen Körper unnatürlich blass aussehen. Die Totenflecken leuchteten rot. Am Kopfende hauchte Sokrates auf seine Brillengläser und rieb sie mit einem Tuch. Neben ihm stand Anna Zumsteg. Sie fröstelte. Die Narben auf ihren dünnen Armen waren lilafarben angelaufen. Der Obduktionssaal war auf siebzehn Grad heruntergekühlt. An der Tür zum Einsargungsraum stand Glauser und machte sich Notizen. Virtopsy zeigte keine Auffälligkeiten. S. stellte keine Verletzungen fest, schrieb er. Niemand sprach ein Wort. Nur das Klicken der Digitalkamera war zu hören. «Fertig», sagte Lara. Glauser reichte ihr die Hand, als sie von der Leiter stieg. Die Polizeifotografin gesellte sich zu ihm. Sokrates schlüpfte in schnittfeste Handschuhe und klappte den Spritzschutz aus Plexiglas nach unten, der an einem Stirnband befestigt war.

«Wir können anfangen», sagte er. Nik reichte ihm vom Bestecktablett ein grosses scharfes Messer. Sokrates begann mit dem T-Schnitt. Er setzte das Messer an der linken Schulter der Leiche an und zog es durch die Haut quer über das Schlüsselbein bis zur rechten Schulter, dann unterhalb des Halses bis hinunter zum Schambein. Er präparierte die Haut vom Oberkörper weg, klappte den Hautmantel auf und sezierte Brust- und Bauchmuskeln. Mit einer Rippenschere, die aussah wie eine Geflügelzange, löste er das Brustbein heraus. Jedes Mal, wenn er eine Rippe durchtrennte, knackte es. Der Thorax lag nun offen vor ihm. Nik gab ihm eine Schere, mit der Sokrates die Aorta und die Lungenarterie aufschnitt. Er öffnete den Herzbeutel, stach mit einer Spritze hinein und saugte Herzblut für die toxikologische Untersuchung ab. Die Blutprobe gab er in ein verschliessbares Kunststoffröhrchen. «Wenn der Toxikologe Cyanid im Blut feststellt, wurde Uhland eindeutig mit Blausäure getötet», sagte er. Nik nahm das Plastikröhrchen entgegen und stellte es beiseite. Sokrates schnitt das Herz mit einem Y-Schnitt aus dem Herzbeutel heraus und gab es Anna, die es in eine Chromstahlschale legte und wog. Nik schrieb das Gewicht auf ein Obduktionsbeiblatt, ein A5-Blatt mit einer Tabelle, worin alle Daten notiert wurden. Während Nik auf dem blauen Präparationstisch am Fuss des Obduktionstischs das Herz sezierte, schnitt Sokrates den Magen in der Leiche auf. Mit einer Kelle schöpfte er den Mageninhalt in einen Kunststoffbecher mit rotem Drehverschluss. «Zweihundertachtzig Milliliter Inhalt, breiige Konsistenz, säuerlicher Geruch, hellbraune Farbe, mit weisslichen Nahrungsmittelbestandteilen, vermutlich Toastbrot.» Er hielt seine Nase über den Becher. «Es riecht nach Kaffee und fauligen Eiern. Uhland blieb keine Zeit mehr, das Frühstück zu verdauen.» Glauser notierte sich die Ergebnisse. Sokrates nahm eine Spritze, saugte zehn Millimeter vom Mageninhalt auf und füllte den Brei in ein Kunststoffröhrchen. «Wenn das Labor im Magen kein Cyanid findet, bekam Uhland das Zyankali nicht oral verabreicht, dann muss er die Blausäure eingeatmet haben. So wie wir es vermuten. Als Gegenprobe lasse ich zudem Gewebe von der Lunge auf Cyanid untersuchen.» Er gab seiner Assistentin die Röhrchen mit dem Herzblut und dem Mageninhalt. «Bring bitte diese beiden Proben in die Toxikologie. Sag den Kollegen, sie sollen sich beeilen. Wir müssen sicherstellen, dass Uhland wirklich an einer Blausäurevergiftung gestorben ist.» Er wandte sich an Glauser. «Das Institut hat kürzlich den leistungsfähigsten Gaschromatografen mit Massenspektrometer angeschafft, den es auf dem Markt gibt. In zwanzig Minuten haben wir die Ergebnisse.»

Er schnitt vom rechten Lungenflügel ein Stück heraus und legte sie mit einer Pinzette in einen Plastikbecher. Trotz Gesichtsmaske und Spritzschutz roch er ganz fein den Geruch von Bittermandeln, der aus dem Lungengewebe austrat. Ein Organ nach dem andern entnahm er aus der Leiche: Dünn- und Dickdarm, Leber, Milz, Nieren, Harnblase, Enddarm und Prostata. Jeden einzelnen Schritt der Obduktion dokumentierte Lara mit ihrer Digitalkamera. Anna wog die Organe, Nik untersuchte sie und füllte das Obduktionsbeiblatt aus. Nichts Auffälliges.

An der Tür zum Einsargungsraum tauchte der Toxikologe auf, ein Mann, der mit seinen zerzausten grauen Haaren und dem Schnauz aussah wie Einstein. Er grüsste Glauser mit einem Kopfnicken. Sokrates blickte auf. «Der Befund ist eindeutig. Der Mann wurde mit Blausäure vergiftet», sagte der Toxikologe. «Im Blut fanden wir eine hohe Konzentration an Cyanid.»

«Und im Magen?», fragte Sokrates.

«Nichts. Das Opfer muss das Gift eingeatmet haben.»

Sokrates reichte ihm den Plastikbecher mit dem Lungengewebe. «Mach hiervon bitte noch eine Gegenprobe. Dann sind wir ganz sicher.» Der Toxikologe nickte. «Das dauert etwas länger. Ich muss das Gewebe erwärmen, das austretende Gas aufsaugen und analysieren. In maximal einer Stunde hast du das Ergebnis», sagte er und verschwand.

«Der Mord trug sich also so zu, wie wir ihn am Tatort rekonstruiert haben», überlegte Glauser. «Der Täter klingelt, fährt mit dem Lift nach oben und stülpt sich währenddessen eine Gasmaske über den Kopf. Dann schraubt er den Behälter auf und streckt Uhland die dampfende Blausäure entgegen, sobald sich die Lifttüre geöffnet hat. Uhland hatte keine Chance.»

«Ja, so muss es gewesen sein», antwortete Sokrates. Plötzlich hielt er inne. Ein Gedanke drang in sein Bewusstsein, verschwand aber wieder, bevor er ihn festhalten konnte, eine dunkle Ahnung, vielleicht eine Erinnerung, die sich wie hinter einer Nebelwand verbarg. Er dachte nach. Schemenhaft zeichnete sich so etwas ab wie eine Eingebung. Mist, dachte er. Ich bin so nahe dran. Er zermarterte sich seinen Kopf. Endlich. Langsam verzog sich der Dunst. Mit einem Mal fiel ihm ein, was er beinahe vergessen hatte. «Theo, am Tatort fanden wir doch kleine Steinchen. Philip meinte, sie könnten aus Gips sein.»

«Richtig. Er untersucht ihre Zusammensetzung im Labor. Warum fragst du?»

Sokrates klappte den Spritzschutz hoch und nahm die Gesichtsmaske ab. «Vielleicht täusche ich mich, aber ich glaube, Uhland wurde mit Zyklon B umgebracht.»

«Zyklon B?», riefen Glauser und Nik gleichzeitig.

«Das ist doch das Schädlingsbekämpfungsmittel, mit dem in Auschwitz Juden vergast wurden», sagte Lara.

«Ja. Zyklon B besteht aus flüssiger Blausäure, die auf ein saugfähiges Trägermaterial aufgetropft wird. Das Gas tritt aus, sobald jemand die Blechdose öffnet, in der dieses Granulat gelagert ist.»

Glauser rieb sich mit der Handfläche über das Gesicht. «Woher hatte der Täter das Mittel? Wird Zyklon B noch hergestellt?» Er griff in seine Jackentasche und kramte sein Smartphone hervor. «Emma, finde heraus, ob das Schädlingsbekämpfungsmittel Zyklon B heute noch vertrieben wird», wies er an. «Und trage alles zusammen, was du über dieses Mittel recherchieren kannst.» Er hörte kurz zu. «Ja, genau. Uhland wurde vermutlich damit getötet.» Er drückte auf den Telefonbutton und wählte eine andere Nummer. «Philip, Sokrates vermutet Zyklon B als Gift. Das würde die weissen Steinchen im Entrée erklären, die du entdeckt hast. Als der Täter Uhland die Dose unter die Nase hielt, hat er offensichtlich ein paar davon verschüttet. Lass das Granulat auf Spuren von Cyanid untersuchen, damit wir Gewissheit haben.» Glauser schaute Lara an, dann richtete er seinen Blick auf Sokrates. «Ein Jude, ehemaliger Häftling in Auschwitz, wird tot in einem Schrebergarten gefunden, ermordet vor über vierzig Jahren», dachte er laut. «Besitzer des Gartens war ein Deutscher, der das Opfer womöglich erschossen hat. Eine Woche später stirbt sein Sohn, durch Zyklon B, das in Auschwitz zum Einsatz kam. Wir müssen wissen, wer der Jude war und warum er sterben musste. Nur so lösen wir den Fall.» Er blickte auf seine Uhr. «Wir müssen los. Bis zur Sachbearbeiterkonferenz haben wir noch viel zu tun.

***

«Hitler soll einmal gesagt haben, er könne die Schweiz allein mit der Konstanzer Feuerwehr einnehmen», erzählte Maria. «Doch das hatte er gar nicht nötig, selbst diesen geringen Aufwand musste er nicht leisten. Wozu auch? Die Schweiz tat ja alles, um den Nazis zu gefallen.» Sie biss in ein knuspriges Baguette, das mit Pilzcrème bestrichen war, eine Krakauer Spezialität. «Unsere Rüstungsbetriebe lieferten an Nazideutschland zehnmal mehr Kriegsmaterial als an die Alliierten», fuhr sie kauend fort. «Die Schweiz machte auch gute Geschäfte mit der deutschen Kriegsbeute. Sie kaufte das Gold, das die Nazis aus den Zentralbanken der besetzten Länder geraubt hatte. Mit den Schweizer Franken konnte Deutschland Rohstoffe beschaffen, die es für den Krieg brauchte. Um den Russlandfeldzug zu finanzieren, erhielt Hitler von unseren Banken einen Kredit von einer Milliarde Franken. Der Gröfaz, der grösste Feldherr aller Zeiten, war zwar wahnsinnig, aber nicht so dumm, seinen eigenen Bankier anzugreifen. Hitler verschonte die Schweiz nur deswegen, weil wir ihm als willfährige Gehilfen nützliche Dienste leisteten.»

Maria sass in einem Bastsessel auf der Gartenterrasse des Venetian House Aparthotels, das am Marktplatz inmitten der Krakauer Altstadt lag. Ihr gegenüber hatte Leo Platz genommen, der eine Kartoffelsuppe löffelte. Ein weisser Sonnenschirm war über sie aufgespannt. Die Glocke der romanischen Adalbert-Kirche schlug acht Mal. Es dämmerte, die Wolken am Himmel färbten sich lila. Maria hatte zu ihren Jeans einen moosgrünen Kaschmirpullover mit Rollkragen angezogen. Darunter trug sie ein Odlo-Shirt. Der Abend war frostig kalt. Sie hauchte in ihre Hände.

Leo blinzelte bekümmert. «Och, bisher glaubte ich, unsere heldenreiche Armee hätte die deutsche Wehrmacht dermassen in Angst und Schrecken versetzt, dass es die Nazis davon abgehalten hat, die Schweiz zu überfallen.»

Maria verdrehte die Augen. «Lauter Mythen, die wir nur allzu gerne glauben möchten», erwiderte sie. «Dabei floh unsere Armee schon 1941 ins Reduit in die Alpen und hätte die Städte im Flachland kampflos dem Feind überlassen. Nicht der Glücksfall Schweiz, nicht eine göttliche Vorsehung, wie noch heute kolportiert wird, und schon gar nicht unsere widerstandsentschlossene Schicksalsgemeinschaft verschonte die Eidgenossenschaft vor den Nazis, sondern unsere Kollaboration mit dem Feind!»

Leo grinste. Die weissen Zähne blitzten aus seinem grossen Mund hervor. «So ein kämpferisches Plädoyer habe ich von dir noch nie gehört», sagte er. «Diese Worte solltest du aber nie an einer 1.-August-Rede wählen. Die Menge würde dich lynchen.»

Auf dem zweistündigen Flug von Zürich nach Krakau hatte Maria eine Zusammenfassung des Bergier-Berichts gelesen, den eine internationale Historikerkommission zur Rolle der Schweiz im Zweiten Weltkrieg verfasst hatte. Die Experten waren von der Bundesversammlung beauftragt worden, zu untersuchen, wie eng die Schweiz mit dem Naziregime zusammengearbeitet hatte. Denn das Land war Mitte der Neunzigerjahre weltweit unter massiven Druck geraten. Den Eidgenossen wurde vorgeworfen, ein Handlanger Hitlers gewesen zu sein. Herausgekommen war ein zwölftausendseitiger Bericht in fünfundzwanzig Bänden. Am meisten interessierte Maria Band 1: Fluchtgut – Raubgut. Der Transfer von Kulturgütern in und über die Schweiz 1933–1945; Band 6: Geschäfte und Zwangsarbeit: Schweizer Industrieunternehmen im ‹Dritten Reich›; Band 11: Schweizer Rüstungsindustrie und Kriegsmaterialhandel zur Zeit des Nationalsozialismus; Band 15: Nachrichtenlose Vermögen bei Schweizer Banken: Depots, Konten und Safes von Opfern des nationalsozialistischen Regimes und Band 17: Die Schweiz und die Flüchtlinge zur Zeit des Nationalsozialismus.

Der Bergier-Bericht deckte auf, wie eng die Schweiz mit dem Naziregime verbandelt war. Selbst bei der Judenverfolgung kooperierte sie mit den Nazis. Auf Wunsch der Deutschen stempelten die Schweizer ein rosarotes J in die Reisepässe von Jüdinnen und Juden und erschwerten ihnen damit die Flucht.

Der Kellner trat heran und fragte, ob sie noch einen Wunsch hätten. Leo bestellte ein Lech-Bier, Maria Mineralwasser.

«Am schlimmsten finde ich, dass die Schweiz an der Grenze Tausende Menschen zurückschickte, die verzweifelt dem Tod in den Gaskammern entkommen wollten», sagte Leo. «Das Boot ist voll, hiess es, obwohl alle von den Todesfabriken der Nazis gewusst hatten. Die Juden wurden in Ketten gelegt und an die Deutschen ausgeliefert.»

Maria nickte. «Vierundzwanzigtausend Menschen wurden gewaltsam zurückgeschafft, habe ich im Bergier-Bericht gelesen», sagte sie. «Viele hatten zuvor Geld auf Schweizer Konten einbezahlt, um ein neues Leben aufbauen zu können. Doch an der Grenze wurden sie in den Tod geschickt. Ein lukratives Geschäft für die Banken, die sich nach dem Krieg geweigert haben, das Geld an die überlebenden Nachkommen auszubezahlen.»

Leo legte den Löffel in die Porzellanschüssel, die noch halb gefüllt war mit Kartoffelsuppe. Er tupfte sich den Mund mit der Serviette ab und warf sie auf den Tisch. «Mein Vater erzählte mir, als ich noch ein Kind war, dass die Schwester seines Vaters, also meine Grosstante, mit ihrem Mann aus Frankreich in die Schweiz einreisen wollte. Er hatte mir Fotos gezeigt. Sie war eine schöne Frau gewesen, gross gewachsen, schmales Gesicht, schwarze Haare, durchwirkt mit silbernen Strähnen. Ihre dunkelbraunen Augen blickten stolz, aber auch irgendwie traurig. Auf jedem Bild waren ihre Hände vor dem Brustkorb gefaltet. Sie hatte feine, blasse Finger. Ihr Mann, ein wohlhabender Süsswarenfabrikant aus Paris, nannte sie ‹Neshama›. Erst später habe ich erfahren, dass dies sein Kosename für sie gewesen war und ‹Meine Seele› bedeutete.» Leo schaute Maria an. «Neshama. Meine Seele.»

Sie sah Schmerz in seinen Augen.

«In Genf wurden sie gestoppt», erzählte er weiter. «Sie hatten alles vorbereitet, Geld in die Schweiz überwiesen, Adressen von Verwandten in Zürich, Lausanne und Luzern angegeben, die für sie gebürgt hätten. Die Schweiz wäre kein Risiko eingegangen. Doch das alles nützte ihnen nichts. An der Grenze wurden sie abgewiesen. Mein Grossvater hörte nie wieder etwas von ihnen, obwohl er alles tat, um herauszufinden, ob seine Schwester und ihr Mann überlebt hatten. Ihre letzten Spuren führten nach Dachau. Vermutlich wurden sie kurz darauf nach Auschwitz deportiert und starben dort in den Gaskammern.»

«Das ist furchtbar», sagte Maria leise. «Du hast mir nie davon erzählt, dass deine Familie so hat leiden müssen.»

Leo lächelte. «Naja, ich kenne dich auch erst seit einem Jahr.»

«Nackt gesehen hast du mich aber schon länger», widersprach Maria mit gespielter Empörung.

«Echt? Daran kann ich mich gar nicht mehr erinnern!» In seinem Lausbubengesicht blitzte der Schalk hervor.

Maria streckte ihm die Zunge heraus. Die Nacht in Krakau war hereingebrochen, die Touristen auf dem Marktplatz hatten sich in die umliegenden Restaurants und Bars verzogen. Es roch nach Sauerkraut und süsslich vom Wasser der nahegelegenen Weichsel. Was für ein Tag, dachte sie. Nachdem sie auf dem Flughafen Johannes Paul II. in Krakau bei der Autovermietung Hertz einen pflaumenfarbenen Fiat Panda abgeholt hatten, waren sie die zwölf Kilometer in die Innenstadt zum Marktplatz gefahren und hatten im Hotel eingecheckt. Danach waren sie durch die Tuchhallen geschlendert, einem langgezogenen Gebäude aus der Renaissance-Zeit, das sich in der Mitte des weiträumigen Platzes erstreckte. Im Mittelalter war in den Hallen mit englischen Tüchern gehandelt worden. Nun boten Einheimische den Touristen Souvenirs an. An einem Stand kaufte Leo für Maria einen grünen Stoffdrachen, ein Wahrzeichen von Krakau. «Zum Kuscheln, wenn ich einmal nicht bei dir bin.»

Sie spazierten auf dem Königsweg entlang, vorbei an Wehrtürmen, barocken Bürgerhäusern und zahlreichen Kirchen. Einmal nahm Leo ihre Hand. Maria liess es zu, es fühlte sich gut an. Am linken Ufer der Weichsel gelangten sie ins jüdische Stadtviertel Kazimierz, zogen durch die Gassen, die gesäumt waren mit Galerien, Synagogen und Bars. Sie besuchten den jüdischen Remuh-Friedhof aus dem 16. Jahrhundert. Der Himmel funkelte durch das Geäst. Auf vielen Grabsteinen, die dicht an dicht standen und mit Efeu überwuchert waren, lagen Steinchen und darunter Zettelchen. Maria war versucht, eine dieser

Nachrichten zu lesen, doch sie liess es bleiben. Sie hätte die Sprache ohnehin nicht verstanden. Nach einer Stunde hatten sie ihre Stadtbesichtigung beendet. Auf der Gartenterrasse des Hotels erzählte ihr Leo, was seine jüdischen Verwandten im Zweiten Weltkrieg unter den Nazis durchgemacht hatten.

«Seit jenem Abend im Herbst – ich war noch klein, als ich neben meinem Vater auf der Polsterliege lag und er mit monotoner Stimme berichtete, was die Nazis meiner Familie angetan hatten – habe ich den Glauben an das Gute im Menschen verloren. Im Gegenteil: seither glaube ich daran, dass jeder Mensch zu allem Bösen fähig ist. Auch ich.»

***

«Als der Mann die Blausäure einatmete, erstickte er innerlich», sagte Sokrates.

«Innerlich? Was meinst du damit?», fragte Glauser. Er hatte Sokrates aufgefordert, die Todesursache von Fritz Uhland zu erklären. Die Sachbearbeiterkonferenz hatte um achtzehn Uhr dreissig begonnen. Glauser sass am Kopf des U-förmigen Sitzungstischs, vor ihm stand ein Laptop. Sokrates hatte an der Fensterseite zwischen Emma Vonlanthen und Philip Kramer Platz genommen. Polizeifotografin Lara Odermatt und die Spezialisten des Forensischen Instituts sassen gegenüber. Der Staatsanwalt hatte sich wieder einmal entschuldigen lassen. Die Neonröhren an der Decke waren eingeschaltet. Die Sonne war zwar noch nicht untergegangen, aber Regenwolken verdunkelten den Himmel. Die Röhren surrten und warfen ein grünliches Licht auf die Gesichter der Kriminalpolizisten. Regentropfen trommelten gegen die kleinen Fenster. Das karg eingerichtete Sitzungszimmer der Kripo roch muffig nach verbrauchter Luft.

Sokrates blickte in die Runde. «Normalerweise denkt man beim Erstickungstod an Sauerstoffmangel. Bei der inneren Erstickung verhält es sich aber anders», begann er. «Die Blausäure, die eingeatmet oder geschluckt wird, gelangt in die Zellen. Die Cyanid-Ione binden sich an die Mitochondrien, das sind gewissermassen die Kraftwerke in den Zellen, und blockieren diese. Obwohl genügend Sauerstoff in der Lunge ist, wird die Zellatmung gehemmt.» Er sah in fragende Gesichter. «Die toxische Wirkung ist ein komplizierter Prozess.»

Glauser kratzte sich am Kopf. «Okay, ich glaube, das genügt als Erklärung.» Er wandte sich an Kramer. «Sokrates vermutet, dass der Täter als Gift Zyklon B verwendet hat. Konntest du die Steinchen vom Entrée untersuchen?»

Kramer hatte soeben in ein Käsesandwich gebissen und antwortete mit kauendem Mund. «Die Laboruntersuchung stellte Rückstände von Cyanid auf dem Granulat fest. Daran besteht kein Zweifel. Die Vermutung von Sokrates trifft zu. Beim Granulat handelt es sich um Kieselgur, das tatsächlich in Zyklon-B-Dosen verwendet wurde. Das Gift strömte aus diesem Trägermaterial.» Er wischte sich mit der Serviette den Mund ab. «Ich wusste gar nicht, dass das Schädlingsbekämpfungsmittel noch zugelassen ist.»

«Dazu kann uns Emma sicherlich mehr sagen», erwiderte Glauser. Sokrates bemerkte, wie sich am Hals der jungen Polizistin wieder rote Flecken bildeten. Sie starrte in ihre Unterlagen. Die blonden Haare fielen ihr wie ein Schleier ins Gesicht. Alle warteten.

«Zyklon B wird noch heute hergestellt», begann sie stockend. «Während des Krieges hatte die Deutsche Gesellschaft für Schädlingsbekämpfung, abgekürzt Degesch, das Patent für dieses Mittel. In ihrem Auftrag wurde Zyklon B in grossen Mengen produziert.» Emma blätterte in ihrem Notizblock.

Ihre Finger zitterten. «Zyklon B wurde in Auschwitz zunächst als Ungeziefervernichtungsmittel in den Baracken eingesetzt, um Läuse in den Häftlingskleidern abzutöten und die Massenunterkünfte zu entwesen.»

«Entwesen?», hakte Glauser nach.

«Ungeziefer wie Läuse, Flöhe oder Milben unschädlich machen.» Sie blickte auf, als gäbe sie sich einen Ruck, so schien es Sokrates. «Der Lagerkommandant Rudolf Höss bemerkte bei einem Experiment an sowjetischen Kriegsgefangenen, dass das Gift bei Menschen noch effizienter wirkte als bei Ungeziefer, besser als Motorabgase oder Kohlenmonoxid aus Gasflaschen, welche die Nazis bis dahin in den KZs eingesetzt hatten. Vier Dosen mit je einem Kilogramm Zyklon B genügten, um tausend Menschen zu vergasen.» Emma schaute Glauser direkt in die Augen. «Das kostete achtzehn Reichsmark.»

«Der Täter hätte also mit seiner Dose Zyklon B mehrere Hundert Menschen vergasen können», stellte Glauser fest.

Emma nickte. «Lagerkommandant Höss befahl, weil Zyklon B so billig war, Jüdinnen und Juden ab sofort mit diesem Mittel in den Gaskammern zu töten. Mehrere Hunderttausend Menschen haben die Nazis mit diesem Gift ermordet. Nach dem Krieg wurden die Verantwortlichen, die Auschwitz mit Zyklon B beliefert hatten, von der britischen Militärjustiz zum Tode verurteilt und hingerichtet.»

Im Sitzungszimmer war es still. Viele blickten betroffen zu Boden. Alle wussten von der Massenvernichtung der Juden, aber wenn diese Verbrechen zur Sprache kamen, war es immer wieder schockierend. Sokrates nahm seine Brille ab und putzte sie. Er schämte sich dafür, ein Deutscher zu sein. Seit er als Jugendlicher in der Schule von den Gräueltaten der Nazis gehört hatte, tat er sich schwer damit, diesem Volk anzugehören. Er sah Ende der Siebzigerjahre die vierteilige US-Serie

«Holocaust» über das Schicksal der jüdischen Familie Weiss mit Meryl Streep und James Woods in den Hauptrollen. Er war ein Teenager gewesen. Kein Film hatte ihn seit damals so sehr berührt. Er hatte sich sogar überlegt, als Deutscher in der israelischen Armee zu dienen, obwohl er das Militär hasste. Aber er wollte mithelfen, dieses junge Land zu verteidigen. Er kam wieder davon ab. Wer brauchte schon einen buckligen Mann aus Deutschland.

«Wo wird Zyklon B heute produziert?», fragte Glauser schliesslich.

«In Tschechien, unter dem Namen Uragan D2. In der Ortschaft Kolin, an der Elbe, sechzig Kilometer östlich von Prag. Vom Hersteller ...» Emma las vom Blatt und buchstabierte langsam: «Von der Firma Lucebni zavody Draslovka.»

«Gute Arbeit, Emma, wie immer sorgfältig recherchiert», sagte Glauser. «Bitte kläre ab, ob dort jemand aus der Schweiz in den letzten Tagen Zyklon B in kleinen Mengen gekauft hat.» Er stand auf und öffnete ein Fenster. Kühle, regengeschwängerte Luft strömte in das Sitzungszimmer. «Auf den Unterarm ritzte der Täter die Zahl 2015», fuhr er fort, als er sich wieder gesetzt hatte. «Sokrates, kannst du etwas über die Tatwaffe sagen?»

«Es muss ein sehr scharfes Messer gewesen sein, ein Skalpell oder ein Teppichmesser, darauf weisen die scharfen Schnittkanten hin.»

«Ein Küchenmesser aus der Schublade?»

«Eher nein. Der Täter hätte damit Mühe gehabt, eine lesbare Zahl in die Haut zu schneiden.»

«Chef, noch ein Gedanke. Die Zahl wurde doch auf den linken Unterarm geritzt», warf Ulmer ein. «Auch das Schrebergartenopfer trug die KZ-Nummer auf seinem linken Unterarm. Vielleicht will uns der Täter damit etwas sagen.»

«Guter Hinweis, Franz. Das ist sicherlich kein Zufall. Wir müssen herausfinden, was die Zahl bedeutet.» Glauser schaute Lara an, die seinen Blick erwiderte. «Lara hat vom Arm mit den Ziffern am Computer ein 3-D-Bild erstellt.» Er schaltete den Beamer an, der an der Decke montiert war. Auf der Leinwand hinter seinem Rücken erschien das Foto: Ein bleicher Unterarm in Nahaufnahme mit vielen Schnittwunden kreuz und quer und die Zahl 2015. «Hat jemand Ideen, was diese Ziffern bedeuten könnten?» Er bewegte die Maus am Laptop, so dass sich der Arm drehte.

«Am ehesten wird es wohl eine Jahreszahl sein», überlegte Ulmer. «Vielleicht ist 2015 etwas passiert, was die Tat erklären würde.»

«Oder es ist eine Postleitzahl», sagte Emma. «Ich habe nachgeschaut. Boudry hat die Postleitzahl 2015, ein kleines Dorf am Neuenburgersee.»

«Könnte auch ein Autokennzeichen sein», schlug Kramer vor.

«Oder die Seitenzahl eines Lexikons.»

«Okay, Leute, so kommen wir nicht weiter. Die Zahl kann alles Mögliche bedeuten», stoppte Glauser das Rätselraten. Er rieb sich seine Schläfen. «Heute Morgen erschien in der NZZ die Todesanzeige von Fritz Uhland. Er wird darin verhöhnt. Wir müssen davon ausgehen, dass sie der Täter verfasst hat. Franz, was hast du herausgefunden?»

Ulmer schlug ein Notizblatt zurück. «Bei der NZZ kann jeder unter trauer.nzz.ch eine Todesanzeige online aufgeben. Man tippt den Namen des Verstorbenen in die Maske, nennt das Geburts- und Sterbedatum, wählt Motiv, Grösse und Schriftart der Anzeige und passt den vorgeschlagenen Text an. Das dauert keine zwanzig Minuten. Ich habe es ausprobiert. Zum Schluss gibt man die Rechnungsadresse an. Das ist alles. Der Täter hatte leichtes Spiel.»

«Fiel der Anzeigenredaktion nicht auf, dass das Sterbedatum der gleiche Tag war, an dem die Todesanzeige erscheinen soll? Die Anzeige wurde aufgegeben, als der Mann noch gelebt hat.»

«Nein, das blieb unbemerkt. Ich habe mit der Redaktion telefoniert. Sie kontrolliert die Texte nur oberflächlich. Es kommt deshalb vor, dass Namen falsch geschrieben sind oder der Trauertext Rechtschreibfehler enthält.»

«Wie lautet die Rechnungsadresse?»

«Theologische Fakultät, Kirchgasse 9, 8001 Zürich.»

«Das ist frech», sagte Kramer. «Der Täter kündigt seinen Mord mit einer Traueranzeige an und schickt die Rechnung dem Arbeitgeber des Opfers.»

«Naja, er wäre dumm gewesen, seine eigene Adresse anzugeben», erwiderte Ulmer grinsend.

Kramer ging nicht darauf ein. «Die NZZ hat mir die Bestellung samt Quelltext mit Header und IP-Adressen gemailt. Ich habe die Daten unseren Kollegen von der digitalen Forensik geschickt. Die gehen der Sache nach.»

«Sehr gut. Hoffentlich war der Täter unvorsichtig», sagte Glauser. «Dann schnappen wir ihn bald.»

***

«Wer Wind sät, wird Sturm ernten», las Benedikt Yerly in der Todesanzeige, die der Täter der NZZ gemailt hatte. Eine unverhohlene Drohung, dachte er und fuhr mit der Hand über seinen kantigen Schädel. Der Mann ist dreist. Und dumm, weil er digitale Spuren hinterlassen hat. Dem Kerl werde ich auf die Schliche kommen. Der Spezialist für digitale Forensik der Kantonspolizei, breiter Rücken, zerknautschtes Gesicht mit Boxernase, sass im ersten Stock der Militärkaserne, nahe am Hauptgebäude der Kripo gelegen. Sein Büro war geräumig, mit crèmefarbenem Täfer an den Wänden und hohen Fenstern, die bis zur Decke reichten. Sie boten einen Blick auf die Kasernenwiese mit dem Polizeigefängnis, die im strömenden Regen trostlos aussah. Der braun-grau gesprenkelte Spannteppich war an manchen Stellen abgewetzt. Sein Schreibtisch stand neben zwei Aktenschränken, die von oben bis unten mit Büchern und Aktenordnern gefüllt waren. Vor sich hatte er drei Computermonitore aufgebaut, mit denen er gleichzeitig mehrere Programme bedienen konnte.

Er öffnete das Worddokument, in das sein Kollege Ulmer den ganzen Datenwust des Quelltextes samt Header und den IP-Adressen hineinkopiert hatte. Zuoberst stand der Empfänger NZZ, darunter der Absender: don.camillo@uzh.ch. Haha, brummte Yerly, sehr witzig. Die Adresse hatte der Täter gefakt. So etwas zu tun war nicht schwer. Er nahm eine Nusstasche aus einer Papiertüte, wickelte sie aus der Serviette und biss herzhaft hinein. Der Puderzucker staubte um seine Nase. Ihm knurrte der Magen, obwohl er beim Mittagessen in der Reithalle tüchtig zugelangt hatte. Er legte die Nusstasche beiseite und trank einen Schluck Kaffee, der aber schon kalt geworden war. Angewidert verzog Yerly sein Gesicht.

Auf der Internetseite whois.com gab er in die Suchmaske die IP-Adresse ein, die im Header des Quelltextes angegeben war: 130.60.206.120. Sofort wurde er fündig. Der Provider war die Universität Zürich. Jetzt wusste er auch, was @uzh bedeutete. Der Täter mailte die Todesanzeige von einem Computer der Uni aus, überlegte er, und zwar am Sonntagabend. Die NZZ hatte das E-Mail um 21:34:18 erhalten. Um diese Uhrzeit befanden sich vermutlich nur noch wenige Studenten in einem der vielen Unigebäude, vielleicht ein oder zwei Dutzend. Doch wer war es, und von wo aus mailte er? Im Quelltext fand Yerly eine Adresse: Zentrale Informatik, Stampfenbachstrasse 73.

Auch eine Telefonnummer war angegeben. An der Uni konnte niemand einen Computer benutzen, der nicht registriert war und sich nicht eingeloggt hatte, vermutete er. Yerly schleckte den Puderzucker von seinen Fingern und rieb sie mit der Serviette trocken. Dann griff er nach dem Telefonhörer.

«Wir ermitteln in einem Tötungsdelikt», sagte Yerly dem IT-Supporter, nachdem er sich vorgestellt hatte und schilderte den Fall. Der Supporter versprach ihm seine Unterstützung. In spätestens einer Stunde würde er herausgefunden haben, wer von der Uni aus das E-Mail mit der Todesanzeige verschickt hat. Daraufhin mailte ihm Yerly den Quelltext. Läuft wie geschmiert, freute er sich und schnalzte mit der Zunge. Ächzend erhob er sich vom Bürostuhl und füllte aus dem Wasserdispenser, der in einer Ecke neben der Kaffeemaschine stand, einen Plastikbecher mit Wasser und trank es in einem Zug.

Dann begab er sich zu einem Sideboard, worauf eine graue Transportkiste stand, die ihm ein Kollege von der Spurensicherung gebracht hatte. Er klappte den Deckel auf und holte den Laptop von Uhland heraus. Mit dem Programm Encase Forensic erstellte er ein Festplatten-Image, eine deckungsgleiche Kopie der Festplatte. Auch gelöschte Daten wurden kopiert.

Nun konnte Yerly alles sehen, was Uhland je gespeichert hatte. Auf der Oberfläche des Computers fand er zahlreiche Ordner, die mit Finanzen, Administratives, Seminararbeiten, Doktorarbeiten, Klausuren und wissenschaftliche Arbeiten beschriftet waren. Er klickte den ersten Ordner an. Darin befanden sich Steuererklärungen, der Mietvertrag, Briefe an die Univerwaltung, Lohnausweise, Abschlusszeugnisse und so weiter. Im Ordner «wissenschaftliche Arbeiten» waren Aufsätze abgelegt, darunter eine Arbeit namens «Die wunderliche Karriere eines kleinen Wettergottes». Ein Dokument hiess

«Kollege Melchior». Sie enthielt eine Doktorarbeit, die Uhland offensichtlich beurteilt hatte. Aber warum nannte ihn Uhland Kollege? Ein Student war doch für einen Professor kein Kollege.

Yerly stöberte weiter. Er klickte einen Ordner nach dem anderen an. Im unteren linken Eck versteckte sich ein Ordner, den er fast übersehen hatte. Er war mit «Entjudungsinstitut» betitelt. Yerly runzelte die Stirn. Entjudungsinstitut!, was für ein furchtbarer Name. Er öffnete den Ordner. Zuoberst befand sich eine Programmschrift mit dem Titel «Die Entjudung des religiösen Lebens als Aufgabe deutscher Theologie und Kirche» von Prof. Dr. W. Grundmann, Jena. Verdammt!, dachte Yerly. Entjudung der christlichen Kirche? Wie sollte das gehen? Dieser Pfaffe war ein Nazi! Yerly ging zwar seit Ewigkeiten nicht mehr in die Kirche, doch eines wusste er seit dem Konfirmandenunterricht: Jesus war ein Jude! Er kam ja in Bethlehem auf die Welt und starb am Kreuz irgendwo dort auf einem Hügel. Ohne diesen Jesus ging es nicht!

Uhlands Mitarbeit im «Entjudungsinstitut» musste er Glauser sofort melden. Vielleicht störte sich ein Jude oder ein Christ daran, dass der Professor ihre Heilige Schrift entjuden wollte und damit in den Dreck zog.

Das Telefon klingelte. Es war der IT-Supporter der Uni. Yerly hörte kurz zu und notierte sich seine Angaben: PC mit der Nummer 53768, Standort Theologische Fakultät, User Maja Nolde. Hab ich dich, dachte Yerly und verschränkte zufrieden seine Hände hinter dem Schädel.

***

«Was ergab die Auswertung der Überwachungskameras?», fragte Glauser, obwohl er die Antwort kannte. Hätten die Aufzeichnungen irgendeinen Hinweis auf den Täter gegeben, wäre er sofort benachrichtigt worden.

Ein Kriminalpolizist mit roten Wangen und Knollennase, den Sokrates noch nie zuvor gesehen hatte, schüttelte den Kopf. «Wir haben die Bänder von vier Überwachungskameras von neun Uhr morgens bis zur Mittagszeit abgespielt. Keine Verdächtigen. Auch mit der Seilbahn Rigiblick fuhr der Täter nicht. Wir vermuten, dass er zu Fuss den Geissbergweg hochgelaufen ist. Dort sind keine Kameras installiert.»

«Das habe ich befürchtet», knurrte Glauser.

Aus seiner Jackentasche pfiff die Melodie «In der Halle des Bergkönigs». Er klaubte sein Handy hervor und hielt es an sein Ohr. «Was gibt's, Beni? Konntest du den Provider ausfindig machen?» Glauser machte sich Notizen. «Maile mir den Ordner mit allen Dokumenten», ordnete er an. «Werte als nächstes die Daten im Handy von Uhland aus, die bringen uns vielleicht weitere Hinweise», wies er den Experten für digitale Forensik an und legte auf.

«Unser Kollege hat ganze Arbeit geleistet. Der Täter hat die Todesanzeige vorgestern Abend um einundzwanzig Uhr vierunddreissig von einem Computer der Theologischen Fakultät aus an die NZZ geschickt», informierte er. «Das E-Mail wurde von der Kirchgasse 9 gesendet. Und zwar vom PC der Sekretärin Frau Nolde.»

«Das glaube ich nicht. Sie hat mit dem Tod des Professors sicherlich nichts zu tun», sagte Emma. «Sie war sichtlich schockiert, als sie vom Mord hörte. Sie war völlig aufgelöst, mit Tränen in den Augen. Zur Tatzeit war sie vermutlich schon im Büro.»

Glauser nickte. «Du hast recht, ich kann sie mir auch nur schwer als Täterin vorstellen. Aber wir müssen ihr Alibi überprüfen. Und wir müssen herausfinden, wer dort sonst so spät am Abend Zutritt hatte. Emma, morgen früh kümmern wir uns als Erstes darum.»

Die Polizistin nickte. «Morgen läufst du einem Studenten hinterher», raunte ihr Ulmer zu.

«Oder einer Studentin», erwiderte sie. «Warum traut ein Mann einer Frau keinen Mord zu?»

«Einen Giftmord allemal», sagte Ulmer grinsend. «Blausäure ist doch das bevorzugte Gift von Mörderinnen. Frauen sind als Giftmischerinnen sehr talentiert, Miss Marple.»

Emma knuffte ihm mit dem Ellenbogen in die Rippen.

«Aua, das tat weh», japste Ulmer.

Emma zwinkerte ihm zu. «Bleib locker, Kollege.»

«Auf dem Laptop von Uhland fand Beni einen Ordner, der mit ‹Entjudungsinstitut› beschriftet war», machte Glauser weiter. «Das klingt verdächtig nach einer antisemitischen Organisation, der Uhland womöglich angehört hatte. Wir müssen mehr darüber in Erfahrung bringen. Das mache ich.»

Die Glocken der Jakobskirche schlugen drei Mal. Es war Viertel vor acht.

«Was wissen wir über Uhland?», fragte Glauser. «Irgendwelche Auffälligkeiten?»

«Nein, er war ein unbeschriebenes Blatt», antwortete der Kriminalpolizist mit der Knollennase. «Keine Betreibungen, kein Eintrag im Strafregister, Steuern immer pünktlich bezahlt. Sein Vermögen betrug sieben Millionen Franken. Er hatte Theologie in Zürich und München studiert und an der Uni als ordentlicher Professor für Altes Testament gelehrt. Freunde schien er hier keine gehabt zu haben. Mehr war auf die Schnelle nicht rauszukriegen.»

«Der Dekan erzählte uns, dass vor genau fünfundzwanzig Jahren eine Theologieprofessorin mit Zyankali ermordet worden war. Sie unterrichtete ebenfalls Altes Testament», machte

Glauser weiter. «Der Täter hatte das Gift in einem Mandelhörnchen versteckt.» Sokrates merkte, dass Theo das Tempo erhöhte. «Emma, konntest du in der kurzen Zeit etwas in Erfahrung bringen?»

Emma rückte ihren Stuhl zurecht. «Der Mord passierte genauso, wie ihn Professor Hollenstein geschildert hatte. Die Professorin starb an einer Geburtstagsparty in einem Vorlesungssaal. Sie wurde inmitten aller Gäste vergiftet. Kurze Zeit zuvor war ein Kollege von ihr tot im Keller aufgefunden worden, in einer Bibliothek. Erschlagen und von zwei Bücherregalen zusammengequetscht. Die beiden Morde konnten bis heute nicht aufgeklärt werden. Ein Cold Case.» Sie blickte Glauser an. «Es war jemand vom Geburtstagsfest, weil der Täter oder die Täterin dafür sorgen musste, dass nicht die falsche Person in den vergifteten Keks biss.»

Glauser nickte. «Wir müssen die Akte wieder öffnen», ordnete er an. «Der Fall reicht zurück in die Vergangenheit. Finde heraus, wer damals an den Ermittlungen beteiligt war und befrage die Kollegen, die noch leben. Mein Vorgänger, der die Untersuchungen damals geleitet hatte, ist bereits verstorben.»

Sokrates sah, dass die Kriminalpolizisten und Forensiker müde geworden waren. Er selbst fühlte sich gut, obwohl ein anstrengender Tag hinter ihm lag. Seinen Buckel spürte er kaum. Er bedauerte einzig, dass er Sara heute Abend nicht mehr in ihrem Blumengeschäft besuchen konnte.

In diesem Moment klatschte Glauser in die Hände. Die Polizisten fuhren hoch. «Los Leute, konzentriert euch, wir müssen noch einen wichtigen Aspekt besprechen», rief er. «Vor zwei Wochen wurde die Leiche eines Juden in einem Schrebergarten gefunden. Der Besitzer des Gartens war Fabian Uhland. Zwei Wochen später stirbt sein Sohn. Die beiden Verbrechen hängen zusammen. Aber wie?»

«Der Täter, der den Juden erschossen hat, mass mindestens einen Meter neunzig. Das zeigt der Schusskanal im Schädel, der von der Stirn schräg nach unten zum Kleinhirn verläuft», begann Sokrates. «Du hast mir bei der Obduktion gesagt, dass auch der Vater von Fritz Uhland so gross gewachsen war. Er könnte also der Täter sein. Es gibt nicht so viele Menschen mit dieser Körpergrösse.»

«Äusserst verdächtig macht ihn auch die Tatsache, dass ihm der Schrebergarten gehörte», sagte Emma. «Warum sollte jemand eine Leiche in einem fremden Garten vergraben. Das Risiko wäre viel zu gross gewesen.»

«Ein weiteres Indiz ist die Kugel», meldete sich Kramer zu Wort. «Sie wurde mit einer P08 abgefeuert. Parabellum, Kaliber neun Millimeter. Eine Ordonnanzwaffe der deutschen Wehrmacht im Zweiten Weltkrieg. Uhland war Deutscher, der nach dem Krieg in die Schweiz kam.»

«Wir haben also zwei Spuren, die weit zurück in die Vergangenheit reichen. Einen Mord mit Zyankali an einer Professorin an der Theologischen Fakultät vor fünfundzwanzig Jahren und einen Mord vor bald fünfzig Jahren an einem Juden. Vorgestern hat der Täter eine Todesanzeige für Uhland in die Zeitung gesetzt, in Auftrag gegeben von einem Computer an der Kirchgasse 9», fasste Glauser zusammen. «Für den ersten Tag haben wir einiges erreicht.» Er schaute auf seine Armbanduhr. «Schluss für heute. Wir sehen uns morgen.» Er klappte sein Laptop zu und schaltete den Beamer aus. Sokrates, die Kriminalpolizisten und Forensiker verliessen das Sitzungszimmer. Glauser blieb sitzen und packte seine Unterlagen zusammen. Als alle gegangen waren, ging Lara zu ihm und reichte ihm eine A5-grosse Karte. Glauser stand auf und nahm sie entgegen.

«In meiner Freizeit mache ich Kunstfotos», sagte sie. Sie trat dicht an Glauser heran. Er roch ihren Duft, Jasmin. Ihre roten

Locken streiften seine rechte Schulter. «Nächste Woche am Samstag eröffne ich meine Ausstellung. Ich würde mich freuen, wenn du zur Vernissage kommst.»

Glauser nickte erfreut. «Vielen Dank für die Einladung, sie ehrt mich.» Er war etwas konfus. «Wo findet die Vernissage statt?»

«In der Photobastei am Sihlquai. Ab siebzehn Uhr. Es gibt einen Apéro.»

Glauser schaute sich die Einladungskarte an. Sie zeigte die Fotografie einer alten Krokodil-Lokomotive auf einem Abstellgleis mit dem Titel «Alt».

«Ist das Alter das Motiv deiner Kunstausstellung?», fragte Glauser.

«Ja, alles, was etwas Rost angesetzt hat, finde ich sehr attraktiv. Das Alter kann sehr aufregend sein», sagte Lara. Ihre grünen Augen funkelten. Glauser lächelte. «Lara, du flirtest doch jetzt nicht mit mir?» Seine Stimme klang etwas zu dünn, fand er. Er räusperte sich. «Oh ja, und wie ich das tue», antwortete Lara vergnügt. Sie blickte ihn schräg von unten an. «Wenn du willst, gebe ich dir eine Privatführung.»

Glauser atmete tief durch. Oje, dachte er nur. Er schaute in ihre Augen und nickte.

***

«Mein Grossonkel, der Bruder meiner Grossmutter, lebte mit seiner Familie in Leipzig, wo er ein Geschäft für Musikinstrumente betrieben hatte, bis die Nazis in der sogenannten ‹Reichskristallnacht› im November 1938 seinen Laden zertrümmerten und ihn verprügelten», erzählte Leo.

Auf der Gartenterrasse des Hotels war es kühl geworden. Die Nacht hüllte den Marktplatz von Krakau in ein gespenstisches Licht. Maria umschlang ihre angezogenen Knie mit beiden Armen.

«Irgendwie schlug sich mein Grossonkel durch. Immer auf der Flucht. Leider verpasste er es, Deutschland rechtzeitig zu verlassen. Der Klavierlehrer seiner zwölfjährigen Tochter versteckte ihn mitsamt seiner Frau und der Tochter in einem Kohlekeller. Sie verbrachten dort fünf Monate, von Oktober 1939 bis März 1940. Sie hausten in einem dunklen, kalten Loch, ohne Fenster, ohne Licht. Aber sie lebten. Eines Tages hämmerte jemand frühmorgens an die Haustür. Es war die Gestapo. Irgendwer musste sie verraten haben. Vielleicht war der Klavierlehrer aufgefallen, weil er zu viele Lebensmittelmarken eingelöst hatte, um alle zu versorgen. Doch der Klavierlehrer war vorbereitet. Durch einen Luftschutzkeller schleuste er meinen Grossonkel und seine Familie ins Freie. Sie entkamen. Am Bodensee versuchten sie es über die grüne Grenze nach St. Gallen. In Rorschach wurden sie von der Grenzpolizei abgefangen und zum Polizeikommandanten Paul Grüninger gebracht. Obwohl Juden in der Schweiz nicht als politische Flüchtlinge gegolten hatten und es deshalb den Befehl gab, sie alle zurückzuschicken, hatte Grüninger die Papiere von mehreren Hundert Flüchtlingen gefälscht und ihnen so die Einreise ermöglicht. Mein Grossonkel und seine Familie waren darunter. Grüninger hatte ihnen das Leben gerettet.»

Maria lauschte gebannt. Noch nie hatte sie Leo über so persönliche Dinge reden hören. Sie freute sich, dass er von seiner Familie erzählte, er ihr alles anvertraute, auch die dunkelsten Stunden. «An die Geschichte vom St. Galler Polizeikommandanten Paul Grüninger erinnere ich mich gut», sagte sie, als Leo geendet hatte. «In einem Politikseminar haben wir besprochen, was er für die Flüchtlinge getan hatte. Die Frage war: Wann ist es gerechtfertigt, gegen Gesetze zu verstossen und nur seinem Gewissen zu folgen?»

«Was denkst du?», fragte Leo.

«Niemals würde ich etwas tun, was mir vollkommen zuwider ist, was gegen alles ist, wofür ich stehe!», rief Maria. «Menschenverachtende Gesetze muss man übertreten!»

Leo lachte. «Maria, wie sie leibt und lebt», sagte er. «Du würdest dich niemals verbiegen. Aber das kann riskant sein.»

«Ich weiss. Vielleicht wäre ich, wenn es im Ernstfall darauf ankäme, gar nicht so mutig.» Sie blies auf ihre kalten Finger. «Was passierte mit dem Klavierlehrer, der deinen Grossonkel versteckt hatte?», fragte sie.

«Die Gestapo nahm ihn fest», antwortete Leo. «Er und seine Familie wurden ins KZ Buchenwald gebracht. Niemand hat je etwas von ihnen gehört. Es gibt keine Briefe, keine Akten, nichts. Die Nazis haben ihn in Buchenwald umgebracht. Vermutlich durch Genickschuss. Was sie seiner Frau und den drei Kindern angetan haben, weiss keiner.»

Maria atmete tief aus. «Er und Paul Grüninger waren Helden. Sie halfen Menschen in Not, wie wir es eigentlich alle tun sollten, und begaben sich damit selbst in Gefahr.»

Sie hielt kurz inne. «Weisst du, was wirklich schlimm ist? Wir sind keinen Deut besser als alle Mitläufer damals, die nichts gegen dieses Unrecht unternommen haben.»

Leo warf seine Stirn in Falten.

«Jeden Tag sterben Flüchtlinge im Mittelmeer, nur weil sie Krieg und Elend entkommen wollen», sagte sie. «Hunderte, Tausende ertrinken. Jedes Jahr. Kinder, Frauen, Familien. Wir weisen sie an der Grenze ab und lassen sie sterben. Stalin sagte einmal: der Tod eines einzelnen Menschen ist eine Tragödie, aber der Tod von Millionen nur eine Statistik. Genauso denken wir. Es lässt uns kalt.»

Maria beugte sich nach vorne und strich Leo eine Locke aus der Stirn.

«Mich friert», sagte sie nach einer Weile, in der sie geschwiegen hatten. «Lass uns nach oben gehen.»

Im Hotelzimmer lag Maria bäuchlings im Bett. Auf dem Kissen war der Laptop aufgeklappt. Ihre rechte Schulter berührte Leo, der neben ihr mitlas. Sie recherchierte über den Lagerarzt Dr. Johann Paul Kremer. Er hatte der SS angehört. Seine Aufgabe war es gewesen, als Arzt sogenannte Sonderaktionen zu begleiten, das waren Aktionen, bei denen Menschen vergast wurden. Maria fand im Internet Auszüge seines Tagebuchs, das er in Auschwitz geschrieben hatte. Sie war erschüttert, wie zynisch und menschenverachtend Kremer gewesen war. Die Seiten waren eng mit Tinte beschrieben:

«2. September 1942: Zum 1. Male um 3 Uhr früh bei einer Sonderaktion zugegen. Im Vergleich hierzu erscheint mir das Dante'sche Inferno fast wie eine Komödie. Umsonst wird Auschwitz nicht das Lager der Vernichtung genannt!»

«8. November 1942: Heute Nacht bei 2 Sonderaktionen teilgenommen, bei regnerischem und trübem Herbstwetter (12. und 13.). Nachmittags noch eine Sonderaktion, also die 14., die ich bisher mitgemacht habe. Abends gemütliches Zusammensein im Führerheim. Es gab bulgarischen Rotwein und kroatischen Zwetschgenschnaps.»

Viele Tote, die ermordet worden waren, hat Kremer zu angeblichen Forschungszwecken obduziert.

«17. Oktober 1942: Bei einem Strafvollzug und 11 Exekutionen zugegen. Lebendfrisches Material von Leber, Milz und Pankreas nach Pilocarpininjektion entnommen.»

Nach dem Krieg war Paul Kremer im Krakauer Auschwitzprozess zum Tode verurteilt worden. Kurz vor der Hinrichtung wurde er zu lebenslanger Haft begnadigt und zehn Jahre später, 1958, wegen guter Führung entlassen. Er kehrte in seine Heimatstadt nach Münster zurück. Die Westfälische Wilhelms-Universität, wo er als Professor im Anatomischen Institut gearbeitet hatte, bereitete dem ‹Spätheimkehrer› einen triumphalen Empfang.

Zwei Stunden lang hatte Maria über den Lagerarzt und Auschwitz recherchiert, Augenzeugenberichte von Überlebenden und Prozessprotokolle zusammengetragen. Dann klappte sie den Laptop zu. Sie dachte an den Mord an Fritz Uhland, der erst heute Morgen passiert war. Der Tod des Theologieprofessors musste etwas mit dem Mord am Juden zu tun haben. Doch was waren die Motive der beiden Verbrechen? Wenn sie in Auschwitz herausfand, wer der Jude war, konnte sie vielleicht das Rätsel lösen.

Mit einem Mal fielen ihr die Augen zu. Leo stellte seinen Handywecker auf sechs Uhr und knipste die Nachttischlampe aus. Morgen hatten sie einen anstrengenden Drehtag vor sich. Er nahm Maria in seine Arme und schlief mit ihr in Löffelstellung ein. Lust auf Sex hatten beide nicht mehr gehabt. Es war das erste Mal.

***

«Glauben Sie an das Böse?», fragte Sokrates.

Sara warf ihren Kopf in den Nacken und lachte. Ihre Locken wirbelten herum. Dann blickte sie ihn belustigt an. «Das ist aber eine heitere Frage, so früh am Morgen. Sie stellen mir keine Gretchen-, sondern eine Fäustchenfrage. Warum wollen Sie das wissen?»

«Viele Menschen glauben an das Gute im Menschen. Ich nicht. Gestern habe ich die Leiche eines Theologieprofessors obduziert. Er wurde mit Zyklon B vergast. Wie eine Million

Juden in Auschwitz. Solche Verbrechen beweisen die Existenz des Bösen.»

Sara stand am Betontisch und schnitt Blumen. «Zyklon B», sagte sie nur und schüttelte den Kopf. Sokrates sass in einem Rattansessel. Den tropfnassen Regenmantel hatte er über die Lehne gelegt, auf dem kurzen Weg von seiner Altstadtwohnung zur «Pusteblume» hatte es geregnet. Sara hatte ihm ein Handtuch gereicht, damit er Haare und Gesicht trocknen konnte. Mit einem Papiertaschentuch tupfte er die Tropfen von der Brille. Vor ihm stand ein Espresso mit cremiger Schaumkrone.

«In der Antike hielten die Menschen das Böse für notwendig, das Übel hatte für sie eine Bedeutung», sagte Sara. «Der Kirchenvater Augustin prägte im 4. Jahrhundert den Begriff ‹privatio boni›, Beraubung an Gutem. Er verglich die Frage nach dem Bösen mit einem Auge. Ein gesundes Auge sieht, das ist sein Sinn. Ein blindes Auge leidet lediglich an einem Mangel an Sehfähigkeit. Das Übel ist nur ein Mangel an Gutem. Es existiert selbst gar nicht. Wie Kälte ein Mangel an Wärme ist. Für Augustin war das Böse keine eigenständige Macht, das dem Guten feindlich gegenübersteht, er glaubte nicht an ein Reich des Bösen.»

Sokrates hörte Sara gerne zu, wenn sie erzählte, er mochte ihre Stimme. Im Licht der Reispapierlampe glänzten ihre nussbraunen Locken rötlich. Im Jugendstilspiegel an der gegenüberliegenden Wand sah er, wie sich ihr schmaler Rücken, die Taille und die Hüften durch das grüne Baumwollkleid mit den floralen Mustern abzeichneten. Sie goss Wasser in eine bauchige Porzellanvase und stellte Schnittblumen mit rosaroten Blüten hinein, deren Namen Sokrates nicht kannte. Es roch betörend nach Blumenwiese. Er zählte die Blüten. Vierundzwanzig. Er lächelte leise. Heute würde ein guter Tag werden. «Sie haben sich offensichtlich mit der Frage nach dem Bösen beschäftigt», sagte er.

«Ja, als die Schneelawine Balthasar in den Tod gerissen hatte, er plötzlich nicht mehr da war, wollte ich verstehen. Die Frage liess mir keine Ruhe. Ich habe an der Theologischen Fakultät Philosophievorlesungen besucht.»

Sokrates wusste, dass Saras Partner, ein Astrophysiker an der ETH, vor vier Jahren bei einer Skiwanderung in den Bündner Bergen ums Leben gekommen war. Mit ihm starben zwei Freunde. Danach hatte sie ihr Leben umgekrempelt, ihre gut dotierte Stelle als Mathematikprofessorin aufgegeben und einen Blumenladen eröffnet.

«Der Mangel an Gutem sei sinnvoll, meinte Augustin», erzählte Sara weiter. «Denn das, was wir das Böse zu nennen pflegen, hebt, wenn es in die Gesamtheit eingefügt und an seinen Platz gestellt ist, im Weltall das Gute nur noch mehr hervor, so dass das Gute im Vergleich mit dem Bösen gefälliger und lobenswerter erscheint.» Sara lächelte. «Den Satz habe ich mir gemerkt.» Sie büschelte die Blumen, zupfte zwei Blätter weg und rieb die Vase mit einem Tuch trocken. Ihre schmalen Finger wirkten zerbrechlich. Zwischen den Blüten hindurch blickte sie auf Sokrates. «Der Philosoph Leibniz argumentierte gleich. Schatten lasse die Farbe eines Gemäldes stärker hervortreten und selbst eine Dissonanz am rechten Platz hebe bei einem Musikstück die Harmonie. Kontraste würden das Gute überhaupt erst sichtbar werden lassen.»

«Haben Ihnen die Antworten der Philosophen geholfen?», fragte Sokrates.

«Nein, denn sie werden der Schwere des Übels nicht gerecht. Den frühen Tod von Balthasar kann man nicht damit rechtfertigen, dass dieser Schatten in meinem Leben das Licht an anderer Stelle besser zur Geltung bringt. Das ist zynisch.»

Sokrates dachte an seine Frau Mara, die ebenfalls viel zu früh aus dem Leben gerissen worden war. Er konnte daran nichts Gutes erkennen. «Haben Sie für sich eine Antwort gefunden?»

«Nein, ich denke, es gibt keine Antwort auf das Leid. Wir müssen es annehmen. Mehr bleibt uns nicht.» Sara trocknete sich ihre Hände an einem Handtuch ab. «Darf ich Ihnen noch einen Espresso bringen?», fragte sie.

«Ja, gerne.» Sokrates sollte zwar dringend aufbrechen, weil er einen Haufen Arbeit zu bewältigen hatte, aber er wollte noch etwas Zeit mit Sara verbringen. Er wartete auf einen günstigen Moment, sie ins Theater einzuladen. Heute musste er es wagen. Hoffentlich sagte sie zu.

An der Wurzelholzkommode füllte Sara den Kolben mit Kaffeepulver und schraubte ihn in die Maschine. Brummend tropfte der Espresso in die italienische Tasse. Währenddessen öffnete sie eine Blechdose und legte Kekse auf einen Teller. Mit einem Tablett kam sie zu Sokrates. Als sie sich zu ihm hinunterbeugte und den Espresso mit den Keksen auf den Glastisch stellte, roch er ihren Duft. Er schloss für einen Moment die Augen. Sara setzte sich ihm gegenüber und strich mit beiden Händen ihr Kleid glatt. «Wollen Sie mir vom Mord an dem Theologieprofessor erzählen?», fragte sie. «Vielleicht kannte ich ihn.»

«Er hiess Fritz Uhland und lehrte Altes Testament.»

Sara schüttelte den Kopf. «Nein, der Name sagt mir nichts.»

«Er war der Sohn eines Kunsthändlers, der an der Limmat einen Schrebergarten besessen hatte», sagte Sokrates. «Vor zwei Wochen haben wir dort eine Leiche ausgegraben. Auf dem Unterarm des Toten war eine KZ-Nummer eintätowiert. Der Mann war Jude. Jemand hat ihn vor beinahe fünfzig Jahren erschossen und seine Leiche vergraben.»

«Vor fünfzig Jahren! Verdächtigen Sie den Kunsthändler, den Vater von Uhland?»

«Ja, die Indizien sprechen gegen ihn. Aber vieles ist noch unklar. Wir dürfen keine voreiligen Schlüsse ziehen.»

«Wer hat Uhland ermordet? Ein Jude?»

«Durchaus möglich. Der Einsatz von Zyklon B ist ein Hinweis.» Sokrates knetete seine Finger. «Es berührt mich seltsam, dass ich mithelfe, den Mord an einem Juden aufzuklären, der von den Nazis nach Auschwitz deportiert worden war. Er muss dort Furchtbares durchgemacht haben. Hoffentlich finden wir den Täter rasch, auch wenn er vielleicht schon gestorben ist.» Er stockte.

«Beim Mord am Professor verdächtigen Sie einen Juden, die Tat begangen zu haben», sagte Sara. «Das macht Ihnen Bauchweh.»

Sokrates merkte, dass sie verstand, was ihn bedrückte. «Ja, es fällt mir schwer, gegen Juden zu ermitteln, das musste ich bisher noch nie. Als Deutscher bin ich befangen. Wir haben den Juden so viele Grausamkeiten angetan, es gibt keine Worte dafür. Ich hoffe innigst, dass nicht ein Jude den Professor umgebracht hat. Und dass nicht ausgerechnet ich es bin, der ihn überführt.»

Sokrates nahm seine Espressotasse, stellte sie jedoch wieder weg, ohne etwas zu trinken. «Als Jugendlicher habe ich mich sehr für das Schicksal der Juden interessiert. Sie müssen sich vorstellen: Fünfzehn Jahre vor meiner Geburt, nur fünfzehn Jahre, wurden in Auschwitz täglich Tausende Menschen vergast. Das ist nicht lange her. Ich wollte alles über die Verbrechen der Nazis wissen und herausfinden, inwiefern meine Grosseltern darin verstrickt waren.»

«Wo lebte Ihre Familie zur Zeit des Krieges?», fragte Sara.

«Die Eltern meiner Mutter wohnten in Berlin. Mein Grossvater starb früh an Tuberkulose. Meine Grossmutter verehrte Hitler, nahm regelmässig an Kundgebungen der Nazis teil und trat sehr früh dem Bund Deutscher Mädel bei, dem weiblichen Pendant zur Hitlerjugend. Da war sie siebzehn Jahre alt. Rasch stieg sie zur Leiterin eines Mädelrings auf und befehligte über vierhundert Jugendliche. Als Kind habe ich einmal in einem Fotoalbum ein Bild von ihr gesehen, meine Grossmutter in BDM-Uniform, dunkelblauer Rock, weisse Bluse und schwarzes Halstuch mit Lederknoten, strammstehend vor einer Hakenkreuzfahne, die Zöpfe straff geflochten, das Kinn nach vorne geschoben.»

«Was taten die Mädchen bei diesem Bund?»

«Dasselbe wie die Jungs in der Hitlerjugend. Rucksackwanderungen, Geländespiele, Schnitzeljagden, Lagerfeuer, gemeinsames Singen, Übernachtungen im Heuschober, im Winter gab es Bastelabende. Aber das alles diente nur dazu, die Mädchen schon früh mit der Nazipropaganda gleichzuschalten. Frauen sollten Kinder gebären. Nichts weiter. Hitler brauchte Kanonenfutter für den Krieg.» Sokrates schüttelte fast unmerklich den Kopf. «Nach dem Krieg hat meine Grossmutter nie ein Wort über ihre Nazivergangenheit verloren. Es waren meine Eltern, die mir davon erzählten. Als Kind musste ich meine Grossmutter ein paar Mal in Berlin besuchen. Sie war eine herrische Frau, verhärmt, unnahbar. Ich hatte Angst vor ihr. Später habe ich mich geschämt, dass sie meine Grossmutter war.»

«Vielleicht sollten Sie mit Ihrer Oma etwas nachsichtiger sein», meinte Sara. «Es war sicherlich nicht einfach, sich dem Einfluss der Nazis zu entziehen. Hitler hat Millionen verführt.»

«Sie haben recht. Ich weiss nicht, wie ich mich in jener Zeit verhalten hätte. Aber es war damals durchaus möglich gewesen, sich gegen die Nazis zu stellen, nicht offen, da wäre man hingerichtet worden, aber im Versteckten. Die Mutter meines Vaters stammte aus der Arbeiterschicht. Eine Sozialdemokratin aus dem Ruhrpott, aus Bochum. Sie hatte sich in Nürnberg niedergelassen, der Liebe wegen. Sie war eine tapfere Frau, hemdsärmelig, geradeheraus. Ihr Mann musste in den Krieg ziehen, obwohl er an Asthma litt. An der Ostfront wurde er verwundet, geriet in russische Kriegsgefangenschaft und starb irgendwo in Sibirien. Meine Grossmutter musste ihre drei Jungs alleine versorgen. Sie arbeitete im Nürnberger Motorenwerk in der Kantine als Geschirrspülerin. Mein Vater war das jüngste der Kinder. Er kam ausgerechnet in der Nacht vom 9. auf den 10. November 1938 zur Welt, in der Reichskristallnacht, als die Nazis die jüdischen Geschäfte plünderten. Sein grosser Bruder, mein Onkel, war zwölf Jahre älter als er. Schon als fünfjähriges Kind lernte er Geige spielen. Er war sehr begabt und gewann mehrere Wettbewerbe. Später wurde er Berufsmusiker in Bremen. Den Nazis war sein Talent nicht entgangen. Immer wieder hatten sie ihn aufgeboten, bei ihren Aufmärschen mitzuspielen. Doch meine Grossmutter konnte das jedes Mal verhindern. Sie flüchtete sich in Ausreden: einmal lag ihr Sohn mit Grippe im Bett, dann quälte ihn eine Sehnenscheidenentzündung, oder er war in den Osterferien zu Besuch bei der Tante in Offenbach. Sie schaffte es auch, meinen Onkel von der Hitlerjugend fernzuhalten. Sie war nie aktiv am Widerstand gegen die Nazis beteiligt, sie musste sich um ihre Kinder kümmern, aber sie leistete passiven Widerstand. Alles, was in ihrer Macht stand, hatte sie getan, um sich den Nazis entgegenzustellen. Wenn alle so gehandelt hätten wie sie, wäre Hitler früher gestoppt worden.»

Sara hatte die ganze Zeit mit nach links geneigtem Kopf zugehört. «Vermutlich weiss niemand, wie er sich bei einer ähnlichen Bedrohung verhalten würde», sagte sie, als Sokrates geendet hatte. «Meine Verwandten waren in der Schweiz in Sicherheit. Glücklicherweise wurden sie verschont, auch wenn es eine schwere Zeit gewesen war. Ob sie Hitler offen bekämpft hätten, wenn die Nazis einmarschiert wären, weiss ich nicht. Ich denke nein.»

«Die Deutschen haben furchtbare Verbrechen begangen, einen Krieg angezettelt, zig Millionen Menschen umgebracht, allein zwanzig Millionen Russen, darunter viele Zivilisten», sagte Sokrates. «Aber am meisten schockiert mich der Völkermord an den Juden. Sechs Millionen Opfer. Woher kam der Hass? Diese Wut, die dazu führte, dass ein kultiviertes Volk kalt rechnend Tötungsfabriken baute. Was war damals passiert?»

«Vielleicht ist es wie beim Mobbing. Das vermeintlich schwächste Mitglied einer Gruppe wird fertig gemacht. Es ist ein perverses Spiel, wofür das Opfer nichts kann, es ist machtlos dagegen», erwiderte Sara. «Juden werden seit Jahrhunderten angefeindet, verfolgt und umgebracht. Immer wieder litt das Volk unter Pogromen, überall auf der Welt.»

Es blieb einen kurzen Moment still. Sokrates blickte auf seine Hände. Er atmete tief ein und wieder aus. Dann gab er sich einen Ruck. «Im Schauspielhaus läuft zurzeit das Theaterstück des jüdischen Schriftstellers Elie Wiesel, der Auschwitz überlebt hat», sagte er. «Es heisst ‹Der Prozess von Schamgorod› und erzählt von einem jüdischen Wirt in einem russischen Dorf vor dreihundert Jahren. Kosaken hatten eine Hochzeitsgesellschaft niedergemetzelt, die Frauen vergewaltigt, die Männer gefoltert und ermordet. Der Wirt und seine Tochter haben als Einzige das Pogrom überlebt. Der Wirt klagt Gott an, weil er das Massaker trotz seiner Allmacht nicht verhindert hatte. Herumziehende Komödianten, die in sein Wirtshaus einkehren, weist er an, ein Schiedsgericht zu spielen. Sie sollen Gott den Prozess machen.» Sokrates schluckte leer. «Es wäre mir eine grosse Freude, wenn Sie mich ins Theater begleiten würden. Ich möchte Sie gerne einladen.» Er stierte auf seine Espressotasse. «Dieses Theaterstück eignet sich nicht so sehr für ein erstes Rendezvous mit einer Frau, weil die Geschichte so düster ist. Etwas Heitereres wäre womöglich angebrachter. Aber ich dachte, seit ein paar Tagen ist die Frage nach dem Bösen unser Thema. Da kann das Stück ...» Er wusste nicht mehr weiter. Saras grüne Augen leuchteten eine Spur dunkler. Sie beugte sich nach vorne und legte ihre Hand auf seinen Arm. «Danke Sokrates, Ihre Einladung nehme ich gerne an», sagte sie leise. «Sehr gerne.» Das Herz von Sokrates setzte einen Schlag aus. Dann hüpfte er innerlich in die Höhe.

***

Maria schritt durch ein Tor mit dem geschwungenen Schriftzug «ARBEIT MACHT FREI», der aus Eisen geformt war, ein zynischer Willkommensgruss am Eingang eines Konzentrationslagers, in dem die Nazis die Häftlinge zu Tode hatten schuften lassen. Ihr fiel auf, dass beim Wort ARBEIT das B auf dem Kopf stand. Welcher Frechdachs hatte das wohl so geschmiedet, dachte sie. Subversive Aktionen gefielen ihr. Jeder noch so kleinste Widerstand gegen Unterdrücker half. Leo stand hinter ihr und filmte, wie sie ins KZ Auschwitz hineinging. Der schwarz-weiss lackierte Schlagbaum war geöffnet. Es war klirrend kalt. Bodennebel schwebte über dem Lagergelände und verschluckte jedes Geräusch. Die Wintersonne über den Baracken schien matt und milchig vom bedeckten Himmel. Der Frühling war in Polen noch nicht angekommen. Maria hauchte in ihre Hände. Ein breiter Schotterweg führte vorbei an einem schmutzigweissen Block, worin sich die Häftlingsküche befunden hatte. Kamine ragten in die Höhe. Es roch nach kaltem Russ wie von einem Kohleofen. Das Stammlager Auschwitz bestand aus zwei Dutzend Baracken aus dunkelrotem Ziegelstein, die als Gedenkstätte und Museum dienten. Maria hatte in Zürich einen Plan des Lagers ausgedruckt.

Schweigend ging sie mit Leo an den Gebäuden entlang. Sie waren alleine auf dem Gelände unterwegs. Die Uhr zeigte kurz vor halb acht. Zu dieser Morgenstunde hatten sich noch keine Besucher eingefunden.

Maria und Leo waren früh erwacht, noch bevor der Handywecker geklingelt hatte. Im Hotelrestaurant hatten sie in aller Eile einen Espresso getrunken und waren ohne Frühstück mit dem Fiat Panda die sechzig Kilometer auf einer Landstrasse von Krakau nach Auschwitz gefahren. Maria hatte mit der Direktorin des Archivs einen Termin um halb neun Uhr vereinbart. Bis dahin waren sie mit Dreharbeiten auf dem Lagergelände beschäftigt. Leo hatte seine Kamera geschultert, das Stativ trug er mit der anderen Hand. Sie erreichten den Appellplatz, worauf die Häftlinge stundenlang ausgeharrt hatten, viele barfuss, auch im Winter im Schnee. Die Baracken waren nummeriert. Im Hof zwischen Block 10 und 11 stand die berüchtigte «schwarze Wand», an der die SS Tausende Menschen exekutiert hatte. Ein Kugelfang aus schwarzen Isolierplatten vor der Steinmauer gab ihr den Namen. Am Fuss der Mauer hatte jemand Blumen hingelegt.

Block 4 zeigte eine «Ausstellung zur Vernichtung». Maria und Leo betraten den zweigeschossigen Backsteinbau. Ein langer, breiter Flur war in lilafarbenes Licht getaucht. Hinter einem zwanzig Meter langen Schaufenster türmte sich in einem grossen Raum Frauenhaar bis unter die Decke, eine ungeheure Menge an Haaren, die den Frauen von ihren Schädeln geschoren worden war. Ob sie einmal braun gewesen waren, blond oder schwarz, konnte Maria nicht mehr erkennen. Nach fünfundsiebzig Jahren war aus dem Haar Wolle geworden. Die Nazis hatten das Frauenhaar als Rohstoff genutzt. Eine Vitrine zeigte Dutzende Meter Textil, zu einem dicken Ballen aufgerollt, gewoben aus Menschenhaar. Maria schluckte leer, als sie den Text las. Ein weiteres Schaufenster stellte Zehntausende Schuhe aus, mittendrin eine rote Mädchensandale, vielleicht Grösse vierundzwanzig, ein anderes Fenster zeigte Hunderte Koffer, die meisten zerbeult. Auf vielen stand ein Name. «Kleinkind Hannacha Jacob, 7. 2. 43», konnte Maria auf einem braunen Lederkoffer entziffern, «Ines Meyer, Köln, J 05377» und «Waisenkind Minska Hanna». So viele Kinder. Marias Augen wurden feucht. Ein angrenzender Schauraum war mit leeren Zyklon-B-Dosen gefüllt. Hinter Vitrinen lagen unzählige Prothesen, Brillen in allen Grössen und Formen, zerbrochenes Kinderspielzeug und Gebetstücher frommer Juden. Der Anblick schnürte Maria das Herz zusammen. Jeder dieser Gegenstände schien ihr seine Geschichte erzählen zu wollen. Ihr war, als würden ihr die Ermordeten von weitem zurufen. Immer wieder setzte Leo seine Kamera auf das Stativ und machte Aufnahmen. Gebückt stand er vor dem Sucher, den Mund hatte er zusammengepresst. Er sagte kein Wort. Nach einer Stunde waren sie fertig. Bevor sie zum Archiv aufbrachen, besichtigten sie den Galgen, an dem der Lagerkommandant von Auschwitz, Rudolf Höss, 1947 gehenkt worden war. Maria empfand Genugtuung. Sie blickte zu Leo. Er zeigte keine Regung.

Das Archiv war im Block 24 untergebracht, einem mächtigen zweigeschossigen Ziegelsteingebäude, das links hinter dem schmiedeeisernen Eingangstor stand. Maria und Leo betraten das Haus durch eine braune Holztür. Am Empfang wurden sie von der Direktorin des Archivs, Tamka Greczner, begrüsst. Die zierliche Frau trug kurzgeschnittene Haare und eine runde Brille. Maria schätzte sie auf Mitte vierzig. Mit dem weissen Laborkittel sah sie aus wie eine Ärztin.

«Es leben nur noch wenige Zeitzeugen, die von Auschwitz berichten können», sagte sie auf Englisch mit osteuropäischem

Akzent. «Und auch sie werden bald gestorben sein. Deshalb ist unsere Arbeit so wichtig.» Sie öffnete eine Tür, die in eine Konservatorenwerkstatt führte. «Treten Sie bitte ein.» Boden und Wände waren mit weissen Kacheln bedeckt, von der Kassettendecke warfen Neonröhren ein grelles Licht. Auf einem grossen weissen Arbeitstisch standen Mikroskope, Flaschen mit Chemikalien und Messbecher. Von der Decke hing ein dicker Schlauch mit einer Absaugvorrichtung. Es roch nach Desinfektionsmitteln. Am Tisch sass ein Mann mit Vollbart, der an einem alten Lederkoffer hantierte. Er schaute kurz auf und widmete sich dann wieder seiner Arbeit. Maria sah, wie er mit einem Skalpell vorsichtig Korrosionsflecken von den Beschlägen kratzte.

«Dreitausendachthundert Koffer haben wir hier archiviert», erklärte Greczner. «Wir müssen die Habseligkeiten der Opfer vor Staub, Schimmel und Rost schützen. Wir erhalten sie, reparieren sie aber nicht. Die meisten Koffer haben Dellen, es fehlt der Deckel, oder das Schloss funktioniert nicht. Das sind originale Schäden. Die SS hat die Gepäckstücke durchsucht und dabei oft kaputt gemacht. Die Geschichte der Koffer wollen wir bewahren und dokumentieren. Auch Spuren von Blut oder Dreck beseitigen wir nicht. Sie erzählen eine Geschichte.»

Leo fragte, ob er von der Werkstatt Aufnahmen machen dürfe. Tamka Greczner gab ihr Einverständnis.

Sie zeigte aus dem Werkstattfenster, wo mehrere Baracken zu sehen waren. «Am aufwändigsten ist es, die Ziegelsteinbaracken, die kilometerlangen Stacheldrahtzäune und die Ruinen der Gaskammern und Krematorien vor dem Verfall zu schützen. Wir setzen alles daran, den Ort für die Nachwelt zu bewahren. Denn was hier passiert ist, darf niemals vergessen werden.» Sie drehte sich zu Maria um. «Einzig die Haare, die sterblichen

Überreste der Menschen, konservieren wir nicht, aus Gründen der Pietät. Zwei Tonnen Frauenhaare lagern hier. Irgendwann werden sie verfallen sein.»

Sie durchquerten die Werkstatt und erreichten einen grossen Raum. Darin standen Regale aus Metall, die bis zur Decke reichten. In ihnen waren Kartonschachteln gestapelt. Die Luft roch trocken. Maria kitzelte es in der Nase. Greczner knipste das Licht an, die Neonröhren an der Decke flackerten auf.

«Unser Archiv für Dokumente», sagte sie. «Der Bestand umfasst neununddreissigtausend Negative von Porträtfotos, die angefertigt worden waren, bevor die Häftlinge mit einer Nummer tätowiert wurden, achthunderttausend Dokumente auf Mikrofilm, Tausende Briefe und Karten, Audioaufnahmen mit Interviews von Zeitzeugen und vieles mehr.» Sie ging zu einem grossen Tisch, der vor einem vergitterten Fenster stand. «Frau Noll, Sie haben mir gemailt, dass Sie sich für die Lagerdokumente interessieren. Wir verfügen über achtundvierzig Sterbebücher mit etwa siebzigtausend Sterbeurkunden von Häftlingen, die hier ermordet wurden. Die meisten Häftlinge haben die harte Arbeit in den Kohlegruben und Bergwerken nicht überlebt. Sie bekamen jeden Tag nur eine dünne Suppe mit verfaulten Gemüseschalen und einen Kanten Brot zu essen. Die Rationen hat die Lagerleitung so berechnet, dass die Häftlinge nach einem halben Jahr ausgemergelt waren und vor Schwäche nicht mehr arbeiten konnten. Dann wurden sie vergast. Die Sterbebücher zeugen davon. Wie ich Ihnen geschrieben habe, haben die Nazis aber die meisten Dokumente verbrannt, bevor die Rote Armee kam. Sie wollten alle Beweise des Massenmords vernichten. Zudem ist das Papier von miserabler Qualität, im Krieg herrschte Rohstoffmangel. Die Dokumente zerfallen deswegen schneller.» Sie wies mit der Hand auf einen Stuhl. «Bitte nehmen Sie Platz.» Maria setzte sich. Leo stellte das Stativ auf den Linoleumboden und begann zu drehen.

«Die meisten Opfer hat die SS gar nicht registriert, weil sie bei der Ankunft an der Rampe in Birkenau sofort in die Gaskammern geführt worden sind, hauptsächlich Frauen mit Kindern und schwächere, alte Menschen.»

«Der Mann, den ich suche, hat Auschwitz überlebt», sagte Maria.

«Dann nützen Ihnen die Sterbebücher nichts», erwiderte Greczner. «Aber vielleicht helfen Ihnen die Zugangsdokumente weiter. Die SS hat alle Häftlinge tätowiert und mit Nummern registriert, die sie nicht sofort vergast haben. Einige dieser Bücher sind noch erhalten. Wenn Sie Glück haben, finden Sie die Nummer, die Sie suchen. Aber das wird Zeit in Anspruch nehmen. Wie lautet die KZ-Nummer?»

«A7227», sagte Maria.

Tamka Greczner lächelte. «Das erleichtert die Suche. Nummern mit der A-Serie gab es erst seit Mai 1944. Davor wurden die Häftlinge mit Ziffern ohne Buchstaben tätowiert. Ab August 1944 folgte dann die B-Serie. Sie brauchen also die Zugangsbücher von Mai bis Juli.» Greczner erhob sich. «Kommen Sie bitte mit. Ich zeige Ihnen das Regal.»

Sie erhob sich und ging nach rechts an mehreren Regalreihen entlang. Maria und Leo folgten ihr. Am Ende des Archivs zweigte sie ab. Zwischen zwei Regalen blieb sie stehen.

«A7227 war die Nummer des Häftlings, sagten Sie. Er war also Jude, wie die meisten hier», stellte Greczner an Maria gewandt fest. Sie überlegte. «Zudem bedeutet die vierstellige Zahl, dass der Mann vermutlich bereits im Mai 1944 nach Auschwitz kam, kaum später, denn dann wäre die Zahl fünfstellig. Das schränkt die Suche ein.»

Sie griff nach einer flachen Kartonschachtel, schaute auf das Datum, das auf dem Deckel geschrieben stand, und stellte die Schachtel wieder zurück ins Regal. Dann nahm sie eine andere Schachtel heraus. «Ja, damit sollten Sie beginnen. Ein Transport von zweihundertachtzig Jüdinnen und Juden nach Auschwitz am 17. Mai 1944. Ein Güterzug fasste siebenhundert Menschen, doch es wurden mindestens tausend Opfer hineingepfercht. Mehr als siebenhundert wurden demzufolge gleich nach der Ankunft vergast. Von Ihnen gibt es keinerlei Dokumente.» Mit der Hand markierte sie Anfang und Ende des Kartonstapels auf dem Regal. «In jeder Schachtel sind vier Zugangsbücher archiviert. Sie werden eine Weile brauchen.» Zum Schluss wünschte sie Maria viel Erfolg. «Wenn Sie mich brauchen oder Fragen haben, rufen Sie an. Ich bin nicht weit.»

Als sie aus dem Archivraum gegangen war, blies sich Maria eine Locke aus dem Gesicht. «Legen wir los», sagte sie zu Leo. «Hoffentlich haben wir Glück.» Sie nahm die Kartonschachtel und legte sie auf den Arbeitstisch. Das vergitterte Fenster gab genügend Licht. Draussen wehten ein paar vereinzelte Schneeflocken. «Während du nach dem Namen des Opfers suchst, filme ich dich dabei», schlug Leo vor. «Eine dokumentierte Recherche. Sobald ich damit fertig bin, helfe ich dir. Einverstanden?»

Maria schaute ihn ernst an. «Prima, so machen wir das.»

Sie öffnete die Schachtel und nahm das erste Zugangsbuch heraus, eine dicke Kladde aus braunem Karton, die an den Ecken abgestossen war. Leo stellte sein Stativ mitsamt der Kamera rechts hinter sie, zoomte heran und drückte den roten Knopf.

Maria schlug das Buch auf. Auf einer vergilbten Seite stand in Schönschrift: «Konzentrationslager Auschwitz, Abteilung II, Zugänge am 17. Mai 1944: eingeliefert vom Kommandeur der

Sicherheitspolizei und des SD.» Darunter begann eine Tabelle mit Spalten für Häftlingsnummern, Namen, Vornamen, Geburtsdaten, Geburtsorten und Berufen. Auf der ersten Seite waren neunundzwanzig Häftlinge verzeichnet. Die Angaben waren fein säuberlich mit Tinte gemalt. Vermutlich hat ein SS-Mann in einer Schreibstube die Namen von Registerkarten abgeschrieben: A-6838, Aaron, Nathan, 4.2.94, Wien, Bäcker. Nächste Zeile: A-6839, Aaron, Chaim, 5.7.92, Wien, Zuckerbäcker. Das waren offensichtlich Brüder, dachte Maria. Sie fuhr mit dem Finger weiter nach unten: A-6743, Adelsberg, Moses, 6.4.01, Prag, Buchbinder. A-7015, Altschüler, Isak, 17.1.05, Nürnberg, Schuhmacher. Die Liste war nicht nach Häftlingsnummern geordnet, sondern alphabetisch nach Namen. Das erschwerte ihre Suche nach der A-7227. Sonst hätte sie die Nummer in wenigen Minuten gefunden. Sie blätterte um und konzentrierte sich auf die Spalte mit den KZ-Nummern: A-6774, A-6775, A-6927, A-7112, A-6699. Nächste Seite: A-6811, A-6919, A-7003. Seite um Seite suchte Maria nach der KZ-Nummer des Juden aus Zürich. Unter den zweihundertachtzig Häftlingen gab es keinen mit der Nummer A-7227.

Sie nahm die zweite Kladde aus der Schachtel: Transporte vom 20. Mai 1944. Die Zugangsbücher vom 18. Mai und 19. Mai fehlten. Seite um Seite blätterte sie um und fuhr mit dem Zeigefinger die Spalte mit den Häftlingsnummern ab. Auch im zweiten Zugangsbuch wurde sie nicht fündig. Ebenso im dritten und vierten Buch. Siebenundvierzig Minuten waren vergangen. Mist, dachte Maria. Mir läuft die Zeit davon. Hoffentlich war unsere Reise hierher nicht vergebens.

Leo hatte seine Kamera vom Schlitten des Stativs geschoben und auf den Boden gestellt. Vom Regal brachte er ihr die zweite Kartonschachtel. Maria nickte ihm dankbar zu. Sie holte die erste Kladde heraus. Leo setzte sich an die Kopfseite des Tischs neben sie. «Suchen wir gemeinsam», sagte er. «Zu zweit sind wir doppelt so schnell.»

Maria grinste. «Maximal dreissig Prozent», foppte sie ihn. «So flink wie ich bist du nicht.» Sie sah, wie die Augen von Leo lächelten.

Er nahm ein Zugangsbuch aus der Schachtel und begann ebenfalls die Spalte mit den Häftlingsnummern durchzugehen. Stumm sassen sie da und blätterten. A-6511, Rabner, Isak, 3.11.08, Linz, Postbeamter. A-7112, Zuckermann, Abraham, 2.9.98, Augsburg, Händler. A-7201, Hirschhorn, Salomon, 7.10.89, Salzburg, Geiger. Nach einer knappen halben Stunde holte Leo die nächste Kartonschachtel aus dem Regal. In diesem Zugangsbuch waren ausschliesslich KZ-Nummern notiert, die mit A-7 begannen. Sie blätterten und blätterten. Weitere dreissig Minuten vergingen. Vergebens. Doch endlich! Maria blieb mit ihrem Zeigefinger, der von der Tinte schon schwarz geworden war, auf der Nummer A-7227 stehen. Sie hätte die Ziffern beinahe übersehen. Ihre Augen waren müde geworden. Sie blinzelte. Tatsächlich: A-7227. Sie gehörte einem Morgenstern.

«Bingo, ich hab ihn!», rief Maria. «Nahum Morgenstern, 17.8.14, München, Arzt.» Sie beugte sich nach vorne und gab Leo einen Kuss. Leo lächelte, eine blonde Strähne stand ihm wie eine Siegesfackel vom Kopf.

Maria zückte ihr Handy und fotografierte die Seite aus dem Zugangsbuch. Die Liste würde sie Theo mailen. Unter Nahum Morgenstern stand ein weiterer Name: A-7228, Noemi Morgenstern, geb. Mendel, 9.3.21, München, Künstlerin. Sie war seine Frau gewesen, dachte Maria bestürzt. Sie las weitere Namen: A-7229, Nathan Mendel, 5.12.19, München, Geschichtslehrer. Vielleicht war es ihr Bruder. A-7230, Noah

Mendel, 5.10.84, München, Musiklehrer. Sechzig Jahre alt, sicherlich der Vater. Eine ganze Familie wurde hier ausgelöscht. Nur Nahum Morgenstern hatte das Grauen überlebt. Dreissig Jahre später wurde er in Zürich ermordet, dachte Maria, erschossen und in einem Schrebergarten verscharrt. Was für eine Lebensgeschichte.

***

Frau Noldes Augen füllten sich mit Tränen. Ihr Mund zuckte. «Was soll ich getan haben? Nein, das ist ...»

Glauser und Emma standen am Empfangstresen der Theologischen Fakultät, der das Sekretariat vom Besucherraum abtrennte. Nolde war sofort von ihrem Bürostuhl aufgesprungen, als sie die beiden Polizisten von ihrem Schreibtisch aus durch die Glasscheibe erblickt hatte. Ängstlich hatte sie Glauser zugehört. Nun war sie vollkommen durcheinander. Ihre fleischigen Arme hingen kraftlos nach unten, die roten Pausbacken verloren an Farbe, eine graue Strähne war aus dem Haarknoten gerutscht.

«Frau Nolde, wir verdächtigen Sie nicht», warf Glauser schnell ein. «Aber es ist unsere Pflicht, Sie das zu fragen. Was haben Sie gestern zwischen zehn und zwölf Uhr getan?»

«Sie war den ganzen Morgen hier», sagte eine Frau mit kinnlangen roten Haaren, die aus dem angrenzenden Pausenraum herauskam. «Um zehn Uhr haben wir wie immer mit unseren Kolleginnen von der Bibliothek Kaffee getrunken, danach mussten Maja und ich einen Reader für ein Proseminar zusammenstellen. Das dauerte bis zur Mittagszeit.» Frau Nolde schaute ihre Kollegin dankbar an.

«Damit wäre unsere Frage beantwortet», sagte Glauser lächelnd. Dann wurde er wieder ernst. «Frau Nolde, jemand hat sich am Abend vor drei Tagen an Ihrem Computer zu schaffen gemacht und um halb zehn Uhr die Todesanzeige verschickt. Das müssen wir abklären. Verraten Sie uns bitte Ihr Passwort.»

Frau Nolde nahm ihre Brille ab und wischte sich eine Träne aus dem Augenwinkel. «Kirchgasse9», antwortete sie leise. «Die neun als Ziffer.»

«Vom Tresen aus ist Ihre Tastatur gut zu sehen», sagte Emma. «Wenn jemand nur ein paar Buchstaben erkennt, die Sie beim Start des PCs eingeben, kann er das Passwort leicht erraten.»

Frau Nolde senkte die Augen. «Das Passwort habe ich gespeichert, ich brauche es gar nicht mehr einzutippen. Es reicht, wenn ich den Benutzernamen eingebe, dann öffnet der Computer automatisch.»

«Kennt jemand ihren Benutzernamen?»

«Ja, denn der ist an der Uni für alle gleich.» Frau Nolde zupfte nervös einen Fussel von ihrer braun-beige karierten Strickjacke. «Er setzt sich zusammen aus dem ersten Buchstaben des Vornamens und den fünf Buchstaben des Nachnamens. Mein Benutzername lautet ‹mnolde›. Das wissen alle.»

«Es musste sich also nur jemand an Ihren Schreibtisch setzen, den Computer hochfahren und Ihren Benutzernamen eingeben, dann war er drin», fasste Glauser zusammen.

Frau Nolde nickte beschämt. «Ja, aber ich konnte doch nicht ahnen, dass jemand mit meinem Computer eine Todesanzeige mailt und dann Professor Uhland umbringt», schluchzte sie.

«Wer hatte denn so spät abends noch Zutritt ins Gebäude?», fragte Emma behutsam. «Ist die Fakultät nachts nicht geschlossen?»

«Doch, die Tür ist abgesperrt», schniefte Nolde. «Aber es gibt einen Schlüsseldienst. Ein Student ist während des Semesters jeden Tag bis um halb zehn Uhr anwesend.»

«Was tut er in dieser Zeit?»

«Wenn jemand ausserhalb der Öffnungszeiten noch arbeiten möchte oder er eine Ringvorlesung am Abend besucht, läutet er an der Klingel und wird eingelassen. Der Schlüsseldienst sorgt dafür, dass spätestens um halb zehn Uhr alle die Fakultät verlassen haben. Er macht einen Rundgang, schliesst alle Türen und verriegelt die Fenster.»

«Die Todesanzeige wurde ein paar Minuten nach halb zehn Uhr gemailt. Dann war ausser dem Täter niemand mehr im Gebäude. Wer hatte an diesem Abend Schlüsseldienst?»

«Das weiss ich nicht, da muss ich nachsehen.»

Frau Nolde schlurfte mit ausgelatschten Gesundheitssandalen zu ihrem Schreibtisch und drückte vor dem PC gebeugt ein paar Tasten.

«Der Student heisst Gabriel Tobler. Er hatte an jenem Abend Dienst», rief sie nach wenigen Sekunden über den Tresen und kam zurück ins Empfangszimmer.

«Den Namen habe ich schon einmal gehört», sagte Glauser und rieb sich am Kinn.

In diesem Moment trat Professor Samuel Hollenstein hinzu. Das auberginefarbene Jackett hatte er um den Arm gelegt. «Wenn die Polizei auftaucht, verheisst das nichts Gutes», sagte er und gab beiden die Hand. «Gibt es neue Hinweise?»

Glauser erzählte ihm, dass der Täter die Todesanzeige vom Sekretariat aus verschickt hatte. «An diesem Abend hatte ein Gabriel Tobler Schlüsseldienst.» Plötzlich fiel ihm ein, woher er den Namen kannte. «Tobler hat Professor Uhland bei Ihnen wegen antisemitischer Äusserungen angezeigt. Vielleicht war er über ihn so verärgert, dass er eine Todesanzeige aufgesetzt hat. Trauen Sie ihm einen Mord zu?»

«Nein, ganz und gar nicht. Seit zwei Jahren arbeitet er für mich als Hilfsassistent», antwortete Hollenstein. «Er ist stets ruhig, beflissen und aufmerksam. Ich kann mir nicht vorstellen, dass er jemals dazu imstande wäre, jemanden zu töten.»

«Können Sie mir sagen, ob er heute an der Uni ist?»

Hollenstein schob mit dem Zeigefinger seine Goldrandbrille auf die Nase.

«Wenn ich wüsste, wo Gabriel ist, und es Ihnen verschwiege, würde ich mich dann strafbar machen?»

«Nein.»

«Keine Behinderung der Polizeiarbeit?»

«Nein, Sie dürften uns sogar ungestraft anlügen, aber wir wären natürlich froh, wenn Sie uns helfen würden.»

«Mir ist es äusserst unangenehm, meinen Assistenten an die Polizei zu verraten», sagte Hollenstein und knetete mit der Hand seinen Mund.

«Sie verraten ihn doch nicht, sie helfen ihm damit», erwiderte Emma. «Sie glauben an seine Unschuld, das ist gut, sehr gut sogar. Denn wenn Ihr Assistent mit dem Mord nichts zu tun hat, hat er nichts zu befürchten. Wir müssen lediglich sein Alibi überprüfen. Das sind Routinefragen.»

«Nun denn», gab sich Hollenstein geschlagen. «Gabriel hat noch einen zweiten Job. Er arbeitet als Fahrradmechaniker in einer Werkstatt im Seefeld. Auch heute Morgen.»

«Wie heisst die Werkstatt?»

«Guter Rad.»

Emma holte ihr Handy aus der Hosentasche und tippte den Namen in die Google-Maske. Auf Google Maps sah sie die Entfernung.

«Neun Minuten von hier», sagte sie an Glauser gerichtet.

«Brauchen Sie mich noch?», fragte Frau Nolde unsicher. Emma spürte, wie unangenehm ihr das alles war.

«Nein, Sie können gehen. Sie haben uns sehr geholfen, vielen Dank», sagte sie.

«Bevor wir aufbrechen, habe ich noch eine Frage», wandte sich Glauser an Hollenstein. «Können Sie uns etwas über das sogenannte ‹Entjudungsinstitut› sagen?»

Hollenstein runzelte die Stirn. «Warum fragen Sie?»

«Auf dem Laptop von Uhland entdeckten wir einen Ordner mit zahlreichen Aufsätzen und wissenschaftlichen Arbeiten. Die Datei war mit ‹Entjudungsinstitut› beschriftet. Im Ordner befand sich auch eine Adressliste mit acht Theologieprofessoren aus ganz Deutschland, die offensichtlich für dieses Institut arbeiten. Sie haben sich rege ausgetauscht. Uhland hat das Institut geleitet.»

Das Gesicht von Hollenstein verfinsterte sich. «Bitte nehmen Sie Platz», sagte er rau und zeigte auf schwarz lackierte Stühle, die um einen runden Holztisch standen.

«Sie glauben also, dass der renommierte und angesehene Theologieprofessor Fritz Uhland von der Universität Zürich für das Entjudungsinstitut gearbeitet hat?» Er betonte ‹Theologieprofessor› und ‹Universität Zürich›. Glauser, Emma und der Professor setzten sich.

«Ja, alle Indizien sprechen dafür. Was macht das Entjudungsinstitut? Wozu ist es gegründet worden?», fragte Emma.

Hollenstein vergrub sein Gesicht in beide Hände. «Verdammt», murmelte er. «Uhland war ein Nazi. Verdammt nochmal.»

Er richtete sich auf und blickte Glauser an. «Es ist unglaublich, dass es diese antisemitische Einrichtung aus der Zeit der Nazidiktatur überhaupt noch gibt. Fünfundsiebzig Jahre nach Hitlers Ende.» Hollenstein schüttelte den Kopf. «Bitte nennen Sie mir die Namen der Professoren, die dort mitmachen.»

Glauser schlug seinen Notizblock auf und blätterte darin. Er las alle Namen vor. Es waren Professoren aus Berlin, Tübingen, München, Heidelberg und Jena, alles Männer, keine Frauen.

«Die meisten von ihnen kenne ich aus der Fachliteratur», sagte Hollenstein. «Den Professor aus Jena habe ich letztes Jahr im Lutherhaus in Eisenach getroffen. Dort haben wir eine Sonderausstellung über das ‹Entjudungsinstitut› vorbereitet. Ich war bei der Tagung als Gastredner eingeladen. Niemals hätte ich gedacht, dass dieser Kollege ein Nazi ist. Die Evangelischen Kirchen in Deutschland haben sich lange Zeit schwer damit getan, dieses dunkle Kapitel aufzuarbeiten. Nächste Woche wird ein Mahnmal errichtet, eine rostige Metalltafel mit der Aufschrift ‹Wir sind in die Irre gegangen›. Das war höchste Zeit. Die Kirchen wollten nicht wahrhaben, dass sie Hitlers ‹Endlösung› der Judenfrage unterstützt hatten. Sie haben die Vernichtung der Juden ideologisch untermauert.»

«Erzählen Sie uns bitte etwas über dieses Institut», sagte Glauser.

«Korrekt lautet der Name ‹Institut zur Erforschung und Beseitigung des jüdischen Einflusses auf das deutsche kirchliche Leben›, im Volksmund kurz Entjudungsinstitut genannt. Es wurde 1939 von elf evangelischen Landeskirchen auf der Wartburg in Eisenach gegründet. Fast zweihundert Bischöfe, Professoren, Doktoren, Pfarrer, Religionspädagogen und Regierungsbeamte haben bei dieser Einrichtung mitgewirkt. Wichtigstes Ziel war es, eine ‹entjudete Volksbibel› herauszubringen. Sie sollte nur aus dem Neuen Testament bestehen, in dem sämtliche Zitate aus dem Alten Testament ausgemerzt worden sind.»

«Es ist doch unmöglich, alles Jüdische aus der Bibel zu entfernen», sagte Glauser. «Jesus war ja selbst Jude.»

«Die bestritten das. Sie haben hanebüchene Theorien aufgestellt. So soll Maria von einem römischen Soldaten vergewaltigt worden sein. Eine andere These besagt, dass Maria eine Hure gewesen sei, die von einem Legionär geschwängert worden war. Jesus sei ein Arier gewesen, kein Jude.»

«Ihr Assistent hatte also recht, dass er Uhland wegen antisemitischer Bemerkungen in seinen Vorlesungen bezichtigt hatte», sagte Emma.

«Ja, ich habe Gabriel Tobler Unrecht getan. Ich habe seine Anzeige nicht ernst genommen», sagte Hollenstein sichtlich zerknirscht. «Aber es ist auch nicht zu fassen, dass Uhland bei diesem furchtbaren Unterfangen mitgemacht hat! Ein Nazi an unserer Fakultät!» Emma fiel auf, dass der Professor seinen Kollegen nicht mehr mit Vornamen nannte. Plötzlich erschrak Hollenstein. «Uhland hat an Wochenenden in unserem Foyer immer wieder Kolloquien veranstaltet mit Theologen aus Deutschland. Manchmal fanden diese Treffen auch in München oder in Berlin statt. Er sagte mir, sie würden wissenschaftliche Debatten führen zur Bedeutung der jüdischen Bibel für das Neue Testament.» Hollenstein lachte trocken auf. «Er hat mich dabei nicht einmal angelogen. Ich habe bewilligt, dass er die Räumlichkeiten der Fakultät für diese Treffen nutzt. Niemals hätte ich geahnt, dass sich hier Nazis versammeln.»

Emma spürte, wie Hollenstein immer wütender wurde.

«Uhland hat den guten Ruf der Fakultät beschmutzt!», sagte er mit gepresster Stimme. «Wenn die Öffentlichkeit erfährt, dass sich an unserer Universität Nazis zu konspirativen Sitzungen getroffen haben, um gegen Juden zu agieren, verlieren wir weltweit an Renommee. Es ist gar nicht auszudenken, was dann passiert. Eine Katastrophe!»

«Vielleicht hat jemand mitgekriegt, dass Uhland für das Entjudungsinstitut arbeitet. Wäre das möglicherweise ein Mordmotiv?», fragte Emma.

Hollenstein fasste sich wieder. «Durchaus denkbar. Für fromme Christen gilt die Bibel als Wort Gottes. Sie ist ihre heilige Schrift. Wer sie in den Dreck zieht, begeht eine schwere Gotteslästerung. Wenn jemand behauptet, Jesus sei das Kind eines römischen Legionärs und die Jungfrau Maria eine Hure, der überschreitet für viele eine rote Linie.»

«Und Juden?», fragte Glauser. «Wir haben Ihnen noch gar nicht gesagt, dass Uhland nicht mit gewöhnlicher Blausäure vergiftet wurde, sondern mit Zyklon B.»

«Zyklon B!» entfuhr es Hollenstein. «Ein Nazi wird mit Zyklon B vergast. Der Mörder muss einen Sinn für Humor haben.»

«Ja, deshalb ziehen wir auch einen Juden als Täter in Betracht.»

«Die orthodoxen Juden in Zürich leben sehr zurückgezogen. Viele scheuen die Öffentlichkeit. Sie wollen in Ruhe gelassen werden. Ich glaube deshalb kaum, dass sich ein Jude so exponiert und die Tat begangen hat», erwiderte Hollenstein. «Zudem sind die Juden von den Machenschaften des Entjudungsinstituts gar nicht betroffen. Ihre Bibel, der Tanach, wird nicht angetastet. Das Alte Testament wurde zwar von den Nazis aus der christlichen Bibel gestrichen, aber das kann den Juden ja egal sein. Mehr noch: Viele würden es sogar begrüssen, wenn ihre heilige Schrift nicht mehr im Buch der Christen steht. Christen gelten für fromme Juden als jüdische Sekte, die einen Menschen zu Gott gemacht hat und deshalb Jahwe lästert. Warum sollte ein Jude für diese Sekte einen Menschen ermorden?»

***

Tobler bockte ein Tourenrad mit Stahlrahmen auf den Montageständer. Die Reifen zeigten nach oben. Er gab dem Vorderrad einen Schwung. Sofort hörte er ein schleifendes Geräusch, das von den Bremsen kam. Das Rad lief unrund, es hatte eine Acht.

Die Felge schlug nach links aus. Aus der Werkzeugkiste holte er einen Zentrierschlüssel und zog den Speichennippel an, der am rechten Flansch der Nabe eingehakt war. Er drehte den Schlüssel eine halbe Umdrehung im Uhrzeigersinn. Dann gab er dem Vorderrad wieder einen Schubs. Das Rad drehte sich. Die Felge schleifte etwas weniger an den Bremsschuhen. Er wischte sich mit dem Ärmel seines olivgrünen Kapuzenpullovers über die Stirn. Vom Werkzeugtisch holte er eine Dose Red Bull und trank einen Schluck. Er arbeitete seit sieben Uhr in der Werkstatt, die hinter dem Verkaufsraum von «Guter Rad» eingerichtet worden war. Dort reparierte er drei Mal in der Woche Fahrräder, bereits seit zwei Jahren. Vor dem Studium der Theologie hatte er eine Lehre als Fahrradmechaniker absolviert. Das zahlte sich nun aus. In der Werkstatt roch es nach Kettenöl und Metall, ein Geruch, den er liebte. Heute arbeitete er allein, sein Chef verbrachte den ganzen Tag an einer Messe. Das sollte kein Problem sein. Bei diesem miesen Wetter erwartete er nur wenig Kundschaft. Tobler ging wieder zurück zum Montageständer. Als er den Zentrierschlüssel nochmals an den Felgennippel ansetzen wollte, summte sein Handy. Tobler wischte sich seine öligen Finger an einem Tuch ab und klaubte sein Smartphone aus der Jeanstasche.

«Hallo, Samuel, was gibt's?», meldete er sich.

«Gabriel, hör mir gut zu. Vor wenigen Minuten war die Kriminalpolizei bei mir. Die Todesanzeige für Uhland wurde am Sonntagabend vom Sekretariat aus an die NZZ gemailt. Du hattest an jenem Abend Schlüsseldienst. Die Polizei verdächtigt dich, die Anzeige verfasst zu haben.»

«Das war ich aber nicht», erwiderte Tobler und nahm seine schwarze Strickmütze vom Kopf.

«Mir brauchst du das nicht zu sagen, ich weiss, dass du damit nichts zu tun hast. Ich wollte dich nur vorwarnen. Die Kripo wird jeden Augenblick bei dir klingeln.»

«Vielen Dank für den Tipp.»

«Sag der Polizei nicht, dass ich dich informiert habe.»

«Tu ich nicht, keine Sorge.»

Tobler legte auf und schaute in den Verkaufsraum, den nur ein quergestellter Ladentisch von der Werkstatt trennte. Vor der Glastür war niemand zu sehen. Ein wenig Zeit habe ich noch, mich auf die Bullen vorzubereiten, dachte er. Jetzt nur nicht nervös werden! Er setzte seine Strickmütze auf und machte sich wieder an die Arbeit.

Glauser steuerte den Dienstwagen, einen weissen BMW, auf dem Utoquai stadtauswärts am See entlang. Er hatte die Scheinwerfer angeschaltet. Dunkle Wolken bedeckten den Himmel. Es nieselte. Der Asphalt glänzte vor Nässe. Die Scheibenwischer kreisten. Links zog das Opernhaus vorbei. «Professor Hollenstein hätte auch ein triftiges Tatmotiv», sagte Emma, die neben ihm sass. «Sollte er von Uhlands Machenschaften im Entjudungsinstitut erfahren haben, würde er vielleicht sogar töten, um die Schande von seiner Fakultät fernzuhalten.»

«Guter Gedanke, Emma», sagte Glauser und bog nach links in die Kreuzstrasse ein. «Hollenstein wirkte zwar erschrocken, als er von uns hörte, was Uhland vor seinen Augen getrieben hatte, aber das muss nichts heissen. Wir müssen sein Alibi überprüfen. Das haben wir versäumt.»

Er lenkte den BMW in die Dufourstrasse. Nach dreihundert Metern kreuzten sie eine kleine Quartierstrasse.

«Da muss die Fahrradwerkstatt sein», sagte Glauser und wies mit seinem Kopf nach links. Vor ihnen tauchte ein niedriges Gebäude auf, das einmal eine Garage gewesen war. Davor standen in zwei Reihen fabrikneue Fahrräder und Mountainbikes. Glauser stellte den Wagen auf einem gelbmarkierten Parkplatz daneben ab. Auf einem grossen Schaufenster stand mit roter Klebefolie «Guter Rad! Seefeld» geschrieben. Glauser nahm sein Jackett vom Hintersitz und ging mit Emma zur Ladentür. Es bimmelte, als sie eintraten. Der Verkaufsraum war hell erleuchtet. Ringsum standen Gestelle, in denen Fahrradhelme, Schlösser, Trinkflaschen, Sättel, Handschuhe und Fahrradzubehör ausgestellt waren. In einem Regal lagen zusammengefaltet Radlerhosen und T-Shirts. An der gegenüberliegenden Seite stand eine Verkaufstheke, die von unten beleuchtet war. Dahinter lag die Werkstatt. Von dort kam ein junger Mann auf sie zu, sehnig, Dreitagebart, auseinanderliegende braune Augen.

«Guten Tag, was kann ich für Sie tun?», fragte er.

«Kantonspolizei Zürich», antwortete Glauser. «Herr Tobler, wir müssen Ihnen ein paar Fragen stellen.»

«Oh, Polizei. Kommen Sie zu mir wegen Professor Uhland?»

«Ja.»

Tobler nahm seine Strickmütze ab. «Leider kann ich Ihnen keinen Platz anbieten, wir haben hier keine Stühle.»

«Das macht nichts, wir bleiben nicht lange», sagte Emma.

«Was wollen Sie wissen?»

«Sie haben sicherlich von der Todesanzeige gehört, die jemand für Uhland in die Zeitung gesetzt hat», begann Glauser. «Sie wurde am Sonntagabend vom Sekretariat der Fakultät aus verschickt, als Sie Schlüsseldienst hatten.»

«Verdächtigen Sie mich?»

«Sie waren zur fraglichen Zeit am Tatort.»

«Glauben Sie mir, ich war es nicht», sagte Tobler. Seine Augen wanderten von Glauser zu Emma und wieder zurück. «Um welche Uhrzeit soll das gewesen sein?»

«Kurz nach halb zehn Uhr.»

«Die Tür zur Kirchgasse 9 habe ich zwanzig Minuten nach neun Uhr abgeschlossen. Am Sonntag fand keine Veranstaltung statt, es befand sich niemand mehr im Gebäude, ich habe das kontrolliert. Da bin ich früher gegangen.»

«Sie haben Uhland beim Dekan wegen antisemitischer Äusserungen angezeigt», fuhr Emma fort. «Ein Tatmotiv hätten Sie also auch.»

Tobler schluckte. «Nein, Sie irren sich. Mit der Todesanzeige habe ich nichts zu tun.»

«Schildern Sie uns bitte den Vorfall. Was hat Sie so empört, dass Sie Ihren eigenen Professor gemeldet haben?»

«Er machte sich über das Schilfmeerwunder lustig, über den Auszug der Israeliten aus Ägypten. Kennen Sie die Geschichte?»

Emma schüttelte den Kopf. Glauser nickte.

«Diese Überlieferung ist für Juden von zentraler Bedeutung. Sie entkamen der Sklaverei in Ägypten. Gott hat sein Volk befreit und schenkte ihnen in der Wüste die zehn Gebote. Diese Erzählung schafft ihre Identität. Das vereint sie zu einem Volk. Seit dreitausend Jahren.»

«Wie hat sich Uhland darüber lustig gemacht?», fragte Glauser.

«Er nannte die Israeliten ein ungebildetes Nomadenvölkchen. Sie hätten sich in der Wüste feige verhalten, seien weinerlich gewesen», antworte Tobler. «Er lachte spöttisch über die in der Bibel erzählten Heldentaten. Grossmachtsphantasien nannte er ihre Geschichten. Nicht, was er sagte, sondern vor allem, wie er es sagte, zeigte mir, dass er die Juden verachtete. Ich war nicht der Einzige, der das so wahrgenommen hat.»

«Warum haben Sie ihn angezeigt?»

«Es darf nicht sein, dass ein Antisemit an der Theologischen Fakultät lehrt. Wenn nur der geringste Verdacht besteht, muss das abgeklärt werden.»

«Warum studieren Sie Theologie?», wollte Emma wissen.

«Wegen der Studentinnen», antwortete Tobler. Seine Augen blitzten. «Sie schauen oft so verzweifelt. Das finde ich sexy. Nein, im Ernst: Theologie ist meine Leidenschaft. Seit dreitausend Jahren denken intelligente Menschen über wichtige

Fragen des Lebens nach. Philosophie, Ethik, Bibelwissenschaft, Kirchengeschichte, Religionswissenschaft. Das ist alles äusserst spannend.»

«Sagt Ihnen das Entjudungsinstitut etwas?», machte Glauser weiter.

«Entjudungsinstitut?», wiederholte Tobler. «Nein, keine Ahnung. Doch! Ja. Davon habe ich in Kirchengeschichte gehört. Das ist aber eine Weile her, vor fünf oder sechs Semestern. Eine Gruppe von Nazis in der evangelischen Kirche wollte im dritten Reich die Bibel entjuden, alles Jüdische daraus entfernen.» Tobler schüttelte den Kopf. «Abartig, absolut krank.»

«Was haben Sie am Dienstagmorgen zwischen zehn und zwölf Uhr gemacht?»

Tobler schwieg einen Moment. «Wurde Uhland in dieser Zeit ermordet?»

«Ja.»

«Sie glauben, ich hätte Professor Uhland umgebracht!» Tobler lachte. «Niemals hätte ich gedacht, dass mir jemand eine solche Kaltblütigkeit zutraut.»

Der Mann wirkt ziemlich abgebrüht, dachte Glauser. Von Nervosität wenig zu spüren.

«Bitte antworten Sie.»

Tobler überlegte. «Gestern morgen?» Dann hellte sich sein Gesicht auf. «Wie konnte ich das vergessen. Da war ich auf einer Klimademo am Sihlquai.»

«Kann das jemand bezeugen?»

«Ja, ich habe TeleZüri ein Interview gegeben. Am Abend wurde der Bericht ausgestrahlt. Meine Aussage lief über den Sender.»

«Lassen Sie mich das schnell überprüfen», sagte Emma. Sie nahm aus ihrer grünen Leinenhose ein Handy heraus und gab im Browser www.telezueri.ch ein.

«Können Sie sagen, wann der Bericht kam?»

«Im Züri Info um achtzehn Uhr zwanzig. Es war die erste Nachricht.»

Emma klickte auf den Züri-Info-Button. Sie hielt das Handy schräg, damit ihr Chef mitansehen konnte. Wenn Emma ermittelt, Verdächtige befragt, die Puzzlestücke zusammensetzt, ist sie ganz in ihrem Element, dachte Glauser. Jegliche Schüchternheit hat sie dann abgelegt. Aus ihr wird einmal eine hervorragende Polizistin.

«Tornados. Rekordtemperaturen. Schmelzende Gletscher. Die Klimaerwärmung treibt immer mehr Menschen auf die Strasse», sagte die blonde Nachrichtensprecherin in der Anmoderation. «Tausende demonstrierten heute Morgen in der Zürcher Innenstadt. Mit selbstgebastelten Autos aus Holzlatten gingen sie auf die Strasse und blockierten den Verkehr.»

Der Sender zeigte den Umzug, Protestschilder, gemalte Plakate, Erdkugeln aus Pappmaché. Und Interviews mit Demonstranten. Nach vierzig Sekunden kam Gabriel Tobler zu Wort. «Der Klimawandel ist verheerend, er bedroht die Menschheit, wir müssen die Politik so lange unter Druck setzen, bis die Damen und Herren in Bern endlich etwas tun», sagte Tobler. Sein Gesicht war gerötet. Die Kapuze seines schwarzen Hoodies hatte er über den Kopf gezogen. Neben sich schob er ein Fahrrad. Emma drückte die Stopptaste.

«Waren Sie alleine auf der Demo?», fragte Glauser.

«Nein, mit viertausend anderen», antwortete Tobler.

Glauser lächelte. «Ich meinte, ob Sie mit Freunden hingingen.»

«Ja, mit meinem Bikeclub. Wir demonstrierten für autofreie Strassen, für weniger Verkehr und weniger CO_2-Ausstoss. Danach assen wir noch zusammen eine Pizza im Santa Lucia an der Marktgasse.»

Das war's, dachte Glauser grimmig, die Spur ist kalt. Es erklang die Melodie von Griegs «In der Halle des Bergkönigs». Er nahm sein Smartphone aus dem Sakko und schaute auf das Display. Die Nummer kannte er nicht. «Kantonspolizei Zürich, Glauser», meldete er sich.

«Hirschfeld, Rabbiner Hirschfeld von der Israelitischen Cultusgemeinde Zürich. Ich möchte Ihnen zum Mord am Juden im Schrebergarten etwas mitteilen. Kann ich Sie baldmöglichst treffen?»

***

Maria und Leo gingen auf einem stillgelegten Eisenbahngleis, das verlassen im Nirgendwo lag. Zwischen den rostigen Schienen wuchs Unkraut. Es war bitterkalt. Raureif schimmerte auf den Eisenbahnschwellen. Sie waren unterwegs nach Auschwitz-Birkenau, dem eigentlichen Vernichtungslager, das drei Kilometer neben dem Stammlager errichtet worden war. Nach zwanzig Minuten tauchte vor ihnen ein langgestrecktes Ziegelsteingebäude auf, worauf ein mächtiger Wehrturm stand. Die Schienen führten durch ein hohes Tor. Maria stellte sich das Stampfen und Zischen der Dampflokomotive vor, das Quietschen der Bremsen und das Gerumpel, wenn die Waggontüren geöffnet wurden.

Sie schritt mit Leo durch das Tor, der die Kamera auf der Schulter eingeschaltet hatte, und erreichte das Lagergelände. Es erstreckte sich über beinahe zwei Quadratkilometer und war ringsum mit Stacheldraht eingezäunt, der an drei Meter hohen Betonpfosten befestigt war. Alle hundert Meter stand ein hölzerner Wachturm. Die Schienen gabelten sich in drei Gleise. Auf einem stand ein alter Eisenbahnwaggon. Die meisten Baracken, worin die Lagerhäftlinge gehaust hatten, waren abgerissen worden. Nur noch die gemauerten Kamine ragten in die Höhe wie Mahnmale. Es waren Dutzende. Dazwischen wuchs Gras, das mit Eiskristallen überzogen war. Links der Schienen standen flache Unterkünfte aus rotem Ziegelstein. Ein kalter Wind blies durch die zerbrochenen Fensterscheiben der Baracken.

Leo schob die Kamera auf das Stativ und filmte die Ausladerampe, wo die Auschwitzhäftlinge aus den Eisenbahnwagons gestiegen waren. Maria stand neben ihm und bewegte ihre Zehen. Die Hände vergrub sie in den Manteltaschen. Glücklicherweise hatte sie ihren Daunenmantel mitgenommen, sie hatte zu Recht befürchtet, dass es in Polen um diese Jahreszeit sehr kalt sein konnte. Ihr fiel auf, dass sie keinerlei Geräusche hörte. Kein Vogel zwitscherte, kein Motorenlärm war aus der Ferne zu hören. Es war seltsam still. Maria erinnerte sich daran, was der Jude mit Glatze und grauem Haarkranz im Fernsehbericht der Rundschau gesagt hatte. Sie hörte seine brüchige Stimme: «Als wir in Birkenau angekommen sind, da standen schon die Kapos mit ihren Ochsenziemern und Prügeln. Wir mussten uns nackt ausziehen, dann wurden wir geschoren von oben bis unten. Sie haben uns untersucht, ob wir nicht irgendwelchen Schmuck versteckt hatten. Sie schauten in jede Körperöffnung, in den Mund, in die Ohren, in den Hintern. Manche Häftlinge hatten sich im letzten Moment ihre Eheringe in den Hintern gesteckt. Die wurden dann wieder rausgenommen. Und die Männer bekamen schreckliche Prügel.» Maria stellte sich die Szene vor. In ihrem Kopf lief ein Film ab. Sie hörte das Trappeln der Menschen, die nach tagelanger Irrfahrt aus den Waggons steigen. Vor der Rampe bilden SS-Schergen Kolonnen, die einen werden nach rechts geschickt, die anderen nach links. Sie brüllen. An ihrer Seite bellen Schäferhunde. Hunderte Menschen stehen dicht an dicht, die Augen vor Angst aufgerissen. Viele schreien und weinen, weil Kinder und Frauen von ihren Männern getrennt wurden.

Maria hörte den alten Juden: «Viele neue Häftlinge kamen zu mir und sagten: ‹Als wir angekommen sind, wurden meine Frau und die Kinder auf die andere Seite gebracht, weisst du, wo die hingekommen sind? Kannst du mir vielleicht helfen, ihnen eine Nachricht zukommen zu lassen, dass ich hier bin?› Und dann war ich immer wieder in der schrecklichen Lage, sagen zu müssen: ‹Vater, diejenigen, die auf die andere Seite gekommen sind, sind noch am selben Tag in die Gaskammern geführt worden. Deine Frau und deine Kinder sind tot, die siehst du nie wieder.›»

Maria nahm ihr Handy aus der Manteltasche und schaute auf das Display. Keine Nachricht. Es war halb zwölf Uhr. Nach ihrer Recherche im Archiv des Auschwitz-Museums war sie sofort mit Leo aufgebrochen. Sie hatten noch ein wenig Zeit, Impressionen vom Konzentrationslager einzufangen. Spätestens um dreizehn Uhr mussten sie im Krakauer Flughafen Johannes Paul II. das Mietauto abgeben und einchecken. Plötzlich erschrak sie. Mist, dachte sie. Ich habe vergessen, der Kripo die Namensliste mit den Häftlingen zu mailen. Normalerweise würde sie der Polizei nicht mit ihren Rechercheergebnissen helfen. Aber jetzt, wo ein Mörder sein Unwesen trieb, der einen Theologieprofessor vergiftet hatte, war das etwas anderes. Und wer weiss, vielleicht würde sie von Theo Infos bekommen, exklusiv für sie. Maria kramte ihr Smartphone wieder hervor. «Lieber Theo, ich bin in Auschwitz und habe dort im Archiv recherchiert», tippte sie auf das Display. «Der Tote im Schrebergarten heisst Nahum Morgenstern. Aus München wie Uhland. Am gleichen Tag wurde auch eine Noemi Morgenstern mit der Nummer A-7228 tätowiert, vermutlich seine Frau, siehe Liste im Anhang. Hast du mir Informationen zum Mordfall Uhland?

Gerne auch vertrauliche :-) LG Maria.» Sie überflog die SMS und drückte auf Senden.

Da tippte ihr Leo auf die Schulter. «Alles im Kasten, wir können weiter.» Maria merkte, wie ihn die Arbeit belastete. Sie nickte und schlug den Mantelkragen nach oben. Dann schlang sie ihren Arm um seine Hüfte und drückte ihn an sich.

Langsam zogen sie durch das Lagergelände. Sie waren nahezu allein. Nur eine Gruppe älterer Menschen bewegte sich in weiter Ferne. Vom Himmel leuchteten senfgelbe Wolken und tauchten das flache Gelände in ein gespenstisches Licht. Als Leo einen der vielen elektrischen Stacheldrahtzäune aufnahm, die zu Betriebszeiten mit achttausend Volt geladen waren, dachte Maria an die Aussage der alten Frau mit dem zerfurchten Gesicht. «Ich musste Frauen vom elektrisch geladenen Zaun abziehen. Die sind dort gehangen. Das waren Frauen, die einfach nicht mehr konnten, die haben sich das Leben genommen. Eine davon war meine Freundin.» Maria liess ihren Blick über das Lagergelände schweifen. Dreihundert Holzbaracken für über neunzigtausend Häftlinge waren hier gestanden. Fast alle Unterkünfte hatten die SS-Schergen kurz vor der Auschwitzbefreiung durch die Rote Armee in die Luft gesprengt. Nur ein paar Dutzend standen noch. Auch die Gaskammern und Kremationsöfen haben die Nazis in Birkenau zerstört. Sie wollten alle Beweise für ihre Tötungsfabrik vernichten. Doch das schafften sie nicht. Nicht einmal sie konnten die Spuren von einer Million Mordopfern beseitigen. Im Stammlager von Auschwitz war das Krematorium, das ausserhalb der Stacheldrahtumzäunung gestanden hatte, rekonstruiert worden. Maria und Leo hatten die Anlage besichtigt, bevor sie ins Archiv gegangen waren. Vor dem Eingang erhob sich ein hoher Kamin. Wände und Decke des Krematoriums waren vor Russ geschwärzt. Der Verputz bröckelte von den Wänden. Ein eiserner Doppelmuffelofen in einem Gemäuer aus rotem Ziegelstein stand in einer Ecke. Für Maria sah er nicht aus wie ein Kremationsofen, sondern wie eine Kadaververbrennungsanlage.

Auch die Gaskammer neben dem Krematorium war erhalten. Der düstere Raum roch nach Schimmel und Stein, an der Decke war ein quadratisches Loch zu sehen, wodurch das Zyklon B in den Raum geschüttet worden war.

Bevor die Menschen in die Gaskammern getrieben wurden, mussten sie sich nackt ausziehen. Siebenhundert bis tausend Männer, Frauen und Kinder wurden in einen hundert Quadratmeter grossen Raum gedrängt. Damit sie nicht in Panik gerieten, waren einzelne Gaskammern mit Duschkopfattrappen ausgestattet. Zudem hingen Schilder in mehreren Sprachen wie «Zum Bade» oder «Zur Desinfektion» an den Wänden. Es dauerte höchstens fünfzehn Minuten, nachdem das Zyklon B in die Gaskammern eingeleitet worden war, bis alle Opfer tot waren. Maria sah Hunderte Kratzspuren von Fingernägeln an den Wänden. Sie stellte sich vor, wie die Menschen in Todesangst versucht hatten, dem Gas zu entkommen, das vom Boden aufstieg, wie sie übereinander kletterten, ineinander verkeilt, verzweifelt nach oben wollten, wo noch etwas Luft zum Atmen war, bis auch sie das Gas erreichte.

Sobald sich niemand mehr regte, wurde die Gaskammer eine halbe Stunde lang belüftet. Dann musste das Sonderkommando, das aus Häftlingen bestand, die Leichen herausschleifen und sie mit einem Lastenaufzug zu den Krematiosöfen transportieren.

In Auschwitz waren fünf Krematorien mit insgesamt zweiundfünfzig Muffelöfen erbaut worden, die Tag und Nacht in Betrieb waren. Mit einer Schiebevorrichtung wurden die Leichen in die Öfen verfrachtet. Innerhalb von vierundzwanzig Stunden konnten die Nazis mehr als viertausendsiebenhundert

Menschen kremieren. Das hatte Maria auf einem Rapport eines SS-Sturmbandführers an seinen Vorgesetzten gelesen.

Sie lief neben Leo, der Kamera und Stativ trug. Er wirkte entschlossen, ja fast beängstigend auf sie. Sein Lausbubengesicht hatte jeden Schalk verloren. Die weizenblonden Haare schienen grauer zu sein. Den breiten Mund, mit dem er ihr sonst ein Lächeln schenkte, hatte er zu einem Strich zusammengepresst. So hatte sie ihn noch nie erlebt. Der Schotter knirschte unter ihren Füssen. Sie blickte nach unten. Ihre Schuhe waren staubig geworden. Sie wollte sie mit einem Papiertaschentuch blank reiben, doch sie liess es bleiben. Sie hatte gelesen, dass auf dem Gelände die Asche von Tausenden Menschen lag, die von den Kremationsöfen hergeweht worden war. Jahrelang gingen über Auschwitz Ascheflocken nieder, die wie graue Schneeflocken den Boden bedeckten. Tag und Nacht hatte es geschneit. An manchen Tagen war der Himmel von Menschenasche verdunkelt.

Jeder Häftling habe gewusst, was auf ihn zukommen würde, sagte der Jude mit der grossen Brille und den zittrigen Händen im Rundschaubericht. «Wir waren schon am ersten Tag darüber informiert, dass dort Fabriken entstanden sind, eine Schlachterei, wo Menschen umgebracht werden. Die massenhafte Verbrennung der Menschen in den Kremationsöfen, die konnte man riechen, wenn der Wind aus dem Westen kam. Das war ein eigenartiger süsslicher Geruch, verbranntes Menschenfleisch.»

***

Rabbiner Hirschfeld empfing Glauser vor dem Zentrum der Israelitischen Cultusgemeinde, wo der Sicherheitsdienst wachte. Sein Händedruck war kräftig. Er trug Cordhosen mit Hosenträgern, ein Flanellhemd, das sich um seine breiten Schultern spannte und eine Kippa auf seinem markanten Schädel. Er war fast so gross wie Glauser.

«Ein Mitglied der Gemeinde bat mich nach dem Pessachfest um ein vertrauliches Gespräch», sagte Hirschfeld mit Bassstimme. Er ging durch das Foyer. Von dort führte eine Tür in das Restaurant «Olive Garden».

«Treten Sie bitte ein», sagte er. «Darf ich Ihnen etwas zu trinken anbieten, ein Glas Wasser vielleicht oder einen Kaffee?»

«Gerne Leitungswasser», antwortete Glauser. Er blickte sich um. Das Restaurant war modern eingerichtet, dunkles Riemenparkett aus geräucherter Eiche, vor den grossen Glasfenstern standen Tische aus dunklem Teakholz. Die Wände waren in warmen Farbtönen gestrichen, eierschalenweiss, mintgrün und kaffeebraun. Am auffälligsten aber war ein alter, knorriger Olivenbaum, der mitten im Raum stand und bis zur Decke reichte.

Im Restaurant war um diese Uhrzeit noch nicht viel los. Ein korpulenter Mann mit schlohweissem Bart und schwarzem Mantel über einem weissen Hemd sass an einer Seite. Eine schwarze Kippa bedeckte sein ganzes Haupt. Er schaute kurz auf, als Glauser hereinkam und widmete sich dann wieder seinem Salat. Ein paar Tische weiter löffelten zwei junge Männer eine Tomatensuppe und unterhielten sich. Auch sie trugen Kippas.

«Wir Rabbiner unterliegen genauso der Schweigepflicht wie ein Priester», sagte Hirschfeld, als er mit einer Tasse Tee und einem Glas Mineralwasser zurückkam, das er an der Theke geholt hatte. «Deshalb ist es mir nicht möglich, Ihnen zu sagen, wer mich informiert hat.» Er riss ein Papiersäckchen auf und schüttete Zucker in den Tee. «Der Jude, der im Schrebergarten gefunden wurde, heisst Nahum Morgenstern. Das Gemeindemitglied hat ihn auf dem Foto wiedererkannt.»

«Nahum Morgenstern. Endlich kennen wir seine Identität», rief Glauser. «Bisher wussten wir nur seine Initialen, N.M., die auf den Mantelkragen genäht waren. Vielen Dank für die Information. Die hilft uns weiter.» Er nahm einen Notizblock hervor und schrieb den Namen auf. «Wissen Sie, wann Morgenstern zuletzt gesehen wurde?»

«Ja, das war an Chanukka 1976. Ich habe nachgeschaut. Unser Lichterfest wurde in diesem Jahr am 24. Dezember gefeiert. Danach hat ihn niemand mehr gesehen. Alle haben sich grosse Sorgen gemacht. Nahum ging regelmässig in die Synagoge, er engagierte sich in der Gemeinde. Er wäre nie einfach fortgeblieben, ohne etwas zu sagen, sagte mein Gemeindemitglied. Er muss irgendwann Ende Dezember 1976 ermordet worden sein.»

Glauser notierte sich alles. Aus seiner Jackentasche erklang ein Summton.

«Entschuldigen Sie bitte, aber da muss ich ran», sagte er zu Hirschfeld und nahm sein Smartphone hervor. Eine SMS von Maria. «Lieber Theo, der Tote im Schrebergarten heisst Nahum Morgenstern», las er. Glauser lächelte. Unglaublich, was Maria alles aufdeckte. Sie wäre eine gute Polizistin. Er nahm einen Schluck Mineralwasser.

«Eine Journalistin, die ich kenne, befindet sich in Auschwitz», sagte er zu Hirschfeld. «Sie hat dort im Archiv recherchiert. Anhand der KZ-Nummer auf dem Unterarm hat sie ebenfalls den Namen des Opfers herausgefunden, Nahum Morgenstern. Ein glücklicher Zufall, zwei unabhängige Quellen. So wissen wir zuverlässig, wer der Tote ist.»

Glauser öffnete die Liste im Anhang. Er überflog die Namen und leitete sie an Emma weiter. Dazu tippte er: «Emma, wir wissen nun, wie der Tote im Schrebergarten heisst, siehe Anhang.» Dann steckte er das Handy wieder in seine Jackentasche.

«Die Frau von Morgenstern steht auch auf der Liste», sagte er. «Beide sind am 23. Mai 1944 mit einem Güterzug in Birkenau angekommen.»

«Leider hat Noemi Morgenstern Auschwitz nicht überlebt», sagte Hirschfeld. «Sie war Künstlerin. Auch ihr Kind starb, bereits auf dem Transport im Güterzug. Nahum litt zeit seines Lebens an diesem Verlust, wurde mir berichtet. Er kam nie darüber hinweg. Er hat mit Gott gehadert, ging aber dennoch regelmässig in die Synagoge.»

«Können Sie mir noch mehr über ihn sagen?», fragte Glauser. «Jede Information kann uns helfen.»

«Nein, tut mir leid. Das alles ist lange her», antwortete Hirschfeld. «Wenn Sie konkrete Fragen haben, kann ich mein Gemeindemitglied darauf ansprechen. Vielleicht weiss er etwas.»

Offensichtlich ein Mann, dachte Glauser. In diesem Moment pfiff Griegs Melodie. «Bitte entschuldigen Sie mich noch einmal», sagte er und griff in seine Jackentasche. Auf dem Handydisplay sah er die Nummer von Emma. Sie würde nicht anrufen, wenn es nicht wichtig wäre.

«Ja, was gibt's?», meldete er sich.

«Theo, auf der Liste, die du mir geschickt hast, steht auch Morgensterns Frau», sagte Emma.

«Ja, das habe ich gesehen.» Glauser spürte, dass sie aufgeregt war.

«Noemi Morgenstern war eine geborene Mendel. Als Franz und ich vor zwei Wochen am Sederabend das Foto des Opfers herumgezeigt haben, konnte niemand den Toten identifizieren. Doch ein junger Mann verhielt sich etwas auffällig. Bei ihm hatte ich den Verdacht, dass er das Opfer vielleicht erkannt hat, es uns gegenüber aber verschwieg. Deshalb habe ich mir seinen Namen notiert. Er heisst Noah Mendel und ist Doktorand für Religionswissenschaft an der Theologischen Fakultät. Vielleicht ist er mit Noemi Mendel verwandt. Uhland kennt er sicherlich, die Theologische Fakultät ist ein Familienbetrieb. Da kennt jeder jeden.»

Glauser drückte auf die rote Telefontaste. «Meine Kollegin sagte mir, dass Frau Morgenstern vor ihrer Heirat Mendel hiess.»

«Das wusste ich nicht», sagte Hirschfeld. «Davon hat mir das Gemeindemitglied nichts erzählt. Ich kann Ihnen nur das sagen, was ich gehört habe.»

«Kennen Sie Noah Mendel?»

«Ja, er besucht unsere Gemeindeanlässe. An den Neujahrstagen Rosch Haschana, an unserem Versöhnungsfest Jom Kippur und auch am Laubhüttenfest treffe ich ihn regelmässig.» Hirschfeld lächelte. «Er schafft es auch fast immer, am Sabbat in die Synagoge zu kommen. Er bemüht sich redlich. Warum fragen Sie?»

«Er hat am Sederabend seltsam reagiert, als er das Foto des Opfers sah, sagt meine Mitarbeiterin. Sie meint, er habe den Toten auf dem Bild erkannt, es aber verheimlicht. Wir müssen ihn dazu befragen. Wissen Sie, wo Noah Mendel wohnt oder wie wir ihn erreichen können?»

«Die Adresse kann ich Ihnen nennen, er hat sicherlich nichts zu verheimlichen», antwortete Hirschfeld und holte ein Smartphone aus seiner Hosentasche. «Noah wohnt in einer WG mit zwei Freunden.» Er öffnete seine Kontakte und gab Glauser Adresse und Handynummer bekannt. «Soviel ich weiss, nimmt Noah heute Nachmittag Flugstunden. Er macht bei der Motorfluggruppe Zürich den Pilotenschein. Er wird jetzt am Flughafen Kloten sein.»

Das Handy von Glauser erklang erneut. Es war die Einsatzzentrale. Ein Mord im Kreuzgang der Theologischen Fakultät, erfuhr er. Opfer unbekannt. Oh nein, nicht heute, dachte Glauser.

Er stand auf. Hirschfeld erhob sich ebenfalls. Glauser gab ihm die Hand.

«Rabbiner Hirschfeld, ich muss los. Ein neuer Einsatz.»

«Gott segne Sie bei Ihrer Arbeit», sagte Hirschfeld zum Abschied.

Glauser schaute perplex. Es war das erste Mal, dass ihm jemand einen Segen wünschte, sonst bekam er als Polizist nur Flüche zu hören.

***

«Mich erinnert die Klimaerwärmung an die Geschichte vom gekochten Frosch», sagte Sokrates.

Nik blickte ihn kurz an. «Gekochter Frosch?» Dann nickte er. «Ja, ich weiss, wovon du sprichst. Wirft man einen Frosch ins siedend heisse Wasser, hüpft er sofort heraus, weil er erkennt, in welcher Todesgefahr er sich befindet. Ganz anders verhält sich der Frosch, wenn man das Wasser langsam erhitzt. Er verharrt im Kochtopf, bis er elendiglich stirbt.»

Nik steuerte seinen alten Citroën um den Irchelpark herum in die Winterthurerstrasse. Bis zum Tatort waren es nur wenige Minuten. Im Autoradio hatten sie gehört, dass sie den heissesten April seit Messbeginn 1864 erlebt hatten. Auch heute war es aussergewöhnlich warm. Obwohl es regnete, mass das Aussenthermometer dreiundzwanzig Grad. Der Asphalt schien zu dampfen.

«Weisst du, von wem die Geschichte stammt?», wollte Nik wissen.

«Die Parabel hat der irische Wirtschaftsphilosoph Charles Handy erzählt. Er wollte damit zeigen, wie schwer wir uns tun, auf gefährliche Entwicklungen klug zu reagieren, selbst wenn sie ohne Gegenmassnahmen tödlich enden. Wir Menschen verhalten uns wie der Frosch. Wir sitzen im Kochtopf, es wird immer heisser. Doch wir tun nichts gegen die Klimaerwärmung. Im Gegenteil. Wir sind es selbst, die das Feuer schüren. Wir wollen nicht wahrhaben, dass wir dabei sind, uns umzubringen. So schlimm ist es doch gar nicht, meinen wir, wir leben ja noch. Genauso dachte auch der Frosch in der Parabel, bis es zu spät war.»

Nik lenkte sein Auto auf der Rämistrasse an der ETH vorbei Richtung Bellevue. Die Scheibenwischer summten. «Es ist tatsächlich erstaunlich, dass wir uns sehenden Auges ins Unglück stürzen», sagte Nik. «Seit Jahrzehnten leben wir über unsere Verhältnisse. Wir verschwenden bedenkenlos Energie, kaufen immer mehr Produkte, die wir nicht brauchen, verreisen jedes Jahr mit dem Flugzeug, legen mit dem Auto unnötige Kilometer zurück und schaufeln uns täglich Fleisch auf den Teller. Unsere CO_2-Bilanz ist verheerend. Der Klimawandel ist kaum noch zu stoppen. Trotzdem machen wir unbekümmert weiter, wie wenn nichts wäre. Ich mache mir Sorgen um Nora. Sie wird die Klimakatastrophe mit voller Wucht zu spüren bekommen. Stürme, Überschwemmungen, Dürren.»

«Wir alle müssten sofort anfangen, etwas dagegen zu tun und weniger zu konsumieren», sagte Sokrates. «Ich beispielsweise esse zu viel Fleisch. Das sollte ich ändern. Mir kann man einzig zugutehalten, dass ich in meinem Leben nur einmal geflogen bin. Meine Frau hat mich zum fünfzigsten Geburtstag nach Griechenland eingeladen. Sie wollte mir die Wiege der Philosophen zeigen, das Land, wo der wahre Sokrates gelebt hatte.» Er seufzte. «Eine wundervolle Reise. Der Flug hat sich gelohnt.»

«Auf ein Auto hast du bisher auch verzichtet», sagte Nik. «Du fährst jede Strecke mit Tram oder Zug.

Sokrates lächelte. «Naja, ein Auto besitze ich nicht, weil ich es gerne bequem habe. Tanken, Winterreifen wechseln, waschen, nein danke. Darauf verzichte ich gerne.»

Am Hirschengraben bog Nik in die Kirchgasse ein. Auf dem regennassen Kopfsteinpflaster rollte der Citroën an der Helferei vorbei, vor ihnen tauchte das Grossmünster auf.

«Ob ein Frosch tatsächlich so lange im Kochtopf bleibt, bis ihn das siedende Wasser getötet hat, wollte ein amerikanischer Zoologe wissen», sagte Sokrates. «Er setzte einen Frosch in einen Kochtopf und erwärmte das Wasser pro Minute um ein Grad. Je heisser das Wasser wurde, umso panischer reagierte der Frosch. Er versuchte alles, um der Todesgefahr zu entkommen. Wir Menschen dagegen bleiben trotz stetig steigenden Temperaturen untätig. Wir sind dümmer als Frösche.»

Nik lachte. «Wahre Worte.» Er parkte das Auto auf dem Grossmünsterplatz. Sokrates nahm seine Arzttasche, die er vor sich zwischen die Füsse geklemmt hatte, und stieg aus. Nik holte aus dem Kofferraum eine Materialkiste heraus. Sie beeilten sich, weil es immer stärker regnete.

Ein schlaksiger Streifenpolizist, den Sokrates bisher noch nie gesehen hatte, stand vor der Tür zur Kirchgasse 9. Die Uniform schlotterte um den dünnen Körper. «Sie sind sicherlich von der Rechtsmedizin», sagte er, sein Adamsapfel hüpfte. «Sie werden erwartet.» Er öffnete die schwere Holztür und liess sie eintreten. Sokrates zählte zwölf Steinstufen, bis sie eine Glastür erreichten, durch die der Innenhof zu sehen war. Ein überwölbter Kreuzgang führte um die üppig bepflanzten Beete herum. Er lag im Dunkeln und roch nach feuchtem Keller. Inmitten des Gartens plätscherte ein Brunnen.

Mehrere Kriminaltechniker suchten die rechteckigen Beete und den kreuzförmigen Gartenweg nach Spuren ab. Ihre weissen Schutzanzüge trieften vor Nässe. Auf der anderen

Seite des Kreuzgangs sah Sokrates Glauser neben dem Staatsanwalt. Etwas entfernt von ihnen hantierte Philip Kramer. Durch die Rundbögen war lediglich sein Kopf zu sehen. Der Kriminaltechniker kniete neben der Leiche. Das konnte Sokrates aber nur erahnen, weil der Tote von der gemauerten Brüstung verdeckt wurde. Bei Kramer stand Polizeifotografin Lara Odermatt. Die roten Locken hatte sie unter der Kapuze hochgesteckt, die Digitalkamera hielt sie vor dem Gesicht. Immer wieder ging sie in die Hocke und fotografierte. Nik stellte die Materialkiste auf den Steinboden und reichte Sokrates einen Overall, Latexhandschuhe und blaue Überschuhe. Bevor Sokrates die Kapuze über den Kopf zog, reinigte er die Brillengläser von Tropfenspuren, die der Regen hinterlassen hatte. Nik und Sokrates gesellten sich zu Glauser und dem Staatsanwalt.

«Wer ist das Opfer?», fragte Sokrates nach der Begrüssung.

«Das wissen wir noch nicht», antwortete Glauser. «Der Tote liegt im Kreuzgang mit dem Gesicht zur Wand. Gefunden hat ihn der Hauswart, als er einen defekten Lichtschalter reparieren wollte. Er kennt das Opfer nicht.» Sokrates bemerkte einen resignierten Zug um seine Augen. «Du wirst es nicht glauben», sagte Glauser. Er senkte den Kopf. «Der Tote trägt die Zahl 2015 auf seinem Unterarm.»

Nik stiess Luft durch seine Lippen. «Ein Doppelmörder, der in nur vierundzwanzig Stunden zwei Mal zuschlägt. Das nenne ich effizient.»

Glauser lächelte gequält.

«Drei Leichen in zwei Wochen. Drei Verbrechen, die irgendwie zusammenhängen, aber wir wissen nicht wie», sagte der Staatsanwalt. Es klang vorwurfsvoll.

«Ist Sokrates schon eingetroffen? Die Spuren sind gesichert», rief Kramer vom Kreuzgang her und richtete sich auf. «Ah, da seid ihr ja», sagte er, als er die Rechtsmediziner auf der anderen Seite erblickt hatte. «Ihr könnt loslegen.»

Sokrates und Nik gingen zusammen mit Glauser den Kreuzgang entlang, bogen zwei Mal um die Ecke und erreichten den Tatort. Eine gleissende Stehlampe sorgte für genügend Licht. Der Tote lag auf dem Bauch vor einem Rundbogen, dicht an der niedrigen Mauerbrüstung. Sokrates prägte sich alles ein: männliche Leiche, gross gewachsen und hager. Den linken Arm hielt er über den Kopf gewinkelt. Der Hemdsärmel war nach oben gekrempelt. Auf den Unterarm hatte der Täter wie bei Uhland zahlreiche Schnitte angebracht und die Nummer 2015 in die Haut geritzt. Das hellblaue Hemd des Toten war aus der Jeans nach oben gerutscht, so dass ein paar Zentimeter vom bleichen Rücken zu sehen waren. Auf Höhe der rechten Schulter und am Ellenbogen war das Hemd verdreckt. Die Hose wies Flecken an Knie und Hüfte auf.

«Drehen wir das Opfer um», sagte Sokrates und begab sich an das Kopfende des Toten. Er wollte den linken Arm mit den Schnittwunden zur Seite bewegen. Doch das gelang ihm nicht. Daraufhin versuchte er, den Ellenbogen zu beugen. Vergebens. «Die Leichenstarre ist vollständig ausgeprägt», informierte er Glauser. «Das Opfer wurde vor mindestens acht Stunden getötet, nicht später. So lange dauert es, bis alle Muskeln versteifen. Nach frühestens vierundzwanzig Stunden beginnt sich die Leichenstarre wieder zu lösen.»

Glauser schaute auf seine Uhr. «Der Mord passierte demnach irgendwann heute Nacht, als die Uni geschlossen war.» Sokrates nickte.

Nik kniete vor dem Gesäss des Opfers. Sokrates hob den Oberkörper des Toten an und rollte ihn mit Nik auf den Rücken. Die gebrochenen Augen starrten an Sokrates vorbei zur Decke des Kreuzgangs, die grauen Wangen waren eingefallen, eine Haarsträhne klebte auf der blassen Stirn. Neben der rechten Schläfe klaffte eine Quetschwunde, aus der aber kein Blut geflossen war. Auf der linken Wange bemerkte Sokrates kleine Hautabschürfungen und Spuren von Dreck.

Irritiert trat Glauser näher und bückte sich. «Mein Gott, das ist der Sohn von Fritz Uhland!», platzte es aus ihm heraus. «Gestern hat er die Leiche seines Vaters entdeckt. Er wurde von meinen Leuten am Tatort befragt. Heute ist er tot.»

Der Staatsanwalt, der etwas abseits stand, verzog sein Gesicht.

Glauser nahm ein Smartphone aus seiner Jackentasche. «Emma. Florian Uhland wurde ermordet. Wie sein Vater. Was ihm zugestossen ist, wissen wir noch nicht. Finde alles über ihn heraus. Besonders interessiert uns, was er gestern tat, wo er sich aufhielt, nachdem du ihn gesprochen hast», wies er Emma an. «Und noch etwas, wir werden Noah Mendel befragen, ob er am Sederabend auf dem Foto den Mann seiner Grosstante erkannt hat. Sobald wir hier fertig sind, rufe ich dich an.»

Nik nahm aus der Arzttasche ein Leichenschauformular, worauf ein Mensch in groben Strichen skizziert war, und malte mit einem lilafarbenen Stift eine Quetschwunde auf die rechte Schläfe. Mit einem roten Stift markierte er die Hautabschürfungen auf der Wange.

«Ihr könnt die Leiche entkleiden», sagte Kramer. «Die Spuren auf den Kleidern sichere ich im Labor. Die Rückseite von Hose und Hemd habe ich bereits abgeklebt.»

Nik schnürte die Adidas-Turnschuhe auf, während Sokrates das Hemd aufknöpfte, das auf der Vorderseite Flecken aufwies, ein Knopf war halb abgerissen. Schweigend zogen sie Florian Uhland aus. Kramer verstaute die Kleidung in mehreren Plastiksäcken. Geldbeutel, Schlüssel und Handy nahm er aus den Hosentaschen und legte sie in eine Kunststoffbox. Das Display des Smartphones hatte einen Sprung. «Hoffentlich funktioniert es noch», sagte Kramer.

«Gib das Handy noch heute unseren Kollegen von der IT-Forensik», ordnete Glauser an. «Vielleicht verschickte Uhland SMS-Nachrichten, die uns weiterhelfen.»

Nackt lag die Leiche vor ihnen, einen Meter neunzig gross, dünn und bleich. Auf dem flachen Brustkorb waren längliche Hautabschürfungen zu sehen, die aber nicht geblutet haben.

Sokrates kniete sich neben den Toten und tastete den Brustkorb ab. «Drei gebrochene Rippen auf der rechten Seite», gab er bekannt. Die rechte Schulter war bläulich verfärbt. Er untersuchte sie. «Zertrümmertes Schlüsselbein.» Auf den Knien rutschte er zu den Beinen. «Vermutlich sind auch der rechte Oberschenkel und das Becken gebrochen», sagte er. «Mit Gewissheit kann ich das aber erst nach der Virtopsy sagen.»

«Was ist mit Uhland passiert», fragte Glauser. «Wurde er mit einen Baseballschläger oder einer Eisenstange totgeprügelt?»

«Nein, dann hätte er geblutet», antwortete Sokrates. «Doch von Blut ist kaum etwas zu sehen. Uhland war vermutlich schon tot, als ihm diese Wunden zugefügt worden sind. Vielleicht hat ihn der Täter ermordet und dann mit seinem Auto überrollt, wobei die Räder nur die rechte Seite erfasst haben.»

«Glaubst du das?» fragte Glauser.

Sokrates lächelte. «Nein, nicht wirklich. Denn das Szenario erklärt nicht, warum der Täter sein Opfer im Kreuzgang deponierte. Das macht keinen Sinn.»

Kramer trat durch das Steintor in den Innenhof und blickte nach oben. Der Regen trommelte auf die Kapuze seines Schutzanzugs. «Könnten die Knochenbrüche von einem Sturz aus grosser Höhe stammen?», fragte er und wischte sich Wassertropfen vom Gesicht. «Vielleicht hat der Täter Uhland im

Gebäude drin getötet und ihn anschliessend von oben aus dem Fenster gestossen.»

Sokrates nickte. «Ja, durchaus denkbar. Eine vernünftige Annahme. Das Opfer fiel nach unten und schlug mit der rechten Körperseite auf den Steinboden auf. Das würde die Knochenbrüche erklären.»

«Wir haben aber im Garten keine Spuren entdeckt», warf Kramer ein.

«Das muss nichts bedeuten», erwiderte Sokrates. «Uhland war tot und bekleidet. Ein Toter hinterlässt nicht mehr viele Spuren.»

«Und wenn es welche gab, hat sie der Regen weggewaschen», sagte Kramer. Er zeigte mit der Hand nach oben. «Im zweiten Stock sehe ich ein geöffnetes Fenster. Ich kläre ab, ob Uhlands Leiche womöglich von dort hinuntergestossen wurde. Vielleicht finde ich Spuren.»

«Tu das», sagte Glauser. Ein Polizist kam auf ihn zu. «Wir haben die Befragungen durchgeführt und die Personalien von allen Unimitarbeitern und Studenten aufgenommen. Es waren nicht viele. Niemand konnte irgendetwas zur Tat sagen.»

«Okay, ihr könnt gehen. Aber das Gebäude bleibt bis auf Weiteres geschlossen.» Der Polizist hob die Hand an die Stirn, als würde er salutieren, und entfernte sich.

Sokrates bemerkte beim Toten eine Delle am Hinterkopf. Vorsichtig tastete er den Schädel ab. Er konnte die Schädeldecke bewegen, sie war instabil. «Nik, reiche mir bitte eine Taschenlampe.» Nik öffnete die Materialkiste, holte eine Stablampe hervor und gab sie ihm. Sokrates leuchtete in das rechte Ohr der Leiche. Ein dünnes Rinnsal von eingetrocknetem Blut klebte in der Ohrmuschel. «Schädelbasisbruch», sagte Sokrates nur.

«Ist das die Todesursache?», fragte der Staatsanwalt mit angewidertem Gesichtsausdruck.

«Möglich, aber sicher ist das nicht», antwortete Sokrates. «Nach der Obduktion wissen wir hoffentlich mehr.»

Lara Odermatt trat nach vorne, dabei streifte sie den Oberarm von Glauser. Sie ging in die Hocke und machte Fotos von der Ohrmuschel, während Sokrates den Kopf des Toten etwas anhob. Nik markierte auf dem Leichenschauformular mit einem roten Stift einen Punkt in den Ohren und hielt die Schädeldeformation fest.

Sokrates klappte mit einer Pinzette die Augenlider hoch und leuchtete in die Pupillen. Er bemerkte rote Pünktchen auf der Iris. «Stauungsblutung auf den Bindehäuten der Augen», sagte er. «Todesursache ist nicht der Schädelbasisbruch. Der Täter hat Uhland erwürgt oder stranguliert.» Sokrates tastete den Hals ab. Das Zungenbein war nicht gebrochen. Würgemale konnte er keine entdecken. Er stülpte die Lippen der Leiche um. Auf der Innenseite bemerkte er auf der Schleimhaut Widerlagerverletzungen von Zähnen. «Nein, ich korrigiere mich», sagte Sokrates. «Uhland wurde erstickt.»

«Woher weisst du das?», fragte Glauser.

«Der Täter hat den Mund von Uhland stark zugepresst, so dass die Schleimhäute der Lippeninnenseite verletzt wurden. Er hat ihn erstickt. Kein Zweifel.»

Glauser notierte alle Informationen in einen schwarzen Notizblock.

Sokrates rappelte sich auf und kniete sich links neben der Leiche hin. Aufmerksam begutachtete er die Zahl am Unterarm. Er zählte die Schnitte: dreizehn. Plötzlich stutzte er. Der Täter hatte bei Fritz Uhland die gleiche Anzahl Schnitte in die Haut geritzt. Dreizehn. «Nein, das kann nicht sein», murmelte er. Er betrachtete die Schnitte und versuchte sich an den Unterarm von Fritz Uhland zu erinnern. Da wusste er es. «Theo, der Täter hat nicht nur 2015 in die Haut seiner Opfer geritzt, auch die Schnitte neben der Zahl sind auf beiden Unterarmen identisch.»

«Was? Bist du dir sicher?», fragte Glauser. «Was hat das zu bedeuten?»

Lara Odermatt schaute stirnrunzelnd auf das Display ihrer Digitalkamera. «Sokrates hat recht, sieh dir meine Aufnahmen von gestern an. Das gleiche Schnittmuster», sagte sie und hielt Glauser ihre Kamera entgegen. «Ich habe das nicht bemerkt.»

«Kein Zweifel, dieselben Zeichen, doch was will uns der Täter damit sagen?», überlegte Glauser.

«Es sind vielleicht Schriftzeichen», sagte Nik. «In einer alten Sprache.»

«Hebräisch! Kollegen, ich denke, der Täter hat einen hebräischen Buchstaben neben die Zahl geschnitten», rief Sokrates. «Der Tote im Schrebergarten war Jude. Seine Frau wurde in Auschwitz umgebracht. Fritz Uhland wurde mit Zyklon B vergast. Der Täter spricht Hebräisch.» Mist, dachte er. Immer mehr Indizien sprechen für einen Juden als Täter. Er blickte grimmig. Oder der Täter will uns täuschen und legt falsche Spuren.

***

Die Bässe wummerten, der Gitarrist spielte einen aggressiven Riff, an den Drums schwitzte der Schlagzeuger. Spots tauchten eine kleine Lagerhalle in farbiges Licht, Scheinwerfer gleissten von der Decke. Auf dem Betonboden waberten Nebelschwaden einer Trockeneismaschine. Der Leadsänger brüllte mit rauchiger Stimme ins Mikrofon. Drei Dutzend Menschen rockten vor der Bühne zur Musik. Ihre Leiber zuckten.

Orlando Lenzin, Pausbacken, Knollennase und Igelfrisur, sass aufrecht vor zwei Flachbildschirmen. Er trug ein rotschwarz kariertes Holzfällerhemd aufgeknöpft über einem weissen T-Shirt. Gebannt blickte er auf den Monitor. Er befand sich in einem der fünf klimatisierten Schnittplätze im dritten Stock, wo die tagesaktuellen Sendungen wie «Schweiz aktuell» oder «Tagesschau» ihre Beiträge produzierten. Die Kabäuschen waren mit Aluminiumplatten verschalt und sahen aus wie die Kulisse in einem Science-Fiction-Film.

Mit einer Tastatur bediente Lenzin die Schnittsoftware. Auf dem linken Monitor waren die einzelnen Videoclips auf einer Timeline aneinandergereiht. Er zog ein paar Takte Musik auf die Tonspur. Die Lautsprecherboxen hatte er voll aufgedreht. Der Schnittplatz war schallisoliert. Er wippte seinen Kopf zum Rhythmus der Musik, während er einen Clip zum anderen fügte.

«Na, du alter Gauner, was treibst du?»

Erschrocken fuhr Lenzin herum. Er hatte Maria nicht hereinkommen hören, die ihn nun von oben herab angrinste. Lenzin drückte die Stopptaste.

«Oh nein, du schon wieder», maulte er gespielt. «Ausgerechnet du. Deine Mord- und Totschlaggeschichten belasten meine zartbesaitete Seele immer so schrecklich.»

Maria knuffte ihn am Oberarm. «Nicht weinen, Orlando, sei ein grosser Junge, das schaffst du.» Sie klappte ihren Laptop auf und stöpselte ein Kabel ins Internet. «Was für einen Film schneidest du?», fragte sie mit Blick auf den Monitor.

«Ein Musikvideo für meine Band», antwortete Lenzin. «Wir haben eine CD eingespielt, unser Debütalbum. Mein Job ist es, einen frechen Videoclip von unserem letzten Gig herzustellen. Der soll dann auf Facebook, Instagram und YouTube laufen. In jeder freien Minute arbeite ich dran.»

«Du bist Musiker? Das wusste ich gar nicht.» Maria blickte ihn erstaunt an. «Wie heisst eure Band?»

«Weirdos.»

«Weirdos?»

«Das bedeutet ‹Die Verrückten›. Wir machen verrückte Rockmusik, völlig durchgeknallt. Abgefahren.»

«Was ist denn dein Part?»

«Bassist. Ich zupfe die Bassgitarre.»

Maria kicherte. «Das passt gut zu dir. Ich sehe dich hinter dem Leadsänger stehen, die Gitarre vor dem Bauch, in stoischer Ruhe.» Sie blickte ihn keck an. «Gib's zu. Du machst das nur, weil euch nach den Konzerten scharenweise Groupies auflauern, die nichts anders im Sinn haben als euch ... naja.» Maria fächerte sich mit der Hand Luft ins Gesicht.

«Die kriegt alle der Leadsänger», antwortete Lenzin mit bekümmerter Miene, seine Lippen verzog er zu einem Schmollmund. «Für mich bleibt da keine mehr übrig.» Er klimperte mit den Augen.

«Och, du Armer», erwiderte Maria und knuddelte ihn. «Spass beiseite», sagte sie und schaute auf ihr Handy, sechzehn Uhr fünfundvierzig. «Wir haben zu tun.»

Heute Morgen war ich noch in Auschwitz, dachte sie. Verrückt, wie die Zeit vergeht. Die Bilder vom KZ schwirrten ihr durch den Kopf. Sie liessen sich nicht verdrängen. Nach den Dreharbeiten waren sie zum Krakauer Airport gerast. Ihren Flug hatten sie gerade rechtzeitig erwischt. Die Swiss war pünktlich in Kloten gelandet, Leo hatte Maria von dort direkt ins nahegelegene Fernsehstudio gefahren.

«Erzähle mir von deiner Geschichte», sagte Lenzin. «Ist sie für heute Abend in ‹Schweiz aktuell› vorgesehen?»

«Nein, für nächste Woche. Wir haben also etwas Zeit. Wie du vermutet hast, geht es um Mord.» Maria erzählte ihm von der Fettwachsleiche im Schrebergarten, vom Kunsthändler, der den Juden vermutlich erschossen hat, und von ihrem Dreh heute morgen in Auschwitz. «Gestern wurde Uhlands Sohn, ein Theologieprofessor, in seiner Wohnung vergiftet. Das ist kein

Zufall. Bisher kam ich aber leider noch nicht dazu, auch diesem Mord nachzugehen.»

«Zwei Morde innerhalb weniger Tage», sagte Lenzin und schaute sie vorwurfsvoll an. «Das passiert nur dir.»

Maria grinste. «Mit den Morden habe ich nichts zu tun. Ich bin unschuldig.»

«Das sagen alle.»

«Orlando, du hast mich erwischt.» Sie öffnete ihr Mailprogramm und überflog die eingegangene Post. Nichts von Bedeutung.

«Wie willst du vorgehen?», fragte er.

«Wir müssen zweigleisig fahren, weil ich nebenbei recherchieren muss», antwortete Maria. «Das Rohmaterial habe ich im Ingest-Raum eingelesen. Du findest die Videoclips auf dem Server. Schneide daraus einzelne Szenen, zehn bis dreissig Sekunden lang, mit den Bildern vom Schrebergarten und aus Auschwitz. Das musst du ohne mich hinkriegen. Die Interviews hören wir uns später gemeinsam an. Alles klar?»

«Aye, aye, Ma'am», antwortete Lenzin. Er fläzte sich in seinen Stuhl, dabei rutschte er so tief herunter, dass sein Kinn knapp über der Tischkante ragte. Mit der linken Hand stützte er den Kopf, mit der rechten bediente er die Tastatur der Schnittsoftware.

«Wie soll ich das Projekt nennen?»

«Judenmord.»

Lenzin zog vom Server alle Clips auf die Timeline. Maria gab währenddessen in die Suchmaske von Google «Kreuz, DC» ein. Sie wollte herausfinden, wie die christliche Organisation heisst, bei der Kunsthändler Uhland Mitglied war. Sie erhielt mehr als zehn Millionen Treffer. Langsam scrollte sie nach unten, doch sie fand nichts, was irgendwie einen Sinn ergeben hätte. Nach zwei Minuten hörte sie auf. Sie fügte in die Suchmaske «Anstecker» und «Bedeutung» hinzu und drückte erneut die Entertaste. Google spuckte noch zwölftausendneunhundert Treffer aus. An erster Stelle erschien ein Wikipedia-Artikel zu «Deutsche Christen». Wie elektrisiert starrte Maria auf den Monitor. Ihre Handflächen wurden feucht, die Halsschlagader pochte. Ihr Instinkt sagte ihr, dass sie auf der richtigen Spur war. «Die Deutschen Christen (DC) waren eine rassistische, antisemitische und am Führerprinzip orientierte Strömung im deutschen Protestantismus, welche die evangelischen Kirchen von 1932 bis 1945 mit der Ideologie des Nationalsozialismus gleichschalten wollte», las sie. Auf der rechten Seite des Wikipedia-Eintrags waren mehrere Embleme abgebildet: Ein Kreuz inmitten eines Kranzes, der aus Hakenkreuzen geflochten war, ein Hakenkreuz mit einem christlichen Kreuz im Zentrum und, Maria jubelte innerlich, ein Kreuz mit den beiden Buchstaben DC. Dasselbe Abzeichen hatte Uhland als Anstecker am Revers getragen. «Bingo! Hab ich dich!», rief Maria und ballte beide Hände zu Fäusten. «Kunsthändler Uhland war ein Nazi!»

Lenzin blickte vom Monitor weg und sah sie fragend an.

«Erzähl ich dir nachher», sagte Maria. Sie las weiter, dass die Deutschen Christen ein «Entjudungsinstitut» gegründet hatten, um die Bibel zu entjuden. Darüber musste sie unbedingt noch mehr herausfinden. Am Ende des Wikipedia-Artikels war eine Literaturliste angegeben. Ein Oliver Arnhold hat eine zweibändige Forschungsarbeit über dieses Institut geschrieben. Der Titel lautete: «Entjudung – Kirche im Abgrund». Amazon bot die Forschungsarbeit nicht an. Maria versuchte es auf brill.com, einem Wissenschaftsverlag. Sie gab den Titel in die Suchmaske ein. Treffer!, freute sie sich, es läuft wie geschmiert. Brill hatte die Publikation aufgeführt. Sie drückte «Zugriff auf gesamten Text erhalten». Das kostete fünfundzwanzig Euro. Sie eröffnete ein Benutzerkonto, legte das Buch in den Warenkorb, bezahlte mit ihrer Kreditkarte und hatte nach wenigen Augenblicken den Titel als E-Book auf ihrem Mailaccount.

Aufmerksam las sie das Inhaltsverzeichnis: «Veröffentlichungen des Instituts»; «Die Botschaft Gottes»; «Das entjudete Gesangbuch: ‹Grosser Gott wir loben dich›»; «Volkskatechismus und Lebensgeleitbuch»; «Jesus der Galiläer und das Judentum». Im Anhang fand sie «Biogramme», Seite 785, «Arbeitsgliederung des Instituts», Seite 842, und «Institutsmitarbeiter», Seite 852. Wer weiss, vielleicht war Kunsthändler Uhland als «Deutscher Christ» für das «Entjudungsinstitut» tätig, überlegte Maria. Sie scrollte auf Seite 852 zur Liste der Institutsmitarbeiter. Die Namen waren alphabetisch geordnet. Hinter jedem Namen standen weitere Angaben. Viele Dutzend hatten für dieses Institut gearbeitet, hauptsächlich Theologen. Maria ging die ganze Liste durch. Ganz am Schluss, auf der zehnten Seite, machte sie eine Entdeckung. «Das darf nicht wahr sein», murmelte sie. «Das muss ich sofort Theo mitteilen.» Sie griff nach ihrem Handy. «Orlando, ich muss die Kripo informieren.»

Nach dem vierten Mal klingeln nahm Theo Glauser ab.

«Hallo Theo, ich bin's, Maria. Ich habe etwas herausgefunden, das womöglich wichtig ist», sagte sie hastig.

«Schiess los.»

«Der Vater von Fritz Uhland war der erste Präsident der Art Basel. Bei der Eröffnungsfeier vor fünfzig Jahren hielt er eine Rede. Die NZZ hat damals darüber berichtet. Sie druckte auch ein Foto von ihm ab. Darauf trägt er ein Abzeichen mit einem Kreuz und den Buchstaben DC. Ich habe nachgeforscht: Die Initialen stehen für Deutsche Christen. Das war ein Zusammenschluss von antisemitischen Protestanten in Deutschland.

Kunsthändler Uhland war ein Nazi. Und zwar auch noch 1970, als er die Art Basel präsidiert hat.»

«Interessanter Hinweis, Maria, vielen Dank», sagte Glauser. «Ein Nazi, der aus München stammt, wie auch Nahum Morgenstern. Die beiden kannten sich von früher. Darauf könnte ich wetten. Die Lösung des Falles liegt in der Vergangenheit.»

«Ich habe noch mehr entdeckt», sagte Maria.

«Na, dann lass mal hören», erwiderte Glauser. Maria spürte, dass Theo am anderen Ende der Leitung schmunzelte.

«Die Deutschen Christen wollten die kirchliche Botschaft entjuden», erzählte sie weiter. «Dazu gründeten sie ein sogenanntes Entjudungsinstitut. Ich dachte mir, vielleicht hat Fabian Uhland beim Institut mitgemacht, er trug ja den DC-Anstecker.» Sie unterbrach sich kurz. «Theo, weisst du, ob der Kunsthändler wie sein Sohn Theologe war?»

«Ja, das war er. In München hat er sogar promoviert», antworte Glauser. «Und noch etwas, Maria. Diese Information musst du aber vorläufig für dich behalten. Einverstanden?»

«Selbstverständlich, Theo.»

«Das Entjudungsinstitut existiert immer noch. Mehrere Theologieprofessoren aus Deutschland sind darin verwickelt. Und jetzt kommt's: Geleitet hat das Institut Fritz Uhland.»

«Nein, das ist ja ungeheuerlich!», rief Maria. «Uhland hat die Arbeit seines Vaters fortgeführt. Also war auch er ein Nazi!»

«Ja, vielleicht hat das jemand entdeckt und Uhland deshalb umgebracht. Aber das sind Spekulationen, nichts weiter.»

«In einer Onlinebibliothek habe ich das Buch eines Historikers gefunden, der über das Entjudungsinstitut eine Forschungsarbeit geschrieben hat», fuhr Maria fort. «Im Anhang hat er alle Institutsmitarbeiter aufgelistet, die meisten davon waren Professoren aus ganz Deutschland. Ein Theologe stammte aus München. Er hiess Fritz Uhlrich. Das hat mich stutzig gemacht. Denn Uhland trägt die gleichen Initialen, F. U., kommt ebenfalls aus München und taufte seinen Sohn Fritz. Aber das ist noch nicht alles, Theo. Uhlrich ist ein alter germanischer Name. Er setzt sich zusammen aus ‹uodal›, das bedeutet Heimat, und ‹rich›, was Reich oder Land heisst. Uhland bedeutet genau dasselbe: Heimatland. Ich glaube nicht an so viele Zufälle. Vielleicht hat Uhland nach dem Krieg seinen Namen geändert, bevor er in die Schweiz auswanderte.»

«Nein, das ist kein Zufall», sagte Glauser langsam. «Wir müssen unsere Kollegen in München kontaktieren.» Er zögerte einen Moment. «Maria, du solltest für uns arbeiten, du bist talentiert, sehr sogar. In mehreren Fällen haben uns deine Recherchen entscheidend weitergeholfen. Überleg es dir.»

Maria war verdattert, sie wusste nicht, wie sie darauf reagieren sollte. Sie merkte, dass es ihm ernst war. «Danke, Theo, für das Kompliment, aber ich bin mit Haut und Haaren Journalistin, das ist meine Passion», sagte sie schliesslich. «Morgen werde ich mit Leo nach München fahren. Ich möchte herausfinden, ob Fabian Uhland tatsächlich mit Fritz Uhlrich identisch ist.»

Am Ende der Leitung blieb es eine kurze Zeit still. «Maria, noch etwas. Ich bin im Ausseneinsatz, im Kreuzgang der Theologischen Fakultät beim Grossmünster», sagte Glauser. «Ein toter Student liegt mit gebrochenen Knochen und zertrümmertem Schädel auf dem Pflaster. Es ist Florian Uhland, der Sohn.»

«Oh nein, das wird allmählich unheimlich», sagte Maria.

«Wir können noch nicht mit Gewissheit sagen, was Uhland zugestossen ist. Die Spurensicherung ist noch dran. Aber es war Mord.»

«Wann verschickt ihr die Medienmitteilung?»

«In einer Stunde. Der Pressesprecher stellt sich vor der Fakultät den Fragen der Journalisten», antwortete Glauser. «Dominik

Wenger kommt in wenigen Augenblicken. Wenn du möchtest, kannst du ihn als Erste interviewen.»

«Schon unterwegs! Zwanzig Minuten», antwortete Maria. Sie schnappte ihre Jacke. «Orlando, ich muss los. Ein weiterer Mord. Du weisst, was du zu tun hast.» Dann spurtete sie los.

***

«Ein Fluch, Herr Glauser, ein furchtbarer Fluch lastet auf unserer Fakultät», sagte Frau Nolde mit verweinten Augen. Aus ihrem Gesicht war jegliche Farbe gewichen. Ihre Stimme klang gebrochen. «Unter uns ist ein Mörder, derselbe wie vor fünfundzwanzig Jahren.» Sie nahm ein Papiertaschentuch aus ihrer Strickjacke und schnäuzte sich. «Bitte fangen Sie ihn. Ich habe Angst.»

«Frau Nolde, beruhigen Sie sich, wir tun alles, was in unserer Macht steht, um den Täter schnell zu fassen», sagte Glauser. Er war vom Kreuzgang ins Sekretariat gekommen, um abzuklären, ob die Schnittwunden auf dem Unterarm von Uhland tatsächlich hebräische Buchstaben sind. Den Schutzanzug aus Vlies und die Überschuhe hatte er dabei anbehalten. «Können Sie mir sagen, wo der Hebräisch-Professor sein Büro hat? Ich nehme an, dass hier an der Fakultät auch Hebräisch gelehrt wird.»

«Ja, Hebräisch, Griechisch und Latein. Hebräisch unterrichtet Professor Arthur Zingg. Ich bringe Sie zu ihm.» Frau Nolde eilte mit kleinen Schritten voraus, Glauser folgte ihr. Sie führte ihn auf dem Flur über dem Kreuzgang zur gegenüberliegenden Seite. Von dort ging sie ins Treppenhaus und stieg die Steintreppen nach oben in die zweite Etage. Durch die Rundbogenfenster sah Glauser im Kreuzgarten seine Männer arbeiten. Frau Nolde öffnete eine Tür, die in einen geräumigen Raum führte. Er war gefüllt mit Bücherregalen, die bis zur

Decke reichten. Sie steuerte auf eine Tür zu. Auf dem Schild las Glauser Arthur Zingg. Frau Nolde klopfte zaghaft an. «Komm herein, Maja», hörte Glauser eine kräftige Stimme.

«Professor Zingg erkennt am Klopfen, wer vor seiner Tür steht», flüsterte Frau Nolde. «Unheimlich. Ich glaube, er verfügt über hellseherische Fähigkeiten.»

Sie drückte die Klinke. Das Büro von Arthur Zingg war so klein wie die meisten Büros in der Theologischen Fakultät, eine karge Klosterzelle. Auf dem Bürotisch stapelten sich Bücher, die den Computermonitor beinahe verdeckten. Die Regale waren vollgestopft mit Ordnern und Kartonschachteln. Es roch nach Druckerschwärze. Die lange Neonröhre leuchtete nur zur Hälfte.

«Herr Glauser von der Kriminalpolizei», stellte Frau Nolde vor.

Zingg erhob sich. «Was verschafft mir die Ehre?», fragte er und reichte Glauser die Hand, die sich warm und trocken anfühlte. Ein belustigtes Lächeln umspielte seinen Mund.

Mit einem Nicken bedankte sich Glauser bei Frau Nolde, die sich erleichtert umdrehte und die Tür hinter sich schloss.

Arthur Zingg, schmächtige Statur, hageres Gesicht, silbergrauer Haarkranz wie eine Tonsur, bat Glauser, Platz zu nehmen. Seine sonore Stimme passte nicht zu seiner hageren Erscheinung.

«Ich nehme an, es geht um den Mord im Kreuzgang. Niemand konnte das Zeter und Mordio überhören, als ein Fakultätsmitarbeiter heute Mittag den Toten entdeckt hatte.»

«Der Tote heisst Florian Uhland. Kennen Sie ihn?»

«Nein, nie davon gehört.» Zingg zupfte sich am Ohrläppchen. Dann wurde er stutzig. «Mein Gott, ist das der Sohn meines Kollegen, der gestern ermordet wurde?»

«Ja.»

Zingg war sichtlich verstört. «Das ist furchtbar. Gestern wurde Fritz umgebracht, heute sein Sohn. Eine Familie, ausgelöscht. Warum nur?»

«Der Täter hat Uhland auf dem linken Unterarm ein Zeichen und eine Zahl hineingeschnitten», sagte Glauser. «Wir vermuten, dass es ein hebräisches Schriftzeichen ist. Können Sie uns sagen, was es bedeutet?»

«Das will ich gerne versuchen», antwortete Zingg. «Soll ich mit Ihnen in den Kreuzgang kommen? Es macht mir nichts aus, eine Leiche zu sehen.»

«Nein, das ist nicht nötig. Ich habe mit dem Smartphone ein Foto gemacht.» Glauser holte sein Handy aus der Jackentasche. «Bitte sehen Sie sich das an.» Er drückte auf das Kamerazeichen und zeigte Zingg das Foto.

«Ja, das ist Hebräisch. Eine Bibelstelle. Schemot zwanzig, Vers fünf», sagte Zingg, ohne zu zögern. «In der christlichen Bibel steht der Text in Exodus 20,5, also im zweiten Buch Mose.»

«Exodus 20,5?», fragte Glauser stirnrunzelnd. Plötzlich hellte sich sein Gesicht auf.

«Jetzt verstehe ich. Wir haben uns die ganze Zeit geirrt!», rief er. «Wir dachten, die Ziffer bedeutet 2015, doch der Täter hat keine 1 geschrieben, sondern ein Komma. Können Sie mir sagen, was in Exodus 20,5 steht?»

«Ja, das ist ein Vers aus dem Dekalog, aus den Zehn Geboten, dem Zentrum der jüdischen Schrift.» Zingg nahm ein dickes Buch aus einem Regal und blätterte darin. Als er die richtige Stelle gefunden hatte, fuhr er mit dem Zeigefinger von rechts nach links. Er übersetzte: «Du sollst dich nicht niederwerfen vor ihnen und ihnen nicht dienen, denn ich, der HERR, dein Gott, bin ein eifersüchtiger Gott, der die Schuld der Vorfahren heimsucht an den Nachkommen bis in die dritte und vierte Generation, bei denen, die mich hassen.»

«Was bedeutet das?», fragte Glauser.

«Das erste und wichtigste Gebot im Dekalog verlangt, dass das Volk Israel keine anderen Götter neben JHWH haben darf. Gott hat sein Volk aus der Sklaverei in Ägypten befreit. Er fordert nun Treue. Wer anderen Göttern dient, der wird verflucht bis in die dritte und vierte Generation. Vielleicht hat der Täter gemordet, weil er Vater und Sohn Uhland dafür bestrafen wollte, dass sie sich vor einem falschen Gott niedergeworfen haben. Haben Sie eine Vorstellung, welchen Götzen er damit gemeint haben könnte?»

«Fritz Uhland war ein Nazi, wie sein Vater», sagte Glauser. «Sie haben der Naziideologie gedient.»

«Was? Was sagen Sie da? Fritz, ein Nazi?», rief Zingg aus. «Das kann nicht sein. Sie müssen sich irren.»

«Nein, die Beweise sprechen eindeutig dafür. Uhland hat das sogenannte Entjudungsinstitut geleitet, das nach der Nazidiktatur weiterexistierte. Vielleicht ist seine Verehrung für Hitler und die Verachtung des jüdischen Gottes das Tatmotiv. Er hat einem fremden Gott gedient.»

«Das ist ungeheuerlich», sagte Zingg. «Weiss der Dekan davon?»

«Ja, seit heute Morgen.»

Zingg strich sich mit der Hand über seine Halbglatze. «Niemals hätte ich für möglich gehalten, dass Uhland ein Nazi ist. Dass er ihre Ideologie unterstützt hat, mit der Hitler und seine Mordgesellen Millionen Juden in die Gaskammer gebracht hatte. ‹Wer euch antastet, der tastet meinen Augapfel an›, sagt Gott in der Heiligen Schrift. Vielleicht wollte der Täter diese Schuld sühnen, die Verbrechen der Nazis an Gottes Volk.»

Glauser überlegte. «Der Täter hat bei beiden Opfern ein Zeichen in hebräischer Schrift hinterlassen, das auf einen zentralen

Text in der jüdischen Bibel verweist. Diese Indizien sprechen für einen Juden als Täter. Denken Sie nicht auch?

«Nicht unbedingt», erwiderte Zingg. «Alle christlichen Theologen wissen um die Bedeutung des Verses 20,5 im Schemot und kennen die hebräische Sprache. Der Täter muss keinesfalls ein Jude sein.»

Glauser verabschiedete sich und stieg die Treppen nach unten. Im Kreuzgang packten die Kriminaltechniker ihre Materialkisten zusammen und schleppten sie nach draussen. Es hatte aufgehört zu regnen, doch die schweren Wolken haben sich nicht verzogen.

«Der Täter hat tatsächlich hebräische Buchstaben auf die Unterarme seiner Opfer geschnitten», sagte Glauser, als er im Kreuzgang zu Sokrates, Nik und Kramer gestossen war. Der Staatsanwalt hatte sich zwischenzeitlich verabschiedet. An der Sachbearbeiterkonferenz um neunzehn Uhr sei er wieder anwesend, liess er ausrichten. «Die Schriftzeichen verweisen auf eine Bibelstelle im Buch Exodus», erklärte Glauser weiter. «Darin steht ein Fluch. Wer Gott hasst und andere Götter anbetet, wird von ihm bis in die dritte und vierte Generation heimgesucht werden.» Er erzählte, was ihm der Professor gesagt hatte. Vielleicht seien Vater und Sohn getötet worden, weil sie Hitler wie einen Gott verehrt hatten.

«Brachte die Leichenschau weitere Erkenntnisse?», wandte sich Glauser an Sokrates.

«Nein, die Todesursache ist eindeutig. Uhland wurde heute Nacht erstickt.»

«Und zwar vermutlich mit diesem Plastiksack», sagte Kramer und hielt Glauser eine Einkaufstüte der Buchhandlung Klio entgegen. «Ich fand sie in einem Sitzungszimmer im zweiten Stock, dort wo das Fenster geöffnet war. Der Plastiksack enthält Speichelreste. Ein DNA-Vergleich wird uns bestätigen, dass Uhland damit erstickt worden ist. Vielleicht hat der Täter auf der Tüte Fingerabdruckspuren hinterlassen. Auch die werden wir sicherstellen.»

Glauser nickte. «Kannst du uns den Tathergang schildern?»

«Ja. Kommt mit nach oben.» Kramer verstaute die Tüte in einer Asservatenschachtel und legte sie in eine rote Kunststoffbox. Gemeinsam stiegen sie die Treppe hoch in den zweiten Stock.

Kramer öffnete die Tür zum Sitzungszimmer 201. An der Schwelle blieb er stehen. «In diesem Raum wurde Uhland getötet», sagte Kramer und knipste das Licht an. «Wir betreten ihn nicht, zuvor müssen wir die Spuren sichern.» Sokrates sah im Zimmer zwei umgestossene Tische, mehrere Stühle lagen auf dem Boden, ein Stuhl war zertrümmert. Zuvorderst an der Wand war eine grüne Tafel angebracht, worauf mit Kreide «Prädestinationsstreit 9. Jh.: Rhabanus Maurus vs. Gottschalk» geschrieben stand. Lara Odermatt trat an die Schwelle und machte Übersichtsfotos vom Raum.

«Die Plastiktüte mit den Speichelresten lag hier.» Kramer zeigte auf einen Tisch, der in einer Reihe einer U-förmigen Anordnung stand. «Der Täter hat Uhland die Einkaufstüte von hinten über den Kopf gezogen und mit einer Hand Mund und Nase fest zugedrückt.»

«Das verletzte die Schleimhäute auf der Innenseite der Lippen», sagte Sokrates.

«Uhland war am Ersticken. Er trat wild um sich, stiess Tische und Stühle um», machte Glauser weiter. «Dann wurde er ohnmächtig. Er ging zu Boden. Der Täter hielt die Hand so lange auf den Mund gepresst, bis Uhland tot war.»

«Schafft es ein Mann alleine, einen anderen so einfach zu ersticken?», fragte Nik. «Uhland war über einen Meter neunzig gross, jung und gesund. In Todespanik muss er enorme Kräfte freigesetzt haben.»

«Der Täter hat ihn von hinten überrascht, ihm blitzschnell den Plastiksack über den Kopf gestülpt und gegen sich nach unten gedrückt, so dass Uhland keinen sicheren Stand mehr hatte», sagte Glauser. «Zudem war Uhland zwar gross, aber auch sehr schmächtig, kaum siebzig Kilogramm schwer. Wenn der Täter trainiert war, hatte er keine Chance.»

«Wie hat es der Täter geschafft, sein Opfer mitten in der Nacht in das Sitzungszimmer zu locken?», überlegte Sokrates.

Glauser zuckte mit den Schultern. «Keine Ahnung. Uhland war wohl arglos. Warum er zu nachtschlafender Zeit in die Theologische Fakultät kam, und was er hier getan hat, müssen die weiteren Ermittlungen zeigen. Der Täter jedenfalls kennt sich hier aus, das ist offensichtlich.»

«Nachdem er sein Opfer umgebracht hatte, öffnete er ein Fenster zum Kreuzgang», machte Kramer weiter. Er zeigte mit der Hand auf das zweite Fenster von rechts. «Er wuchtete die Leiche über die Fensterbrüstung und warf sie in den Garten. An der Brüstung konnte ich hellblaue Stofffasern sicherstellen, die von Uhlands Hemd stammen.»

«Wozu machte sich der Täter diese Mühe?», fragte Sokrates. «Er hätte die Leiche doch einfach im Sitzungszimmer liegen lassen können.»

«Vermutlich wollte er damit bezwecken, dass der Tote möglichst lange nicht entdeckt wird», antwortete Glauser. «Die Sekretärin hat mir gesagt, dass sich im Innenhof nur selten Menschen aufhielten, schon gar nicht bei schlechtem Wetter. Der Täter konnte darauf hoffen, dass die Leiche tagelang nicht entdeckt wird. Das hätte ihm Zeit verschafft.»

«Gehen wir wieder nach unten und führen den Tathergang weiter aus», sagte Kramer. Unten angekommen, zeigte er auf die Steinplatten des Gartenwegs unterhalb des Fensters. «Uhlands Leiche stürzte etwa acht Meter in die Tiefe und prallte hier auf.» Er ging in die Hocke. «Spuren finden wir wegen des Regens keine mehr.»

«Uhland fiel mit der rechten Körperhälfte auf den Boden und blieb auf dem Bauch liegen», sagte Sokrates.

«Auf dem Bauch? Woher weisst du das?», fragte Glauser.

«Der Täter packte beide Beine und schleifte die Leiche über die Steinplatten in den Kreuzgang. Dabei rutschte das Hemd aus der Hose. Die Hautabschürfungen an Wange und Oberkörper verraten uns, dass Uhland auf dem Bauch gelegen haben muss, mit dem Gesicht nach unten.»

«Klingt einleuchtend. Ich denke, der Mord hat sich in etwa so zugetragen. Fehlt nur noch der Täter.»

***

Im Sektor 1 vor dem Hangar G3 am Flughafen in Kloten liess Noah Mendel den Motor an. Die zweimotorige Piper Seneca brummte. Er setzte sich das Headset auf und schaltete das Funkgerät ein.

«Zürich Apron, guten Tag. Hotel Bravo Lima Kilo Mike. Sector One. Ready for Taxi», sagte er ins Mikrofon.

Sofort erhielt er Antwort von Apron South. «Hotel Bravo Lima Kilo Mike. Zürich Apron. Taxi to holding position, Papa One.»

Langsam drückte Mendel beide Schubhebel nach vorne. Die Piper rollte auf der gelben Linie des Taxiways zu P 1, dem Anfang der Piste 28. Mit den beiden Pedalen zu seinen Füssen steuerte er das Flugzeug nach links und rechts. Vor der Startbahn stoppte er. Er ging alle Punkte auf der Before-Takeoff-Checkliste durch, kontrollierte die Zündmagneten, den Öldruck, die Höhenmesser, den Motor im Leerlauf, die Klappen und die Treibstoffanzeige.

«Apron. Hotel Bravo Lima Kilo Mike. Ready for departure», funkte er.

Noah Mendel sass im Cockpit des FNPT, eines Flugsimulators der Firma Elite Simulation Solutions. Die Simulatoren waren in drei fensterlosen Räumen in einem grauen Flachdachgebäude im Dübendorfer Industriequartier untergebracht, zehn Fahrminuten vom Flughafen entfernt. Flugschulen konnten die Simulatoren mieten und angehende Piloten darauf trainieren. Die Wände waren anthrazitfarben gestrichen, das Deckenlicht ausgeschaltet, die Räume lagen im Dunkeln, so dass sich die Flugschüler auf die beleuchteten Cockpitanzeigen und auf das Pistenbild konzentrieren konnten, das von drei Beamern auf eine halbrunde Leinwand projiziert wurde.

Mendel wechselte am Funkgerät die Frequenz auf 118,1. «Tower. Hotel Bravo Lima Kilo Mike. Holding position Papa One. Ready for departure. Outbound Route Whiskey.»

Hinter Mendel sass ein Instruktor und schaute ihm über die Schulter. Er gab ihm Anweisungen, die in der Realität vom Tower kamen. «Hotel Kilo Mike», sagte er. «Leave control zone via Route Whiskey. Wind three one zero degrees, five knots. Runway two eight cleared for takeoff.»

Mendel stiess die Schubhebel nach vorne. Die Piper setzte sich in Bewegung und rollte immer schneller auf der Piste. Er kontrollierte den Speedindicator. Die Pistenbeleuchtung sauste an ihm vorbei. Bei achtzig Knoten zog er das Steuerhorn zu sich. Das Flugzeug hob ab. Sofort streckte er seine Hand aus und kippte einen Schalter nach oben. Das Fahrwerk fuhr summend in den Schacht. Mendel schaute nach links und rechts aus den Cockpitfenstern. Er genoss den Ausblick, das Gefühl von Freiheit und Schwerelosigkeit. Unter ihm wurde die Welt immer kleiner, nichts schien mehr von Bedeutung. Alle Sorgen, die auf seinen Schultern lasteten, verloren ihre Schwere.

Mendel fühlte sich frei, so unglaublich frei. Er atmete tief ein. Die Luft roch muffig. Er schloss seine Augen und stellte sich vor, über dem Meer zu fliegen. In seiner Nase spürte er den Geschmack von Salzwasser. Jetzt abzustürzen wäre ein schöner Tod, dachte er.

Mendel drehte das Steuerhorn gegen den Uhrzeigersinn, worauf die Piper nach links kippte und eine scharfe Kurve zog. Weit unten sah er in der Nähe von Regensdorf den bleiernen Katzensee. Er warf einen Blick auf den künstlichen Horizont. Die Skala des Instruments zeigte ihm eine Querlage von fünfundzwanzig Grad. Die Kugel des Slip Indicators stand zentriert in der Mitte. Der Pitch, der Anstellwinkel des Flugzeugs, betrug fünf Grad. Perfekte Steilkurve.

Als der Altimeter eine Höhe von dreieinhalbtausend Fuss anzeigte, drückte er das Steuerhorn leicht nach vorne. Die Piper begab sich in die Waagrechte. Über Bremgarten verliess er die Kontrollzone des Flughafens und meldete sich beim Tower ab.

In diesem Moment stotterte der rechte Motor. «Verdammter Mist», murmelte Mendel. Der Propeller setzte aus. Die Nase des Flugzeugs brach nach rechts aus und kippte abrupt nach unten. Mendel drohte abzustürzen. Er sah den Boden auf sich zurasen. Sofort trat er auf das linke Pedal, mit dem er das Seitenruder bewegte. Gleichzeitig zog er das Steuerhorn zu sich und drehte es nach links. Er biss auf die Zähne. Mit Mühe gelang es ihm, die Piper zu stabilisieren.

«Konzentriere dich», ermahnte er sich. «Engine failure drill PPAA.»

Er legte seine Hand auf die beiden Mixturehebel. «Power: Mixtures rich», sagte er gepresst und schob die Hebel nach vorne. «Propellers high RPM, Throttles 40 inches.» Er legte die Schubhebel nach vorne.

«Performance: Check gear up, check flaps up.» Mendel blickte auf die Kontrollleuchten des Fahrwerks, das immer noch im Schacht war und kontrollierte die Landeklappen. Die Piper dröhnte unruhig. Er spürte, wie sich Schweisstropfen auf seiner Stirn bildeten. Er leckte sich über die Lippen. Nacheinander zog er den Gashebel in den Leerlauf, stellte die Propeller auf Segelstellung und unterbrach die Kraftstoff-Luft-Zufuhr zum rechten Motor. Er hatte das Unglück gerade noch verhindert.

«Gut gemacht», hörte er die Stimme des Instruktors hinter sich.

Mendel wischte sich mit dem Handrücken über die feuchte Stirn. «Es hätte nicht viel gefehlt und ich wäre abgestürzt», sagte er. «Ein einziger Fehler, und das wär's dann gewesen.»

«Herr Mendel, entschuldigen Sie bitte die Störung, aber die Kriminalpolizei möchte Sie sprechen», unterbrach die Sekretärin von Elite Simulation Solutions. Die Deckenbeleuchtung flammte auf.

Mendel drehte sich zu ihr um und blinzelte. «Die Polizei?»

«Ja, sie erwartet Sie bei der Motorfluggruppe Zürich am Flughafen.»

Mendel erhob sich von seinem Pilotensitz und kletterte aus dem engen Cockpit. «Was will denn die Kripo von mir?», fragte er.

«Das hat sie nicht gesagt», antwortete die Sekretärin. «Aber es klang ernst.»

Mendel schulterte seinen Beutelrucksack und griff nach dem Elektro-Scooter, den er neben dem Flugsimulator abgestellt hatte. «In zwölf Minuten bin ich dort», sagte er und verabschiedete sich.

Glauser und Emma Vonlanthen sassen an einem quadratischen Tisch im Pausenraum der Motorfluggruppe Zürich, die im General Aviation Center am Flughafen Kloten ihren Sitz hatte. Eine Fensterfront gab den Blick frei auf einen langgestreckten Hangar, davor parkten mehrere Motorflugzeuge. Links war eine Startpiste zu sehen. Es nieselte, der Asphalt glänzte feucht.

Die Büroleiterin der Motorfluggruppe liess Kaffee aus einer mannshohen Nespressomaschine in zwei Tassen tropfen und stellte sie auf den Tisch. «Bitte sehr. Herr Mendel wird gleich bei Ihnen sein», sagte sie. «Ich hoffe, es ist nichts Ernstes.»

«Wir müssen ihm nur ein paar Routinefragen stellen», wich Glauser aus. Die Büroleiterin schien beruhigt und verschwand im angrenzenden Büro. Emma rührte Zucker in den Kaffee und nippte daran. Glauser betrachtete die Poster an den Wänden, worauf Motorflugzeuge abgebildet waren. Am Ende des Flurs, der in den Pausenraum führte, tauchte Noah Mendel auf. Die Kapuze seines aschfarbenen Anoraks hatte er über den Kopf gezogen. Er hat eine ähnliche Statur wie Theo, dachte Emma, grossgewachsen, drahtig, mit Körperspannung. Mendel stellte den Elektro-Scooter an die Wand und hängte den feuchten Anorak an einen Garderobenhaken. Er trug ein schwarzes T-Shirt, sandfarbene Leinenhosen und Turnschuhe von Nike. Glauser und Emma standen auf und begrüssten ihn. Sein Händedruck war kräftig.

«Einen Moment bitte», sagte er. «Ich hole mir noch etwas zu trinken.» Aus einem Getränkeautomaten zog er eine Cola Zero hervor und setzte sich zu ihnen an den Tisch.

«Wie kann ich Ihnen behilflich sein?», fragte er und hängte seinen Beutelrucksack an die Stuhllehne.

«Wir ermitteln in drei Mordfällen, die alle etwas miteinander zu tun haben», begann Glauser. «Gestern wurde Professor Fritz Uhland tot aufgefunden. Er wurde vergiftet.»

«Ja, davon habe ich gehört», sagte Mendel und nahm einen kräftigen Schluck aus der Flasche. «Das ist sehr tragisch.»

«Ein paar Stunden später, am Abend, hat der Täter seinen Sohn in der Fakultät vom oberen Stockwerk in den Kreuzgang gestossen», fuhr Glauser fort. Er verschwieg, dass Uhland zuvor erstickt worden war.

Mendel schaute irritiert. «Das habe ich nicht gewusst. Furchtbar.» Seine Stimme klang bedrückt. Er blickte Glauser an, dann Emma. «Was habe ich damit zu tun?», fragte er. Ein Nasenflügel zitterte.

«Vor Ostern wurde die Leiche von Nahum Morgenstern in einem Schrebergarten entdeckt. Er war ihr Grossonkel», sagte Emma. «Am Sederabend haben wir sein Foto herumgezeigt. Sie haben ihn darauf erkannt, nicht wahr?»

Mendel schwieg. Seine Hände hatte er auf der Tischplatte verschränkt. Dann nickte er langsam. «Ja. Mein Vater hat uns Kindern Fotos von ihm gezeigt und erzählt, dass unser Grossonkel eines Tages einfach verschwunden ist. Niemand hat je etwas von ihm gehört. Alle haben sich furchtbare Sorgen gemacht. Sie können sich vorstellen, wie erschrocken ich war, als ich sein Gesicht auf dem Foto erkannt habe. Ich war so durcheinander, dass ich es Ihnen verschwieg. Das tut mir leid.» Er knetete seine Finger. «Konnten Sie herausfinden, wer ihn erschossen hat und warum?»

«Nein, das wissen wir noch nicht», antwortete Glauser.

«Wussten Sie, dass Nahum Morgenstern in Auschwitz war?», fragte Emma.

«Ja, die Nazis haben dort seine Frau ermordet und ihre kleine Tochter im Viehwaggon verrecken lassen», stiess er hervor. Seine Augen funkelten zornig.

Glauser schaute ihn ruhig an. «Sprechen Sie Hebräisch?»

«Ja, so leidlich. Als ich zwanzig Jahre alt war, lernte ich die Sprache in einem Kibbuz in der Nähe des Toten Meers. Dort blieb ich zwei Jahre lang. Seither war ich mehrmals in Israel.»

Emma machte sich Notizen. «Sie besuchen regelmässig die Synagoge, hat uns Ihr Rabbi erzählt. Sind Sie ein gläubiger Jude?»

«Nein, ich bin nicht religiös. Aber ich nehme an den gemeinsamen Feierlichkeiten teil, weil sie für unser Volk wichtig sind. Sie schaffen unsere Identität. Ich bin Jude. Das bin ich auch dann, wenn ich nicht an Gott glaube.»

«Kennen Sie den Dekalog im Buch Exodus?»

«Im Schemot. Ja, natürlich. Jeder Jude kann die zehn Gebote auswendig aufsagen. Schon als Kinder lernen wir sie.»

«Sind Sie in den letzten zwei Wochen nach Polen gereist?»

Mendel runzelte die Stirn. «Nach Polen? Ich verstehe Ihre Frage nicht.»

«Antworten Sie einfach», sagte Glauser.

«Nein.»

«Kannten Sie Fritz Uhland?»

«Nur vom Sehen. Ich studiere Religionswissenschaft. Aber ich habe nie eine Vorlesung bei ihm besucht.»

«Und seinen Sohn?»

«Nein.»

«Wir müssen Sie nach Ihrem Alibi fragen. Dazu sind wir verpflichtet», sagte Emma. «Wo waren Sie gestern Morgen von neun bis zwölf Uhr?»

«Ist das die Tatzeit?»

«Ja.»

«Da war ich an der Fakultät, bis um zwei Uhr», antwortete Mendel, ohne zu zögern. «Ich schrieb an meiner Doktorarbeit.»

«Was ist Ihr Thema?»

«Der Einfluss der Kabbala auf nichtjüdische Kulturen.»

«Kabbala?»

«Das ist eine mystische Lehre im Judentum.»

«Florian Uhland wurde gestern Abend umgebracht», sagte Glauser und musterte Mendel aufmerksam. «Wo waren Sie zu dieser Zeit?»

«Bei meiner Freundin. Wir schauten zusammen den Film ‹Wolkenbruchs wunderliche Reise in die Arme einer Schickse›. Danach assen wir einen Salat. Später bin ich nach Hause in meine WG.»

«Wann war das?»

«So gegen zehn Uhr.»

«Können das Ihre WG-Kollegen bestätigen?»

«Nein, an diesem Abend war ich alleine.»

«Wie heisst Ihre Freundin, und wo wohnt sie?», fragte Emma.

Mendel gab Namen und Adresse bekannt.

«Ist Ihre Freundin Jüdin?»

Mendel lächelte. «Nein, eine Schickse.»

«Studiert sie wie Sie Religionswissenschaft?»

«Nein, Grafikdesign an der Zürcher Hochschule der Künste im Toni-Areal. Dort habe ich sie kennengelernt. Ich habe es ein paar Semester mit Kunst versucht.»

«Wir müssen Ihr Alibi überprüfen», sagte Glauser. «Sind Sie damit einverstanden, wenn wir bei Ihrem Provider die Bewegungsdaten Ihres Handys anfordern? So können wir sicherstellen, dass Ihre Angaben stimmen.»

«Wenn es unbedingt sein muss», antwortete Mendel. «Ich habe nichts zu verbergen.»

Glauser reichte ihm seine Visitenkarte. «Bitte schicken Sie mir ein kurzes E-Mail mit Ihrem Einverständnis.»

Mendel nickte.

«Auf was schreiben Sie Ihre Doktorarbeit? PC? Laptop?», fragte Emma.

«Zur Uni nehme ich immer mein iBook mit.»

«Sie müssen es uns aushändigen.»

«Sind Sie denn dazu berechtigt?» Mendel klang missmutig.

«Wir können beim Staatsanwalt jederzeit einen Durchsuchungsbeschluss erwirken, wenn Ihnen das lieber ist», antwortete Glauser schärfer, als er es beabsichtigt hatte. Er wusste, dass er sich auf dünnem Eis bewegte. Ob Pfister einer Hausdurchsuchung zustimmen würde, war mehr als fraglich. Denn gegen Mendel hatten sie nichts in der Hand.

«Sie verdächtigen mich, zwei Menschen umgebracht zu haben», sagte Mendel und nahm seinen Beutelrucksack von der Stuhllehne. «Dabei habe ich nichts Unrechtes getan.» Er öffnete den Rucksack und holte ein iBook hervor.

«Nein, wir verdächtigen Sie nicht», sagte Emma ruhig. «Wir müssen nur allen Angaben hinterhergehen, so können wir Ihre Unschuld beweisen.»

Mendel überreichte Emma seinen Laptop.

«Verraten Sie uns bitte Ihr Passwort.»

«Mosche Punkt Dajan.»

«Dajan mit j geschrieben?»

«Ja. Mosche Dajan. Er war ein bedeutender General, der Israel in mehreren Kriegen vor der Vernichtung bewahrt hat. Als Markenzeichen trug er eine Augenklappe. Im Zweiten Weltkrieg hatte ihn eine Kugel am Auge getroffen, als er durch einen Feldstecher blickte.»

«Eine letzte Frage haben wir noch», sagte Glauser. «Wissen Sie, was in Hosea 8,7 steht?»

«Wer Wind sät, wird Sturm ernten», antwortete Mendel prompt. «Der Vers steht in der Todesanzeige für Professor Uhland, die der Täter in die Zeitung gesetzt hat. Ich hätte das sonst nicht gewusst.»

***

«Möchtest du einmal Kinder?», fragte Leo.

Maria schaute ihn mit hochgezogenen Augenbrauen an. «Ui, was für eine Frage auf dem Weg zu einem Mordfall. Warum fragst du? Willst du mir ein Kind machen?»

Leo grinste spitzbübisch. «Naja, solche Fragen führen meist zu erbaulichen Gesprächen. Und? Wünschst du dir welche?»

«Nein, ich bin viel zu freiheitsliebend. Es macht auch keinen Sinn, Kinder in die Welt zu setzen. Letzte Woche habe ich mit einer Kollegin deswegen Krach bekommen. Sie unterstellte mir, ich sei egoistisch, als ob ein fehlender Kinderwunsch egoistisch sein kann.»

Leo steuerte den Lieferwagen auf der Leutschenbachstrasse Richtung Hallenstadion. Seine rechte Hand umfasste den runden Knauf der Gangschaltung. Maria mochte seine schlanken Finger. Sie stellte sich vor, wie er ihr Knie berührt und langsam mit der Hand nach oben streicht. Ihr wurde mit einem Male heiss. Maria, du ruchloses Weib!, schalt sie sich. Sie sammelte sich wieder. «Es macht mir niemand weis, dass er aus lauter Opferbereitschaft und selbstloser Hingabe Kinder in die Welt stellt. Zum Wohle der Gesellschaft. So ein Quatsch! Das Gegenteil ist wahr. Paare zeugen Kinder, weil sie damit ihr eigenes Ego vergrössern. Kinder sind ein Ego-Projekt, das nicht der Gesellschaft dient, sondern unsere Umwelt zerstört. Ich könnte jedes Wochenende zum Shoppen nach London fliegen, mit einem tonnenschweren Geländewagen herumbrettern und täglich Rindsfilet essen, meine Ökobilanz wäre dennoch deutlich besser als die einer Mutter. In Zürich sehe ich immer mehr Frauen einen Kinderwagen schieben. Mir kommt dieser Babyboom vor wie die Angsttriebe von Pflanzen, die noch einmal ausschlagen, bevor sie verdorren. Offensichtlich steht die Welt am Abgrund.»

Leo lachte. «Du redest wie eine Untergangsprophetin.»

«Menschen gibt es genug auf der Welt, jedes weitere Kind ist eines zu viel. Wir brauchen nicht nur Flugscham, um die Welt vor dem Kollaps zu retten, sondern auch Kinderscham.»

Leo warf ihr verblüfft einen Blick zu. «Solche Worte hören viele nicht gerne, noch dazu aus dem Mund einer Frau. Wirst du da nicht als Verräterin angefeindet?»

«Ja, hin und wieder. Aber ich sage die Wahrheit. Und ich halte damit auch nicht zurück.»

Leo steuerte in die Thurgauerstrasse.

«Mir gefällt an dir, dass du nicht die typische Männerrolle einnimmst», sagte Maria, und mit einem Augenzwinkern schob sie nach: «Ausser im Bett natürlich. Da bist du so was von einem Mann! Hach!» Plötzlich fing sie an zu kichern. «Ich kann es immer noch nicht fassen, dass ich dich dabei erwischt habe, wie du auf dem Klo Videos geguckt hast, von Kochsendungen mit Jamie Oliver.» Leo stimmte in ihr Lachen ein.

«Und? Möchtest du einmal Kinder?», fragte Maria ernst.

«Nein», sagte Leo bestimmt. «Nein.» Er spitzte seine Lippen zu einem Kuss, seine Augen lächelten. «Sollte ich je Kinder wollen, dann nur mit dir.»

Maria boxte ihm von der Seite auf die Schulter. «Siehst du mich als Mutter?»

«Vorsicht Fangfrage!», erwiderte Leo. «Jede Antwort wäre falsch.»

Der Mercedeskastenwagen der Spurensicherung rollte ihnen entgegen, als Leo auf den Grossmünsterplatz einbog. Er parkte seinen Lieferwagen neben dem Zwingli-Portal. Der schlaksige Stadtpolizist trat zur Seite, als Maria ihren Presseausweis zeigte. «Der Kriposprecher erwartet Sie.»

Maria drückte die gusseiserne Türklinke, die aussah wie ein dünner, erigierter Penis, sich aber eiskalt anfühlte. Sie hielt Leo die Tür auf, der die Kamera schulterte und mit der anderen

Hand das Stativ trug. Im ersten Stock trat Dominik Wenger auf sie zu und gab ihnen die Hand.

«Frau Noll, ich habe bereits erfahren, was Sie heute Morgen in Auschwitz aufgedeckt haben. Kompliment zu Ihrer Recherche.» Er wandte sich an Leo. «Wohin soll ich mich für das Interview stellen?»

Leo schaute durch die Rundbogenfenster hinunter in den Innenhof. Es war kein Kriminaltechniker oder Polizist zu sehen.

«Stehen Sie bitte hier vor diese Säule am Fenster», sagte Leo und zeigte mit der Hand darauf. «So habe ich den Garten im Hintergrund.» Leo schaltete die Deckenbeleuchtung im Kreuzgang an. «Drehen Sie sich bitte etwas nach rechts, Herr Wenger, damit das Licht von der Seite auf Ihr Gesicht fällt.» Der Polizeisprecher tat, wie ihm geheissen. Leo nahm aus seiner Jackentasche ein Ansteckmikrofon und befestigte es an Wengers Hemdkragen. Dann schob er seine Kamera auf das Stativ. «Kamera läuft», sagte er zu Maria, die links neben ihm herantrat.

«Die Kriminalpolizei Zürich hat heute in einem Mordfall in der Theologischen Fakultät ermittelt. Was ist passiert?»

Wenger rückte seine Krawatte zurecht. «Ein Mann wurde heute Morgen im Kreuzgang tot aufgefunden. Unsere Ermittlungen ergaben, dass er erstickt worden ist. Er ist der Sohn des Theologieprofessors Fritz Uhland, der gestern ebenfalls ermordet wurde.»

«Warum wurde nun auch der Sohn ermordet? Kennt die Kripo das Tatmotiv?»

«Nein, wir haben Vermutungen, aber unsere Ermittlungen gehen in alle Richtungen.»

«Gibt es Tatverdächtige?»

«Nein.»

«Hat der Täter auch beim Sohn auf den linken Unterarm die Nummer 2015 hineingeschnitten?»

«Ja, das hat er. Bitte schalten Sie die Kamera aus», sagte Wenger zu Leo, der sofort auf den roten Knopf drückte und sich aufrichtete. «Was ich Ihnen jetzt sage ist off the record, Frau Noll. Theo hat mich darum gebeten, Ihnen diese Information zu geben. Einverstanden?»

«Selbstverständlich, Herr Wenger. Die Information werde ich nur mit ausdrücklicher Genehmigung von Glauser publizieren. Schiessen Sie los.»

Der Polizeisprecher erzählte Maria von den hebräischen Buchstaben, die eine Stelle aus dem biblischen Buch Exodus angaben, und von der Drohung, die darin enthalten ist.

«Ein Fluchwort aus der jüdischen Bibel», sagte Maria nachdenklich. «Alle Indizien deuten darauf hin, dass ein Jude die Tat begangen hat, nicht wahr?»

«Durchaus möglich, muss aber nicht sein.»

***

Das Fenster schlug mit einem Knall zu. Eine Windböe fauchte durchs Sitzungszimmer. In letzter Sekunde legte der Staatsanwalt seine Hand auf einen Stapel Papier, der beinahe durcheinandergewirbelt worden wäre. Glauser stand auf und drückte den Fenstergriff nach unten.

«Gestern habe ich einen Experten vom Kunsthaus beauftragt, die Provenienz der Gemälde in Uhlands Wohnung festzustellen», sagte der Staatsanwalt. «Obwohl der Täter keine Kunstgegenstände entwendet hat, möchte ich wissen, woher Uhlands Vater die Werke hat. Vielleicht finden wir damit eine neue Spur. Morgen wird er uns seine Kurzexpertise vorstellen. Wir treffen uns morgen Nachmittag um drei Uhr zur Sitzung.»

Die Glocken der nahen St.-Jakobs-Kirche schlugen zwei Mal. Es war halb acht Uhr. Draussen fing es an zu dämmern.

Philip Kramer drückte den Lichtschalter. Mit einem metallischen Klacken flackerten die Neonröhren auf. Das schmucklose Sitzungszimmer mit dem abgetretenen Linoleumboden und den kahlen Wänden roch nach Putzmittel. Sokrates schaute sich um. Alle waren um den Sitzungstisch versammelt, Kriminaltechniker des Forensischen Instituts, Kriminalpolizisten und die Polizeifotografin. Glauser hatte neben dem Staatsanwalt am Kopf des Tischs seinen Laptop aufgeklappt. Sokrates zählte vierzehn Personen.

«Erkläre uns bitte, wie Uhland ums Leben kam, damit alle informiert sind», sagte Glauser an Sokrates gerichtet. «Was war die Todesursache und wann der Todeszeitpunkt?»

Sokrates rückte seine Brille auf der Nase zurecht. «Das Opfer wurde gestern Nacht erstickt, das zeigen die Verletzungen an den Schleimhäuten auf der Lippeninnenseite, die von den Zähnen verursacht wurden», antwortete er. «Danach warf der Täter den Leichnam vom zweiten Stock in den Innenhof, was beim Toten zu zahlreichen Brüchen führte. Zudem waren die Totenflecken nur schwach ausgeprägt. Das weist auf schwere innere Verletzungen hin. Die Obduktion morgen wird das bestätigen.»

«Können wir den Todeszeitpunkt noch mehr eingrenzen?»

«Leider nein, Uhland wurde nicht später als um vier Uhr morgens umgebracht. Das zeigt uns die vollständige Ausprägung der Totenstarre. Mehr wissen wir nicht.»

In diesem Moment spielte die Melodie «In der Halle des Bergkönigs». Glauser nahm sein Handy vom Tisch und drückte auf den grünen Telefonbutton. «Hallo Beni, ich stelle auf Lautsprecher, damit alle hören können, was du uns zu sagen hast», sagte Glauser. «Was hast du herausgefunden?»

«Soeben hat mir das ÜPF mitgeteilt, dass die Basisstation der Mobilfunkanlage am Grossmünsterplatz ein Signal von

Uhlands Handy erstmals gestern Abend um zehn Uhr drei empfing», tönte der IT-Forensiker Benedikt Yerly scheppernd aus dem Smartphone. «Uhland betrat um zehn Uhr die Theologische Fakultät und verliess die Uni erst wieder am nächsten Tag um siebzehn Uhr dreiundzwanzig.» Er räusperte sich. «In einem Sarg.»

«Wir können also davon ausgehen, dass Uhland vor Mitternacht ermordet wurde», überlegte Glauser.

«Wie kommst du darauf?»

«Der Täter wird sich wohl nicht stundenlang mit seinem Opfer unterhalten haben, um es anschliessend umzubringen. Aber das ist nur eine Vermutung.»

«Das ÜPF konnte mir auch bereits zu Noah Mendel Auskunft geben», fuhr Yerly fort.

Glauser erklärte seinen Leuten, dass Mendel den toten Juden aus dem Schrebergarten als Mann seiner Grosstante identifiziert hatte, die in Auschwitz ums Leben gekommen war. Sie hätten ihn befragt und sein Alibi überprüft.

«Mendel hat nicht gelogen», sagte Yerly. «Er war zur Tatzeit an der Uni. Die Antenne am Grossmünster empfing Signale von seinem Smartphone vorgestern Morgen von acht Uhr siebenundzwanzig bis um vierzehn Uhr elf.»

«Zeugen an der Fakultät bestätigen das», sagte Emma Vonlanthen mit zittriger Stimme und strich sich mit einer fahrigen Handbewegung eine Haarsträhne aus dem Gesicht. «Mendel lieh sich vier Bücher von der institutseigenen Bibliothek aus. Das sei um sieben vor neun Uhr gewesen, ist sich die Bibliothekarin sicher. Sie hat ein gutes Zahlengedächtnis. Sie muss nur das Gesicht eines Studenten sehen und schon ploppt in ihrem Kopf seine Bibliotheksnummer auf. Um viertel vor zehn Uhr scannte er im Sekretariat auf der Kopiermaschine mehrere Aufsätze. Frau Nolde hat ihm dabei geholfen.»

«Er war zudem den ganzen Morgen auf dem Uniserver eingeloggt», machte Yerly weiter. «Er nutzte mit seinem Laptop das WLAN der Fakultät. Dazu musste er sein Passwort eingeben. Das hat mir die Informatikabteilung der Uni bestätigt.»

«Danke, Beni, für die Informationen», sagte Glauser. «Was ist mit dem Handy von Fritz Uhland, konntest du das Passwort knacken?»

«Bisher leider noch nicht», antwortete Yerly hörbar geknickt. «Wir geben am Anfang immer manuell einfache Zahlenfolgen ein, Geburtstage, Namen und so weiter. Achtzig Prozent der Handybesitzer wählen ein einfaches Passwort. Oft schaffen wir es mit dieser Methode. Uhland hat aber leider ein komplexes Passwort gewählt, das vermutlich aus Zeichen, Zahlen, Gross- und Kleinbuchstaben besteht. Ich versuche nun, mit einer Analysesoftware direkt in das Betriebssystem des Smartphones einzudringen. So kann ich das Passwort umgehen. Mit etwas Glück hast du morgen die Information.»

«Was wissen wir über das Tatmotiv?», fragte Glauser, nachdem er aufgelegt hatte.

«Vermutlich mordet der Täter aus religiösen Motiven», sagte Ulmer. «Darauf deutet die Bibelstelle auf den Unterarmen beider Opfer hin.»

«Er tötet, um sie zu bestrafen», traute sich Emma zu sagen. «Seine Tat versucht er, religiös zu legitimieren. Er tut, was in der Bibel steht. Für ihn ist das richtig.»

«Vater Uhland und auch sein Sohn waren Nazis, es ist naheliegend, dass sie deswegen ermordet wurden», sagte Glauser.

«Dann muss der Täter davon gewusst haben», erwiderte Sokrates. «Doch wie hat er das erfahren? Uhland hat sein Treiben gut versteckt.»

Glauser trank einen Schluck Mineralwasser und zerknüllte den Plastikbecher. «Viele offene Fragen.»

Emma hob zaghaft die Hand. «Theo, auch Florian Uhland war ein Nazi.»

Im Sitzungszimmer war ein Raunen zu hören. «Wie hast du das rausgekriegt?», fragte Glauser.

«In seinem Portemonnaie fand ich ein Ticket für ein Konzert der Hardrockband ‹318› in Hombrechtikon», antwortete Emma. «Neonazis verstecken sich oft hinter Symbolen und Zahlen. 88 steht für HH, weil H der achte Buchstabe im Alphabet ist, 88 bedeutet Heil Hitler. In einem Wahlkampfvideo der SVP singt eine Frauenband. Eine der Sängerinnen trägt ein T-Shirt mit dem Aufdruck 88, was bedeutet, dass die SVP mit Rechtsextremen sympathisiert. Uhland war SVP-Gemeinderat von Bubikon.»

Sokrates bemerkte, wie die roten Flecken auf Emmas Hals verschwanden. Emma berichtete zügig und präzis, was sie herausgefunden hatte. Von Unsicherheit war nichts mehr zu spüren.

«18 bedeutet AH, Adolf Hitler. Die Zahl 318 steht für CAH, Combat Adolf Hitler, also ‹Kampftruppe von Adolf Hitler›», fuhr Emma fort. «Combat 18 ist der bewaffnete Arm des international tätigen Neonazinetzwerks Blood & Honour. Die Organisation scheut vor Gewalt nicht zurück. Die Band hat mehrere Alben veröffentlicht, die auch auf YouTube aufgeschaltet sind. Die Texte sind gewaltverherrlichend und hetzen gegen Juden. Auf einem CD-Booklet werden die Vornamen der Bandmitglieder genannt.» Emma scrollte auf ihrem iPad. «Leadsänger Eugen V., Gitarrist Hugo S. und Schlagzeuger Vincent E.» Sie blickte auf. «Ganz unten steht: Songtexte von Florian U. Das muss Uhland sein.»

Erneut ging ein Raunen durchs Sitzungszimmer. «Hervorragende Recherche, Emma», sagte Glauser. «Vater und Sohn waren also beide Nazis.»

«Florian Uhland sieht mit seinem schmächtigen Körper gar nicht wie ein gewaltbereiter Nazi aus, keine Tätowierungen, kein kahlrasierter Schädel, intelligenter Unistudent, anständige Umgangsformen, das passt nicht zusammen», wunderte sich Ulmer.

«Heute tragen Neonazis nicht mehr Bomberjacken mit Naziemblemen und Springerstiefel», erwiderte der Staatsanwalt. «Von aussen sieht man ihnen nicht an, dass sie gefährliche Staatsfeinde sind. Ich hatte schon ein paar Mal mit ihnen zu tun.»

«Uhland war in dieser Zelle vermutlich der Intellektuelle, der die Texte schrieb und bei Aufmärschen die Reden hielt», sagte Sokrates. «Wie Goebbels. Auch der Propagandaminister war von hagerer Gestalt.»

«Wir müssen die Bandmitglieder aufsuchen», entschied Glauser. «Vielleicht weiss jemand von ihnen, wer einen solchen Hass auf Uhland und seinen Vater gehabt hatte, dass er bereit war, dafür zu morden.»

«Die Band trifft sich heute Abend in einem Schützenhaus in der Nähe von Gossau», sagte Emma. «Sie hat dort einen Proberaum gemietet.»

Ulmer knuffte sie von der Seite in die Rippen. «Wie hast du das herausgefunden?», fragte er verblüfft.

Emma lächelte und tippte sich mit dem Finger an die Stirn. «Mit Köpfchen.»

«Gut gemacht, Emma. Noch heute werden wir ihnen einen Besuch abstatten», sagte Glauser. «Emma, du begleitest mich.»

Er erzählte seinen Leuten von Marias Vermutung, dass Fabian Uhland in Wahrheit Fritz Uhlrich hiess und er sich, bevor er in die Schweiz kam, in München einen neuen Pass hatte anfertigen lassen.

Er blickte in die Runde. «Lasst uns ein Profil des Täters zusammentragen.»

«Er agiert äusserst kaltblütig, skrupellos», begann Kramer. «Man muss ziemlich abgebrüht sein, um zwei Menschen innerhalb von vierundzwanzig Stunden zu ermorden.»

«Er geht überlegt vor und plant von langer Hand», machte Ulmer weiter. «Er reist nach Polen, beschafft sich Zyklon B und eine Gasmaske und weiss, wo am Rigiblick und beim Grossmünster die Überwachungskameras stehen.»

«Ob er Zyklon B in Polen gekauft hat, ist unklar», warf Emma ein. «Die Firma konnte mir das nicht bestätigen.»

«Auch den Mord an Uhland junior hat er geplant», sagte Kramer. «Er besorgte sich eine Plastiktüte und Handschuhe, um keine Spuren zu hinterlassen. Er hat nicht im Affekt getötet.»

«Der Täter muss ein gläubiger Jude oder ein christlicher Theologe sein», sagte Emma. «Er beherrscht die hebräische Schrift und kennt die Bibel.»

Glauser nickte. «Richtig, auch die Hosea-Stelle in der Todesanzeige für Fritz Uhland lässt das vermuten.»

«Zudem kennt er sich in der Theologischen Fakultät aus», führte Ulmer weiter aus. «Nachdem der Schlüsseldienst gegangen war, verschaffte er sich Zugang ins Gebäude. Ein Student vielleicht oder ein Professor.»

«Franz, kläre bis morgen ab, wie es möglich ist, nachts ins Institut zu gelangen», wies Glauser ihn an. «Was können wir sonst noch über den Täter sagen?»

«Er ist von mittlerer bis grosser Statur, eher ein Mann, keine Frau, durchtrainiert, vielleicht hat er eine militärische Ausbildung gehabt, oder er betreibt Kampfsport, sonst könnte er nicht so ohne Weiteres einen jungen Mann ersticken, der über einen Meter neunzig misst, auch wenn Uhland sehr hager war», sagte Sokrates.

«Wir suchen also einen sportlichen Mann, der religiös gebildet ist und abends Zugang zur Uni hatte», fasste Glauser zusammen. Er schaute auf seine Uhr. «Leute, genug für heute. Wir treffen uns morgen wieder. Hoffentlich hat Beni bis dann das Passwort von Uhlands Handy geknackt.»

***

«Das Nilpferd durch die Gassen trottet, mit doofem Blick und furchtbar faul, weiss nicht, dass es bald ausgerottet, wir hauten ihm ein paar aufs Maul», las Emma von ihrem Smartphone vor. «Der Text steht auf dem CD-Booklet des neuen Albums ‹Kristallnacht› der Naziband ‹318›. Daneben ist eine Zeichnung abgebildet: ein flüchtendes Nilpferd mit Schläfenlocken und Kippa, das von einem Militärlastwagen mit der Nummer 318 verfolgt wird. Auf der Ladefläche grinsen der Leadsänger, der Gitarrist und der Schlagzeuger der Band.»

Emma sass neben Glauser, der seinen Dienstwagen auf der Forchstrasse durch Wannwis steuerte. Sie waren auf dem Weg zum Schützenhaus in der Nähe von Gossau. Der Regen trommelte aufs Autodach. Die Scheibenwischer summten im Takt. Die Nacht brach herein. Glauser hatte die Scheinwerfer eingeschaltet. Die Reflektoren der Strassenpfosten leuchteten.

«Ein Nilpferd galt in der Antike als boshaft und gefrässig», sagte Emma. «Das Symbol hat Florian Uhland nicht zufällig gewählt. Als Mann mit einer akademischen Bildung kannte er die Bedeutung des Nilpferds. Mit diesem Lied verspottet er die Juden.»

«Was konntest du sonst noch über ihn herausfinden?»

«Uhland ist ein unbescholtener Bürger, keine Vorstrafen, keine Betreibungen, keine Steuerschulden. Er verhielt sich unauffällig, nahm rege am Gemeindeleben in Bubikon teil, spielte am Dorffussballturnier mit, besuchte als Gemeinderat der SVP den

Dorfmärt, hielt 1.-August-Reden. Ein mustergültiger Bürger, der im Dorf Ansehen genoss.»

«Und die anderen aus der Band?»

«Die sind alle mehrfach vorbestraft wegen schwerer Körperverletzung, Sachbeschädigungen, Waffenbesitz, Beleidigungen, Rassismus, das ganze Strafgesetzbuch. Einmal wurden sie verhaftet, weil sie zusammen mit mehreren Hundert anderen Nazis die 1.-August-Feierlichkeiten auf der Rütliwiese gestört hatten. Sie brüllten Heil Hitler und pöbelten die Gäste an.»

«Ja, ich erinnere mich», sagte Glauser. «Ein mutiger alter Mann war einem Nazi in den Arm gefallen, der die Hand zum Hitlergruss erhoben hatte. Es gibt ein Foto davon. Die Medien haben darüber berichtet.»

«Am schlimmsten trieb es der Leadsänger Eugen Vogler», erzählte Emma weiter. «Er ist dreissig Jahre alt. Das Gericht hat ihn bereits vier Mal zu unbedingten Freiheitsstrafen verurteilt, vierzehn Monate sass er hinter Gitter. Immer wieder hetzt er gegen Juden. In Wiedikon hat er mehrfach orthodoxe Juden angespuckt und beleidigt. Und dabei ‹Euch Saujuden werden wir alle vergasen› gebrüllt. Einmal gab er einem greisen Mann, nur weil der eine Kippa trug, eine so harte Kopfnuss, dass die Wunde genäht werden musste. Der Mann lag eine Woche im Spital. Er hat sich davon nie wieder richtig erholt.»

Emma schaute in ihr Smartphone. «Vogler trägt am ganzen Körper Tätowierungen: ein Hakenkreuz-Tattoo auf dem Oberarm, auf dem Schulterblatt das Bild eines Nazischergen und auf dem Bauch steht die Abkürzung ‹RaHoWa›, das bedeutet Racial Holy War, Rassischer Heiliger Krieg.»

Emma blickte im Rückspiegel in Glausers Augen. «Er sieht aus, wie man sich einen Nazi vorstellt. Stiernacken, Schmerbauch, kahlrasierter Schädel.» Es schüttelte sie bei diesem Gedanken.

«Was macht Vogler beruflich?», fragte Glauser.

«Er arbeitet als Gelegenheitsarbeiter auf dem Bau. Eine Lehre als Maurer hat er abgebrochen. Manchmal bezieht er Sozialhilfe.»

Auf der Höhe von Ottikon bog Glauser nach links in die Altrütistrasse ab. Das Tomtom zeigte ihm an, dass es nur noch zwei Kilometer bis zum Schützenhaus waren. «Wir müssen auf der Hut sein», sagte er. «Gut möglich, dass sie auf uns aggressiv reagieren. Wenn das passiert, holen wir Verstärkung. Wir lassen ihnen nichts durchgehen. Keine Toleranz.»

Emma nahm ihre Dienstwaffe, eine P 30 von Heckler & Koch, aus dem Halfter, das sie in ihren Gürtel geschlauft hatte, und kontrollierte die Pistole.

Der Schotter knirschte unter den Rädern, als sie den Parkplatz am Schützenhaus erreichten. Vor dem flachen Gebäude aus dunkelgebeiztem Holz standen ein VW-Bus, ein Fiat und zwei Mofas. Die Fenster waren erleuchtet. Glauser schaltete den Motor ab. Emma stieg aus und stülpte sich die Kapuze des Anoraks über ihren Kopf. Sie hörte das Prasseln der Regentropfen. Die rechte Hand berührte ihre Pistole. Sie atmete den Geruch von fauligen Blättern. Glauser lief links von ihr. Sie blickte kurz zu ihm auf. Er schien gelassen, von Anspannung spürte sie nichts. Sie erreichten die Holztür, die in die Schützenstube führte. Glauser drückte die Klinke und trat ein. Emma schaute sich in der Gaststube um. Auf dem Sandsteinboden standen grob gezimmerte Holztische und Stühle. In einer Vitrine waren Pokale ausgestellt. Zwei gekreuzte Flinten hingen an einer Wand. Am runden Stammtisch in der Ecke sassen zwei knorrige Männer mit glasigen Augen vor einem Bier. Es roch nach Alkoholdunst und Frittiertem. Über jedem Tisch warf eine gusseiserne Lampe schummriges Licht. Rechts neben dem Eingang befand sich der Schanktisch mit einem

Zapfhahn von Feldschlösschen. Dahinter langweilte sich eine dicke Frau mit speckigen Armen, herunterhängenden Wangen und gelbstichiger Dauerwelle, bei der ein schwarzer Haaransatz zu sehen war. Als die Polizisten auf sie zutraten, wischte sie sich ihre roten Hände an der fleckigen Schürze ab.

«Was wollen Sie?», fragte sie mit fettiger Stimme. Emma spürte, dass sie keine Lust mehr hatte, Gäste zu bedienen.

«Kriminalpolizei Zürich», stellte sich Glauser vor. «In Ihrem Keller hat die Band ‹318› einen Proberaum gemietet. Heute übt sie wieder. Wir müssen mit den Bandmitgliedern reden.»

Die Wirtin kniff ihre Augen zusammen. «Was wollen Sie von ihnen? Lassen Sie doch die jungen Männer in Ruhe. Das sind gute Jungs.»

«Es liegt nichts gegen sie vor. Wir haben nur ein paar Fragen», sagte Glauser ruhig. «Wo finden wir sie?»

«Sie haben fertig geprobt. Jetzt trinken sie Bier und jassen.» Die Wirtin machte eine Kopfbewegung Richtung Seitentür. «In der Jägerstube.»

Als Glauser die Tür zur Stube öffnete, hörte er Gegröle. «Wir kämpften schon in mancher Schlacht, in Nord, Süd, Ost und West. Und stehen nun zum Kampf bereit, gegen die rote Pest», brüllte der Sänger.

Glauser und Emma traten ein. Der Raum war klein und fasste drei Tische. Die Wände waren mit Holz verschalt, an ihnen hingen die Geweihe von Rehböcken, Hirschen und Gämsen. Die Luft roch abgestanden.

«Raus hier! Das ist privat!», rief Eugen Vogler, der die beiden Polizisten als Erster bemerkt hatte. Er sass zusammen mit drei Männern an einem Tisch. Jasskarten lagen in der Mitte, vor jedem standen mehrere leere und halbvolle Biergläser.

«Kriminalpolizei Zürich. Stellen Sie die Musik ab», sagte Glauser laut.

«Scheiss Bullen! Verdammt! Was soll das! Wir haben nichts getan!», riefen alle durcheinander.

«Wir kommen wegen Florian Uhland.»

«Kennen wir nicht», übernahm Vogler das Wort und drückte auf den Knopf der Musikanlage. Er trug ein fleckiges Feinrippunterhemd. Die Hakenkreuztätowierung am Oberarm glänzte vor Schweiss.

«Er ist der Liedertexter der Band», erwiderte Emma.

Vogler schaute sie mit rotunterlaufenen Augen an. «Was ist mit ihm?»

«Er ist tot, jemand hat ihn umgebracht», antwortete Glauser ungerührt.

«Erzähl du uns nicht so einen verdammten Scheiss!», brüllte Vogler und schlug mit der Faust auf den Tisch. Der Bierschaum spritzte aus den Gläsern.

«Es ist die Wahrheit. Uhland ist tot.»

Die Männer waren sichtlich bestürzt. «Wie heisst der Dreckskerl, der das getan hat?», fragte Vogler mit gequetschter Stimme.

«Das wissen wir noch nicht», sagte Emma.

Vogler liess seinen Kopf hängen. «Florian tot!» Mit der flachen Hand strich er sich über den kahlrasierten Schädel. Dann blickte er auf. «Gestern Nachmittag hat er mich angerufen. Er sagte, dass sein Vater ermordet worden ist und er einen Verdacht hat, wer das war. Er hat gesagt, dass er die Ratte abends in der Uni trifft und er sich das zurückholt, was ihm gehört.»

«Uhland wurde gestern Nacht in der Uni getötet», sagte Glauser. «Wissen Sie, mit wem er sich treffen wollte?»

«Wahrscheinlich mit einem vom Judenpack», zischte Vogler. «Florian nannte ihn Ratte.»

«Mehr können Sie uns nicht sagen?»

«Nein. Vielleicht war es auch einer von den Sozis, ein Kommunist. Oder eine Schwuchtel.»

«Was wollte er zurückholen, das ihm gehört?»

«Keine Ahnung. Das hat er nicht gesagt.»

«Wer wusste davon, dass Uhland Mitglied einer Neonazigruppe war?»

«Niemand. Er hat das nicht an die grosse Glocke gehängt. Er wollte nicht, dass der Gemeinderat von Bubikon davon erfährt.»

«Ein weiteres Mordopfer, das mit dem Mord an Uhland zusammenhängt, trägt eine KZ-Nummer auf dem Unterarm. Er war in Auschwitz. Er hat überlebt, seine Frau wurde dort vergast», sagte Emma.

«In Auschwitz wurden keine Menschen vergast. Das ist eine Erfindung der jüdischen Lügenpresse», sagte Vogler.

«Hören Sie auf, solchen Unsinn zu erzählen», unterbrach Glauser. «Sie leugnen den Holocaust. Damit machen Sie sich strafbar. Sie sollten …»

«Sämtliche Medien sind in der Hand des internationalen Judentums», übertönte ihn Vogler. «Damit unterziehen sie uns einer kollektiven Gehirnwäsche. Wir sollen uns schuldig fühlen, damit wir erpressbar sind. So können die Saujuden Forderungen stellen.»

«Vorsicht! Achten Sie auf Ihre Wortwahl», warnte Glauser. «Sonst müssen wir einschreiten.»

«Ach was! Ich sage nur die Wahrheit! Ich lasse mir von niemandem verbieten, meine Meinung zu sagen.»

Glauser atmete tief durch. «Hatte Uhland Feinde?», fragte er schliesslich.

Vogler schüttelte den Kopf. «Nein, nicht dass ich wüsste.» Auch die anderen Männer verneinten.

«Sagt Ihnen die Zahl 2015 etwas?» Emma schaute in ratlose Augen.

«Ich verstehe nicht. Was hat das mit Florian zu tun?», antwortete Vogler irritiert.

«Sagt Ihnen diese Zahl etwas?», wiederholte Emma.

«Nein.»

«Wenn Ihnen noch etwas einfällt, melden Sie sich», schloss Glauser und legte eine Visitenkarte auf den Tisch.

Als sich Glauser und Emma anschickten zu gehen, erhob sich Vogler von seinem Stuhl, der krachend umfiel, und reckte seine rechte Hand nach oben. Die anderen taten es ihm gleich. «Heil Hitler!», brüllte er.

Glauser schloss die Tür hinter sich. «So ein Vollidiot.»

Und nochmals brüllte Vogler durch die Tür. «Heil Hitler!»

***

«Als Heidi mit ihrem grossen Buch unter dem Arm eintrat, winkte ihr die Grossmama, dass sie ganz nahe zu ihr herankomme, legte das Buch weg und sagte: ‹Nun komm, Kind, und sag mir, warum bist du nicht fröhlich? Hast du immer noch denselben Kummer im Herzen?›

‹Ja›, nickte Heidi.

‹Hast du ihn dem lieben Gott geklagt?›

‹Ja.›

‹Und betest du nun alle Tage, dass alles gut werde und er dich froh mache?›

‹O nein, ich bete jetzt gar nicht mehr.›

‹Was sagst du mir, Heidi? Was muss ich hören? Warum betest du denn nicht mehr?›

‹Es nützt nichts, der liebe Gott hat nicht zugehört.›» Sie verstehe das, sagte Heidi ihrer Oma aufgebracht. Wenn am Abend so viele Leute beten würden, so könne der liebe Gott ja nicht auf alle Acht geben «‹Und mich hat er gewiss gar nicht gehört.›

‹So, woher weisst du denn das so sicher, Heidi?›, fragte die Grossmutter.

‹Ich habe alle Tage das Gleiche gebetet, manche Woche lang, und der liebe Gott hat es nie getan.›»

Sokrates lag in seinem Bett unter der weiss bezogenen Daunendecke. Das Kopfkissen hatte er aufgerichtet, damit sein Buckel weniger schmerzte. Vor sich lag ein dickes Buch mit grünem Einband, worauf in goldenen Lettern «Heidis Lehr- und Wanderjahre» eingestanzt war, eine Erzählung von Johanna Spyri. Seine Kommilitonen hatten es ihm vor über dreissig Jahren zum Abschied geschenkt, als er von Göttingen in die Schweiz gezogen war, um bei Mara zu sein. Im Zürcher Institut für Rechtsmedizin begann er als Assistenzarzt zu arbeiten. Schon damals hatte er mit Begeisterung Kinderbücher verschlungen, um sich zu entspannen. Das hatten seine Kollegen gewusst. Mittlerweile kannte er einige Bücher von Johanna Spyri, las sie immer wieder gerne. Ihre Erzählungen waren herzerwärmend, aber auch traurig. Sie prangerte die Not der Menschen an, insbesondere das Leid von Frauen und Kindern in der Zeit der Industrialisierung im 19. Jahrhundert.

Sokrates hatte Mara vierzehn Monate vor seinem Umzug in die Schweiz kennengelernt. Er war zu einem Ärztekongress nach Zürich gereist. Am Abend hatte er nichts vorgehabt. Es war der 17. August, das wichtigste Datum in seinem Leben. Er besuchte die Sternwarte Urania, Astronomie hatte ihn schon immer interessiert. Sokrates erinnerte sich, wie er Mara zum ersten Mal unter der Kuppel der Sternwarte gesehen hatte. Sie trug ein Blumenkleid mit grossen lila- und bordeauxfarbenen Blüten. An ihren Ohren hingen Perlohrringe. An diesem Abend waren nur sie beide anwesend. Mit dem Zeiss-Teleskop betrachteten sie die Planeten Jupiter und Saturn, die im August besonders gut zu sehen waren, und erforschten die Mondoberfläche. Jedes Mal, wenn sie sich mit dem Teleskop abwechselten, informierten sie einander, wenn jemand etwas Interessantes entdeckt hatte. Es war eine sternenklare Nacht. Dutzende Sternschnuppen flammten am Himmel auf. In diesen Tagen kreuzte die Erde wie jedes Jahr im August die Staubspur eines Kometen, die Perseiden. Die Staubkörnchen verglühten in der Atmosphäre. Immer und immer wieder blitzte es auf. Max und Mara, wie sie sich einander vorgestellt hatten, bewunderten dieses Spektakel. Und sie lachten, weil sie gar nicht so viele Wünsche äussern konnten, wie es Sternschnuppen regnete. Nach dem Besuch der Sternwarte beschlossen sie, in der Panoramabar Jules Vernes gemeinsam ein Glas Weisswein zu trinken. Es wurde eine Flasche. Sie hatten sich von Anfang an gemocht.

Seit dem Tod von Mara hatte er «Heidis Lehr- und Wanderjahre» nicht mehr gelesen. Nach zwanzig Minuten klappte er das Buch zu und legte es zur Seite. Er war müde. Von Ferne schlug die Predigerkirche zwei Mal, sein Radiowecker zeigte halb zwölf Uhr. Er war von der Sachbearbeiterkonferenz um neun Uhr nach Hause gekommen, hatte aus dem Kühlschrank einen Rest Ratatouille genommen und kalt gegessen. Dazu trank er eine Flasche Rotwein.

Neben dem Radiowecker stand das gerahmte Foto seiner Frau. Behutsam nahm er den Bilderrahmen vom Nachttisch und stellte ihn auf seinen Bauch. Das Foto hob und senkte sich, während er es betrachtete. Sokrates liebte diese Aufnahme. Mara sass in einem Gartencafé in Ascona, im Hintergrund glitzerten die Wellen des Lago Maggiore, Bienen summten, der Campari Soda funkelte im Glas. Er hatte dieses Foto mit einer kleinen Kamera ein paar Wochen nach ihrer Hochzeit gemacht. Sie blickte ihn schelmisch an, die grünen Augen blitzten im Sonnenlicht, den Mund hatte sie gekräuselt. Mit diesem Blick hatte sie ihn stets geneckt. Als wollte sie sagen: Fang mich doch!

Ihre kastanienbraunen Locken schmiegten sich um ihr Gesicht. Mit dem Zeigfinger berührte er sachte das Foto. Mara, flüsterte er. Nach einigen Minuten, in denen er den Blick nicht von ihr wenden konnte, stellte er den Bilderrahmen wieder beiseite, schlug die Bettdecke zurück und erhob sich ächzend. Er schlurfte barfuss durch sein Schlafzimmer und öffnete die Tür zum eierschalenweiss gestrichenen Einbauschrank, worin er alle seine Kleider verstaut hatte. Links waren Fächer und Schubladen für Socken und Unterwäsche angebracht. Sokrates stellte sich auf seine Zehenspitzen und zog die oberste Schublade heraus. Darin befand sich eine grosse Schachtel, die mit Sonnenblumen bemalt war. Maria hatte sie ihm einst zu Weihnachten geschenkt, als sie noch in die Primarschule gegangen war, ein kleines Mädchen mit Zöpfen. Sokrates seufzte. Er setzte sich auf sein Bett und legte die Schachtel neben sich. Er spürte, wie das Goldkettchen mit dem Kreuz auf seiner Brust baumelte. Nach ein paar Minuten hob er den Deckel von der Schachtel. Darin befanden sich zwei Klarsichtbeutel, die mit Klebeband verschlossen waren. Sokrates nahm sie heraus. Vor fünf Jahren hatte er die Kleider seiner Frau, die sie am Tag vor ihrem Tod getragen hatte, dort hineingelegt, einen Seidenrock, eine hellblaue Bluse, die er ihr zum Geburtstag eine Woche zuvor geschenkt hatte, Slip, BH und ein Nachthemd. Er hatte sie aus dem Wäschekorb gefischt und luftdicht in den Beuteln aufbewahrt.

Mit Daumen und Zeigefinger entfernte er das Klebeband vom Klarsichtbeutel. Er nahm seine Brille ab und steckte seine Nase tief in den Beutel, bis sie das Nachthemd berührte. Mit beiden Händen umschloss er die Öffnung und atmete den Geruch seiner Frau ein, die aus den Kleidern in seine Nase stieg. Er roch den Duft von Orangenblüten, Zedernholz und Amber. Er schloss seine Augen. Ihm war, als stünde Mara vor ihm, als würde sie ihn umarmen, so intensiv war ihr Geruch. Jedes Mal, wenn er sie vermisste, roch er an ihren Kleidern. Nunmehr seit fünf Jahren. Er atmete langsam, sog die Duftmoleküle in sich hinein. Nach einer Weile, Minuten oder waren es gar Stunden, die Zeit hatte er vergessen, nahm er den Klarsichtbeutel von der Nase und legte ihn neben sich auf das Bett. Regungslos blieb er auf der Bettkante sitzen. Die Nachttischlampe warf einen Lichtkegel auf das Kopfkissen. Vom Seilergraben hörte er ein Motorrad. Eine Holzdiele knackte.

Dann ging er in das Badezimmer, das vom Schlafzimmer wegführte, und drehte den Hahn vom Waschbecken auf. Mit dem Zeigefinger prüfte er, ob das Wasser genügend warm war. Er drückte flüssiges Waschmittel aus einer Tube ins Becken, rührte mit der Hand im Wasser, bis sich Schaumbläschen bildeten. Er ging zurück ins Schlafzimmer, öffnete beide Klarsichtbeutel und holte die Wäsche seiner Frau heraus. Vorsichtig tauchte er sie ins Waschbecken, bis das Wasser alle Kleidungsstücke benetzt hatte. Mit beiden Händen wusch er jedes einzelne Stück, nahm sie aus dem Waschbecken und legte sie in eine Plastikwanne. Unter fliessendem Wasser spülte er den Schaum aus der Wäsche und wrang sie vorsichtig aus. Er holte einen Wäscheständer aus dem Einbauschrank hervor, klappte ihn neben der Dusche auf und befestigte jedes einzelne Kleidungsstück mit einer Wäscheklammer. Das Nachthemd legte er darüber. Er blieb eine Weile vor dem Wäscheständer stehen, mit gekrümmten Rücken, wie bei einer Andacht in einer Abdankungskapelle. Er würde den Duft seiner Frau nie wieder riechen können.

Danach schlurfte er zurück in sein Bett, knipste die Nachttischlampe aus und starrte an die Decke. Am Wochenende würde er Sara ins Theater begleiten. Er zählte langsam bis vierundfünfzig, dann war er eingeschlafen.

***

«Du bist so schön, meine Freundin! Du bist so schön! Deine Augen sind Tauben hinter deinem Schleier. Dein Haar ist wie die Herde der Ziegen, die vom Gebirge Gileads heruntersprangen. Deine Zähne sind wie die Herde geschorener Schafe, die von der Schwemme heraufstiegen. Sie alle werfen Zwillinge, und keines von ihnen ist ohne Junge. Wie ein Karmesinband sind deine Lippen, und lieblich ist dein Mund.»

Maria schloss ihre Augen nahm das Handy ans andere Ohr.

«Deine beiden Brüste sind wie zwei Kitze, Zwillinge einer Gazelle, die in den Lotosblumen weiden», hörte sie Leo. «Bis der Tagwind weht und die Schatten fliehen, will ich zum Myrrhenberg gehen und zum Weihrauchhügel. Alles an dir ist schön, meine Freundin, und kein Makel ist an dir.»

Maria lag in ihrem Bett, die Decke war aufgeschlagen. Sie trug ein weisses XXL-Männer-T-Shirt als Nachthemd, darunter war sie nackt. Leo würde heute nicht zu ihr kommen. Sie hatten abgemacht, dass sie drei Nächte in der Woche alleine verbrachten, um die Spannung in ihrer Beziehung aufrechtzuerhalten. Nach dem Abendessen – Cherrytomaten, Hüttenkäse und Grissini, mit Rohschinken umwickelt, dazu ein Glas Primitivo – hatte sie im Bett noch eine Weile recherchiert. Dazu lag sie auf dem Bauch. Auf dem Kopfkissen war das Laptop aufgeklappt. Sie strampelte mit den Beinen, wie sie das immer tat. Kurz vor Mitternacht hatte ihr Handy geklingelt.

«Maria, ich lese dir aus einem Buch vor, ein Stück Weltliteratur, ein erotischer Text, zu dem wir noch nie Sex hatten», sagte Leo.

«Das glaube ich nicht. Ich kenne jede Sexszene in der Literatur», erwiderte sie. Sie merkte, wie Leo am anderen Ende der Leitung grinste. Sie dachte an seine Lippen, die verstrubbelten Haare und an seinen knackigen Hintern. Mit einer Hand fächerte sie sich Luft ins Gesicht. Mit der anderen griff sie sich unter das T-Shirt.

«Wollen wir wetten? Du kennst den Text vielleicht, aber wir haben es nie dazu getrieben», sagte Leo mit rauer Stimme.

Maria lachte. «Du spannst mich ganz schön auf die Folter. Welches Buch meinst du denn?»

«Es ist die Bibel. Das Hohelied von König Salomo.»

«Das Hohelied! Das hätte ich niemals erraten», rief Maria. «Ich kenne den Text. Als ich deutsche Literaturwissenschaft studiert habe, stand er auf der obligatorischen Leseliste. Seltsam, dass ich nicht mehr daran gedacht habe, ich fand die Liebeslieder äusserst erotisch.» Sie räkelte sich im Bett. Das Männer-T-Shirt rutschte ihr hoch bis zur Hüfte. Sie spürte ihr Herz pochen. «Telefonsex hatte ich noch nie mit dir», sagte sie mit dunkler Stimme. «Lies vor.»

«Hör das Liebesgespräch zwischen Salomo und seiner Geliebten Sulamith», raunte Leo. Er wartete eine Weile, bevor er zu lesen begann. Maria hörte seinen Atem. Ihre rechte Hand lag auf dem Schenkel, die linke steckte unter dem T-Shirt.

«Er küsse mich mit Küssen seines Mundes! Köstlicher als Wein ist deine Liebe», hörte sie Leos raue Stimme. «Köstlicher als der Duft deiner Salböle. Ausgegossenes Salböl ist dein Name, darum lieben dich die jungen Frauen.» Maria stellte sich vor, dass Leo neben ihr lag.

«Anmutig sind deine Wangen mit den Bändern, dein Hals mit den Ketten.» Die Stimme von Leo klang wie ein weiches Kissen.

«Ein Myrrhenbeutel ist mir mein Geliebter, er ruht zwischen meinen Brüsten. Eine Hennablüte ist mir mein Geliebter, in den Weinbergen von En-Gedi.» Maria hörte das Rascheln, als er die Seite umblätterte. Sie dachte an seine Finger und was sie alles schon mit ihr getan hatten.

«Stell dir jetzt vor, wie ich dich berühre, während ich vorlese», sagte Leo.

Maria schob eine Hand unter ihr T-Shirt und umfasste ihre Brust.

«Er führte mich ins Weinhaus, und sein Zeichen über mir war die Liebe. Stärkt mich mit Rosinenkuchen, erfrischt mich mit Äpfeln, denn krank bin ich vor Liebe. Seine Linke liegt unter meinem Haupt, und seine Rechte umarmt mich.» Maria stellte sich vor, wie Leo ihren Hals liebkoste. Seine Finger glitten zwischen ihre Schenkel.

«Wie schön ist deine Liebe, meine Braut, wie viel köstlicher als Wein ist deine Liebe und der Duft deiner Salböle als alle Balsamdüfte. Honigseim träufelt von deinen Lippen, Braut, Honig und Milch sind unter deiner Zunge, und der Duft deiner Gewänder ist wie der Duft des Libanon. Aus dir gehen hervor ein Hain von Granatbäumen mit köstlichen Früchten, Hennasträucher samt Nardenkräutern, Narde und Safran, Gewürzrohr und Zimt.» Maria fühlte die Hände von Leo an ihrem Körper, seine Lippen, seine Zunge an ihrem Bauchnabel, sie spürte, wie er sich mit einem Mal über sie schob und in sie eindrang. Er roch nach Leder und dunkler Erde.

«Nordwind wach auf, und Südwind komm! Weh durch meinen Garten! Seine Balsamdüfte sollen verströmen! In seinen Garten komme mein Geliebter und esse seine köstlichen Früchte.»

Maria bebte vor Lust. Ihr Körper zuckte. Sie bäumte sich auf. Dann hörte sie nichts mehr.

«In meinen Garten kam ich, meine Braut», vernahm sie Leo nach einer Weile. Ihr war, als seien Stunden vergangen. «Pflückte meine Myrrhe samt meinem Balsam. Ich ass meine Wabe samt meinem Honig, trank meinen Wein samt meiner Milch.»

Maria keuchte. Ihr Bauch hob und senkte sich. «So einen gewaltigen Orgasmus hatte ich noch nie. Noch nie!» Sie atmete tief ein und aus, was wie ein Seufzen klang. Ihre Stirn war feucht, die Wangen glühten, sie leckte sich über die trockenen Lippen. «Und du? Bist du auch gekommen?», fragte sie.

«Ja», antwortete Leo nach einer kurzen Pause. «Dabei hätte ich beinahe die Bibel versaut.» Es blieb einen Moment still. Dann brachen beide in schallendes Gelächter aus.

***

> Fr. 26. April, 16:54
> «Glaubst du, ich hätte nichts gegen dich in der
> Hand? Du weisst ja: Hos 8,7»
> Fr. 26. April, 16:43
> «Du ziehst meinen Namen in den Dreck,
> mit haltlosen Anschuldigungen!»
> Fr. 26. April, 16:42
> «Haha, die letzten Zuckungen. Deinen Betrug
> muss ich wohl melden. So jemand darf sich
> nicht Professor nennen.»

Benedikt Yerly scrollte nach oben und las den SMS-Verkehr rückwärts, den Fritz Uhland mit einem gewissen Melchior Nussberg geführt hatte.

> Fr. 26. April, 16:39
> «Wusste schon immer, dass du ein Charakterlump
> bist ...»
> Do. 25. April, 15:17
> «Keine saubere Quellenangabe, nicht korrekt zitiert.
> Ungenügende Arbeit.»

Drei Stunden war der IT-Forensiker damit beschäftigt gewesen, Uhlands Smartphone zu knacken. Schon gestern hatte er von Hand alle möglichen Zahlenfolgen und Wörter eingetippt, 123456; 654321; 111111; Uhlands Geburtstag, den Namen seines Sohnes und so weiter. Oft schaffte er es auf diese Weise. Doch es hatte nichts genützt. Zwei Stunden waren verloren. Er musste es anders versuchen.

Yerly häutete mit seinem Taschenmesser einen rohen Cervelat, tunkte ihn in den Meerrettichsenf auf seinem Teller und biss herzhaft hinein. Dann startete er auf seinem Computer das Analyseprogramm der Firma Cellebrite, die darauf spezialisiert war, Lücken in den Betriebssystemen von Smartphones zu finden. Die Firma stand im Dienst von Strafverfolgungsbehörden. Erst vor zwei Tagen hatte er die aktualisierte Software erhalten. Er wischte sich die Finger mit einer Serviette ab und stöpselte das Handy von Uhland in den Computer. Während das Analyseprogramm nach Schwachstellen im System suchte, widmete sich Yerly seinem Cervelat. Die Computeruhr zeigte acht Uhr zweiunddreissig. Gerade mal elf Minuten dauerte es, bis die Software ins Betriebssystem von Uhlands Handy eingedrungen war. So schnell ging das selten. Yerly strich sich zufrieden mit seiner Hand über den kantigen Schädel. Das Analyseprogramm erstellte automatisch einen Bericht mit allem, was auf Uhlands Smartphone gespeichert war: seine Kontakte, die Anrufliste, E-Mails, ein Fotoarchiv und SMS-Nachrichten. Alle Daten waren übersichtlich geordnet. Yerly überflog als Erstes die E-Mails, konnte aber nichts Auffälliges feststellen. Dann durchstöberte er die SMS-Nachrichten, die Uhland erhalten hatte. Sofort war ihm die SMS eines Melchior Nussberg ins Auge gestochen. Aufmerksam las er den SMS-Verlauf.

Do. 25. April, 15:12
«Drehst du jetzt völlig durch? Im Kontext ist
immer klar, von wem ich was habe.»
Do. 25. April, 15:07
«Doch, das hast du! Du hast Zitate übernommen, ohne
die Quelle anzugeben. Der ganze Text leuchtet rot.»
Do. 25. April, 14:54
«Von wegen Volltreffer, ich habe nicht betrogen!»
Do. 25. April, 14:42
«War einfach neugierig, konnte ja nicht ahnen, dass ich
einen Volltreffer lande!»
Do. 25. April, 14:34
«Fritz, was soll das? Ich habe nicht abgeschrieben!
Überprüfst du jetzt deine eigenen Kollegen?»
Do. 25. April, 14:23
«Na, na, na, Melchior, wer hätte das von dir gedacht?
Habe deine Dissertation durch PlagScan laufen lassen,
und siehe da: du hast abgekupfert! Und nicht zu knapp!
Wenn das der Dekan erfährt ...»

Melchior! Diesen Namen hatte er doch vor kurzem gelesen, dachte Yerly. Da fiel es ihm wieder ein. Ächzend erhob er sich von seinem Bürosessel. Er öffnete das Fenster zum Kasernenhof und atmete die frische Luft, die von der Kasernenwiese hineinströmte. Dann setzte er sich wieder vor seine drei Computer-Monitore. Der Bürostuhl knackte unter seinem breiten Rücken. Er öffnete das Festplatten-Image von Uhlands Laptop, das er mit dem Encase-Forensic-Softwareprogramm erstellt hatte. Er nutzte den Physical Disk Emulator, damit er auf seinem PC dasselbe sehen konnte wie Uhland auf seinem Laptop. Yerly suchte auf der Oberfläche alle Ordner ab, die Uhland angelegt hatte. Im Ordner «wissenschaftliche Arbeiten» fand er endlich, wonach er suchte, das Dokument mit dem Namen «Kollege Melchior». Er öffnete das File. Der Titel lautete «Die Bedeutung des Schweizers Heinrich Anacker für das Gesangbuch ‹Grosser Gott wir loben dich›, welches das sogenannte ‹Entjudungsinstitut› herausgegeben hat.» «Entjudungsinstitut», murmelte Yerly. «Schon wieder.» Unter dem Titel stand: «Dissertation zur Erlangung des Grades eines Doktors der Theologie an der Theologischen Fakultät Zürich, vorgelegt von Melchior Nussberg, Zürich 1991». Yerly scrollte durch die Arbeit. Viele Textstellen waren rot eingefärbt. Er stellte fest, dass Uhland die Arbeit seines Kollegen mit dem Plagiatsprogramm PlagScan überprüft hatte. Das Programm verglich Texte mit Dokumenten, die im Internet und auf anderen Datenbanken abrufbar sind. Bei dreiundzwanzig Prozent von Nussbergs Doktorarbeit fand PlagScan Übereinstimmungen mit Originaldokumenten, ohne dass die Quellen dieser Stellen angegeben worden waren. Das las Yerly im Prüfbericht, den die Software automatisch erstellt hatte. Sämtliche Quellen, von denen Nussberg abgeschrieben hatte, waren aufgelistet. Nussbergs Dissertation war zu grossen Teilen ein Fake.

Hab ich dich!, dachte Yerly und verschränkte zufrieden seine Arme hinter dem Kopf.

Dann griff er zum Smartphone. «Theo, es gibt einen Tatverdächtigen. Ich habe es geschafft, das Handy von Uhland zu knacken und konnte seine SMS-Nachrichten lesen. Uhland hat einen Kollegen namens Melchior Nussberg bedroht. Er warf ihm vor, seine Doktorarbeit abgeschrieben zu haben. Mir ist eingefallen, dass auf dem Laptop von Uhland ein Dokument mit dem Namen ‹Kollege Melchior› abgelegt ist. Darin fand ich die Dissertation von Nussberg. Und jetzt kommt's: Sein Thema war das Entjudungsinstitut. Mehr noch: Uhland hat diese Arbeit durch ein Plagiatsprogramm laufen lassen. Und tatsächlich: Sehr viele Textstellen hat die Software rot markiert. Das sind Stellen, die Nussberg von anderen Arbeiten abgekupfert hat, ohne die Quellen anzugeben. Uhland wollte das dem Dekan melden. Das hätte Nussberg ruiniert.»

Glauser wies Yerly an, den SMS-Verkehr an ihn weiterzuleiten und legte auf. Kaum hatte Yerly das getan, rief Glauser zurück. «Melchior Nussberg hat die Todesanzeige für Uhland verfasst», sagte er. «Er schreibt in einer SMS: ‹Glaubst du, ich hätte nichts gegen dich in der Hand? Du weisst ja: Hos 8,7›. Das muss Hosea 8,7 sein: Wer Wind sät, wird Sturm ernten. Eine Drohung. Dieser Bibelvers stand auch auf der Todesanzeige. Das ist kein Zufall. Nussberg ist damit dringend tatverdächtig.»

***

«Maria Noll vom Schweizer Fernsehen. Guten Morgen, Herr Uhlrich. Ich recherchiere für eine Dokumentation über einen Mann namens Fritz Uhlrich, der während des Krieges in München als Kunsthändler tätig war. Sind Sie mit ihm verwandt?»

Eine Gruppe laut quasselnder Jugendlicher ging an Maria vorbei. Sie presste ihr Handy ans Ohr. «Nein? Ah, Sie sind erst vor kurzem von Osnabrück nach München gezogen. Vielen Dank für die Information.»

Maria sass mit Leo auf der Terrasse des Wirtshauses «Der Pschorr» am Viktualienmarkt in der Münchner Innenstadt. Vor ihr stand ein Mineralwasser mit Zitrone, Leo trank eine Apfelschorle und ass dazu eine Brezel. Es roch nach Gewürzen, Lebkuchen und Bratwurst. Auf dem Markt drängten sich viele Leute zwischen den Ständen. Einige von ihnen trugen Dirndl oder Lederhosen, chinesische Touristen fotografierten sich gegenseitig in der bayerischen Tracht.

Maria und Leo waren frühmorgens von Zürich losgefahren. Leo hatte Maria vor ihrer Wohnung an der Josefstrasse abgeholt. Seine weizenblonden Locken waren verwuschelt gewesen. Der Telefonsex gestern Nacht mit dem Hohelied von Salomon hat ihn wohl etwas gar strapaziert, dachte Maria amüsiert. Ihr Schlaf war kurz gewesen. Maria dachte an diese Stunde mit Leo zurück und lächelte. «Mein Geliebter komme in seinen Garten und esse von seinen köstlichen Früchten», sagte sie mit rauchiger Stimme, als sie bei St. Margrethen die Grenze zu Österreich passierten. «Komm, lass uns aufs Feld hinausgehen und unter Zypernblumen die Nacht verbringen. Er stecke seine Hand durchs Riegelloch.» Sie blickte ihn neckisch an. «Und nicht nur seine Hand.»

Leo lachte. «Hör auf damit, sonst falle ich über dich her und baue einen Unfall.» Maria beugte sich zu ihm und gab ihm einen Kuss auf den Hals. Seine Augen blitzten.

Die Fahrt nach München hatte vier Stunden gedauert. Leos Lieferwagen parkte in der Schrannenhalle, in der Nähe des Viktualienmarkts. Nun sassen sie auf einer Bierbank, auf dem Tisch lagen Papieruntersetzer mit den Bayerischen Landesfarben. An einem Holzgestell hingen Salzbrezeln. Die Sonne brannte. Über jedem Tisch war ein weisser Schirm aufgespannt.

«Drück mir die Daumen, dass ich Glück habe und jemand Fritz Uhlrich kennt», sagte sie zu Leo, der sofort eine Faust ballte und ihr aufmunternd zunickte.

Maria tippte 0049 89 in ihr Handy. Sie hatte zuvor den Namen Uhlrich in das Suchfenster des digitalen Telefonbuchs «dastelefonbuch.de» eingegeben und festgestellt, dass es in Deutschland nur zweiundvierzig Personen mit diesem Namen gab. Fünf von ihnen lebten in München. Maria hatte ihre Telefonnummern auf die Rückseite einer Visitenkarte notiert. Mit zweien hatte sie bereits telefoniert. Die kannten

keinen Kunsthändler Fritz Uhlrich. Bei einer dritten Nummer nahm niemand den Hörer ab. Nun wählte sie den Anschluss einer Felicitas Uhlrich. Nach dem siebten Mal Klingeln wollte Maria auflegen, als sich im letzten Moment eine Frau meldete.
«Hallo?», sagte sie leise, ohne ihren Namen zu nennen.

«Spreche ich mit Frau Uhlrich?», fragte Maria.

«Ja», kam zögernd die Antwort. «Wer sind Sie?»

«Maria Noll. Ich bin Journalistin beim Schweizer Fernsehen und recherchiere über den Kunsthandel während der NS-Diktatur», sagte sie. «Dabei bin ich auf den Galeristen Fritz Uhlrich in München gestossen. Sie tragen den gleichen Nachnamen. Vielleicht kennen Sie ihn.»

Am anderen Ende der Leitung blieb es still.

«Frau Uhlrich?»

Maria hörte ein Räuspern. «Er war mein Grossonkel», sagte Felicitas Uhlrich schliesslich. «Ich bin ihm nie begegnet. Er starb vor meiner Geburt, in einer Bombennacht im Januar 1945.»

Maria ballte eine Siegesfaust. Ich habe Kunsthändler Uhlrich gefunden!, jubelte sie in Gedanken. «Er kam 1945 bei einem Bombenangriff ums Leben, sagten Sie?»

«Ja, aber seine Leiche wurde nie gefunden. Nach dieser Nacht galt er zehn Jahre lang als verschollen, dann wurde er für tot erklärt.»

Dabei betrieb er vermutlich quicklebendig seine Geschäfte in Zürich, dachte Maria. «Besitzen Sie irgendwelche Unterlagen von ihm? Briefe, Fotos, Dokumente?», fragte sie betont ruhig. Uhlrich sollte nicht spüren, wie aufgeregt sie war. «Jeder Beleg wäre für meine Dokumentation enorm wertvoll.»

«Im Keller steht eine Kiste mit Familienalben meiner verstorbenen Mutter. Sie war ein kleines Mädchen, als sie während des Krieges zusammen mit ihrer Mutter bei ihrem Onkel Fritz gewohnt hatte. Bei ihm war es vor den Bomben sicherer gewesen. Vermutlich sind auch Fotos dabei, worauf er abgelichtet ist.»

«Darf ich sie mir ansehen? Sie würden mir damit sehr helfen.» Maria hoffte inständig auf ein Ja.

«Wann können Sie nach München kommen?»

«Mein Kameramann und ich sind bereits in der Stadt», antwortete Maria schnell. «Wir treffen uns heute Nachmittag mit einem Kunstexperten der Alten Pinakothek. Wenn Sie Zeit haben, könnten wir sie vorher besuchen.»

«Nun gut, einverstanden», sagte sie nach einer kurzen Pause. «Kommen Sie vorbei. Mehr als eine halbe Stunde kann ich aber nicht entbehren.»

«Das ist vollkommen ausreichend», sagte Maria und wippte mit ihren Füssen.

Uhlrich gab ihre Adresse bekannt. Sie wohnte in Schwabing, in der Nähe des Artur-Kutscher-Platzes. Leo gab die Strasse in Google Maps ein. «Eine Viertelstunde», raunte er Maria zu.

«Prima, Frau Uhlrich, wir fahren sofort los und sind in zwanzig Minuten bei Ihnen», sagte Maria und legte auf. «Was bin ich doch für ein Glückspilz!», rief sie. «Sie empfängt uns!»

«Glück der Tüchtigen», lächelte Leo.

«Nun können wir hoffentlich unsere Vermutung bestätigen, dass Kunsthändler Uhland mit Uhlrich identisch ist.»

Leo steuerte den Lieferwagen auf der Frauenstrasse am Isartorplatz vorbei. Über den Karl-Scharnagl-Ring ging es weiter auf die Ludwigstrasse. Rechts tauchte die Bayerische Staatsbibliothek auf. Sie überquerten den Geschwister-Scholl-Platz mit der Ludwig-Maximilians-Universität, fuhren rechts um den Triumphbogen des Siegestors herum, worauf die Bavaria mit vier Löwen thront, und gelangten auf der Leopoldstrasse nach Schwabing zur Münchner Freiheit. Von dort waren es nur noch dreihundert Meter bis zum Artur-Kutscher-Platz.

Leo fand einen Parkplatz in einer Seitengasse. «Soll ich die Kamera mitnehmen oder willst du abwarten?», fragte er.

«Nimm sie mit, so sparen wir Zeit, wenn Frau Uhlrich mit Filmaufnahmen einverstanden ist.»

Leo schulterte die Kamera, das Stativ hielt er mit der Linken. Das Funkmikrofon steckte er in den Hosenbund. Sie kamen zu einem modernen fünfstöckigen Wohnblock mit umlaufenden Balkonen und Fenstern, die vom Boden bis zur Decke reichten. Der Türöffner summte sofort, als Maria die Klingel drückte. Sie stiegen in einen geräumigen Lift und fuhren in den zweiten Stock. Vor der Tür erwartete sie Felicitas Uhlrich, silberfarbene kinnlange Haare, Perlohrringe. «Treten Sie bitte ein», sagte sie mit weicher Stimme. «Seien Sie willkommen.»

Uhlrich war gross gewachsen und schlank. Sie überragte Maria um einige Zentimeter. Ihr Gesicht war vornehm geschnitten, dezent geschminkt, die blauen Augen blickten munter. Sie roch nach Lavendel. Maria schätzte sie auf Anfang sechzig. Sie trug ein hellgraues Deuxpièces zu einer perlmuttfarbenen Seidenbluse.

Uhlrich führte Maria und Leo in ein geräumiges Wohnzimmer, crèmefarbener Boden aus Gussbeton, hohe Decken, lichtdurchflutet. In einer Ecke stand eine Corbusier-Liege, in einer anderen gruppierten sich zwei Barcelonastühle um einen Nierentisch, worauf eine Kristallvase von Swarovski ohne Blumen und Wasser stand. An den Wänden hingen zahlreiche Bilder der Moderne. Maria erkannte Jackson Pollock, Wols und Pop-Art-Werke von Warhol. Sie fand die Einrichtung stilsicher, aber zu museal, wie von einem exklusiven Innenarchitekten zusammengestellt. Ein schwarz getupfter Dalmatiner aus einer Parfumwerbung würde hierher passen. Sie käme sich in dieser Umgebung als Fremdkörper vor, zu wenig gestylt. Jedes herumliegende Kleidungsstück würde stören. Eine Wohnung muss sich dem Menschen unterordnen, dachte sie, nicht umgekehrt.

«Setzen Sie sich bitte», sagte Uhlrich und zeigte wie eine Balletttänzerin mit einer fliessenden Handbewegung auf einen schlanken Teakholztisch. Darum herum standen Stühle aus Chromstahl und Rattangeflecht.

«Die Kiste meiner Mutter mit den Fotoalben ihrer Familie habe ich bereits aus dem Keller geholt», sagte sie. Sie stellte eine vergilbte Kartonschachtel auf den Tisch und nahm den Deckel ab. Maria fiel auf, dass Uhlrich nicht von unserer Familie sprach, sondern von der Familie ihrer Mutter.

«Darf ich Ihnen etwas zu trinken anbieten? Einen Kaffee oder ein Mineralwasser?», fragte Uhlrich.

«Nein, vielen Dank», antworteten Maria und Leo gleichzeitig.

«Sie nehmen am besten neben mir Platz», sagte Uhlrich zu Maria. «So können wir gemeinsam durch die Familienalben blättern.»

Leo stellte das Stativ auf den Boden. «Sind Sie damit einverstanden, wenn ich Sie dabei filme, während Sie mit Frau Noll die Fotos anschauen?», fragte Leo.

«Wo wird der Bericht ausgestrahlt?», wollte Uhlrich wissen.

«Im Schweizer Fernsehen», antwortete Maria.

«Nur dort?»

«Ja.»

«Dann bin ich damit einverstanden», sagte Uhlrich.

Leo schob die Kamera auf das Stativ. Das Funkmikrofon legte er neben Maria auf den Tisch. Gebückt schaute er durch den Sucher und drückte den Knopf. Die rote Lampe leuchtete.

«Kamera läuft.»

«Wir suchen nach einem grossen, schlanken Mann mit hagerem Gesicht, Anfang dreissig», sagte Uhlrich, als sie das erste in Leder gebundene Album aufschlug. «Bei Gruppenfotos ragt er aus der Menge heraus.»

Maria sah körnige Schwarz-Weiss-Fotos von Hochzeitspaaren, Babys in Kinderwagen, Soldaten in Ausgehuniform und Goldenen Hochzeiten. Langsam blätterte Uhlrich um, Seite um Seite. Kein Foto von Fritz Uhlrich. Maria bangte.

«Das ist mein Grossvater», sagte Uhlrich und zeigte mit einer Hand auf ein vergilbtes Porträtfoto eines Mannes in Uniform. «Er starb in Stalingrad. Ein linientreuer Nazi.» Sie blickte Maria an. «Wie fast alle in der Familie.» Unter dem Foto stand in altdeutscher Schrift der Name, der Ort und das Datum mit Tinte geschrieben.

Sie nahm das nächste Album aus der Kartonschachtel und schlug das Seidenpapier zurück. Maria sah das Foto einer jungen Frau, die ihre blonden Haare zu Zöpfen geflochten und als Kranz um den Kopf gelegt hatte.

«Meine Mutter als Telefonistin in den Fünfzigerjahren», sagte Uhlrich. «Mit ihr habe ich nie über Politik oder die Zeit der Nazidiktatur gesprochen.» Sie wandte sich zu Maria, ihre blauen Augen flackerten. «An ihrem fünfundsiebzigsten Geburtstag ist sie der AFD beigetreten, sie schwärmte vom rechtsextremen Politiker Björn Höcke. Ich konnte es nicht mehr hören, da habe ich mit ihr gebrochen. Letztes Jahr ist sie gestorben. Alle aus meiner Verwandtschaft haben Hitler verehrt, nur mein Bruder und ich distanzierten uns davon. So viel zu meiner Familie», sagte sie und klappte das Fotoalbum zu. «In diesem Band sind nur Fotos nach dem Krieg eingeklebt. Da lebte Fritz Uhlrich nicht mehr.»

Sie holte aus der Kartonschachtel den dritten Band hervor. Er enthielt Fotos aus den Zwanziger- und Dreissigerjahren. Neben den Schwarz-Weiss-Bildern waren Zeitungsartikel eingeheftet. «Eröffnung Galerie Uhlrich, 17. März 1939», las Maria auf einer Meldung, ein Foto fehlte. Mist, dachte sie.

Uhlrich blätterte Seite um Seite. Maria betrachtete Dutzende Fotos, ein Bub in Lederhosen mit Schulranzen und Schultüte, blonde Mädchen in weissen Kleidern bei der Kommunion, Erwachsene und Kinder unter dem Weihnachtsbaum, ein junger Mann mit kurz geschorenen Haaren in der braunen Uniform der Hitlerjugend, Zelten am Ammersee und Lagerfeuer mit Gitarre.

Maria atmete tief aus, was wie ein Seufzen klang.

«Es tut mir leid, offensichtlich sind keine Fotos mehr von meinem Grossonkel erhalten», sagte Uhlrich. «Schade, dass Sie den Weg hierher umsonst gemacht haben. Ich hätte Ihnen gerne geholfen.»

Sie schlug die nächste Seite auf. Ein Artikel mit mehreren Fotos der «Münchner Neueste Nachrichten» zeigte einen Aufmarsch der Nationalsozialisten auf dem Königsplatz. Tausende standen in Reih und Glied. Sie gedachten des Hitlerputsches von 1923. Maria konnte die «Heil Hitler»-Rufe hören. Sie fröstelte. Neben den beiden Ehrentempeln wehten Hakenkreuzfahnen. In der vordersten Reihe waren Männer abgelichtet, die ehrfürchtig auf die Rednerbühne blickten, wo Hitler auftrat. Marias Herz pochte, ihre Ohren rauschten, als sie die Zeitungsfotos genauer betrachtete. Auf einem Bild ragte ein Mann einen halben Kopf aus der Menge heraus, schlank, schmales Gesicht, stolzer Blick. Sein Kopf war auf dem Foto mit einem roten Buntstift umkreist. Unter dem Foto hatte jemand in altdeutscher Schrift «Fritz, 26 Jahre, Gedenkfeier 9. November 1936» geschrieben. Auf dem Revers des jungen Mannes war eine Anstecknadel angebracht. Maria kniff die Augen zusammen. Ja, darauf war ein Kreuz mit den Buchstaben DC zu sehen. Endlich!, jubelte sie innerlich. Kein Zweifel! Kunsthändler Uhlrich und Kunsthändler Uhland waren tatsächlich ein und dieselbe Person. Sie hatte es geschafft! Sie zögerte, ob sie Uhlrich die Wahrheit sagen sollte, entschied sich dann dafür. «Frau Uhlrich, ich muss Ihnen etwas mitteilen. Ihr Grossonkel Fritz kam nicht in einer Bombennacht 1945 ums Leben. Kurz nach Kriegsende zog er in die Schweiz und war in Zürich unter dem Namen Fabian Uhland als Kunsthändler tätig.»

Felicitas Uhlrich blickte Maria irritiert an. «Ich verstehe nicht …, wie kommen Sie darauf?», fragte sie stockend.

Maria nahm ihr Smartphone aus ihrer Jackentasche. «Sehen Sie, das ist Fabian Uhland, der bis 1979 in Zürich eine Galerie geführt hat», sagte sie und tippte auf dem Handy, bis sie das Foto mit Uhland als Redner an der Art Basel gefunden hatte.

«Ja, er ist es», sagte Uhlrich, als sie das Bild sah. «Es ist kaum zu fassen. Er lebte die ganze Zeit und hat niemandem davon erzählt. Alle glaubten, er wäre tot, im Krieg umgekommen. Sogar ein Grab bekam er. Seine Mutter hatte ihn jeden Sonntag auf dem Friedhof besucht.» Uhlrich schüttelte unmerklich den Kopf, als ob sie nicht glauben könnte, was sie soeben erfahren hatte. «Fabian Uhland nannte er sich?»

«Ja.»

«Fabian, so hiess sein Vater.»

«Seinen Sohn nannte er Fritz. Er gab ihm seinen eigenen Namen.»

«Lebt sein Sohn noch? Er wird noch nicht so alt sein.»

«Nein, er ist gestorben», antwortete Maria. Und nach einer kurzen Pause fügte sie hinzu: «Er wurde vor drei Tagen ermordet.»

«Ermordet?», wiederholte Uhlrich erschrocken. Auf ihren Wangen bildeten sich rote Flecken. Nervös strich sie sich eine silberne Locke hinter das Ohr. «Warum? Wer hat das getan?»

«Die Polizei in Zürich hat den Täter noch nicht gefasst. Aber sie verfolgt verschiedene Spuren.»

***

«Uhland war daran, Nussbergs Ehre und seine Karriere zu zerstören», sagte Glauser. «Ein starkes Tatmotiv. Wer wegen eines Plagiats überführt wird, fliegt von der Uni. Er gilt fortan als persona non grata. Um diese Schmach zu verhindern, musste Nussberg seinen Kollegen töten.»

Theo Glauser und Emma Vonlanthen gingen auf der Pestalozzistrasse, wo Melchior Nussberg wohnte. Die Strasse verlief oberhalb der Universität entlang des Zürichbergs und war gesäumt von altem Baumbestand. Glauser hatte den Dienstwagen in der blauen Zone geparkt, ein paar Schritte von Nussbergs Wohnung entfernt. Es hatte aufgehört zu regnen. Vereinzelt brachen Sonnenstrahlen durch die Wolkendecke. Auf der anderen Gehwegseite klammerte sich eine alte Frau an einen Rollator. Sonst war niemand zu sehen.

«Als Professor hatte er jederzeit Zugang zum Unigebäude, er konnte nachts die Todesanzeige der NZZ mailen», sagte Emma. «Nussberg wollte Uhland nicht nur aus dem Weg räumen, sondern ihm vorher noch einen gehörigen Schrecken einjagen. Er wusste wohl, dass Uhland die NZZ liest.»

«Aber es bleiben Fragen offen», erwiderte Glauser. «Warum brachte er auch den Sohn um? Und wieso ritzte er beiden auf Hebräisch eine Bibelstelle in den Arm?»

«Er zitiert gerne aus der Bibel», sagte Emma. «In der Todesanzeige tat er das auch.»

«Aber warum auf Hebräisch?»

«Ja, das ist seltsam. Und wie kam er so rasch an Zyklon B?»

«Das wird uns Nussberg erklären müssen. Was konntest du über ihn in Erfahrung bringen?»

«Er ist siebenundfünfzig Jahre alt, stammt ursprünglich aus Biel und arbeitet seit neun Jahren als Professor für Kirchengeschichte an der Theologischen Fakultät», berichtete Emma. «Verheiratet mit einer Augenärztin, drei erwachsene Kinder.»

«Nussberg lehrt Kirchengeschichte», wiederholte Glauser nachdenklich. «Seine Doktorarbeit behandelte die Rolle eines Schweizers für das Entjudungsinstitut. Vielleicht hat er weiter darin geforscht und herausgefunden, dass Uhland ein Nazi ist und für dieses Institut arbeitet.»

«Das würde auch die Bibelstelle auf dem Unterarm von Uhland erklären. ‹Du sollst dich nicht vor anderen Göttern niederwerfen›», sagte Emma.

Glauser nickte. «Wenn Nussberg religiös ist, wäre das ein weiteres Mordmotiv. Er kennt die Bibel und beherrscht als Theologe Hebräisch. Liegt gegen ihn etwas vor?»

«Nein, nichts. Er hat eine weisse Weste. Bis jetzt.»

«Wenn er nicht ein überzeugendes Alibi vorweisen kann, nehmen wir ihn fest.»

Sie erreichten ein zitronenfarbenes Gebäude aus der Gründerzeit, mit rundem Türmchen an einer Ecke. Emma kontrollierte nochmals den korrekten Sitz ihrer Dienstwaffe, die Handschellen und den Pfefferspray, den sie in ihren Gürtel geschlauft hatte. Auf den Klingelschildern las Glauser fünf Namen. Er drückte auf «Nussberg».

«Ja, wer ist da?», hörten sie nach wenigen Augenblicken eine Stimme. «Kriminalpolizei Zürich. Herr Nussberg, wir müssen mit Ihnen sprechen. Machen Sie bitte auf.»

Aus der Lautsprecheranlage tönte ein Räuspern. Dann summte der Türöffner. Glauser drückte die Holztür auf, die mit Intarsienarbeiten verziert war. Sie stiegen eine breite Steintreppe nach oben, an deren rechter Seite ein hölzerner Handlauf angebracht war. Es roch nach Gips und Raumspray. Im dritten Stock erwartete sie Melchior Nussberg vor der Tür. Er sah bleich aus, die dunklen Augen lagen tief in den Höhlen. Der Professor, Vollbart, hohe Stirn und markante Nase, trug einen dunkelblauen Pullover über einem blau-weiss gestreiften Hemd, dazu Bundfaltenhosen. Er war von kräftiger Statur, zwar nicht sehr gross gewachsen, aber durchaus imstande, Florian Uhland zu ersticken, dachte Glauser. Nur sein gutmütiges Gesicht wollte nicht so recht zu den Morden passen.

«Treten Sie bitte ein», sagte Nussberg ohne Begrüssung. Seine Stimme klang müde. Mit einer fahrigen Handbewegung wies er auf die Tür. Er führte sie in ein geräumiges Zimmer mit Kassettendecke und französischem Tafelparkett. Ein Bücherregal nahm eine ganze Wand ein. An einer anderen Wand hingen die Porträts von Reformatoren. Glauser erkannte Luther und Zwingli. Nussberg zeigte, ohne etwas zu sagen, auf Polsterstühle, die um einen Tisch inmitten des Raums standen. Sie setzten sich.

«Sie haben die Todesanzeige für Fritz Uhland aufgesetzt, nicht wahr», begann Glauser ohne Umschweife.

Nussberg blinzelte nervös. Er schluckte leer. «Das war furchtbar dumm von mir, so etwas zu tun», sagte er und senkte den Kopf. Er nahm seine randlose Brille ab und rieb sich die Augen. «Als ich dann gehört habe, dass Fritz am selben Tag ermordet wurde, bin ich so erschrocken wie noch nie zuvor in meinem Leben.» Nussberg sah mitgenommen aus. Seine grauen Haare waren zerzaust. «Wie sind Sie auf mich gekommen?»

«Ihre SMS auf dem Smartphone von Uhland. Hosea 8,7 hat sie verraten», antwortete Emma. «Sie müssen ihn gehasst haben, weil er Ihnen drohte, seine Plagiatsvorwürfe publik zu machen. Das hätte Ihr Leben zerstört.»

«Er hat behauptet, ich hätte abgeschrieben, aber das stimmt nicht», sagte Nussberg leise. «Meine Dissertation reichte ich vor dreissig Jahren ein. Damals war man mit Zitaten nicht so strikt wie heute. Die Quelle musste im Kontext ersichtlich sein, aber es war üblich, ganze Textpassagen ohne Anführungszeichen indirekt zu zitieren. Meine Arbeit würde einer Überprüfung wegen Plagiats standhalten.»

«Warum waren Sie dann wütend auf ihn?»

«Weil er Anstalten machte, einen Kollegen ohne Grund an den Pranger zu stellen», antwortete Nussberg. «Wenn jemand mit Schmutz beworfen wird, bleibt immer etwas hängen.» In diesem Moment summte ein Handy. Nussberg griff in seine Hosentasche. «Entschuldigen Sie bitte», sagte er an Glauser gerichtet. «Meine Frau. Ihr geht es nicht so gut.» Er drückte auf den Telefonbutton. «Mira, es geht leider gerade nicht, sobald ich kann, rufe ich dich zurück. Dann reden wir über alles. Bis gleich», sagte er behutsam und legte auf.

Glauser wartete einen Augenblick. «Hatten Sie mit Uhland schon öfters Auseinandersetzungen?»

«Wenn ich jetzt mit Ja antworte, mache ich mich verdächtig», sagte Nussberg. «Aber ich habe Fritz nicht umgebracht.»

«Gab es in der Vergangenheit Streit mit ihm?», fragte Glauser nochmals.

«Ja.»

Glauser wartete.

«Einmal gerieten wir in einen Zwist, weil er die Bedeutung des Alten Testaments für die christliche Kirche in Abrede gestellt hatte. Das war vor einem halben Jahr», sagte Nussberg. «Die jüdische Bibel wäre für das Neue Testament überflüssig, meinte er. Ich muss zugeben, ich bin damals aus der Haut gefahren. Nicht nur deswegen, was er sagte, sondern auch, wie er es sagte. Arrogant, zynisch, menschenverachtend. Auf eine deutsche Art besserwisserisch. Aber das war er schon immer.» Glauser und Emma blickten sich kurz an. «Man sollte ja nicht schlecht über einen Toten reden», machte Nussberg weiter. «Aber bei Uhland fällt es mir schwer.»

«Ihre Doktorarbeit schrieben Sie über das Entjudungsinstitut», sagte Glauser. «Geben Sie es zu, Sie haben herausgefunden, dass dieses Institut noch existiert und es von Uhland geleitet wird.»

Glauser schien es, als sei Nussberg belustigt. «Nein, das wusste ich nicht», sagte er. «Ich dachte, das Entjudungsinstitut sei längst Geschichte.» Er schüttelte unmerklich den Kopf. «Unglaublich, dass diese unsägliche Organisation der Nazis weiterhin ihr Unwesen treibt. Es wundert mich nicht, dass Uhland darin eine massgebliche Rolle spielte.»

«Sie haben in einer SMS geschrieben, dass Sie gegen Uhland ebenfalls etwas in der Hand hätten. Was meinten Sie damit?», fragte Emma.

«Uhland hat betrogen, nicht ich!», antwortete Nussberg. «Nachdem Uhland mich wegen meiner Dissertation angegriffen hatte, habe ich seine Habilitationsschrift überprüft. Da ist mir aufgefallen, dass er darin grosse Teile aus seiner Doktorarbeit übernommen hat. Das ist verboten. Wäre ich damit an die Öffentlichkeit gelangt, hätte er Probleme bekommen.»

«Kennen Sie seinen Sohn Florian Uhland?»

«Ja, er studiert Geschichte. Vor fünf oder sechs Semestern belegte er als Wahlfach Kirchengeschichte von der Spätantike bis zur Reformation. Die Vorlesung hielt ich.»

«Er ist tot, ermordet wie sein Vater.»

«Ja, Samuel …, der Dekan hat uns alle darüber informiert. Es ist unfassbar.»

«Was haben Sie vorgestern zwischen neun und zwölf Uhr getan?»

«Da muss ich kurz nachdenken», sagte Nussberg. Seine Hände auf dem Tisch fingen an zu zittern. «Ich war hier und habe Seminararbeiten korrigiert.»

«Kann das jemand bezeugen?»

«Leider nein, meine Frau hat gearbeitet, sie führt eine Arztpraxis.»

«Und am Abend? Was taten Sie dann?», fuhr Glauser fort.

Nussberg stockte. «Da war ich auch alleine. Meine Frau war mit einer Freundin eine Galerie besuchen. Ich habe an meiner Modelleisenbahn gebaut.»

«Sie können also für beide Tatzeiten kein Alibi vorweisen», sagte Glauser. «Sie hatten mindestens ein Motiv, Fritz Uhland zu töten. Deswegen haben Sie auch die Todesanzeige in die Zeitung gesetzt.»

«Sie irren sich!», rief Nussberg gequält. «Das ist ein absurder Zufall! Ich habe niemanden getötet! Bitte glauben Sie mir! Es ist eine abscheuliche Farce, die hier gespielt wird!»

«Sie hinterliessen auf Uhlands Arm eine Bibelstelle aus dem Dekalog, das erste und wichtigste Gebot für das jüdische Volk, in deren Sprache, auf Hebräisch. Damit wollten Sie Uhland bestrafen, weil er die jüdische Bibel verachtete, weil er das Alte Testament aus der Kirche tilgen wollte. Sie haben ihm ein Zeichen gesetzt.»

«Nein, das war ich nicht! So etwas könnte ich nie tun! Sie verdächtigen den Falschen!»

«Wenn Sie unschuldig sind am Tod von Fritz und Florian Uhland, werden wir das beweisen», sagte Glauser ruhig. «Aber jetzt sind Sie dringend tatverdächtig, diese Tötungsdelikte begangen zu haben, wir nehmen Sie deshalb fest. Wir haben einen Vorführungsbefehl des Staatsanwalts.» Glauser nahm aus seiner Jackentasche ein Papier und legte es auf den Tisch. «Sie können Ihre Aussage ab sofort verweigern. Falls Sie aber Aussagen machen, werden wir die als Beweismittel gegen Sie verwenden. Haben Sie das verstanden?»

Nussberg stierte auf die Tischplatte. Emma nahm Handschellen hervor.

«Was? Sie führen mich ab! Wie einen Verbrecher!», schrie er wie ein gefangenes Tier. «Sie beschädigen meinen Ruf. Wenn das jemand sieht, bin ich verloren!»

«Leisten Sie keinen Widerstand, das macht alles nur noch schlimmer. Legen Sie Ihre Hände hinter den Rücken.»

Mit zittrigen Beinen stand Nussberg auf. Er sagte nichts mehr. Seinen Kopf hielt er gesenkt, als er Glauser seine Hände entgegenhielt. Emma führte die Handschellen um die Handgelenke und liess sie einrasten.

***

«Kamera läuft», rief Leo, der nach vorne gebeugt in den Sucher blickte. Er filmte, wie Maria von rechts an der Kamera vorbei ins Bild lief. Im Hintergrund war das gläserne Eingangsportal der Neuen Pinakothek zu sehen. Das Museum war aus Sandsteinquadern gebaut. Die Fassade sah aus wie von einer Burg. Maria wandte sich nach links und erreichte nach wenigen Schritten den Personaleingang. Davor stand die monströse Bronzeskulptur einer liegenden Frau. Maria steuerte daran vorbei und gelangte durch eine Glastür zum Pförtner.

Eine Frau, Mitte vierzig, kam auf sie zu und reichte ihr die Hand. «Guten Tag, Frau Noll. Schön, dass Sie sich für Raubkunst interessieren. Folgen Sie mir bitte.»

Helene Scholl trug die haselnussbraunen Haare schulterlang, die dunklen Augen im rundlichen Gesicht hatte sie mit Eyeliner nachgezogen. Die Lippen waren geschminkt. Sie trug einen blauen Blazer über einem weissen T-Shirt.

«Ich bin die Leiterin der Provenienzforschung an der Pinakothek. Provenienz bedeutet Herkunft, im Besonderen die Herkunft von Kulturgütern», erklärte Scholl, als sie Maria und Leo in den ersten Stock in ein geräumiges Büro führte. Der Raum war feudal ausgestattet, hohe, schmale Rundbogenfenster mit Blick ins Grüne, mächtiges Schreibpult, weisse Arne-Jacobsen-Stühle, Grafiken an der Wand. Sie setzten sich.

Leo schob die Kamera auf das Stativ. «Während Sie sich unterhalten, fange ich ein paar Impressionen ein. Einverstanden?»

«Nur zu», antwortete Scholl vergnügt. «Sehe ich für Sie telegen genug aus?»

«Nahezu perfekt», antwortete Leo lächelnd. «Es fehlt nur eines: Könnten Sie sich Ihre Stirn abtupfen? Sie glänzt ein wenig. Aber bitte nicht reiben, sonst wird sie rot.» Scholl nahm ein Seidentuch aus ihrer Blazertasche und tupfte sich Stirn, Wangen und Oberlippe ab. Leo reichte Maria das Funkmikrofon.

«Können Sie uns etwas über Ihre Arbeit erzählen?», bat Maria.

«Wir suchen in unseren Beständen nach Raubkunst», begann Helene Scholl. «Das sind von den Nazis geraubte, beschlagnahmte, enteignete oder unter Druck abgepresste Kunstwerke von vorwiegend jüdischen Eigentümern. Seit der Washingtoner Erklärung von 1998 können diese Werke restituiert, also den rechtmässigen Eigentümern wieder zurückgegeben werden.»

«Wie viele Menschen arbeiten in der Provenienzforschung?»

«Zurzeit sechs. Die Pinakotheken haben siebentausend Kunstwerke während der NS-Zeit von 1933 bis 1945 erworben. Unser Ziel ist es, von jedem Werk eine lückenlose Provenienzkette zu erstellen, die den Weg von der Entstehung des Kunstwerks über alle Sammler und Händler bis zum Platz im Museum zeigt. Das ist eine enorme Rechercheleistung.»

Maria machte sich keine Notizen. Leo hatte alles im Kasten. Und ihr Gedächtnis funktionierte. Mehr brauchte sie nicht.

«Wie gehen Sie dabei vor?»

«Für die Recherche nutzen wir Ankaufsakten, Inventareinträge oder Aufschriften von Eigentümern auf der Bildrückseite.

Weitere Archivarien sind Rechnungen von Kunsthändlern. Sie geben einen Hinweis darauf, ob der Verkaufspreis angemessen war. Denn es gab sogenannte ‹Judenauktionen› der Nationalsozialisten, auf denen Kunstwerke weit unter Marktpreis feilgeboten wurden.»

Eine junge Frau mit roten Haaren, bleichem Gesicht und Sommersprossen stellte drei Gläser und Mineralwasserflaschen auf den Tisch. Scholl nickte ihr freundlich zu.

«Jedes untersuchte Kunstwerk wird mit einer Provenienzampel versehen», erklärte Scholl weiter. «Mit grün markieren wir unverdächtige Werke. Gelb bedeutet, dass die Herkunft Lücken hat und das Werk deshalb nicht zweifelsfrei unbedenklich ist. Rot bezeichnet eindeutig Raubkunst. Diese Kunstwerke sind bei der Datenbank LostArt gemeldet. Jeder seriöse Händler weiss, dass er von diesen Gemälden, Zeichnungen und Skulpturen die Finger lassen muss.» Sie goss sich Mineralwasser ins Glas und nippte daran.

«Woran erkennen Sie bei Kunstwerken, dass es sich um Raubkunst handeln könnte?», fragte Maria.

«Wichtige Indikatoren für unsere Einschätzung sind die Namen der Besitzer in der Provenienzkette, also jüdische Sammler und Händler, die in der NS-Zeit Kunstwerke besessen und veräussert haben. Da schrillen bei uns die Alarmglocken.»

Scholl holte aus einer Schublade eine Akte heraus.

«Charakteristisch für die NS-Zeit war eine bürokratische, peinlich genaue Dokumentation der Verfolgungsmassnahmen.» Sie reichte Maria ein Papier aus der Akte. «Die Vermögensverzeichnisse der jüdischen Sammler geben uns Aufschluss, was an Hab und Gut vorhanden war, wie es beschlagnahmt und verwertet wurde. Das sind wichtige Informationen.»

Maria las auf dem Blatt «Verzeichnis über das Vermögen von Juden. Nach dem Stand vom 27. April 1938.» Darunter gab es eine Tabelle mit «Angaben zur Person» und «Angaben über das Vermögen». Alle Daten waren in Schönschrift mit Tinte aufgeschrieben. Ein Dokument der materiellen Vernichtung der Opfer, dachte Maria. Danach folgte die physische.

«Bis Ende nächsten Jahres haben wir alle siebentausend Werke auf Raubkunstverdacht untersucht», sagte Scholl. «Mehrere Hundert Werke werden dann mit der Ampelfarbe Rot versehen sein. Uns steht die schwere Aufgabe bevor, die rechtmässigen Eigentümer oder deren Erben ausfindig zu machen.»

Maria gab Scholl das Vermögensverzeichnis zurück. Leo rückte seine Kamera einen Meter nach rechts, um eine andere Perspektive zu haben.

«Erzählen Sie mir von Ihrer Geschichte. Wonach suchen Sie?», fragte Scholl.

«Wir recherchieren über einen Kunsthändler, der zur Zeit der Naziherrschaft in München sehr erfolgreich war», antwortete Maria. «Er führte eine Galerie in Schwabing. Er heisst Fritz Uhlrich. Sagt Ihnen der Name etwas?»

Scholl schüttelte den Kopf, aber nicht in der Art, als hätte sie keine Ahnung, wovon die Rede war, im Gegenteil. «Oh ja. Ein Red-Flag-Name.»

«Red-Flag-Name?»

«So nennen wir einen Kunsthändler, der die Notlage von jüdischen Familien im Krieg ausgenutzt hat, der sie zwang, ihre wertvollen Sammlungen billig zu verscherbeln, weil sie fliehen mussten, um dem Tod zu entkommen. Es gab viele von ihnen. Uhlrich war der Schlimmste von allen.»

«Haben Sie Dokumente von ihm, irgendwelche Akten, Zeitungsberichte?»

Scholl nickte und stand auf. «Kommen Sie mit. Ich zeige Ihnen etwas.» Sie ging in das angrenzende Büro, Maria folgte ihr. Leo trug Stativ und Kamera hinterher.

«Das sind Panzerschränke aus der Parteizentrale der NSDAP», sagte sie und zeigte mit der Hand auf mehrere mannshohe Schränke. «Die Stahltüren waren ursprünglich grün gestrichen, wir haben sie weiss lackieren lassen.» Scholl schloss einen Panzerschrank auf. «Hier bewahren wir unsere Archivarien auf, Inventarlisten, Bestandsverzeichnisse, Kataloge.» Nach wenigen Augenblicken fand sie, wonach sie gesucht hatte. «Dieses Handelsbuch stammt von Fritz Uhlrich», sagte sie und hielt eine schwarze Kladde aus Hartpappe mit beigem Rand in die Höhe. Auf einem Aufkleber las Maria mit Tinte geschrieben «Ein- und Verkaufsbuch. 1937–».

«Das Buch war von den Alliierten in Schwabing, wo Uhlrichs Lager gestanden hatte, im Mai 1945 sichergestellt worden», sagte Scholl. Sie kehrten wieder zurück ins Büro und nahmen Platz. Scholl schlug die Kladde auf und reichte sie Maria. «Uhlrich hat Käufe und Verkäufe fein säuberlich in sein Buch notiert.»

Maria blätterte vorsichtig darin. Die Seiten waren an manchen Stellen vergilbt und rochen muffig. Ihre Nase juckte. Unter der Jahreszahl 1944 waren Spalten mit einem Lineal gezogen worden. Sie waren beschriftet mit Datum, Künstler, Benennung, Technik, Verkäufer und Kaufpreis. Verkäufer der Kunstwerke waren allesamt jüdisch. Das verrieten ihre Namen. Maria las H. Sternberg, Aron, Herr Lilienthal, Frau Zucker, Goldstaub, Levi, M. Oppenheimer, Morgenstern, Herr Blumenberg, I. Rosenthal, Frau Zilversmit. Die Liste nahm kein Ende. Sie verkauften ihre Sammlungen, darunter Werke von Courbet, Brueghel, Dix, Kirchner, Klee, Marc, Corture, Monet, Forain, Renoir, Beckmann. Einige Künstler kannte Maria vom Namen her.

«Schauen Sie sich die Spalte mit dem Kaufpreis an», sagte Scholl. «Uhlrich zahlte für kaum ein Werk mehr als dreihundert Reichsmark.»

Maria fuhr mit dem Finger die Spalte ab: 40.–, 120.–, 80.–, 150.–, 50.–, 200.–.

«Auf dem freien Kunstmarkt hätte er das Mehrfache dafür bezahlen müssen. Er hat sich an den Notverkäufen der Juden bereichert. Hundertfach.»

Maria blätterte weiter im Handelsbuch.

«Auf der rechten Seite sehen Sie den Käufer der Sammlung und den Erlös, den Uhlrich eingestrichen hat. Er verkaufte sämtliche Kunstwerke im Oktober 1944 an ein Auktionshaus.»

Maria las in der Spalte den Käufernamen Droemer mitsamt seiner Adresse in München.

«Das Auktionshaus existiert nicht mehr. Wir haben dazu Recherchen angestellt», fuhr Scholl fort. «Droemer hatte seinen Sitz in der Innenstadt. So steht es in Uhlrichs Handelsbuch. Das Gebäude wurde im Januar 1945 durch Bomben vollständig zerstört. Seither fehlt von der Sammlung jede Spur. Es gibt keine Akten, die Aufschluss darüber geben, an wen Droemer die Kunstwerke verkauft hat. Sie sind wohl den Flammen zum Opfer gefallen.»

Maria verglich im Handelsbuch Kaufpreis und Erlös. «Uhland verkaufte kein Kunstwerk für weniger als tausend Reichsmark», bemerkte Maria. «Droemer zahlte offensichtlich marktübliche Preise. Der Erlös, den Uhlrich erzielt hatte, muss beträchtlich gewesen sein.»

«Oh ja, Uhlrich war nach dem Verkauf ein gemachter Mann.»

Maria blätterte eine Seite weiter. Zufällig fiel ihr Blick auf einen Namen. Der Mann hatte ein Gemälde im Mai 1944 an Uhlrich verkauft. Ihr Herz setzte für einen Schlag aus. «Das ist unglaublich», murmelte sie. Sie las den Namen noch einmal. Dann holte sie ihr Handy aus der Jackentasche und kontrollierte ihre Aufnahmen. Kein Irrtum, er ist es. «Entschuldigen Sie bitte, Frau Scholl», sagte sie aufgeregt. «Ich muss unbedingt kurz telefonieren. Ich erzähle Ihnen gleich, was ich entdeckt habe.»

***

«Zuerst muss ich etwas Trauriges mitteilen», begann der Staatsanwalt die Sachbearbeiterkonferenz. «Professor Melchior Nussberg hat sich drei Stunden nach der Einlieferung in seiner Zelle erhängt.»

Alle im Sitzungszimmer schwiegen betroffen. Emma Vonlanthen hielt sich erschrocken die Hand vor den Mund, Glauser schloss seine Augen. Die Glocken der St.-Jakobs-Kirche schlugen drei Mal.

«Das ist furchtbar», sagte Glauser leise. «Wie konnte das passieren?»

«Dem Häftling wurden wie immer Gürtel und Schuhbändel abgenommen», antwortete der Staatsanwalt. «Nussberg hat sich mit einem Laken erhängt. Wenn jemand den Entschluss fasst, sich im Polizeigefängnis umzubringen, können wir das leider nicht verhindern.» Der Staatsanwalt blickte in die Runde. «Theo hat Nussberg wegen des dringenden Tatverdachts verhaftet, Fritz und Florian Uhland getötet zu haben. Er hat korrekt gehandelt. Den Vorführungsbefehl habe ich ausgestellt. Wir haben zwar bislang keine handfesten Beweise für die Schuld Nussbergs – noch nicht –, aber mehrere starke Indizien. Mit seinem Suizid gab er uns schon fast ein Geständnis. Nur schon mit der Todesanzeige für Uhland hat sich Nussberg unmöglich gemacht, das hätte ihn und seine Frau ins gesellschaftliche Abseits gedrängt. Das wusste Nussberg. Er hat sich umgebracht, weil er die Demütigung, die gesellschaftliche Ächtung und das Gefängnis nicht ertragen wollte. Es war sein Entscheid. Das ist tragisch, aber unser Job ist es, den Fall nun sauber abzuschliessen. Machen wir uns an die Arbeit.»

Noch nie hatte Sokrates den Staatsanwalt so entschlossen erlebt. Sonst trat er eher missmutig und schlecht gelaunt auf, als ob ihn seine Tätigkeit in der STA I von Jahr zu Jahr mehr anwidern würde.

Neben dem Staatsanwalt, am Kopf des U-förmigen Sitzungstischs, sass der Experte vom Kunsthaus Zürich mit eingefallener Brust, spitzem Gesicht und schütterem Haar, das er straff über den Schädel gekämmt hatte. Er sieht aus wie ein Buchhalter in einem Film aus den Fünfzigerjahren, dachte Sokrates. Das gesamte Ermittlerteam hatte sich an diesem Nachmittag versammelt, Spezialisten des Forensischen Instituts, Kriminalpolizisten, ein DNA-Experte und die Polizeifotografin Lara Odermatt, die neben Glauser sass.

«Wie angekündigt habe ich Kaspar Pfenniger zur Sachbearbeiterkonferenz eingeladen», sagte der Staatsanwalt. «Er ist Provenienzforscher am Kunsthaus. Verdienstvollerweise hat er eine Kurzexpertise von allen Kunstwerken erstellt, die sich in der Wohnung von Fritz Uhland befinden.» Er nickte Pfenniger zu. «Sie haben das Wort.»

Kaspar Pfenniger schob sich seine Brille mit breitem Gestell auf die Nase. Dann öffnete er seine Ledermappe und holte mehrere A4-Blätter heraus, die er vor sich hinlegte. Sokrates bemerkte, dass er die Blätter bündig zur Tischkante platzierte. Pfenniger schaute mit nervösen Augen in die Runde und senkte dann wieder seinen Kopf. «Leider hatte ich nur wenig Zeit, mich mit den Kunstwerken in adäquater Weise zu befassen», sagte er, ohne aufzublicken. Seine Stimme passte zur dünnen Erscheinung. «Seit Jahrzehnten ist darüber gerätselt worden, wo wohl diese Kunstwerke verblieben sind, sie galten als verschollen. Nun ist das Geheimnis gelüftet. Sie befanden sich die ganze Zeit in

Uhlands Wohnung. Sämtliche Gemälde hat ein Kunsthändler namens Fabian Uhland von einem Münchner Auktionshaus kurz vor Kriegsende erstanden. Dies geht aus einer umfangreichen Liste hervor, die Uhland mit Namen des Künstlers, Titel des Gemäldes, Datum und Kaufpreis erstellt hatte. Soweit man das heute beurteilen kann, war der von ihm bezahlte Preis angemessen. Weiter zurückverfolgen lassen sich die Kunstwerke nicht. Woher das Auktionshaus die Gemälde hatte, ist unklar. Es existiert nicht mehr. Es muss unbedeutend gewesen sein, ich konnte nichts darüber in Erfahrung bringen.» Pfenniger befeuchtete mit seiner Zunge Daumen und Zeigefinger und legte das oberste A4-Blatt auf die Seite. «Die Sammlung von Uhland ist hochwertig. Es befinden sich Werke von Klee, Nolde, Munch, Dix, Kirchner, Brueghel, Renoir und Monet darunter, allesamt Originale mit einem Marktwert von heute zwei- bis dreihundert Millionen Franken. Vielleicht auch mehr.»

«Versteuert hat er aber nur sieben Millionen», stellte Glauser fest.

Pfenniger blinzelte irritiert. Sokrates schien es, als ob es der Experte nicht schätzte, wenn ihn jemand bei seinem Vortrag unterbrach.

«Einzig eine Pastellkreidezeichnung von Max Liebermann mit dem Titel ‹Figuren am Strand› ist eine Nachbildung oder eine Fälschung. Die Pastellkreide wurde nicht wie beim Original auf Velinpapier aufgetragen, sondern auf handelsüblichem Papier», machte Pfenniger weiter. «Seltsamerweise hängt das Bild inmitten von Originalen. Möglicherweise dachte Uhland, es würde sich auch bei diesem Werk um ein Original handeln.»

Glauser machte sich Notizen. «Was ist der Unterschied zwischen Nachbildung und Fälschung?»

«Eine Nachbildung tut nicht so, als sei sie das Original», erklärte der Experte. «Eine Fälschung hingegen wird mit einer

Täuschungsabsicht angefertigt. Der Käufer soll damit hinters Licht geführt werden. Es ist schwer zu sagen, in welcher Absicht dieses Bild gemalt wurde.» Pfenniger schien etwas aus dem Konzept geraten, weil er erneut unterbrochen worden war. Er sammelte sich wieder. «Fast alle Kunstwerke von Uhland sind auf der Datenbank LostArt vom deutschen Zentrum Kulturverluste in Magdeburg aufgeführt, die NS-Raubkunst und Fluchtgut auflistet.»

«Was bedeutet das?», fragte der Staatsanwalt.

«Bei Uhlands Bildern besteht der dringende Verdacht, dass Nazis diese Werke einst von Juden konfisziert haben oder Juden auf der Flucht ihre Sammlungen unter Wert hergeben mussten. Bevor seriöse Händler ein Kunstwerk erwerben, klären sie auf dieser Datenbank ab, ob es sich dabei um Raubkunst handeln könnte.» Pfenniger blickte auf. «Mehr konnte ich in dieser kurzen Zeit nicht herausfinden.»

«Vielen Dank für die Erläuterungen zur Herkunft der Bilder», sagte der Staatsanwalt. «Diese Informationen helfen uns in unseren Ermittlungen.» Kaspar Pfenniger packte die A4-Blätter in seine Ledertasche, sichtbar erleichtert, die Sitzung bei der Kripo hinter sich gebracht zu haben, und verabschiedete sich mit einem Kopfnicken.

Sobald er den Sitzungssaal verlassen hatte, wandte sich Glauser an Sokrates. «Hat die Autopsie von Florian Uhlands Leiche heute Morgen neue Erkenntnisse gebracht?»

«Ja, das hat sie. Uhland wurde von einem Linkshänder erstickt», sagte Sokrates, während er seine Brille putzte. «Bei der Leichenschau im Institut fand ich schwache Fingerabdrücke auf der rechten Wange des Opfers. Der Täter trat von hinten an Uhland heran, zog ihm die Plastiktüte über den Kopf und presste seine linke Hand auf den Mund. Nur so lassen sich die Fingerabdruckspuren erklären. War Melchior Nussberg Linkshänder?»

Glauser überlegte.

«Nein, das war er nicht, er nahm seine Brille mit der rechten Hand ab», antwortete Emma leise. «Einmal hat sein Handy geklingelt. Er hielt es mit der rechten Hand ans Ohr. Kann es sein, dass ein Rechtshänder mit der linken Hand tötet?»

«Kaum. Es braucht viel Kraft, jemanden zu ersticken. Da wäre es ungewöhnlich, wenn der Täter seine schwächere Hand gebraucht hätte.»

«Nussberg hat Fritz und Florian Uhland nicht umgebracht, willst du uns damit sagen», meldete sich der Staatsanwalt zu Wort.

«Ausgeschlossen ist es nicht, aber es ist ein starkes Indiz, das gegen Nussberg als Täter spricht.»

«Wenn Nussberg für die Taten nichts konnte, er nur die Todesanzeige verfasst hat, ist sein Suizid umso tragischer», sagte Glauser. «Hätten wir ihn nicht verhaftet, wäre er noch am Leben.» Sokrates merkte ihm an, wie ihn dieser Gedanke belastete.

«Was hat die Obduktion sonst noch ergeben?», fragte Glauser. Er wirkte mit einem Male erschöpft.

«Die Tat muss sich so abgespielt haben, wie es die Spurensicherung rekonstruiert hat», antwortete Sokrates.

«Zusammen mit dir», warf Philip Kramer ein.

Sokrates ging nicht darauf ein. «Der Mord ereignete sich vorgestern Nacht vor vier Uhr morgens. Darauf weist die ausgeprägte Totenstarre hin. Nachdem der Täter sein Opfer erstickt hatte, warf er es vom zweiten Stock hinunter. Wie vermutet erlitt Uhland dabei zahlreiche Knochenbrüche. Die Totenflecken waren weniger ausgeprägt als gewöhnlich, was auf innere Blutungen schliessen lässt. Die Obduktion hat das bestätigt. Zum Schluss schleifte der Täter die Leiche an beiden Beinen in den Kreuzgang. Die Spurenlage an Uhlands Körper ist eindeutig.»

Es pfiff Edvard Griegs Melodie «In der Halle des Bergkönigs». Glauser holte sein Smartphone aus der Jackentasche. Auf dem Display sah er die Nummer von Benedikt Yerly. «Hallo Beni, hast du etwas Neues herausgefunden? Ich stelle auf Lautsprecher, damit dich hier alle an der Sachbearbeiterkonferenz hören können.»

«Guten Tag, alle miteinander», grüsste Yerly. Er hörte sich vergnügt an. «Das Alibi von Noah Mendel weist Lücken auf. Er hat zur Tatzeit nicht an seiner Doktorarbeit geschrieben.»

«Woher weisst du das?», fragte Glauser verdutzt.

«Mendel war zwar im WLAN der Uni eingeloggt, als Fritz Uhland ermordet wurde», erklärte Yerly. «Doch er speicherte den ganzen Morgen, also zur Tatzeit, kein einziges Mal seine Arbeit ab. Ich habe in die Suchmaske seines iBooks den Titel seiner Dissertation eingegeben: ‹Der Einfluss der Kabbala auf nichtjüdische Kulturen›. Der Laptop zeigte das Dokument an, mitsamt allen Änderungsdaten in der Vergangenheit. Jedes Mal, wenn Mendel seine Arbeit abgespeichert hat, wurde das Datum mit Uhrzeit registriert. Am Tag als Uhland ermordet wurde, gab es keinen Eintrag. Mendel hatte einen Tag zuvor seine Arbeit abgespeichert und einen Tag später. Aber nicht am Mordtag. Es ist unwahrscheinlich, dass jemand an einem wichtigen Projekt arbeitet, ohne es regelmässig zu sichern.»

«Sehr gute Recherche, Beni», sagte Glauser. «Damit rückt Mendel wieder vermehrt in den Fokus unserer Ermittlungen.»

«Ist Noah Mendel Linkshänder?», fragte Sokrates, nachdem Glauser aufgelegt hatte.

«Ja. Als wir ihn im Aufenthaltsraum der Motorfluggruppe Zürich befragt haben, hatte er bei seiner Ankunft den Beutelrucksack auf der linken Seite geschultert», antwortete Emma. «Und er trank eine Cola mit der linken Hand.»

«Tolle Beobachtungsgabe», raunte ihr Franz Ulmer zu. Glauser nickte anerkennend. Emma errötete. Sokrates merkte, wie sehr sie sich über das stille Lob ihres Chefs freute.

«Sollen wir Mendel nochmals befragen?», fragte Glauser an den Staatsanwalt gewandt.

«Nein, dafür haben wir zu wenig in der Hand. Ein Linkshänder, der seine Doktorarbeit zu speichern vergass, das reicht nicht. An der Theologischen Fakultät haben ihn zur Tatzeit mehrere Leute gesehen.»

«Er hatte allerdings ein Zeitfenster von zweiundfünfzig Minuten, in dem er die Tat hätte begehen können», sagte Emma. «Ich habe die Zeiten notiert, in denen die Bibliothekarin, die Sekretärin und zwei Studienkollegen die Anwesenheit von Noah Mendel bezeugen. Zwischen zehn Uhr vierzig und elf Uhr zweiunddreissig hat ihn niemand gesehen.»

«Reicht diese Zeit aus, um von der Kirchgasse bis zum Rigiblick zu fahren, den Professor zu töten und dann wieder in die Uni zurückzukehren?», fragte Sokrates.

«Mit dem Tram ist das kaum zu schaffen. Aber Mendel besitzt einen Elektro-Scooter, die oft hohe Geschwindigkeiten erreichen. Damit hätte er für die Tat genügend Zeit gehabt», erwiderte Glauser. «Eine Gasmaske und die Dose mit Zyklon B konnte er mit seinem Beutelrucksack transportieren, den er immer bei sich trägt.»

«Okay, wenn es nicht Nussberg war, welche Indizien sprechen sonst noch für Mendel als Täter?», fragte der Staatsanwalt.

«Der Kunsthändler Uhland hat mutmasslich Mendels Grossonkel erschossen und im Schrebergarten vergraben», begann Ulmer. «Ein Mordmotiv.»

«Das soll ein Mordmotiv sein?», widersprach Kramer. «Würdest du jemanden töten, der vor mehr als vierzig Jahren deinen

Grossonkel umgebracht hat, einen Menschen, den du nie gesehen hast?»

«Ich nicht, ich würde gar keinen Menschen umlegen, egal was er getan hat», sagte Ulmer. Dann grinste er. «Naja, zugegeben, bei dem einen oder andern hier in dieser Runde könnte ich mir das schon vorstellen. Ich hätte auch schon Ideen, wie ich das anstellen würde.»

Über Glausers Gesicht huschte ein Lächeln. «Weitere Indizien?»

«Er ist Jude, vielleicht hat er herausgefunden, dass Vater und Sohn für das Entjudungsinstitut tätig waren.»

«Das kann ihm doch egal sein, wenn Nazis die christliche Bibel umschreiben wollen.»

«Er beherrscht Hebräisch und weiss, dass Exodus 20,5 das Zentrum der jüdischen Schrift darstellt», sagte Emma. «Er tötet, weil die beiden Nazis waren, Feinde seines Volkes.»

«Er ist gross gewachsen, drahtig und körperlich in der Lage, Uhland zu ersticken», warf Glauser ein.

«Noch dazu ist er Linkshänder. Das sind nur zehn bis fünfzehn Prozent aller Menschen», sagte Sokrates. «Die Wahrscheinlichkeit ist dementsprechend gering, dass es einen weiteren Tatverdächtigen ohne Alibi gibt, der Linkshänder ist.»

«Nachdem Mendel am Sederabend auf dem Foto seinen Grossonkel erkannt hat, hatte er fast zwei Wochen Zeit, um sich Zyklon B zu beschaffen», machte Kramer weiter. «Auch wenn das Mordmotiv im Dunkeln liegt.»

«Solange wir den Grund nicht kennen, der Mendel dazu bewogen haben könnte, Vater und Sohn Uhland zu töten, sind uns die Hände gebunden», sagte der Staatsanwalt. «Wir können ihn nicht festnehmen, auch wenn er kein wasserdichtes Alibi hat. Es gibt in Zürich sicherlich Tausende, die zu den beiden Tatzeiten keine Zeugen haben, die sie entlasten könnten.»

In diesem Moment erklang erneut Griegs Lied. Glauser fischte sein Smartphone aus der Jackentasche. «Es ist deine Tochter», sagte er zu Sokrates. «Vielleicht hat sie etwas entdeckt, das uns weiterhilft. Wäre nicht das erste Mal.»

Er nahm ab. «Hallo, Maria, was verschafft uns die Ehre deines Anrufs?»

«Theo, ich habe etwas herausgefunden, das euch interessieren könnte», hörten alle, weil Glauser auf Lautsprecher umgestellt hatte.

Maria war ausser Atem. «In einem Familienalbum der Grossnichte von Fritz Uhlrich sind auch Zeitungsartikel eingeklebt. Eines zeigt ihn 1936 bei einem Aufmarsch der Nazis in München. Es besteht kein Zweifel: Uhlrich und Uhland sind ein und dieselbe Person. Stolz, herrisch, grossgewachsen. Wie an der Eröffnungsrede der ersten Art Basel trug er schon damals eine Anstecknadel der ‹Deutschen Christen›. Mit der Handykamera habe ich ein Foto vom Zeitungsartikel gemacht, mit dem Bild von ihm. Ich schicke es dir. So kannst du dich selbst davon überzeugen.»

«Du hast mich bereits überzeugt», erwiderte Glauser.

Sokrates war stolz auf seine Tochter. Sie verfügte über eine aussergewöhnliche Kombinationsgabe. Und sie trug ihre Ergebnisse präzise vor.

«Uhlrich hat nach dem Krieg seinen Namen in Uhland umbenannt, das ist nun gewiss», sagte Glauser nachdenklich. «Dazu musste er Pässe und weitere Urkunden fälschen. Im Chaos des Krieges war das viel leichter möglich als heute.»

«Genau. Doch wozu machte er sich diese Mühe?», sagte Maria. «Um mehr über Fritz Uhlrich herauszufinden, bin ich zur Neuen Pinakothek gefahren. Die Experten dort wissen vielleicht etwas über ihn, dachte ich. Und tatsächlich: die Abteilung für Provenienzforschung besitzt ein Handelsbuch von Uhlrichs Galerie, in dem sämtliche Kunstwerke, Gemälde und Skulpturen, aufgelistet sind, die Uhlrich erworben hatte, inklusive die Namen der Verkäufer, Datum und Kaufpreis. Ich konnte das Buch einsehen. Uhlrich erwarb die Kunstwerke fast ausschliesslich von Jüdinnen und Juden. Er bezahlte dafür einen Spottpreis, ein paar Reichsmark für einen Otto Dix, für einen Klee oder für einen Brueghel. Auch für einen Renoir bezahlte er nur einen Bruchteil des damaligen Marktwerts. Uhlrich nutzte die Notlage der Menschen aus, die flüchten mussten und Devisen brauchten. Er kannte keine Scham. Kurz vor Kriegsende hatte er die gesamte Sammlung an ein Auktionshaus namens Droemer verkauft. Uhlrich, der sich später in Fabian Uhland umbenannt hat, muss mit den Kunstwerken ein Vermögen gemacht haben. Und jetzt kommt's: In diesem Handelsbuch fand ich einen Nathan Mendel, der eine Pastellkreidezeichnung von Max Liebermann an Uhlrich verkauft hatte. Für siebzig statt zum damaligen Marktwert von fünfhundert Reichsmark. Mir fiel ein, dass der Name Nathan Mendel auf der Zugangsliste von Auschwitz neben Noemi Morgenstern, geborene Mendel, vermerkt war. Er ist vermutlich ihr Bruder und womöglich der Grossvater von Noah Mendel!»

«Maria, du hast eine heisse Spur entdeckt», sagte Glauser. «In Uhlands Wohnung hängt nämlich das Bild ‹Figuren am Strand› von Max Liebermann. Es ist das einzige Gemälde in Uhlands Sammlung, das kein Original, sondern eine Fälschung ist.»

Einen Moment war es still am Handy.

«Vielleicht hat Noah Mendel den Professor getötet und anschliessend das Original mit der Fälschung ausgetauscht», sagte Maria.

«Ja, das klingt plausibel. Du weisst noch nicht, dass Florian Uhland kurz vor seinem Tod mit dem Leadsänger der rechtsradikalen Rockband ‹318› telefoniert und ihm gesagt hat, er wolle sich am Abend in der Uni mit jemandem treffen und von der Ratte zurückholen, was ihm gehörte.»

«‹Die Figuren am Strand›!», rief Maria. «Florian Uhland hat offensichtlich gemerkt, dass das Gemälde in der Wohnung seines Vaters eine Fälschung ist. Er wollte das Original von Mendel zurück. Es hat heute sicherlich einen Wert von zigtausend Franken.»

«Ja, so muss es gewesen sein. Mendel hat Uhland getötet, weil er der Einzige war, der ihn wegen des Mordes an seinem Vater belasten konnte.»

«Allerdings ist unklar, wie Uhland auf Mendel kam. Woher wusste er, dass Mendel hinter der Fälschung steckt?»

«Das muss uns Mendel erklären», sagte Glauser. «Er wird uns auch sagen, wie er herausfand, dass Professor Fritz Uhland der Sohn des Kunsthändlers Uhlrich ist und das Gemälde seines Grossvaters in seinem Besitz hat.» Er blickte den Staatsanwalt an. Der nickte. «Wir nehmen Noah Mendel fest. Er hat ein starkes Motiv und zu beiden Tatzeiten kein Alibi.»

***

«Bo'i v'shalom, ateret ba'ala, Gam b'simcha uv' tzhala.»

Die Gemeinde sang die Hymne Lecha Dodi zur Begrüssung des Sabbats. «Toch emunei am segula; Bo'i chala, bo'i chala.»

Geschlossen wandte sich die Gemeinde der geöffneten Synagogentür zu, um den Sabbat wie eine Braut zu empfangen.

«Lecha dodi likrat kala, p'nei Shabbat n'kabelah!»

Der königsblaue Samtvorhang vor dem Schrein aus edlem Holz war geschlossen. Darin wurden zwölf Torarollen aufbewahrt, die in gestickte Tücher eingewickelt waren. Jede von ihnen trug eine Krone aus Silber. Links und rechts des Schreins leuchteten blaue Lichttafeln zum Gedenken an die Opfer der Shoa. Weit oben an der Decke hing das Ner-Tamid-Licht, das Ewige Licht, das an die Feuersäule erinnern soll, die das Volk Israel nach dem Auszug aus Ägypten durch die Wüste Sinai begleitet hat. An den Wänden waren keine Bilder zu sehen. Der Toraschrein befand sich an der Ostwand der Synagoge, mit Blick Richtung Jerusalem. Davor stand Rabbiner Hirschfeld, der mit einem Gebetsmantel bekleidet war. Er nahm einen vollen Becher Wein in die rechte Hand.

«Es war Abend, es war Morgen. Der sechste Tag. Da wurden vollendet der Himmel, die Erde und all ihre Schar», sagte er mit Bassstimme. «Am siebenten Tag vollendete Gott Sein Werk, das Er getan hatte und ruhte am siebenten Tage von Seinem ganzen Werk, das Er getan hatte.»

Seine Stimme füllte den Saal. In der Synagoge sassen drei Dutzend Gottesdienstbesucher auf Holzbänken, die Männer im Versammlungsraum, die Frauen auf der Empore. Die Frauen trugen Hüte, Kopftücher oder Perücken, die Männer eine Kippa.

«Gott segnete den siebenten Tag und heiligte ihn, denn am siebenten ruhte Er von all Seinem Werk, das Er ins Dasein gebracht hatte, es zu schaffen.»

«Amejn», murmelte die Gemeinde.

Glauser hatte den BMW in der Nüschelerstrasse geparkt, in einer Gasse nahe der Synagoge, die in der Altstadt gelegen war. Die Sonne war untergegangen, es dämmerte. Die Läden hatten noch geöffnet, es herrschte geschäftiges Treiben. Männer und Frauen, bepackt mit Einkaufstaschen und Tüten, eilten vorbei. Nach der Sachbearbeiterkonferenz hatte sich Glauser mit Emma Vonlanthen auf den Weg gemacht. Sie rechneten damit, Noah Mendel in der Synagoge anzutreffen, weil heute Sabbat war. Rabbiner Hirschfeld hatte im Olive Garden gesagt, dass

Mendel am Freitagabend regelmässig den Gottesdienst besuchen würde. Die Einsatzkräfte standen in Bereitschaft, doch Glauser glaubte nicht, dass sich Mendel der Verhaftung entziehen würde. Für die Öffentlichkeit stellte er keine Gefahr dar.

«Der Kunsthändler Uhlrich verkaufte seine Sammlung kurz vor Kriegsende an ein Auktionshaus namens Droemer, wie die Tochter von Sokrates herausgefunden hat», sagte Emma zu Glauser. «Doch niemand kennt diesen Auktionator, weder der Spezialist für Provenienzforschung vom Kunsthaus, noch die Experten der Alten Pinakothek in München. Das ist suspekt. Denn auch wenn das Auktionshaus im Krieg zerstört wurde, sollten irgendwelche Belege darüber zu finden sein.»

Sie erreichten die Eingangspforte der Synagoge, ein im maurischen Stil erbautes Gebäude aus dem 19. Jahrhundert. Die Fassade war mit altrosa und beigen Streifen aus Sandstein gestaltet. Zwei Türmchen erhoben sich links und rechts vom Portal, die Rundbogenfenster waren erleuchtet. Betreten konnte man die Synagoge aber nur durch den Nebeneingang. Sie gingen darauf zu.

«Der Verdacht liegt nahe, dass Uhlrich eine Briefkastenfirma gegründet hat, eine Scheinfirma, um seine Spuren zu verwischen. Nach dem fingierten Verkauf seiner Sammlung an Droemer wechselte er seinen Namen, zog nach Zürich, und kaufte als Uhland getarnt die Kunstwerke von diesem Auktionshaus wieder zurück. Die Sammlung wechselte nur auf dem Papier seinen Besitzer. So konnte niemand in Erfahrung bringen, dass Uhland in Wahrheit Uhlrich heisst.»

«Bis jetzt nicht», sagte Glauser und lächelte Emma zu. «Er hatte nicht mit uns und unserer ehrenamtlichen Mitarbeiterin Maria gerechnet.» Er drückte die Tür zur Synagoge auf.

«Du bist mächtig in Ewigkeit, Herr, belebst die Toten, du bist stark zum Helfen», sprach die Gemeinde. Alle hatten ein

Gebetsbuch aufgeschlagen, worin die Texte standen, die am Sabbat gesprochen wurden. «Du ernährst die Lebenden mit Gnade, belebst die Toten in grossem Erbarmen, stützest die Fallenden, heilst die Kranken, befreist die Gefesselten und hältst die Treue denen, die im Staube schlafen.»

Bevor Besucher die Synagoge betreten konnten, mussten sie an der Sicherheitskontrolle vorbei. Ein junger Mann, muskulös, kurzgeschnittene schwarze Locken, sass in einem Kabäuschen aus Glas. Er überwachte die Monitore der Überwachungskameras, registrierte jeden Gast und liess niemanden hinein, der sich nicht ausweisen konnte. Als Glauser und Emma auf ihn zutraten, schaute er sie fragend an.

«Kriminalpolizei Zürich», sagte Glauser. «Wir müssen mit Herrn Noah Mendel sprechen. Es ist dringend.»

«Zeigen Sie mir bitte Ihre Ausweise», verlangte der Sicherheitsmann.

Glauser und Emma drückten ihre Dienstausweise an die Scheibe.

«Kann das nicht warten, bis der Gottesdienst vorbei ist?», fragte er.

«Nein, es eilt», erwiderte Glauser.

«Dann treten Sie bitte ein.» Der Türöffner summte.

Im Foyer empfing sie der Mann. Er roch nach Zimtkaugummi. «Noah Mendel, sagten Sie. Warten Sie bitte einen Augenblick. Ich gebe ihm Bescheid.»

Der Sicherheitsmann schritt auf die Eingangstür zum Gottesdienstraum zu.

«Ist das der einzige Zugang zur Synagoge?», rief Glauser hinterher.

Der Sicherheitsmann drehte sich um. «Ja», antwortete er stirnrunzelnd. «Warum fragen Sie? Hat sich Noah etwas zuschulden kommen lassen?»

«Wir haben Fragen an ihn, die für unsere Ermittlungen sehr wichtig sind», wich Glauser aus.

Nach einer Minute kam der Sicherheitsmann zurück, neben ihm ging Noah Mendel, das Gesicht blass, die Augen gerötet, als ob er seit Tagen nicht mehr geschlafen hätte. Er trug eine zerknitterte Leinenhose, ein schwarzes T-Shirt und einen rostfarbenen Sakko. Der Sicherheitsmann führte sie in eine stille Ecke des Foyers, wo sie ungestört waren, und verzog sich wieder in sein Kabäuschen.

«Herr Mendel, wir nehmen Sie fest wegen des dringenden Tatverdachts Fritz Uhland und seinen Sohn Florian getötet zu haben», sagte Glauser. «Sie können Ihre Aussage verweigern. Wenn Sie aber aussagen, werden wir alles als Beweismittel verwenden.»

Mendel schaute Glauser und Emma finster an. «Sie wissen doch, dass ich an der Uni war, als Professor Uhland getötet wurde.»

«Sie haben behauptet, sie hätten an diesem Morgen an Ihrer Dissertation geschrieben», erwiderte Glauser. «Doch das war gelogen. Sie rührten Ihre Arbeit den ganzen Tag nicht an. Die Daten auf Ihrem Laptop beweisen das schwarz auf weiss.»

«Stimmt nicht! Ich war in meinem Studierzimmer, das können mehrere Fakultätsangestellte bezeugen, die Namen kennen Sie.»

«Sie hatten ein Zeitfenster, in dem Sie niemand sah. Das haben wir ermittelt», sagte Emma. «Die Zeit hatte gereicht, sich ungesehen von der Fakultät zu entfernen, mit dem Elektro-Scooter zum Rigiblick zu fahren und Uhland zu töten. Sie kamen zurück und zeigten sich anschliessend der Sekretärin und einer Kommilitonin.»

«Welchen Grund sollte ich gehabt haben, Professor Uhland zu töten. Ihre Unterstellung ist absurd!»

«Nein, ist sie nicht», erwiderte Glauser. «Ihr Grossonkel wurde erschossen in einem Schrebergarten gefunden, Sie haben ihn am Sederabend auf dem Foto erkannt, uns gegenüber aber verschwiegen. Er musste sterben, weil er die wahre Identität von Kunsthändler Fabian Uhland herausgefunden hatte, der vor dem Krieg in München als Kunsthändler Fritz Uhlrich tätig war. Uhlrich hatte von Ihrem Grossvater eine Zeichnung von Max Liebermann zu einem Spottpreis erstanden. Er konnte den Preis diktieren, weil Ihr Grossvater fliehen musste und auf das Geld angewiesen war. Doch Ihr Grossvater schaffte es nicht aus Deutschland. Er starb in Auschwitz. Sie, Herr Mendel, wussten das alles.»

Noah Mendel hatte die ganze Zeit mit zusammengepressten Lippen zugehört. Er stand aufrecht, der Rücken durchgedrückt, die Muskeln angespannt.

«Wie kommen Sie darauf, dass ich das war?»

«Sie sind Linkshänder, das hat Sie verraten. Die Spuren auf der Leiche von Florian Uhland sind eindeutig. Sie hatten ein Motiv, und Ihr Alibi war gelogen. Gestehen Sie die Taten!»

Mendel biss auf die Zähne, die Kiefermuskeln malmten.

«Diese verdammten Nazischweine!», brach es plötzlich aus ihm heraus. Seine Stimme klang gequetscht. «Diese verfluchten Faschisten! Sie haben beide den Tod verdient!» Er schaute Emma an, dann Glauser. In seinen Augen sah Glauser keine Reue.

Mendel atmete tief ein und aus. «Wenn ich ein Geständnis ablege, bekomme ich dann Strafmilderung?»

«Das können wir Ihnen nicht versprechen, darüber entscheidet das Gericht», antwortete Glauser. «Aber in der Regel zahlt sich ein Geständnis für einen Straftäter aus.»

Mendel schwieg einen Augenblick. «Können Sie sich vorstellen, was der Kunsthändler Uhlrich meiner Familie angetan hat?», begann er dann mit leiser Stimme. «Meine Grossmutter war mit meinem Vater schwanger, als sie in die Schweiz fliehen wollten. Mein Grossvater musste deshalb die ‹Figuren am Strand› verkaufen, das Gemälde hatte er seiner Frau zum Hochzeitstag geschenkt. Uhlrich bot einen unverschämt tiefen Preis. Mein Grossvater willigte ein, was hätte er sonst tun sollen. Doch Uhlrich begnügte sich nicht mit dem Gemälde. Meine Grossmutter war eine schöne Frau. Er wurde bei ihr vorstellig und verlangte sexuelle Gefälligkeiten, ansonsten könne er für nichts garantieren. Meinem Grossvater hatte sie das verschwiegen. Er wäre daran zerbrochen. Kaum war der Handel abgeschlossen, verriet Uhlrich meinen Grossvater an die Gestapo. Er wurde nach Auschwitz deportiert und dort vergast. Meine Grossmutter überlebte, weil sie keine Jüdin war. Sie floh als Schwangere in die Schweiz. Die Geschichte meiner Familie hat mir mein Vater erzählt. Immer wieder. Er wurde sie nicht los.» Mendel schwieg. Sein Blick ging ins Leere. «Uhlrich hatte Hunderte Juden ausgenommen und sie dann an die Gestapo verraten.»

«Wie haben Sie herausgefunden, dass Fabian Uhland der Kunsthändler Fritz Uhlrich aus München war?», fragte Glauser.

«Die Präsidentin vom Schrebergartenverein hat mir den damaligen Besitzer der Parzelle genannt, wo mein Grossonkel vergraben worden war: Fabian Uhland. Da musste ich sofort an Theologieprofessor Uhland denken, den ich an der Fakultät schon ein paar Mal gesehen hatte. Der Name Uhland ist selten. Und plötzlich wusste ich: Der Schrebergartenbesitzer Uhland war Kunsthändler Uhlrich. Denn Professor Uhland, der Sohn des Kunsthändlers in Zürich, glich Uhlrich aufs Haar, beide gross gewachsen, sehr schlank, arrogantes Auftreten, blasierter Gesichtsausdruck. Mein Vater hatte mir ein Foto von Fritz Uhlrich gezeigt. Zudem waren beide Kunsthändler: Uhlrich und Uhland. Da musste ich nur zwei und zwei zusammenzählen. Uhlrich hatte seine Tätigkeit in München nach dem Krieg als Uhland in der Schweiz fortgesetzt, mit einer Kunstsammlung, die er von Juden erpresst hatte. Mein Grossonkel kannte ihn von früher und wusste, wer Uhland wirklich war. Deswegen musste er sterben.»

«Warum haben Sie Professor Uhland getötet?»

«Wegen der Pastellkreidezeichnung von Max Liebermann, ein jüdischer Maler, der mit meinem Grossvater befreundet war. Die Nazis haben seine Werke als entartet angesehen, seine Kunst bespuckt. Mein Grossvater kaufte ihm die Zeichnung ab, weil er ihre Farben liebte. Uhlrich hat sie uns gestohlen. Nach seinem Tod vermachte er sie seinem Sohn, da war ich mir ziemlich sicher, denn auf dem freien Markt war sie nirgendwo erhältlich. Ich wollte das Bild von Professor Uhland zurück.»

«Was passierte dann?»

«Um mich zu vergewissern, rief ich Uhland an. Ich sagte ihm, ich hätte erfahren, dass er die Zeichnung von Liebermann in seinem Besitz habe und zeigte mein Interesse. Er wusste sofort, wovon ich sprach. Damit bestätigte er mir, dass er das Bild tatsächlich besass.»

«Und dann?»

«Ich legte die Karten auf Tisch und erzählte ihm, woher sein Vater die Zeichnung herhatte, und verlangte von ihm, dass er sie zurückgab. Das Bild gehöre meiner Familie. Doch Uhland lachte nur. Er beschimpfte mich wüst. Das Judenpack meine immer, es bekäme eine Vorzugsbehandlung, höhnte er. Ich solle mich dorthin verkriechen, woher ich komme.»

«Daraufhin planten Sie, Professor Uhland umzubringen und das Bild aus der Wohnung zu entwenden», sagte Emma.

«Ja. Ursprünglich wollte ich ihn zwei Tage später töten. Doch als ich am frühen Morgen in der NZZ die Todesanzeige für Uhland las, war mir sofort klar, welch ein Glück ich hatte.

Ich stellte meinen Plan um. Es war alles vorbereitet. Ich hoffte, dass damit der Verdacht auf einen anderen fällt und die Polizei eine falsche Spur verfolgt.»

Emma sagte nichts dazu. «Kurz vor elf Uhr am Dienstag verliessen Sie die Fakultät unbemerkt durch den Hinterausgang», machte sie weiter. «Das Handy liessen Sie zurück, um Ihre Anwesenheit zu simulieren. Sie fuhren mit dem Elektro-Scooter zur Wohnung von Uhland. Im Beutelrucksack transportierten Sie das Zyklon B, die Gasmaske und eine Nachbildung von Liebermanns ‹Figuren am Strand›. Die Zeichnung ist postkartengross. Es hatte alles in Ihrem Rucksack Platz. Sie fertigten die Nachbildung selbst an, als ehemaliger Student an der Zürcher Hochschule der Künste waren Sie dazu imstande, nicht wahr?»

Mendel nickte. «Ja, so war es.»

«In der Wohnung von Uhland hielten Sie ihm die geöffnete Zyklon-B-Dose unter die Nase, was seinen Tod verursachte, öffneten alle Fenster und tauschten das Original im Rahmen mit Ihrer Nachbildung aus.»

«Ja.»

«Wo besorgten Sie sich Zyklon B?», fragte Glauser.

«Das hat jemand in Polen für mich organisiert. Mehr müssen Sie nicht wissen.»

«Warum ritzten Sie Exodus 20,5 in die Haut der Opfer?»

«Weil ich den Nazis damit zeigen wollte, dass sich Juden von ihnen nicht mehr alles gefallen lassen. Dieses Mal sind sie die Opfer, und nicht ein Jude. Ein Nazi wird von einem Juden mit einem Judenspruch markiert. Ich bin nicht gläubig, aber der Vers passt. ‹Denn ich, der HERR, dein Gott, suche die Schuld der Vorfahren heim an den Nachkommen bis in die dritte und vierte Generation, bei denen, die mich hassen›», zitierte Mendel. «Alle drei Generationen, der Kunsthändler Uhlrich, Professor Uhland und sein Sohn haben das Volk Gottes gehasst und damit Gott selbst. Sie haben ihre gerechte Strafe erhalten, wie es im Dekalog verheissen ist.»

«Warum haben Sie auch Florian Uhland getötet?»

«Am gleichen Tag, als ich seinen Vater getötet hatte, rief er mich an. Er wisse, dass ich der Täter sei und das Original im Wohnzimmer mit einer Fälschung ausgetauscht habe, sagte er geradeheraus. Sein Vater hatte ihm offensichtlich von mir erzählt. Er wollte das Bild sofort zurück. Wie sein Vater hat er mich verspottet, weil ich Jude bin. Ich habe mich bereiterklärt, ihn abends zu treffen. Ich gab vor, an der Uni zu sein und die Zeichnung bei mir zu haben. Mich hat erstaunt, wie arglos Florian Uhland gewesen war. Er kam zum Mörder seines Vaters, ohne Argwohn. Ein Jude würde ihm niemals etwas anhaben können, dachte er wohl, so ein kleiner Jude, ein Nichts. Was für ein Irrtum!»

«Sie haben ihn getötet, weil er Sie belasten konnte. Damit ist der Fall gelöst», sagte Glauser.

«Getötet habe ich ihn, weil er ein Nazi war!», warf Mendel ein. «Die Nazis wollen unseren Tod! Ich kam ihnen zwei Mal zuvor.»

Glauser nickte. Obwohl Mendel zwei Verbrechen begangen hatte, konnte er ihn irgendwie verstehen. «Wir müssen Ihr Geständnis protokollieren.» Er griff nach den Handschellen an seinem Gürtel. «Herr Mendel, wir nehmen Sie fest. Leisten Sie keinen Widerstand.»

Noah Mendel senkte seinen Kopf. Die Augen hielt er halb geschlossen. Langsam hob er seine Hände auf Schulterhöhe und streckte sie nach vorne.

«Legen Sie Ihre Hände hinter den Rücken», sagte Glauser und ging mit Handschellen auf ihn zu. In diesem Moment trat Mendel blitzschnell einen Ausfallschritt nach vorne, umfasste mit der linken Hand Glausers Kinn und mit der rechten den

Hinterkopf. Er drehte Glausers Kopf mit einem Ruck um neunzig Grad nach rechts, so dass Glauser auf den Rücken stürzte, was einen Genickbruch verhinderte. Mendel liess von Glauser ab, spurtete nach vorne, rempelte Emma um, griff nach seinem Elektro-Scooter neben der Garderobe und stiess die Portaltür auf. Glauser rappelte sich auf und rieb sich das Genick. «So ein Mist, der Kerl beherrscht die Krav-Maga-Kampftechnik», sagte er. «Er hat es tatsächlich geschafft, mich zu übertölpeln.»

Emma hielt sich die linke Schulter. «Alles in Ordnung, Chef?», fragte sie und wählte mit einer Hand die Nummer der Einsatzzentrale.

«Nur mein Stolz ist verletzt», brummte Glauser und massierte sich den Nacken. «Den schnappen wir uns. Hinterher!»

Der Sicherheitsmann kam herbeigeeilt. «Was soll der Lärm?», rief er erbost.

«Personenfahndung, wir fahnden nach Noah Mendel», sagte Glauser. Dann rannte er an der Sicherheitsschleuse vorbei und riss die Synagogentür auf. Von weitem sah er Mendel mit dem Elektro-Scooter nach rechts auf die hell erleuchtete Löwenstrasse abbiegen.

«In welche Richtung flieht er?», fragte Emma, die ihm gefolgt war.

«Zum Hauptbahnhof. Er ist verdammt schnell. Sein Trottinett ist frisiert.»

Emma informierte keuchend die Einsatzzentrale, während sie mit Glauser zum Dienstwagen rannte. «Flüchtige Person, männlich, einunddreissig Jahre, circa ein Meter fünfundachtzig gross, unterwegs mit einem frisierten Elektro-Scooter, zuletzt gesehen beim Hauptbahnhof, unbewaffnet.» Glauser heftete das Blaulicht auf das Dach des BMW und schaltete die Scheinwerfer an. Mit quietschenden Reifen fuhr er los, das Martinshorn heulte. Er legte den zweiten Gang ein, beschleunigte auf der Nüschelerstrasse, riss das Steuer herum, scharfe Rechtskurve, und überquerte den Löwenplatz. Die digitale Anzeige am Armaturenbrett zeigte kurz vor neun Uhr.

Emma stellte den Polizeifunk an. Es knackte.

«Zentrale: Die flüchtige Person konnte im HB entkommen», hörten sie eine scheppernde Stimme. «Jemand von der Bahnpolizei sah einen Mann mit Elektro-Scooter zum Gleis 33 rennen und in die S14 steigen, Richtung Hinwil.»

Am Bahnhofquai wichen die Autos aus und bildeten eine Gasse. Glauser raste hindurch. Vor der Walchebrücke überfuhr er eine rote Ampel.

«Zentrale: Einsatzkräfte zu den Bahnhöfen Oerlikon, Wallisellen und Dübendorf.»

«Wir übernehmen Oerlikon», sagte Glauser zu Emma. «Seine Freundin wohnt dort.»

Emma nahm das Mikrofon des Polizeifunks. «2510. Wir fahren zum Bahnhof Oerlikon und halten uns dort bereit», sagte sie.

«Verstanden», kam die Antwort der Zentrale. «2510 fährt zum Bahnhof Oerlikon.»

«Limmat 12. Wir befinden uns vor dem Hallenstadion. In drei Minuten sind wir ebenfalls am Bahnhof.»

«Zentrale: Verstanden Limmat 12.»

Weitere Einsatzkräfte meldeten sich über Polizeifunk.

Glauser zweigte von der Wasserwerkstrasse ab auf die A1, die durch den Milchbucktunnel führte. Er beschleunigte. Das Blaulicht warf Reflexe an die Tunnelwand. Das Martinshorn hallte. Die Neonbeleuchtung an der Decke sauste vorbei. Mit hoher Geschwindigkeit verliess er die Autobahn an der Ausfahrt Oerlikon/Irchel. Nach zwei Minuten erreichten sie die Affolternstrasse hinter dem Bahnhof. Glauser schaltete das Blaulicht und das Martinshorn aus. Er stoppte hinter einem geparkten Lieferwagen. Sie hatten es gerade noch geschafft. Die

S14 war soeben eingefahren. Nach wenigen Sekunden sahen sie, wie Mendel die Treppen der Unterführung hoch rannte. Oben angekommen stand er auf den Elektro-Scooter und sauste los. Emma schaltete das Mikrofon des Polizeifunks an.

«2510. Flüchtiger gesichtet, hinter dem Bahnhof Oerlikon. Er fährt auf der Jungholzstrasse Richtung Norden. Wir folgen ihm.»

«Zentrale: Verstanden. Limmat 12, wo seid ihr?»

«Limmat 12, wir erreichen gleich die Neunbrunnenstrasse und schneiden ihm den Weg ab.»

«2510. Die flüchtige Person hat uns bemerkt. Mit dem Elektro-Scooter entwischt er durch Innenhöfe und Gärten. Wir haben ihn verloren. Er ist Richtung Glattpark unterwegs.»

«Limmat 12. Kein Kontakt zum Flüchtigen. Wir verschieben uns nach Norden.»

Glauser lenkte seinen Wagen auf die Schaffhauserstrasse Richtung Glattbrugg. Die Wohnquartiere und Gewerbegebiete lagen im Dunkeln. Nur wenige Fenster waren erleuchtet. Die Strassenlaternen warfen ein fahles Licht.

«Limmat 65. Wir patrouillieren durch Opfikon und warten auf Anweisungen.»

«Zentrale: Verstanden.»

Glauser fuhr durch Glattbrugg hindurch, weiter nach Norden.

«Limmat 65. Mann auf Elektro-Scooter in Opfikon auf Höhe Wallisellerstrasse gesichtet. Er hat uns bemerkt. Er nutzt eine Fussgängertreppe. Wir können ihm nicht folgen.»

«Zentrale: Eine mobile Motorradpatrouille ist unterwegs.»

«Limmat 88, in zwei Minuten bin ich dort.»

«Was hat Mendel vor?», sagte Glauser. «Wohin will er bloss? Zu seiner Freundin offensichtlich nicht.»

Emma drehte sich abrupt zu ihm um. «Zum Flughafen!», rief sie. «Er will zum Hangar der Motorfluggruppe. Er hat den Pilotenschein. Vielleicht will er mit einem Flugzeug fliehen!»

«Du hast recht, Emma. Das ist sein Plan. Damit kommt er noch heute ausser Landes.» Glauser gab Gas. «Der Tower darf Kleinflugzeugen ab sofort keine Starterlaubnis mehr erteilen», sagte er zu Emma. «Informiere die Zentrale und unsere Kollegen von der Flughafenpolizei.»

Emma drückte den Knopf des Polizeifunks. «2510. Flüchtige Person ist voraussichtlich unterwegs zum General Aviation Center am Flughafen Kloten. Möglicherweise versucht er, mit einem Kleinflugzeug zu entkommen. Wir fahren dorthin.»

«Zentrale: Verstanden. Weitere Einsatzkräfte werden losgeschickt.»

Glauser raste auf der Flughofstrasse Richtung Kloten. Strassenlaternen, dunkle Reklametafeln und die Silhouetten von Industriebaracken zogen an ihnen vorbei. Das Licht der Scheinwerfer hüpfte auf dem schwarzen Asphalt. An der Butzenbüelstrasse überfuhr er eine rote Ampel und bog mit quietschenden Reifen scharf nach links in die Flughafenstrasse. Nach hundert Metern steuerte er den BMW in die Birmenzältenstrasse. Er fuhr mit dreiundsiebzig Stundenkilometern auf einer engen Rechtskurve und erreichte nach wenigen Sekunden das General Aviation Center. Hinter sich hörte er die Sirenen von mehreren Polizeiwagen. Glauser und Emma stiessen die Wagentüren auf und spurteten auf den gläsernen Eingang zu. Kaum hatte sich die Schiebetür einen Spalt breit geöffnet, zwängten sie sich hindurch, rannten einen kurzen Flur entlang zur Sicherheitskontrolle. Glauser zog dabei seinen Dienstausweis aus der Jackentasche. «Polizeieinsatz!», rief er und lief durch den Körperscanner hindurch, Emma dicht hinter ihm. Der Alarm blinkte. Beide zeigten ihre Plastikkarten beim Vorbeirennen einer uniformierten Frau, die wie angewurzelt stehen blieb.

«Ging hier soeben jemand durch?», rief Emma.

«Ja, Herr Mendel», antwortete ein Sicherheitsmann. «Er fliegt oft nachts.»

Glauser und Emma hetzten auf eine Glastür zu, die zu einem langgezogenen Hangar führte. Auf dem Platz davor standen zwei Motorflugzeuge. Ein drittes Flugzeug hatte sich gerade in Bewegung gesetzt und rollte auf einer gelben Linie entlang Richtung Startpiste. Von weitem erkannte Glauser Noah Mendel im Cockpit. Er sprintete hinterher. Mendel erblickte Glauser und Emma aus dem Cockpitfenster und drückte sofort den Schubhebel nach vorne. Der Propellermotor heulte auf. «Halt! Bleiben Sie stehen!», rief Glauser. Mendel reagierte nicht. Die Cessna beschleunigte. In einem waghalsigen Manöver schwenkte er nach rechts auf die Piste 28 zu. Glauser und Emma jagten hinterher. Mit langen Sätzen überquerten sie den Sektor 1. Sie waren noch fünfzig Meter vom Flugzeug entfernt. Glauser keuchte. Emma lief neben ihm. In seinen Augenwinkeln sah er, wie weitere Polizisten von hinten heranstürmten. Mendels Cessna bog auf die Startbahn ein. Die Pistenbefeuerung war angezündet. Ohne anzuhalten, gab er Gas. Ein Flughafentechniker kam herbeigeeilt. «Die Cessna ist nicht vollgetankt!», rief er aufgeregt. «Er hat das Flugzeug gestohlen. Wenn er abhebt, bleibt er maximal eine halbe Stunde in der Luft!»

Fünf Polizisten erreichten keuchend Glauser und Emma. Sie sahen, wie die Cessna auf der Piste immer schneller rollte und dann steil in den Nachthimmel abhob, ein grosser schwarzer Vogel. Nur das Cockpit war erleuchtet.

«Was können wir jetzt noch tun?», fragte Emma ausser Atem.

«Nichts», sagte Glauser. «Er kommt nicht mehr zurück.»

***

«Männer und Frauen werden getötet, gefoltert, niedergemetzelt – wie soll man da keine Angst haben?», polterte Berisch, ein Wirt mit Bart und dickem Bauch. «Ein Mann, der leidet oder leiden lässt, eine Frau, die stirbt oder den Tod gibt, ein sterbendes Kind – sie alle können nicht anders, als Gott darin zu verwickeln. Ist er nun dafür verantwortlich zu machen oder nicht, wenn ja, verurteilen wir ihn, wenn nicht, soll er aufhören, uns zu richten.»

Auf der Bühne des Pfauen standen ein paar rohe Bänke, Stühle und Tische mit russenden Kerzen darauf. Auf dem Boden lagen Flaschen. Eine Petroleumlampe tauchte die heruntergekommene Wirtsstube in ein grünliches Licht. An einem der Tische hatten drei Männer Platz genommen. Sie trugen Wintermäntel, Mützen aus Schaffell und robuste Stiefel.

«Nach allem handelt es sich um eine sehr einfache Angelegenheit», erwiderte Sam, der etwas abseits alleine an einem Tisch sass. Er war ein eleganter Mann, vornehm gekleidet, glatt rasiert. «Menschen wurden durch andere Menschen niedergemetzelt. Warum beschuldigen sie Gott?»

Sokrates hatte Theaterkarten für die besten Sitzplätze reserviert. Nun sass er mit Sara in der Mitte der fünften Reihe, auf einem weinroten Samtsessel. Die Vorstellung von Elie Wiesels «Der Prozess von Schamgorod» war an diesem Abend gut besucht, auch Balkon und Logenplätze waren besetzt. Es roch nach Parfum, Rasierwasser und gebügelten Hemden.

«Sie tun so, als ob Gott mit all dem nichts zu tun hätte!», rief Berisch, der hinter einer Theke stand und Gläser mit einem Tuch trocken rieb. «Er wäre nichts weiter als ein einfacher Beobachter, neutral und unschuldig?»

Sokrates spürte Saras Schulter an seinem Arm. Er mochte ihre Berührung. Vor der Theateraufführung hatten sie auf der Terrasse des Kunsthausrestaurants eine Kleinigkeit gegessen.

Er hatte Rindstartar mit Toast und Butter bestellt, Sara einen Marktfrauensalat mit italienischem Dressing. Dazu tranken sie ein Glas Cava. Sie genossen den milden Frühlingsabend, keine Wolke stand am Himmel. Das scheussliche Wetter der letzten Tage hatte sich nach Osten verzogen. Die Rechnung hatte Sokrates bezahlt. Er freute sich, Sara ausführen zu können. Seit Mara hatte er keine Frau mehr eingeladen. Sara war wunderschön. Sie trug ein enganliegendes Kleid mit Blumenmuster, das ihre Figur zur Geltung brachte, und grüne Ballerinas, die ihre schmalen Fesseln zeigten. Ihre Locken trug sie luftig hochgesteckt. Die Lippen glänzten von Lipgloss. Auch Sokrates hatte sich in Schale geworfen. Er trug einen dunkelblauen Nadelstreifenanzug, den er vor fünf Jahren zur Beerdigung von Mara gekauft hatte.

«Kann ein Vater ruhig mitansehen, wie seine Kinder geschlachtet werden?», wetterte Berisch und haute mit der Faust auf den Tresen.

«Geschlachtet von wem? Von seinen anderen Kindern!», erwiderte Sam ruhig.

«Meinetwegen von seinen anderen Kindern. Ist das kein Grund einzuschreiten?»

Sokrates wandte seinen Blick von der Bühne ab und schaute Sara an. Sie drehte sich zu ihm um. Ihre Augen leuchteten in der Dunkelheit.

«Männer und Frauen töten sich gegenseitig. Sie weisen Gott einen Platz unter den Mördern zu, wobei er sich in Wirklichkeit unter den Opfern befindet. Anders gesagt, mein lieber Ankläger: Vielleicht ist Gott das Opfer seiner Schöpfung.»

«Ein Opfer? Das Opfer ist machtlos; Gott ist es nicht.»

Sokrates merkte mit einem Mal, dass er seinen Buckel nicht mehr spürte, keinen Schmerz, nicht das leiseste Ziehen. Es fühlte sich an, wie wenn er nie einen Buckel gehabt hätte. Das hatte er seit Jahren nicht mehr erlebt. Er streckte sich. Sein Rücken war geschmeidig wie nie zuvor. Sara legte ihre Hand auf seinen Arm.

«Was wissen Sie von Gott, um mit solcher Sicherheit, ja sogar mit Arroganz, über ihn zu sprechen?», sagte Sam. «Wer sind Sie denn, den Schöpfer des Universums zu beschuldigen oder zu verhören? Nichts als Staub, Sie sind nur ein Körnchen Staub.»

Im selben Augenblick, als die letzte Kerze erlosch, wurde die Wirtshaustür mit einem ohrenbetäubenden Getöse eingedrückt. Die Vorstellung war zu Ende. Der rubinrote Samtvorhang senkte sich. Das Publikum begann zu applaudieren, Bravorufe waren zu hören. Sara sagte Sokrates leise ins Ohr, dass ihr die Darbietung sehr gefallen habe. Sokrates war so stolz wie schon lange nicht mehr. Der Vorhang ging wieder auf. Die Schauspieler hielten sich an den Händen und verneigten sich. Das Klatschen und die frenetischen Zurufe wollten nicht enden. Nach fünf Vorhängen begannen der Kronleuchter an der Decke und die Kristallschalen an den Wänden zu leuchten, zuerst abgedimmt, dann immer heller, bis sie im vollen Licht erstrahlten. Der Applaus verstummte. Die Zuschauer strömten dem Ausgang zu. Sokrates zwängte sich durch die Sitzreihen, Sara ging einen Schritt vor ihm. An der Garderobe mussten sie nicht anstehen, sie hatten dort kein Kleidungsstück abgegeben.

«Darf ich Sie nach Hause begleiten?», fragte Sokrates vor dem Schauspielhaus. Er räusperte sich. Saras grüne Augen glänzten eine Spur dunkler. «Sehr gerne, ich wohne auf der anderen Seite der Limmat, unterhalb vom Lindenhof», sagte sie und hakte sich bei ihm unter. Sie drückte ihn an sich, Sokrates spürte ihre Brust am Oberarm.

Die Nacht war hereingebrochen. Gegenüber dem Theater zeigte die Uhr auf dem geschwungenen Dach eines Jugendstilhäuschens, worin ein Kiosk eingerichtet war, kurz nach halb zehn Uhr. Der Lärm der Stadt hatte sich gelegt. Gemeinsam schritten sie den Hirschengraben hinunter und unterhielten sich über das Theaterstück. «Trotz all dem Leid und der Ungerechtigkeit in dieser Welt sollten wir nicht vergessen, dass es auch viel Schönes, Liebenswertes und Heiteres gibt, das unser Leben bereichert», sagte Sara.

«Ja, das dürfen wir keinesfalls aus den Augen verlieren», stimmte ihr Sokrates zu. «Wir müssen unseren Blick auf die schönen Dinge im Leben richten, sonst verlieren wir uns.»

Sie bogen in den Neumarkt ein. Nach wenigen Augenblicken erreichten sie die «Pusteblume».

«Haben Sie es jemals bereut, dass Sie Ihre Professorenstelle aufgegeben und einen Blumenladen eröffnet haben?», fragte Sokrates.

«Nein, niemals.» Saras Augen leuchteten. «Das war die beste Entscheidung meines Lebens. Ich liebe das Spiel mit Formen, Farben und Düften. Und ich habe genügend Kundschaft, dass ich davon leben kann. Ich bin sehr glücklich.»

Sie kamen zum Rindermarkt. Sokrates zeigte Sara das Haus, wo er wohnte. Er würde sie gerne einmal zum Abendessen einladen, getraute er sich zu sagen. Sie drückte seinen Arm an sich.

«Und Sie, haben Sie es je bedauert, den Beruf des Rechtsmediziners gewählt zu haben?», fragte sie. «Sie arbeiten mit Toten und nicht mit den Lebenden. Das wäre für viele eine zu grosse Belastung.»

«Mir gefällt meine Arbeit sehr», antwortete Sokrates. «Schon im dritten Semester meines Studiums habe ich entschieden, Rechtsmediziner zu werden. Die Detektivarbeit im Obduktionssaal hat mich gepackt. Es ist faszinierend, welche

Geheimnisse die Toten preisgeben können. Ich muss die Spuren am Körper nur richtig deuten und kann so mithelfen, Verbrechen aufzuklären.»

Während sie miteinander redeten, zählte Sokrates in Gedanken alle Schaufensterplakate bis zum Limmatquai. Es waren siebenundzwanzig. Er lächelte. Sara schaute zu ihm auf. «Warum lächeln Sie?»

«Sara, Sie haben mich ertappt», sagte er verlegen und schob sich die Brille auf der Nase zurecht. «Sie müssen wissen, egal, was ich tue, ich zähle dabei. Das passiert bei mir automatisch im Hinterkopf. Ich kann es nicht verhindern. Es ist wie beim Atmen. Die meiste Zeit merken wir es nicht. So ist es bei mir mit dem Zählen. Die siebenundzwanzig ist meine Lieblingszahl. Soeben habe ich siebenundzwanzig Schaufensterplakate gezählt, ein gutes Omen.»

Sara schaute ihn belustigt an. «Warum die siebenundzwanzig?»

Sokrates hob die Augenbrauen. «Sie sind Professorin für Mathematik, was denken Sie, warum mir die siebenundzwanzig so gefällt?»

Sara schürzte ihre Lippen. «Die siebenundzwanzig ist tatsächlich eine schöne Zahl. Sie ist das Ergebnis von drei hoch drei. Das ergibt einen vollkommenen Würfel. Die Quersumme wiederum ist neun, also drei mal drei. Die siebenundzwanzig ist das A und O einer Zahl, Anfang und Ende. Der erste und letzte Buchstabe unseres Alphabets ergeben als Zahlenwert ebenfalls siebenundzwanzig.»

Sokrates schaute sie verdutzt an. Dann lachte er. «Ja, genauso ist es. Deshalb ist sie meine Glückszahl, obwohl ich nicht abergläubisch bin. Das haben Sie schnell herausgefunden.»

Auf der Gemüsebrücke überquerten sie die Limmat. Es roch süsslich nach Algen. Sie stiegen ein paar Treppenstufen hinunter zur Schipfe, die am Fusse des Lindenhofes lag.

«Hier wohne ich», sagte Sara.
Sokrates roch den Rosmarin, der in den Eternitkästen vor dem Haus wuchs. Es war ruhig in der Schipfe. Von Ferne quietschte leise ein Tram. Die Limmat plätscherte. Die Laubbäume auf dem Lindenhof rauschten sanft.
«Es war mir eine grosse Freude, Sara, dass Sie mich ins Theater begleitet haben», sagte Sokrates nach einer Weile, in der sie still dagestanden hatten. «Ihre Gegenwart geniesse ich sehr.» Sara schaute ihn auf rätselhafte Weise an. Plötzlich trat sie einen Schritt auf ihn zu und küsste ihn auf den Mund. Ihre Lippen waren voll und weich und schmeckten nach Kirschen. Sie roch nach Pfingstrosen. «Gute Nacht, Sokrates», sagte sie. «Es war ein wundervoller Abend. Vielen Dank für die Einladung. Ich freue mich auf Morgen, wenn wir uns wiedersehen.» Sara schenkte ihm ein letztes Lächeln und verschwand im Haus. Sokrates blieb verdattert stehen. Er träumte wohl. Sara hatte ihn geküsst! Dann machte sein Herz einen Freudentanz.

***

Die Frühlingssonne brannte, es roch nach frischen Blumen, als Maria und Leo auf der Friesenbergstrasse entlanggingen, die steil bergauf führte. In den Morgenstunden war es noch angenehm kühl. Maria trug ein auberginefarbenes Kleid mit Blütenmuster. Ihre Lippen hatte sie dunkelrot geschminkt, die Augen mit einem Eyeliner nachgezogen, ihre nussbraunen Haare leuchteten im Sonnenlicht. Leo hatte sie noch nie zuvor so gesehen. Er kannte sie nur in Jeans oder nackt. «Hoppla, schöne Maid, was sehen meine lüsternen Augen», war es aus ihm herausgeplatzt, als sie sich im Hauptbahnhof getroffen hatten. Sie drückte ihm lachend einen Kuss auf den Mund. «Du hast dich aber schick angezogen», sagte sie. Leo war gekleidet mit einer dunkelblauen Hose, einem hellblau gestreiften Hemd, durch das sein sehniger Oberkörper drückte und einem kaffeebraunen Jackett. Er sieht verdammt gut aus, dachte Maria. Sie warf einen Blick auf seinen Hintern. Mit der Uetlibergbahn fuhren sie Richtung Triemli und stiegen an der Haltestelle Schweighof aus. Von dort waren es nur wenige Minuten zu Fuss bis zum israelitischen Friedhof «Oberer Friesenberg». In der Hand hielt Maria eine Tonschale mit Traubenhyazinthen. Die Strasse war gesäumt mit frisch gepflanzten Bäumen. Sie kamen an einer Schrebergartensiedlung vorbei, die nach dem Winter wieder herausgeputzt worden war. Oben angekommen, zweigte ein Weg nach rechts ab, der in den jüdischen Friedhof führte. Am Eingang vor der Trauerhalle stand ein Marmorbrunnen in der Form eines Davidsterns. Maria und Leo gingen vorbei an Dutzenden von Gräbern, die mit Moos bewachsen waren. Auf den schlichten Grabsteinen standen meist nur der Name, das Geburts- und das Todesjahr. Bei einigen war ein hebräischer Text eingraviert. Der Weg machte einen sanften Bogen nach links. Der Schotter knirschte unter ihren Sohlen. Laubbäume und hohe Pappeln spendeten Schatten. Es war keine Menschenseele zu sehen. Wohl wegen des Sabbats, überlegte Maria. Am Ende des Friedhofs war ein Feld mit frischen Gräbern angelegt worden. Sie steuerten darauf zu. Langsam gingen sie durch die Grabsteinreihen hindurch und lasen die Namen. Beim drittletzten Grab wurden sie fündig. Auf einem Grabstein aus ungeschliffenem Granit war Nahum Morgenstern, 17.8.1914 – 1976 eingraviert. Darunter stand: Im Gedenken an Noemi Morgenstern, 9.3.1921 – 1944. Opfer der Shoa. Ermordet in Auschwitz.

Maria und Leo hielten einen Moment inne. Dann ging Maria in die Hocke und legte die Blumenschale an den Rand des Grabs. Neben dem Grabstein hatte jemand wilde Rosen gepflanzt. Leo holte einen kleinen Stein aus der Jackentasche hervor und reichte ihn Maria. «Diesen Stein habe ich in der jüdischen Festung Masada aufgelesen», sagte er. «Die Festung wurde vor zweitausend Jahren unter König Herodes gebaut. Sie liegt in der Wüste am Toten Meer. Als Kind bin ich mit meinem Vater einmal dorthin gereist. Masada galt lange Zeit als uneinnehmbar, weil die Festung hoch oben auf einem Felsplateau liegt. Im jüdischen Krieg gegen die römische Besatzung verbargen sich Widerstandskämpfer mit ihren Familien auf der Burg. Die Römer belagerten Masada mehrere Monate lang. Sie schütteten eine Rampe auf, führten darauf Rammböcke an die Mauer und brachten sie zum Einsturz. Als die Soldaten die Festung stürmten, herrschte Totenstille. Die Zeloten hatten beschlossen, lieber ehrenvoll zu sterben, als in der Sklaverei zu leben. Per Los waren Männer bestimmt worden, die alle töten sollten und zum Schluss sich selbst. Neunhundertsechzig Männer, Frauen und Kinder hatten sich getötet. Seit dieser Tat ist Masada ein Symbol des jüdischen Widerstands und der Liebe zur Freiheit.»

Leo legte den Stein zu den anderen auf das Grabmal. Maria bemerkte, wie sanft er das tat. Seine Hände – ein Versprechen wie immer. Andächtig standen sie nebeneinander vor dem Grab. Der Wind rauschte leise durch die Baumwipfel, die Sonne funkelte durch das Geäst, es roch nach frischem Moos. Maria atmete tief ein.

«Komm, lass uns gehen», sagte Leo nach einigen Minuten. «Nahum Morgenstern hat seine Ruhe gefunden.»

***

Dank

Ohne die Hilfe von zahlreichen Menschen, die mich in ihre Fachgebiete eingeweiht haben, hätte ich diesen Kriminalroman nicht schreiben können. Ihnen allen gebührt mein Dank:

- Institut für Rechtsmedizin Zürich: Direktor Michael Thali, Medizinisch Technischer Assistent Frank Azzalini, Toxikologe Andrea Oestreich, Rechtsmediziner Sebastian Eggert
- Forensisches Institut Zürich: Roland Hasler, Patrick Haab, Stefan Christen, Rolf Loosli
- Medienstelle der Kantonspolizei Zürich: Carmen Surber
- Israelitische Cultusgemeinde Zürich ICZ: Julia Schächter, Michel Bollag, Michael Fichmann
- Pinakothek München, Provenienzforschung: Andrea Bambi
- Motorfluggruppe MFGZ: Claudia Kühni, Michael Weinmann, Felix Nägeli, Markus Zürcher
- Elite Simulation Solutions: Oliver Matthews
- Staatsanwaltschaft I vom Kanton Zürich: Staatsanwalt Pascal Gossner
- Firma Tony Linder und Partner AG, Friedhofplanungen und Exhumationen: Erich Aeschlimann
- Zentrale Informatik der Uni Zürich: Derek Eggimann
- Theologische Fakultät Zürich
- AMJGS Architektur: Architektin Anja Meyer
- Schauspielhaus Zürich: Foyerleiter Robert Zähringer
- Rad-Los: Nina Heidarian
- Susanne Arcement

Mein herzlichster Dank gilt jedoch meiner Frau.

Fritz Stolz

Kirchgasse 9

Ein theologischer Kriminalroman

«Kummer fasste langsam klare Gedanken. Er rüttelte am Bein des Mannes – aber Professor Rainer Edelmann, weiland Professor für neutestamentliche Wissenschaft an der Universität Zürich, rührte sich nicht mehr, und zwar endgültig.»

Pano Verlag, 4. Aufl. 1999
191 Seiten, Paperback
ISBN 978-3-9520323-3-6

Herbert Kummers Entdeckung löst eine Reihe von Ereignissen aus, die nicht nur die Polizei, sondern auch die Mitarbeiterinnen und Mitarbeiter des Theologischen Seminars interessiert. Die akademische Forschung wird in Fritz Stolz' Roman zur detektivischen Spurensuche. Die Wahrheit, die schliesslich ans Licht kommt, eignet sich allerdings nicht als Thema einer Seminararbeit …

TVZ
Theologischer Verlag Zürich   www.tvz-verlag.ch